August Šenoa

ZLATAROVO ZLATO

August Šenoa

ZLATAROVO ZLATO

Urednik
B. K. De Fabris

HRVATSKI KLASICI

ŠTIOCU

Iznosim pred tebe, prijatelju hrvatske knjige, malenu sliku burne naše davnine. Nadam se da će ti mila biti, jer je naša, nadam se da ćeš i mojemu peru oprostiti gdje je pogriješilo, jer da je peru bilo toliko vještine koliko je bilo ljubavi za našu stvar, knjiga bi ova bila bez prigovora. O tom je tebi suditi. Nu, ne mogu da ti ne dokažem kako je knjiga postala. Premećući u arhivu grada Zagreba stare zaprašene hartije, u koje od sto godina nije bila ruka dirnula, naiđoh i na ljutu i krvavu pru među silnim podbanom Grego-rijancem i građanima zagrebačkim. Starina Krčelić znao je za tu pravdu, al nije joj znao za razlog. A ja otresi prašinu, i eto pred mojim očima crno na bijelom zašto se podban i Zagreb razvadiše i zašto da je silni velikaš pao. Eto ti gotove pripovijetke, viknuh radostan i naoštrih pero. Stao sam slagati listine, čitati i čitati do zlovolje. Kupio sam ovdje, kupio ondje, prebirao zapisnike, račune, učio knjige i stare i nove. Kopao sam da iskopam ruševine staroga Zagreba, kopao da uskrisim iz groba stare Hrvate kakvi bijahu u zboru, u domu, na bojištu. I pomože bog. U duši mojoj oživješe davne slike, ja sam ih skupio, nacrtao, i evo ih pred tobom, štioče dragi.

Gledao sam da bude to vjerna prilika onoga vremena. Tko mari uvjeriti se o tom, pročitaj tumač ovoj knjizi i vidjet će da se je sve što evo pripovijedam s veće strane uistinu zbilo, da su skoro sva lica mojega djelca uistinu živjela i za života tako radila kao što ti se tude prikazuju. Stavih pripovijetku ovu u "Vijenac", nu pošto me je mnogo prijatelja i znanaca nukalo da to djelo o sebe ugleda svijet, odvažih se na to i sada ju polažem na tvoje krilo, štioče dragi. Bude li ti u slast, nitko sretniji od mene, tvoja zahvala, moja nagrada. Primi ju, štioče dragi, prijazno, pa bude li u tebe dobre volje, a u mene zdravlja, otpremit ću joj više drugarica u svijet. Gradiva ne fali, neće ni faliti truda. A za sada, (da) si mi zdravo.

Pisah na staro ljeto 1871.

August Šenoa

I

Na domaku šesnaestoga vijeka, za kraljevanja Makse Drugoga, a banovanja biskupa Đure Draškovića nizahu se oko župne crkve Sv. Marka oniske daščare gdje su kramari i piljarice obzirnim građanima plemenitoga varoša na "grčkih goricah" tržile lojanica, ulja, pogača i druge sitne robe za sitnu porabu i uz malen novac.

Stari Zagrepčani, premda u vječnoj zavadi sa prečasnom kaptolskom gospodom, bijahu ljudi dosta pobožni; pohvališe se dapače jedanput pred kraljevskom svjetlošću da, hvala budi bogu, u njihovu gradu toliko popova i fratara koliko i građana ima. Ali kraj sve te obilne i silne pobožnosti slabo su se sjećali Svetoga pisma, gdjeno se čita da je sin božji bičem protjerao novčare i trgovce iz pridvorja hrama božjega. Daščare stajahu mirno pod okriljem Sv. Marka, pače i sama svjetska i duhovna gospoda zaustavila bi se kadšto pred njima.

Ponajznatnija glava u tim daščarama bijaše Magda "paprenjarka". I staro i mlado i veliko i malo po varošu poznavalo je Magdu bolje nego i samoga varoškoga bubnjara, Đuru Garuca, dugoljana, komu bjehu prišili nadimak "biskupska palica". Magda bila je uistinu glava vrlo čudnovata. Mršava kao svijeća, žuta kao vosak, imala je šiljast, pri kraju zavinut nos poput šljive proteglice, a vrh nosa dlakavu bradavicu. Na dugačkom licu vidjelo se više nabora nego na seljačkoj košulji. Zubi je nisu boljeli, jer ih nije ni imala, a u sivkaste, žacave oči rijetko bi tkogod poviriti smio, jer ih je starica zaklapala, pa bi tek kadšto požmirnula u božji svijet.

Motreći je kako čuči zgurena u daščari pod bijelom krilatom kapom, pomislio bi bio svatko: Nije Magda bez -, jaše Magda svakoga petka na Klek ili na lomnički križeput da se u kolu sestara kopitnica nečastivo poveseli, nu, svatko bio bi pomislio, Magda je vještica.

Ali ne bijaše u nje duša pusta, srce himbeno; paprenjarka bijaše pače vrlo pobožna starica. U njezinoj daščari visila je čađava slika čudotvorne Gospe Remetske, a pred njom gorjela je na čast Bogorodici i za spas duše mjedena svjetiljka. Magda sjedeći vazdan u svom drvenom zaklonu, motala je drijemljući zrnatu, posvećenu krunicu, te bi samo kadšto ozeble ruke nadnijela nad lonac, pun žeravice, ili pokoju progovorila sa kakvom građankom ili sa zvonarom. Obično šaptaše "Oče naš" i "Zdravu Mariju", sjalo sunce ili padala kiša. A toga bome vje-štica ne čini! Prišivak "paprenjarka" pako nadjenuše joj zato: u svem gradu ne bijaše ni velikaške ni građanske žene koja bi bila umjela mijesiti paprenjake kao što Magda. Stoga je bilo i svetkom i petkom dosta jagme za njezinim paprenjacima, i sam varoški sudac Ivan Blažeković znao je kadšto ostaviti lijep dinar u njezinoj kesi.

Odavna bje starica obudovjela. Pokojnik joj muž bijaše zvonarom kod Sv. Marka. Tako je živarila bez roda i ploda, pekući obnoć paprenjake u svom stanu kod Kamenih vrata, a prodavajući ih obdan pred Sv. Markom.

Ljudi nisu pamtili da je kada mlađa bila, niti su opazili da se stari; jednaka te jednaka kao starinska slika, koja, viseći godine i godine u zabitnoj kuli, svoga lika ne mijenja. Nu svatko je vidio da starica lijep dinar teče, da malo troši; svatko je pitao - kako već ljudi za svašta pitaju - čemu Magdi novaca?

Uistinu čuvala je Magda u prikrajku svoga pisanoga sanduka staru čarapu punu dinara, groša, pače i starih cekina od kralja Matijaša. Čarapa se debljala, Magda se sušila.

Ali čemu Magdi novaca?

"Za pokoj duše", odvratila bi starica mirno takvim dosadnicima, pa je dalje motala krunicu.

Da, za pokoj duše! Dobra starica, osvojena pobožnim sankom, odbijaše od svojih žuljeva dinar po dinar da uzmogne privrijediti novaca, da joj se po smrti za pokoj duše njezine i pokojnoga joj druga služi svake godine na Magdino kod Sv. Marka misa. Zabavljena tom mišlju radila je revno, bila je sretna.

Nije stoga ni čudo da je svemu gradu u volji bila, da se je sa svakim dobro gazila. Samo cigli čovjek bijaše joj uz volju - varoški brijač Grga Čokolin, koji je imao svoj štacunčić pod svodovljem stare varoške kuće na ćošku trga Sv Marka.

Čudan svat taj Grga Čokolin! Suhonjast trčuljak. Glava mu debela, obla kao glava od kupusa, obrve guste nad nosom svedene, oči male, crne, bodljive kad ih nije vinska magla zastirala; nos tup, širok, uzvinut, a crven da se bojiš primaći mu puščana praha, lice olizano, nebradato, reć bi živ cimer Grgine meštrije. Takvo bijaše vanjsko lice varoškoga brijačića. Ali ne bijaše mu ni duša bolje podstavljena. Prevrtljivac, jogunica, podmuklica, po svim se je kutovima vrzao, svuda svoje prste zabadao gdje ga i nije ništa koštalo.

Svijet nije pravo znao odakle se Grga pobrao; riječ mu je natucala na zagorsku, za silu je znao suca ili kapelana pozdraviti latinskim dobrim jutrom. Ljudi ga nisu ni pitali za dom, i sve znajući da se je od nekuda na dobru sreću doskitao, klanjali se njegove zamjere, jer mu je jezik bio ama bič vražji. Svijeta je dosta obašao, tako bar reče; hvalio se da je služio u banovoj vojski pod zastavom Petra Bakača, da je pod Ivanić-gradom bio ranjen i začudo je umio zboriti o Turcima, o svojoj srčanosti, pa kad se svijetu prejunačko činilo to njegovo junaštvo, otresnuo bi se Grga živo na njih te viknuo pokazav brazgotinu na čelu: "Lude vjere! Da nije istina? Evo gle'te! Tu me je turska sablja poljubila! Hvalite bogu da nije jače zasjekla, jer ne bi imali koga da vas brije!" Ljudi se dosjetili da možeš i kod pijačine dopasti brazgotine, ele Grga ostao junak te junak. Svetac baš nije Grga bio; šala i zabavica u njega i natašte puna torba, ni duša nije ostala od njega bez krpice. Liječio je građane kamforom i pijavicama, liječio marvu hostijom, brijao je gospodu, brijao i trnjanske seljake na drvenoj žlici.

A za ostaloga vremena je pio, kockao se i vragovao.

Govorkalo se da se bavi nečistim poslom - da vari kojekakvih napitaka i više toga. To se je dakako samo govorkalo, ali zastalno se je znalo da Čokolin srijedom i subotom ne posti.

Stoga nije ni čudo da ga Magda nije vrlo milo gledala, ali se pridesi zgoda s koje se brijač i paprenjarka dokraja razvadiše. Magda stanovaše do Kamenih vrata, baš nasuprot Draškovićevu vrtu u kući Petra Krupića, zlatara i starješine gradskoga. Petar Krupić, plemić iz Velike Mlake, od malih je nogu živio u Zagrebu. Obišao bje poslije mnogo svijeta po zlatarskom nauku, došao dapače i do samih Mletaka, gdje se zlato ponajfinije kuje i u tanke žice prede. Poslije puno muke i nauke povrati se u Zagreb, bude upisan u ceh, priženi tastov posao i zidanu kuću kod Kamenih vrata. Premda mu je posao uspijevao i sreća cvala, nikad se majstor Petar ne uzoholi niti krivim djelom ne omrlja imena, a građani ga rad poštena srca i bistra uma ubrzo zavolješe te izabraše starješinom. Nu sreća brzo prođe, a nesreća brže dođe. Na veliku žalost zlatarovu preminu doskora vjerna žena, ostaviv nakon sebe nejačku jedinicu - po imenu Doru.

Toj je Dori bila stara Magda kuma na krstu, to je kumče pazila Magda kao oko u glavi. Krupiću nije bilo kada upućivati njegovo mezimče. Turska sila dotuživala je na sve strane, pa je bilo kupiti i hrane i obrane da gradu na pomoći bude. A i velika gospoda Zrinjski, Bakači i Alapići zadavali su Zagrepčanima dosta jada, te pravdanju ni kraja ni konca. I među sobom se Zagrepčani grizli i klali po davnoj navadi, te je bilo miriti, suditi, a za nikakvu plaću, već za čast, hvalu i dva para čizama. Valjalo je dakle gledati da se živi, te snovati i kovati u zoru i u noć. Otkinut tako koje zlatarskim koje glavarskim poslom od ognjišta svoga, veselio se Krupić Magdinoj brizi, znajući da je starica duša kao zlato i da će pobožnom rukom i naukom uputiti svoje kumče na put vremenite i vječne sreće.

Nu Dori i nije trebalo toliko pažnje i brige. Mladica po duši dobra, a ne videći zla, bila bi i po sebi našla put kojim poći valja da ne zagrezneš u zlo. Bijaše bistra, živa, te se već za kasnijega djetinjstva toliko uslobodila da je već nisu smatrali djetetom, da su je dapače svi nazivali "zlatarovom mudrijašicom", jer se mala - a nije to za ono doba šala - naučila bila čitanju i pisanju od varoškoga školnika Blaža Dragšića.

Pa tek kad pupolj budne ružicom, djevojče djevicom! Divna li oku milja!

Kad je nedjeljom i svetkom, idući od rane mise preko Markova trga kući svojoj, premetala drobne nožice, obuvene crvenim šiljastim postolicama, kad joj se lijepa glavica njihala pod kitnom partom, a bujne joj se crne plete spuštale niz plave-tni, janjećim krinom ošiveni zobun, kad je ručicama držala na prsima veliki, srebrom okovani molitvenik, stidno gledajući pred sebe, da nisi mogao spaziti munjevita oka od dugih sviloli-kih trepavica, bio bi rekao svatko: eto, svetica sašla sa oltara među svijet da milim pojavom razveseli snuždene ljude.

Mnogomu se građanskomu sinu - a ne kojekakoviću - otimale oči za Dorom; mnoga je majka u duši računala, kad li bude Dora zrela za njezina sina, pače i velikaški gospodičići, kad ih iznebuha oprži sjajno oko zlatarove kćeri, znak bi prišapnuti: "Ej da nije, što je!"

Ali nije se Dora dičila samo lijepim licem, već i ljepšom dušom. Bilo je tu i drugoga uzroka, uzroka doista velevažna, jer zlatom važe.

Veli se: "Bolji je dobar glas nego zlatan pas", a u Dorice bijaše i dobar glas i zlatan pas. Nije dakle ni čudo da su mladicu svi zorniji zagrebački mladići nuđali božićnicom te obilazili, željkujući i snujući zlatarovo zlato; nu od toga zlata ne bijaše im zlata i zatvorena zlatarova vrata.

Sve to nije nikakvo čudo bilo, ali čudo od čudesa, o kome nije ni cigla duša u gradu sanjala, eto bje ovo. Što nije smio nikakav gospodin ni gospodski sin, to je smio jadni brica Grga Čokolin. Prohtjelo mu se Dore! Pa baš njemu! Grdoba traži vazda ljepotu, i žaba htjede se dati potkovati, i Čokolin htio je postati zlatarovim zetom!

Ponajprije natucao Magdi, jer je znao da je stara paprenjarka ponajbolji ključ k Dorinim vratima. Ali Magda kano da nije čula. Napokon osokoli se brico, pa šta sreća dadne. Jednoga dne urani Čokolin, stade pred kositreno ogledalo, osvjetla se kako je znao, udari na sebe suknenu dolamu, svijetle čizme sa srebrnim resicama, djenu si za pojas crvenu svilenu maramu, pa kad je svijet išao iz mise kod Sv. Marka, moj brica, ni pet ni šest, kuc na zlatarova vrata.

"Dobro jutro, bonum mane, gospodaru Krupiću!", nakašlja se našušureni Grga.

"Da bog da dobro bilo, goso Grga!", odvrati mu starac Krupić, dignuv se sa velike orahove stolice. "Koja vas dobra sreća nosi toli rano pod moj krov? Sjed'te, kume Grga! Doro! - nosi čašicu šljivovice!"

"Hladno doduše, vrlo hladno; već je i nestalo Vazma, a moglo bi biti i mraza", odvrati Grga, vrzući se po klupi na koju se je spustio bio i daveći se nekako nehotice - "ali" nastavi, "post nubila Phoebus, ergo tješimo se!"

Oba zašutješe. Dora među stavi na stol plosnatu staklenicu i dvije čašice, i ne dignuv oka reče ukratko "dobro jutro" pa iziđe iz sobe.

Krupić je šutio, znajući po prilici o čemu se radi, a Grgi se uzela riječ gdje se je lijepa mladica iznenada pojavila pred njim. Posrknuv šljivovice, osokoli se malko pa prihvati napokon:

"Upitaste me prije, gospodaru Krupiću, kakva da me je sreća donijela pod vaš krov. Kazat ću vam šta je. Može biti sreća i nesreća po mene -"

"Oj gle! Ozbiljno ste počeli", primetnu starac.

"I nije mi do šale. Ne treba mi nadugo pričati tko sam i što sam. Vi to, majstore, ponajbolje znate. Ima ih doduše po varošu kojima tuđe poštenje nije nego stara opaklija koju ljudski isprašiti valja, ali kleveta je kao drač koji nikne gdje ga i ne posiješ. Ja velim svakomu 'dušu u se', pa nek mete pred svojim vratima; ja velim, Grga Čokolin nije prazna sopunica kakvom ga cijene. I htio bih bolji biti nego što jesam, ali vrag je to samo-vati i brunde kovati et caetera. Zato, majstore, da vas ne mučim dugom litanijom - odlučih tvrdo oženiti se." Ove zadnje riječi istisnu Grga nekako pod silu, nu nakašljav se nastavi:

"Ženidbi pako, kako i sami znate, hoće se muž i žena."

"Posve pravo rekoste", doda Krupić.

"Muža, scilicet sebe, imao bih, ali druga polovica, Adamovo rebro, fali - u tom grmu zec leži!"

"I to je istina!"

"Motao sam i motao dugo tu miso u glavi i prorešetao u misli sve zagrebačke djevojke i, napokon, re bene cognita, evo me ovdje po vašu Doru! - Bez zamjere, majstore Petre! Dixi!", uzdahnu Grga velikom mukom.

Krupić bio je dočuo kamo oko brijačevo zgađa; nije se dakle našao ni najmanje u čudu, ali budući dobričina i ne hoteći ni duše uvrijediti, nije proscu nakratko odrekao, već mu odgovori:

"Dragi kume Grga! Čast i poštenje vama i vašemu poslu. Od dara božjega svi živimo, orali plugom, kovali čekićem ili brijali britvom. Znam i to da je svijet lajav i jezičav, da se ljudi s tuđega veselja žaloste, a tuđoj se nesreći raduju. Ali ja znam što je pravo i zdravo. Ne mislite zato da je bablji jezik meni rif kojim čije poštenje mjerim. Ali dragi majstore Grga, voćke ne valja obrati dok ne dozrije, a djevojke ne udati dok za majku nije. Dora je, hvala bogu, djevojka krepka i zdrava, ali na Trojake bit će joj tek šesnaest godina. Bilo bi prerano, svakako prerano. Nek nosi još koju godinu partu, bit će dosta vremena i bremena za kapu. Pak i to znate da sam sam, da sam udovac; ruke svakim danom više popuštaju, oči me sve više izdavaju, a briga puna vreća: leti amo, leti tamo, a na djevojci ostane cijela kuća. Uzmite još i taj štap mojoj starosti - onda Petar zbogom. Zato bez zamjere, majstore Grga, želim vam ženu poštenu i pobožnu, ali Dora je premlada. Bez zamjere!"

"Bez zamjere!", zapenta Grga, ne znajući kamo bi djeo ruke i noge, pa poklopljen i do nosa blijed ode svojoj kući.

Dora je čula sav taj razgovor kroz okance između sobe i kuhinje, pa od hahakanja mal da nije pregrizla jezik. Opareni Grga porezao je onoga dana brijući varoškoga kapelana Šalkovića da je zavrisnuo od boli i jada.

Magda bje iznjušila kakva se tu kudjelja prede - pa gdje je nesretni Grga mislio naći ključ, našao je kračun, a to mu je pokvarilo račun.

"Nije iz bedakove kuće taj goso britvić", reče stara Krupiću već prije Grgina pohoda. "I ciganinu se prohtjelo biti turskim carem! Ja, vjera i bog, mrzim gizdost; po gizdosti pali su anđeli i ne daj bog da Dora omrlja dušu smrtnim grijehom. Ali, gospodine kume! - ako smo svi braća i sestre, ima nas koje-kakvih, i nikad nisam čula da se zelenika miješa sa vinikom. Bog daj Dorici dobra muža, da im bude duša uz dušu kao prst uz prst. Ne vidjela vječnoga veselja, ako se zato ne pomolim svakoga dana milomu bogu. Nu kad se djevojci kroji dobro ili zlo ne od danas do sutra, već za sav ovaj smrtni vijek, onda treba skupiti oči i kako, da ne bude vraga i tri. A Čokolin nije za Doricu, nije nikako! Prije štalica, poslije kravica! - a bome Čokolinov štacun nije štalica, već, da oprostite, štala. Na blago starijih vrebati, znači za smrt njihovu moliti. Dobra glava, bolje srce i do dvije zdrave ruke - toga treba. Ali Čokolin je čuturaš, kockaš, razbijač i kako se pogovara - pomozi nam Bog i sv. Blaž - crni đak. Kod njega groš u kuću dopuze, a tri groša iz kuće lete. Onomad - u srijedu otvori gradski vratar u zoru Nova vrata. Pa šta opazi? Grga pijan leži pred vratima pa hrče. Od bijelih fratara remetskih odnese bukovačku perjanicu i pod vedrim nebom prohrka cijelu noć. Pa taj - da Doru - bog mi oprosti grijehe! Nije on za Doru, nije nikako!"

To i više toga govorila je Magda Krupiću, nu zlatar i po vlastitoj pameti ne bi bio povjerio svoje miljenice i jedinice raspikući i vjetrogonji.

Tako se dakle povadiše brijač i paprenjarka.

Brijač se jeo da mu je sve žuč kipjela, a pio da mu nos stao cvjetati poput božura. Pritom je snovao i kovao kako da paprenjarki skuha poparu.

U krčmi kod "Crnog Janka" do Kamenih vrata zavukao bi se inače društveni brico u najtamniji kut, te je znao za vrčem vina čamiti zamišljen po cijeli dan.

"Da, da", zamrmljao bi kroz smijeh, "Grga je vinski brat i vragov svat! Dora, fina zlatarova Dora nije za njega! Pa me odbiše, sramotno odbiše kanda sam ciganin. Ali neka, neka! Čekaj, paprena vjero! Stvorila mi se britva kosirom ako ti napokon ne obrijem dlakavu bradavicu! Da, da, ja Grga Čokolin -"

I ne postajalo dugo pa se brijač zbilja osvetio.

Slavni je magistrat dao bubnjem svima i svakomu na znanje da piljarice unaprijed ne smiju prodavati lojanica manje nego deset na funtu, a za svaku lojanicu izviše da će platiti ugarsku forintu globe.

Čokolin, znajući da je stara Magda otprije imala lojanica jedanaest na funtu, pođe k staričinoj daščari da mu dade tih manjih lojanica. Magda se dugo opirala, ali joj brijač reče:

"Ne ludujte, kumo! Ta valjda vas ja izdati neću. Te su vam i onako od starih preostale pa valjda nećete da ih miši izjedu!"

Starica ne sluteći zla pođe na tanak led, a hulja Čokolin zatuži je pred gradskim sucem da je povrijedila zapovijed slavnoga magistrata prodavajući manje svijeće.

I Magda morade pred sud. Pred sud! Kao da je otrovna strijela prosvirala staričino srce. Za svega svoga vijeka nije imala posla sa sudom, ni živoj duši nije ni mrve ni kriva ni dužna bila, a sad pod stare dane morala se dočekati te sramote!

"Ja štujem zakon i poglavare, i sveta je dužnost svakoga poštenoga čovjeka pripaziti da se po gradu ne vrijeđa zapovijed slavnoga magistrata!" - progovori pred sudom licumjerni Čokolin.

"Ne daj bog da svatko tako štuje poglavare kao što vi, majstore Čokoline! Ne budi ova ciganija vašoj duši na rovašu, ali ta jedanaesta svijeća sigurno vam neće posvijetliti u raj božji!" - reče Magda.

Dršćućom rukom izmota starica iz kraja svoga rupca forintu, položi je na stol pred suca, a dvije suze kao grašak skočiše joj na oči! A kad se je vratila u svoju daščaru, bilo joj kao da su joj se svi kameni sveci iznad vrata crkvenih srušili na staro srce. Brijaču je s te osvete nekako odlanulo, ali mu duša nije mirovala. Valjalo se jače osvetiti razlogu njegovih jada, valjalo se osvetiti staromu zlataru i njegovoj jedinici, Grginoj nesuđenici.

II

Bilo je popodne četvrtoga dana po svetoj Trojici, a godišta gospodnjega 1574. Nad goru i polje zagrebačko bio se nadvio crn oblak, nadvio i sasuo na zemlju gustim daždom, kao da si ga nožem prorezao. Nu zamalo jenjala ploha, uminuo oblak na ishod; plavetno nebo razgali se jasno i čisto kao staklo, a sred neba lebdijaše žarko sunce raspinjujući zlatnu mrežu gorom i dolom, krijeseći se u tisuću kapljica treptećih na bujnom zelenilu. Čist i vedar bijaše svijet, vedra i duša čovječja sred divotnoga svijeta.

Kao da je ruka božja prenijela dio rajske pokrajine na zemlju, sijevala je savska ravnica, gdje zelena kao tanana svila, gdje žuta kao žeženo zlato, a sred ravnice Sava ljeskajući se kao srebrna zmija. Od ravnice na sjever niže se brežuljak do brežuljka osut jasnom vinovom lozom, bijelim kolibama, vitim tornjevima, a od brežuljaka dalje uspinje se pod oblake tajna i tamna gora zagrebačka, donekle nijema, ali u ovaj par živa. Pastirska pjesma od obližnjega humka, dah vjetrića koji je tresao sa zelenih grana zlatne kapljice, klopot mlinskoga kola iz prodola, grlovite ptice što su plivale čistim vazduhom i romon zvona crkvenoga - sve se to razglasje složilo u divnu nepojmljivu glazbu, sve je opajalo dušu neodoljivim miljem.

Usred krila gorskoga, navrh uznosita vrška odbija se od sjene stoljetnih hrastova bijelo pročelje staroga Medvedgrada, što stoji sred kitna perivoja. Stare tmušne zidine osvjetla mu nedavno kraljevski graditelj Gierolamo Arconati. Na omašnim kulama titraju svijetli klobuci kao zlatne jabuke u vilinjem vrtu, a na visokim prozorima igraju zrake ljetnoga sunca.

Ali u gradu, oko grada sve je zanijemilo. Tek kadšto prekida tišinu gorsku kaplja pljusnuv s visoke strehe na kamen ili munjevita lasta prhnuv ispod prikrovka u zrak božji.

Jedna jedina duša kao da je živa bila u tom gradu - ali i ona je, reć bi, snivala.

Tik vrata samoga dvora zelenilo se na brežuljku čudo neviđeno - šimšir-drvo, "debelo kao greda", rasprostirući guste, tamne grane, osute rosnim biserom.

Podno zimzelena sjeđaše muž snažan, junačan. Tamna bijaše mu put, crna kratka kosa, crna i dugačka brada. Vrh krupna i široka nosa uspinjalo se široko, uglasto čelo.

Ispod crnih očiju skočile jake kosti iz krupnog lica, a debele usne se stiskale - sve znakovi bistre glave, smjela duha, neodoljive volje. Iza zelenkaste surine provirivala junačka prsa, petnjake debelih žutih čizama zatisnuo u mokru cjelinu, lakte upro na koljena, a debelu glavu pustio na prsa. Čovjek se zamislio. Za časak pridignu glavu i zirnu u divotni svijet. Lagani ga vjetrić, miloduho ga cvijeće uskrisi iz sna. Ljepota podno njegovih nogu obaja ga kao što posmijeh ljepote djevojke ublažuje srce divljaka. Plamen crnoga oka prigasi mu se, usne se pootvoriše, oporo lice složi se u neki blagi sklad kao lice bolesnika kad kane u tešku mu ranu blagi melem. Nijem je čovjek gledao, gledajući uživao. Kao nestašan leptir bludile mu oči gorom i dolom. Gle, na zapadu visi se Susjedgrad nad Savom kao gorski oro vrh klisa; nedavno je u njem pustio dušu stari grešnik Tahi. Gle samoborskih kula; ondje stoluje prelijepa gospa Klara Grubarova. I dalje! Sred zelengore rumeni se o zažari tvrdi Okić, gnijezdo Bakača, kao rubin u vijencu od smaragda. A ondje na ishodu sunca tone u sinjoj magli bijeli Sisak, vječni svjedok hrvatskoga junaštva.

Ali u tren munu mu čelom munja, glava se osovi, lice namršti i bijesne oči zadješe se čovjeku na jednom mjestu. Vrh brda Griča dižu se tamne zidine, a od zidina više četiri jake straže, četiri tvrde kule. U njih upire čovjek oči kano da ih hoće pogledom sažeći. Taj nišan njegova gnjeva bijaše - Zagreb.

"Oj da te ne bilo, prokleto krtovo gnijezdo! Koja te je prijeka sreća vrgla meni na oči da budeš zator momu rodu, da nam budeš gori jad od osmanlijskog bijesa! Gle, kako se ti kukavni kramarčići opasaše tvrdim kamenom da im krupna šaka ne razvali štacuna, ne rastepe papra. Da, da! I to cijeni se plemićem, pa dirne li koja pojača ruka u taj osinjak, eto graje kao iz žabljega legla, eto i na dvor njihove 'zlatne sloboštine'! Kršćanske mi sablje, ni uhom ne bih maknuo da se tursko kopito dotakne te gamadi, ni okom ne bih trenuo bio da je Gubec podavio svu tu ciganiju. Da ti puževi bar ostaju u svojoj kolibi, da svoji na svojem miruju. Ali da! Hoće im se moga Medvedgrada, da im leđa budu sigurna od medvjeda; hoće im se Kraljeva broda da mogu svojom kramarijom u Primorje, i Černomerca i Hudog Bitka im se hoće - ali polako, varoška gospodo! Za tu vašu široku i visoku volju crno ću vam mjeriti, hudo vas izbiti - groba mi očeva, hoću, ili ne zvao se više Stjepko Gregorijanec."

Dugo premetale se takve misli u Gregorijančevoj glavi stižući se i ništeći kao valovi brzice rijeke.

Već se nagibalo sunce k Okićkoj gori, a gorskim prodolima šuljala se iz tamne šume tiha večer.

Najednoč ozva se iz hrastove gustine konjsko kopito. Gregorijanec pridigne glavu. Ne prođu dva časa, a na gorskoj cesti pojave se dva vrlo razlika putnika. Odrpano, boso čeljade ogrnuto plaštem od sitka, a pokriveno širokim šeširom od šaša, klipsalo je uzbrdo vodajući na uzdi kljuse na kojem se je njihao odebeo sijed gospodin u crno na popovsku odjeven i pod crnom šubarom - hrvatski kronista i zagrebački kanonik Antun Vramec.

"Vidim li zdravo! Dobar večer, admodum reverende amice!", poviknu Gregorijanec skočiv na noge i pohitiv starcu nizbrdo u susret. :"Eto rijetke sreće mojemu grešnomu krovu! A šta je tebe, prečasni gospodine i prijatelju, snašlo da se u mrak vereš na kljusetu po gori i tražiš moje medvjeđe gnijezdo? Eno zalazi sunce, već je i rosa pala, a večernja studen udi tvojoj sijedoj glavi. K tomu ima ovuda haramija štono uskočiše od banove vojske, te bi lako mogli poljubiti zlatni krst, ali bi ga i pridržali za svetu uspomenu! -"

Vramec zaustavi konja, a Gregorijanec uze uzdu iz ruku odrpanoga vođe.

"Pax tecum! ", pozdravi starac gospodara medvedgradskoga sagnuv se malo. "Dolazim od kanoničke vizite iz remetskoga samostana; htjedoh ti svakako u podne doći, zašto, čut ćeš naskoro. Bijeli fratri dadoše mi ovog Jerka za vođu, te se nisam bojao hajduka, jer ako je Jerko i gluh i nijem, jake su u njega mišice, a bolja drenovača. Ali pravo reče, sinko: zahladilo je, a ja starac nisam ti kršna zdravlja. Zato ne predimo tude puno riječi - već ajdmo pod krov, bit će o čem govoriti."

Po tim riječima manu Vramec Jerku rukom, koji je dosada stajao kao kamen i motrio čudnim okom Gregorijanca. Na mig kanonikov strese se dva-tri li puta i za tren nestade ga u ljeskovu grmlju. Stjepko potegnu Vramčevu konju uzde te povede prečasni teret uzbrdo do samoga dvora.

Zakratko sjeđahu gospodar i gost za velikim hrastovim stolom u velikoj, potamnoj sobi lijeve kule medvedgradske. Na stolu stajaše debela voštanica, a kraj nje staklen vrč, puncat zlatolika vina. Gucnuv dva-tri puta, cmoknu starac jezikom i kimnu sijedom glavom. Vidjelo se da je za sada zadovoljan.

"A gdje ti je gospa Marta, gdje li tvoji mladi sokolići, Pavle i Niko?"

"Marta pošla je u Mokrice. Vele da je ondje blaže nebo, jer ona boluje na prsima. Niko pođe u pohode svaku mi Mihajlu Konjskomu. Slutim da se kod gospe svasti nekakvi svatovi snuju. A za Pavla ne bih ti znao kazati kud se u ovaj par tuca, ima više od nedjelje dana te ga ne vidjeh."

"Zar se i za njega snuju svatovi?"

"Bijesa! - Mari ti on za to kao što ja za fratarsku čorbu. Leti po svijetu, bog si ga znao u koga se taj dječko vrgo. Divljak je, svojeglav, pa ide sve svojim putem."

"Pusti ga, kume!", odvrati mireći Vramec. "Mladost ludost. I mi smo takvi bili. Po vremenu se i ognjevit ždrijebac prikroti. Znam ja Pavla u dušu. Nisam li mu kum? Dobra je srca, zdrava mozga. Živ je dakako kao iskra iz kremena, ali bolji i takav negoli svana svetac, a snutra prokletac. Kako dakle vidim, sami smo?"

"Sami!", odvrati Stjepko.

"Da ti dakle kažem zašto zađoh u tvoje dvore, jer za šalu ne dođoh", doda Vramec važno.

"Da čujem, admodum reverende amice!"

"Za prvo, dođoh po svojoj volji da se nadišem šumskoga zraka, da se osladim lijepom vedrinom svijeta; jer - inter nos - moji prečasni kolege u konzistoriju veliki su mrmljavci, a mene 'piskara i kroničara' osobito poprijeko gledaju, jer da pametnjak neće spisavati bajke."

"Valjda nekim ljudima pamet u trbuhu stoji", prikrpa porugljivo Gregorijanec.

"Dođoh i zato da se načas otresem Zagreba, da Zagreba, toga legla jala i jada, brbljavosti i pakosti, gdje se kršteni ljudi grizu ko nijema živina. Nu neka! Pričuvao sam im poseban list u svojoj kronici, kojega jamačno neće djeti za prozor."

"Vivas admodum reverende!", zaskoči mu živo Stjepko riječ, "iz duše mi govoriš!"

"Za drugo", nastavi kanonik važnijim glasom pridignuv lijevi kažiprst, "za drugo dođoh po drugoj volji. Šalje me prečasni gospodin i brat Niko Želnički, prepošt čazmanski."

"Želnički?"

"Da, on. Ti znaš našega bana i biskupa."

"I predobro!", odvrati Gregorijanec ponešto ljutit.

"Đuro Drašković čuje gdje i ne sluša, vidi gdje i ne gleda. Ti si po misli banovoj šugava ovca u stadu svete matere crkve."

"A on je -", planu Stjepko.

"Miruj. Bijeli fratri iskitili su te pred njim kao posinka - sit venia verbo - živoga sotone: da ih robiš, da ih plijeniš, da ne znaš boga ni sveca. I to vele: da gračanske snahe znadu najbolje kako držiš šestu zapovijed i vjeru svojoj zakonitoj drugarici, gospi Marti -"

"Laž! Sve paklena laž!", provali Gregorijanec zažariv se dovrh glave, da se je lasno posumnjati moglo da ta "laž" pol istine veli.

"Moguće", odvrati Vramec mirno, lukavo motreći Stjepka ispod oka. "Nu to spada pred tvoga duhovnoga liječnika, a ja tvoj ispovjednik nisam. Svakako vidiš da nisi banu u volji i da baš ne bi pohvalio kapitulara koji bi na oči svijetu s tobom jednu pogaču lomio. Ja dakako ne hajem za svačiju zlovoljicu, ali prečasni gospodin Niko je plah, k tomu i velik gospodin koji bi htio još većim postati. Mitra je kanoniku što i mlada djevojka momku. Srce njegovo voli tebi i tvome rodu veoma, ali se boji pred svijetom ti pružati ruku. Zato posla mene ovamo."

"A u koju svrhu?"

"Slušaj! Čazmanski prepošt primio je pisamce iz Beča, gdje se i o tebi piše."

"O meni? Iz Beča? A šta se piše?"

"Dobro se baš ne piše, da kažem ne govori, osobito u carevu dvoru."

"A što su opet na mene smislili?"

"Puno koješta. Pro primo naslućuju da si šurovao sa Gupcem, štono ga nedavno čudno ovjenčaše na Markovu trgu, da si pod rukom vrkao kmete i male plemiće na gospodu, pače im pomoći dodavao."

"Pro primo je to kukavna potvora", odvrati srdito Gregorijanec, "da, potvora, prečasni gospodine! Gregorijanec mi je ime i pleme. Velikaš sam mogućan i imućan, kmet je smet, a kosturaši i šljivari, ma imali sto grbova od oca našega Adama, nisu mi braća. Bilo je kadšto te me obujmila jarost, kad me u jedan mah pritiskali i stari bijesnik Tahi i kraljevski sud i kukavci Zagrepčani, pa i gospoda i Zrinjski i Bakači; bilo je kadšto te rekoh u zlovolji: jari de, Stjepane, kmetske kuje na gospodske vukove. Ali se ubrzo lecnuh i, grba mi moga, u pravi čas odrekoh se 'muške puntarije'. Ali da i jesam, bi l' griješio bio? Flectere si nequeo superos, Acheronta movebo. Kad te zaokupe ljudi, i paščad je dobra na pomoći."

Gregorijanec govoraše sve većom žestinom, srknuv kadšto iz omašne kupe, a kanonik slušaše mirno, motreći ga. "Pro secundo", prihvati starac, "vele da zaštićuješ lutorske prodikače što ih je pokojni Ivo Ungnad - omen et nomen - dobavio u naše kraje na zator prave katoličke vjere. Careva svjetlost ne bi ti toga upisala u veliki grijeh; Makso i sam nagiblje krišom na prokletu novotariju, ali to ti upisuju u grijeh Drašković i druga dvorska gospoda, koji nemilice čupaju taj smrdljivi drač iz njive Gospodnje."

"Ha, ha! Eto čitave ludosti! Da sam lutor ili zaštitnik lutorski? Marim ja za tu pasju lutorštinu, za sve poganske pištole, homilije i nemilije kojim su nas nuđali iz Nürnberga i Tübingena, koliko za bradu turskoga proroka. Ako sam i grešnik, tvrd sam katolik. Pitaj ti na primjer gospodu Zrinjsku, tko se krsti po zakonu prevjernika fratra virtemberškoga, tko li uvlači štampanu kugu iz zemlje Njemačke?"

"Ni ja sam ne vjerujem da udaraš lutorštinom, jer me ne bi vidio pod ovim krovom da je postao spiljom zlotvora. Nu nisam svršio. Pro tertio: Vele u Beču - a to je najveći tvoj grijeh pred njima - da Stjepan Gregorijanec, taj čuveni i viđeni junak, drži sablju u koricama gdje bič božji kraljevinu gazi, da Stjepan Gregorijanec iz zasjede baca klipe pod noge jasnomu nadvojvodi Karlu što ga je carska svjetlost imenovala zapovjednikom kraljevine; da isti Gregorijanec spletkari proti krajiškim generalima, kojino dođoše da nas obrane od turskoga ropstva. To vele o tebi u Beču."

"To li?", skoči Stjepko jarostan te se zaleti u gnjevne riječi: "Ne čudim se čavrljanju bečkomu, niti sam glupak da ne izbrojim na prste da me ni naša ni bečka gospoda nisu upisala crvenim pismom u svoj koledar. Nisam puzavac niti se ne umijem klanjati na španjolsku. Već i to im se ne mili; ali ne spletkarim, već mirujem svoj na svojem, pa eto ti klevete. Znam čije je to maslo! Ferko Tahi porodi ove paklene tužbe u svojoj gujskoj duši, ne vidjela raja božjega -"

"Ne blazni!", zakrči mu Vramec riječ.

"Da, on! Još i sad, gdje mu je bijes digao nečistu dušu, još i sad grize me otrov što ga je za živa na me izrigao bio. Šesta evo teče godina da me je tužio carevoj svjetlosti u Beč, da su me ročili u Požun pred kraljev sud, a zašto? Jer sam branio pravo svoje punice Uršule, materinstvo svoje žene, gospe Marte Henningove, jer nisam dao da opaki ljudoder Tahi ne pograbi svega Susjedgrada. Huckao je na mene i kramarsku štenad zagrebačku te digoše snova na mene pru da je Medvedgrad njihov i sve moje imanje da je njihovo, premda imam na pismu i pod kraljevskim pečatom da je sve to blage pameti kralj Ferdinand darovao na vječna vremena mojemu pokojnomu gospodinu ocu Ambrozu i po njemu njegovu ostanku. Da zaboravim kako su naše pleme osramotili, moga oca s podbanstva skinuli, da je od žalosti umro. Tko je tomu kriv? Tahi. A lani, kad mu je već duša na jeziku bila, a vrag u kostima sjedio, nije li moga rođenoga brata Baltazara bockao te bockao, dok taj slabić sebe, mene i sve

Gregorijančevo pleme pogrdi bijedeći me u javnom zboru stališa i redova naše kraljevine u Zagrebu, da ga radim prevariti za njegov dio očinstva. A zašto? Jer sam htio pol Medvedgrada založiti Krsti Mukuliću da popravim naše gospodarstvo, propalo sa velikoga troška za četovanje na Turke i za pravdanje sa svjetskom i duhovnom gospodom. Sve, sve smisli i skova ona stara zmija da me satre, da me uništi. A ja da se ne ozlovoljim. Strijela mu božja sunula u grob!" -

Od žestoka govora nadimahu mu se prsi, stisnuše šake; jezik mu zape i, savladan jarom, klonu na stolac.

"Ne huli boga!", progovori Vramec dignuv ruku. "Veliš da si katolik, a ja ti velim - da nisi kršćanin. A šta bjesniš proti mrtvu imenu? Tahi preminu!"

"Naoči samo, admodum reverende amice!", odvrati Vramcu gorko Stjepko uprijev glavu na ruku, "naoči samo. Njegov zlopaki duh u službi je velike gospode - a navlaš Đure Draškovića, a oni zalijevaju pomno otrovno drvo mojih jada što ga je Tahi zasadio bio. To ti je izvor bečkoga govora."

"Izađi dakle na vidjelo svijeta; u tebe je volje, snage, duha. Dokaži im jasno da lažu koji na te kleveću; jer se veli: tko šuti, taj muti."

"Neću. Ne marim što su se na me iskivili, a da i marim, kakova hasna? Laži na poštenjaka: 'Čovjeka je ubio!' A poštenjak operi se te iziđi čist od suda, kleveta će vazda odjeknuti: 'Ubio!'"

"A ne nuka l' te ništa da se latiš rada, a okaniš nerada?"

"Ništa. Sve me nuka da se okanim svijeta. Već moga gospodina oca Ambroza gnjavili su i davili, skinuli s podbanske časti, a davili, kako to prije rekoh, i mene. Je l' vrijedno sabljom udarati na tuđe lavove kad te jedu domaće muhe i komari. Je l' vrijedno na kocku stavljati glavu za ljude koji će ti međutim raznijeti krov? Nije. K tomu i nevolja u kući. Gospa Marta mi gine dnevice kao snijeg o suncu. Mrzna je i ćudljiva; posti i moli, moli i posti. Niko, mezimac majčin i majčina je prilika - mrtvo puhalo - od zapećka nikud van do kecelje. A Pavao - starija mladica Gregorijančeva roda - prevrtljivac, svoje glave, svoje volje, a vrela krvca. Do mjeseca popeo bi se da mu prisloniš ljestve."

"Vrela krv, veliš", zakrči mu riječ Vramec, "rođeni sin svojega oca."

"Varaš se, velečasni. Nije Pavle što sam ja, to jest, što sam bio. Ako sam vrele krvi i tvrde volje, nisam muke trošio uludo. Sve moje silovanje, sve napinjanje ugađalo je jednoj svrsi - slavi i koristi mojega plemena. Imanje naše iznio sam sabljom iz nokata lakomih susjeda, i što skupih ja i pokojni mi gospodin otac, mišljah da će mi čuvati i razmicati sinovi. A na žalost obumire mi staro stablo. Pavle glavinja svijetom gledajući svagda u oblake, vrluda stranputicom, a za ženidbu ni da čuje. Ruši se moja kuća, ruši. Izim toga i jad van kuće."

"Kako to misli tvoja poglavitost?", zapita zvjedljivo kanonik.

"Kako? Poslovi ne teku strujom kojom bih ja broditi htio. Što se po kraljevini našoj radi, nemili mi se. Ta gledaj Draškovića! Mudar je kao knjiga, gladak kao mletačko staklo, sladak kao ciparsko vino koje će ti pamet prevariti. Bršljan je on štono se svačega hvata, svuda propinje, ali nije hrast da stoji o sebe, da zaustavi buru koja je saletjela Hrvatsku. Odviše ugađa dvorskoj gospodi, odviše piše u Beč. Ja - ja mu ne vjerujem, banija nije mu nego stepen da se popne više i više. Nije li lani postao od zagrebačkoga đurskim biskupom? Čemu to? Pazi li on korist i sloboštine hrvatske i slovinske gospode?Ne vjerujem. Dok je Frane Frankopan s njime zajedno banovao, vjerovao sam, jer je knez modruški bio duša kao staklo, a junak bez para. Da, onda bijah i ja krilat zmajić, i gdje god se banska zastava vijala, ne pomoli Turčin dva puta preda mnom glave. Kao arkanđeo đavole iz neba tjerao je Frane Turke iz zemlje, te ne prozvaše ga uludo 'štitom hrvatskim'. I ne bijaše nekim te nekim u volji. Sudiš li da je njegova smrt čist posao? Kad mu od mala čira za uhom otekla glava i on junak zaglavio kukavno u Zagrebu, u postelji. Vele, liječnik da je tomu kriv. Bog zna. A tko sada zapravo banuje? Drašković? Ne. Nadvojvoda Karlo i njemački generali. A čemu Karlo, kad nam je ban po zakonu vojskovođa? Čemu svi ti Pappendorfi, Halleki i Teuffenbachi, kad znadu hrvatska gospoda sama voditi svoje čete? Da nam budu na pomoći i oni i njihova štajerska vojska? Hvala im. Za zidinama, za oklopom, pod gvozdenim loncem ele junaka da se zemlja trese od tih žabara i cifraka, nu virne li čalma iza grma, pomozi bože! Turčin ne vidi nego leđa tih mušketira i arke-buzira, a vi Hrvati gubite glave, dok se oklopnici napale vaših sela i napitaju vašega blaga, dok kus po kus naše banovine ne strpaju pod svoju komandu. Nu evo se zabrbljah. Ukratko, dosadilo mi, razjadilo me, te se odbih od svijeta u svoje gorsko zaklonište; neću da igram u tom kolu."

"A ti budi naš!", zaskoči mu veselim licem kanonik riječ, koji je dosada vrebao oštro na svaku riječcu gospodara medvedgradskoga.

"Vaš? Čiji? Tek tebe vidim pred sobom!", zapita Stjepko podignuv glavu i u čudu motreći kanonika.

"Da, naš", odvrati Vramec odrješito dignuv se na noge. "Ima više hrvatske i slovinske gospode duhovne i svjetske koja isto naslućuju što i ti, koja ne cijene grijehom s čega te dvorska gospoda bijede. Imanje i vladanje gine stališima i redovima hrvatskim iz ruke, tuđi generali hoće da istisnu velikaše, hoće da nam kraljevinu poseljače, a onamo ne da nam turska bujica da odahnemo. Dogorjelo je do nokata. Kani se bezdjelice. Budi naš."

"Ne iskušavaj me, velečasni oče! Ja ću kod kuće da branim svoje, a svatko neka radi što i ja", odvrati odrješito Gregorijanec.

"Cijenih te mudrijim. Čekaj dok se plamen dohvati susjedove kuće, pa onda gasi svoju! Za korist i slavu svoga plemena radiš? Lijepa rada od nerada. Lijepe slave gdje ti rđa sablja. I nijemo zvijere zavuče se u svoje duplje pa misli: 'Čuvam si kuću!' Ako je brod zabrodio krivom strujom, valja krenut kormilom i tomu se hoće jake volje, a jake volje si ti. Da pokusimo sklonuti carsku svjetlost ne bi li makla štajersku komandu da se ne pojavi drugi Kazianer. Da kušamo sami voditi vojsku, a vojskovođa da nam budeš ti!"

"Pusti me!", odvrati oklijevajući Gregorijanec.

"Još jedno. Zagrepčani udariše pravdom na tebe da ti otmu Medvedgrad i Kraljev brod. Zamalo pući će sud. Kraljevski suci prevrću, čujem, stara zagrebačka pisma. Bog zna nemaju li Zagrepčani titulum juris?"

"Nikad!", zaviknu Gregorijanec skočiv na noge, "moje je pravo jasno kao sunce na nebu!"

"Sud znade što je pravo. A kod suda kraljevskoga ima dosta naših prijatelja. Budi naš!", navali Vramec ponudiv Stjepku desnicu.

"Vaš sam!", odvrati Gregorijanec poslije časka uhvativ starčevu ruku.

"Amen!", doda kanonik.

Uto je i zanoćilo bilo. Skoro utrnu se i zadnja luč na Medvedgradu. Kanonik snivao je u svojoj ložnici vesele sanke. A Stjepko stajaše dugo do prozora kule, piljeći u to tamno noćno nebo da dočeka svoju sretnicu zvijezdu.

III

Od sastanka na Medvedgradu ne bje minula ni godina dana. Vedro osvanu Đurđevo. Polja se osula bujnom strni, drveće i živice bijelile se punim cvijetom. Nebom polijetali gdjegdje rumeni oblaci kao čudne ptice iz neznanih krajeva; lasta sjedeći na strehi previjala glavicu te pozdravljala cvrkućući lanjsku domovinu. Mirno se valjala Sava svojom maticom, zadijevajući se gdjegdje u gusto vrbinje na pjeskovitoj pličini ili pljuskajući o dno ribarskih kukavnih koliba. Ne bijaše tada ni Savskoga mosta ni Savske ceste. Od Siska idući put Zagreba trebalo je preko vode prijeći "Kraljevim brodom" nedaleko od gradskoga sela Trnja. Prijevoz taj državhu tada Gregorijanci; bio je podalje i manji prijevoz po imenu "Grgurićev brod", ali je svijet volio prelaziti velikim, jer je Sava od pameti voda varava.

Ujutro Đurđeva dne dokasa do Kraljeva broda zelenko, a na njemu mlad junak. I konj i konjik su od puta sustali bili. Zelenko je poniknutom glavom prebirao lijeno noge, premda se vidjelo da nije cigansko kljuse, a konjanik je zamišljen pustio da ga konjić nosi po svojoj volji, premda su u njega bile ostruge oštre i velike.

Mladiću jedva bijaše dvadeset godina. Lice blijeđano, plemenito, kosa odugačka, crnomanjasta, brčići mali, čelo visoko, a sjajne plavetne oči pod tamnim trepavicama dvije žive zvijezde da ih nije mutila neka sjeta. Mladić bijaše lijep, snažan, a ljepši od nebrige i sjete. Naherio bje kapu kunicu na uho, a orlovo pero treptjelo mu je za kapom. Haljinu od plavetna sukna sapinjahu velika srebrna dugmeta, a uske hlače od višnjeve boje savijahu se oko jakih listanaca. Niz široka leđa padaše mu teška, crna kabanica, pod grlom sapeta zlatnom sponom. O boku visila mu je sablja krivošija, a za pojasom od žute mletačke svile stajala mala puška, srebrom okovana. Takav bijaše mladić.

Dokasav do broda stane, osovi se na sedlu pa zaviknu glasovito: "Oj ljudi, otisnite!"

Umah ispadoše dva čovjeka iz kolibe na drugom brijegu pa brže u lađu! Ne prođe da si mogao izmoliti dva Očenaša, i brod se zadje u pijesak pred mladićem.

"Pomoz bog, ljudi!", doviknu im mladac i propev zelenka skoči kao strijela u brod.

"Da bog pomogne! Vi li ste, vaša milosti?", odzdravi mlađi brodar uprijev veslom. Nekoliko časaka prođe mukom i eto mladića na zagrebačkom brijegu Save. Tude je malko postojao gladeći zelenku grivu, napokon će brodarima koji se klanjahu do zemlje, ne tražeći začudo ni dinara brodarine.

"A kako vi, ljudi?"

"Hvala na pitanju, vaša milosti!", odvrati mlađi, krupan ljudina. "Živi se".

"A ti, starče Mijo?", okrenu se mladac starijemu, krezubu mutljaku bijele kose i sivih očiju. "Kako ti mreža?"

"He, he", odvrati starkan glupo smiješeći se, "soma ni za svetak, a bjelice jedva za petak. Sava je bila, da oprostite mladi gospodine, do sada mutna i jaka. U Kranjskoj je negdje kiša išla na rukave pa se riba odbila."

"Kako na gradu? Šta radi gospodin otac, šta li gospođa majka?"

"Ne ima na gradu nikoga. Gospodin stari od nedjelje prešao preko gore u goste, a milostiva gospoja jošte sjedi u Kranjskoj", odvrati mlađi brodar.

U ovoj par zatutnji zrakom gromoran, lagahan zvon. Od Zagreba razlijegalo se veliko zvono Svetoga Kralja. Sva trojica krenuše glavom put Zagreba.

"Šta je to?", zapita u čudu mladac. "Svetkuje li se danas kakav svetak?"

"Čudna nekakva svetkovina!", prihvati luckasti starac. "Pokopčeva Jana iz Trnja mi je za to govorila, a njoj opet sestrić joj, špan kod gospodina prepošta. Nekakvoga turskoga popa pale na Kaptolu. Samo mi je čudo da mu za pogansku dušu zvone velikim zvonom - ako nije možebit turski kanonik!", doda starac.

"Bit će tako! Zbogom ljudi!", nasmiješi se mladić, bocnu zelenka i pojuri prema Zagrebu prije nego se brodari na pozdravu zahvališe.

Mlađi od njih zađe u kuću, stariji blejio je za mladićem po-
dugo, ali napokon otklima i on u kolibu sve glavurdajući, sve
razmišljajući o turskom kanoniku.

Kao munja proleti mladić kraj vrtova Petrinjske ceste, dole-
ti do "Harmice", a odavle Kaptolskim vratima na Kaptolski trg.
Ali tu je i bilo šta vidjeti. Svijeta kao graha, od biskupskih tor-
njeva sve do fratara.

Mravom je tu vrvjelo i staro i mlado, i žensko i muško, i
gospodsko i kmetsko, na konjima i pješke, sve vičući, mašući,
preklapajući i gurkajući se. Tu se je zibao na konju nakazni, gr-
bavi suban Gašo Alapić, a uz njega podban Ivan Forčić, prabi-
lježnik Mirko Peteo i mnogo hrvatske i slovinske gospode sve
na konjima, sve pod kalpacima, a među njima kao bijela vrana
pod širokim šeširom sa crnožutim perom njemački general Her-
bert Auersperg - zvjedljivo obraćajući oči prema gvozdenim
vratima lijeve kule biskupskoga grada. I varoška gospoda bjehu
došla, navlastito se je širio među građanima plemenitoga grada
Ivan Blažeković, krupna ljudesina, po zanatu kovač, a po časti
gradski sudac, te su drugi purgari slušali vrlo pobožno njegove
velevažne riječi kojih je pratio neobičnim mahanjem ruku, sve
kažući na kuću što je stajala kraj bisku-pskoga dvora, gdje je
negdje stajala župna crkva Sv. Marka, a sada stoji "biskupsko
sjemenište".

Podalje od dvora pod lipom kraj Kaptolske vijećnice za-
bavljala se hrpa ljudi vrlo živahno.

"Da! Tako je, velim vam", stade perorirati čovuljak stojeći
na praznoj bačvi. "Vjerujte meni! Ja se u te posle razumijem, jer
nisam samo vas zagrebačke kramare brijao. Pismen sam čovjek,
pa sam služio pod zastavom bana Petra Bakača. Na, gled'te bra-
zgotinu! - Kod Ivanić-grada -"

"Čuli smo, čuli!", zaskoči mu riječ omašni Blaž Štakor,
glavar ceha tesarskoga.

"Govorite, govorite, kume Grga", prihvati suha pekarka Ti-
hodićka iz Popovske ulice, "slušala bih vas po cijeli božji dan
gladna i žedna."

"Ergo", nastavi Grga Čokolin, "taj nekršteni Antikrst, koji
je eno u onom dvoru stanovao, stavio je sveto evanđelje pod

noge, dao si je obrijati grešnu glavu - jer si pogani i glavu briju, ja to znam - i postao Turčin."

"Čuvaj nas bog svega zla!", uzdahnu debela mesarica Barinkinka sa zorolikim nosom, "da mojemu Mati uđe u pamet obrijati si glavu, iskopala bih mu oči."

"Vidiš, vidiš!" doda hladnokrvno, klimajući glavom, škiljavi bubnjar Đurica Garuc ili "biskupska palica".

"Ljudi vele", prihvati Čokolin, "da je Franjo Filipović -" Na ovo ime prekrstiše se sve babe.

"Da je Franjo Filipović", opet brijač, "kao kanonik i kapetan sa kaptolskom vojskom imao uloviti Turke kod Ivanića."

"Čuli smo, čuli", upade Štakor.

"Vidiš, vidiš!", zijevnu bubnjar.

"Uloviti Turke kao u stupici miše. Ali da! Teške ga brige! Nisu oni išli na njegovu, već on na njihovu slaninu. Kaptolsku vojsku isjeckali na kobasice, a finoga reverendissimusa k sebi na konja pak ravno k turskomu caru. Car mu je dao sto centi suha zlata, dvjesta rali zemlje, zidanu kuću i zavrtnicu i trista žena, jer Turčinu nije jedna dosta."

"A nama i jedna suviše", doda hladnokrvno Štakor.

"Pomozi nam sveta Gospa Remetska!", prekrsti se suha Tihodićka.

"Kad bi moj stari imao takav turski apetit, kuhačom bi ga pameti naučila", doda debela mesarica.

"Vidiš, vidiš", zaklima bubnjar.

"I zatajio Boga i sve svece i postao Turčin", reče Čokolin. "A danas će ga suditi, jer da znate, taj poganin postao je i oficir, i kod Siska i Križevaca dao je sto naših nabiti na kolac. Danas će ga suditi - toga lopova. Samo da ga imaju. Ali se vrag ne da. Da su mene poslali do Siska" - tu se iznenada zaustavi brijačev brbljavi jezik. Oko mu se bilo zadjelo na blijedom mladiću što je sjedio mirno na konju zelenku.

"Gle, gle!", nastavi brijač, "eto čuda! I mladi gospodin Pavao Gregorijanec dojezdio je na zelenku da se naužije te komedije. U koga bijesa pilji očima? Aj, aj! Vidite li, u Krupićevu Doru. I ta gizdavica je došla sa starom vješticom Magdom. Kako se je cura našušurila, ali ide vrijeme, bit će je još za dinar! Da, bit će -"

"Zbilja, hoćete l' mene za debeloga svata, kume Grgo?", zapita kroz smijeh Štakor.

Brijačić pocrveni kao rak i spremao se kovaču svojski odrezati, ali na žalost ostade sam na bačvi, jer svjetina krenu prema drugoj strani.

Od Kaptolskih vrata zaštropotali teški koraci. Filipovićevu dvoru primicala se četa jakih momaka pod gvozdenim kapama, crnožutih rukava, a na ramenu im teške gvozdene glunte. Bijaše to kumpanija carskih njemačkih mušketira, a vodio ih je kapetan Blaž Pernhart. Došav do dvora razmače četa svjetinu i prostor pred kućom ostade prazan. Ali za jedan čas podiže se sred te čistine lomača, podalje drvena prodikaonica.

Treći put zazvoni veliko zvono Sv. Kralja muklim, turobnim glasom. Svjetina zamukne mukom. U tinji čas otvoriše se gvozdena vrata biskupske kule, a iz njih se izvali čudan provod. Naprijed četiri kaptolska trubača u plavetnim dolamama, a za njima bijeli remetski fratri sv. Pavla, redovnici sv. Franje i sv. Dominika, zatim časni kaptol zagrebački i čazmanski noseći pred sobom raspelo zagrnuto crnom koprenom, držeći rukama prelomljene voštanice. A najzad u crnoj halji i pod bijelom srebrnom mitrom, duge crne brade, malešna stasa iziđe knez Đuro Drašković, biskup zagrebački i ban hrvatski.

Poniknutom glavom, laganim korakom micao se provod oko Kaptolskoga trga, pjevajući gromornim glasom "Miserere!"

Napokon stade povorka pred dvorom kanonika izdajice. Tri puta zaoriše glasne trublje. I pope se na propovjedaonu prečasni gospodin Blaž Šiprak, kanonik stolne crkve zagrebačke, te stade čitati za mrtve tišine veliko pismo ovako:

"Mi, Đurađ Drašković knez trakošćanski, po božjoj i apostolske stolice milosti biskup crkve đurske i zagrebačke, komornik Nj. ces. i kr. svjetlosti Maksimilijana II, cesara ri-mskoga, kralja ugarskoga, češkoga itd., kao i ban kraljevina Dalmacije, Hrvatske i Slavonije svim vjernim, kojih se dostoji i pred čije lice taj naš otvoreni list priđe, pozdrav i blagoslov. Prva je naša pastirska briga da duše, vjerne našoj svetoj katoličkoj vjeri, branimo oda zla vječnoga, da šugave ovce izlučimo iz čistoga stada, da korov iščupamo između plodne pšenice. I stoga nam se očin-

31

sko srce kruto ražalilo kadno razumismo da se je Bogu nemili i vragu mili Franjo Filipović, prije kanonik zagrebački i zatočnik svete matere crkve, bivši zarobljen kod Ivanić-grada od nevjernih Turaka, pogaziv zakon božji i ljudski, zatajiv Boga trojedinoga i božja svetotajstva, izdav svetu crkvu koja ga je posvetila i materinsku zemlju koja ga je na svijet rodila, odmetnuo od svete vjere naše i podao se pod jaram vječnoga prokletstva primiv nevjeru tursku i nadjenuv si pogano ime Mehmed, te zlotvornom rukom vodi nevjerne čete u ove kraljevine i paklenom himbom uništava rod svoj i domovinu svoju. Slijedeći mi stoga pravdu vječnu, koja dobra nagrađuje a grešnika kara, slijedeći svete kanone, rečenoga Franju Filipovića apostolskom svojom vlasti gonimo iz krila svete matere crkve, iz općine ovih kraljevina, ter skidamo s njega sveti red; i da je proklet i on i njegovo pleme; proklet onaj koji ga hrani i brani; prokleto mu ime i sjeme, hranio ga jad i glad, pratila ga tuga i kuga; voda ga utopila, zemlja ga proždrla, grob mu izbacio kosti, a vjetar mu raznio pepeo. I kao što se prokleta duša pali u paklu sa Judom Iškariotom, tako neka sažge i satre krvnik njegovo imanje i stanje, i kao što se njegova nevjerna duša otkinula od vinograda gospodnjega, tako sharaj pravedni gnjev sve njegove vinograde, njive i polja. Proklet bio navijeke."

Od užasa protrnu svjetina. Grozna pjesan "Miserere" zaori snova, a s visine crkve Svetoga Kralja zajeca malo zvonce kao zdvojno naricanje proklete duše.

Na uzvišeno mjesto stade biskup da blagoslovi puk. U tren klekoše svi.

I opet zatrubiše trublje. Kad ali izađe iz množine zagrebački krvnik sa četiri momka. Potpiriše lomaču. Dršćući gledaše Dora taj strašni prizor, a Magda stojeći kraj nje šaptala je zaklonjenih očiju litaniju. Ali Pavao Gregorijanec nagnuv se na vrat svoga zelenka nije vidio ni biskupa ni krvnika, nije čuo ni zvona ni mrtvačkoga psalma. Sva mu se duša skupila u očima, a oči nikud od zlatarove Dore.

Sad razvali krvnik sjekirom Filipovićeva vrata. Pohiti u kuću, a momci mu stadoše kuću mazati crnim vapnom. Plaho je čekala svjetina šta li će biti.

Otvori se prozor prvoga sprata. Eto krvnika gdje pokazuje svijetu sliku izdajice.

"Evo vam Jude Iškariota!", zakriješti krvnik probodnuv nožem na slici srce Filipovićevo.

"Razderi ga, sažgi izdajicu", zaurla bijesna svjetina dižući ruke kao da se hoće dohvatiti prokletoga kipa.

I podignu krvnik sliku uvis i tresnu njome u lomaču štono je buktila pod prozorom, da je tisuću varnica kresnulo u zrak.

"Proklet bio izdajica!", zaruknu mahnito ljudstvo. Kao bujica srnuo narod prema Filipovićevoj kući, psujući, kunući, urljajući, vrišteći kao što hijena kad se zaleti na plijen. Badava odbijali carski mušketiri bijesnu navalu svojim gluntama. Za hip klonuše od juriša; puk ih otplahnu kao što divlja rijeka uvelu granu.

Narod provali u dvor, razvali, satre, uništi sve do trunka što mu dopade šaka. Razmrvi prozore i vrata, i hržući i hahačući bijesno pobaca iz prozora na lomaču sve što je nekad Filipovićevo bilo.

A po trgu okolo lomače cika i vika. Bijesom omamljeni narod skakao je gurkajući se i vičući. I odrpani njemak Jerko obraćao se kao bjesomučan na jednoj nozi vrteći na drenovači kanoničku kapu.

Sve je vrilo, kipjelo, ključalo - kao da je navalio sudnji dan. Čuj! Zavrisnulo. Svjetina grne u klupko. "U kraj! Pogibosmo!" Od lomače kresnuo ogarak, pao na Alapićeva konja. Alapić o tle. Prope se konj, griva mu gori. Kao da ga je vrag poklopio, srta u vrtlog plahoga puka. A za njim drugi konji prkoseći uzdi. Rasklanja se puk. Puče trgom čistina. Po njoj juri čopor paklenih atova, a pred njima vranac s plamtećom grivom. Pred čoporom bježi djevojka mlada i lijepa. Klonu k zemlji. Sad će je zastići paklena hajka, sad će je zgaziti.

"Jao!", razlijegalo se je pukom, "propala je sirota!"

Ali kao strijela doleti s jedne strane mladi junak na zelenku, sagnu se k djevojci, uhvati je za pas i dignuv je na sedlo odjuri prema Kaptolskim vratima.

"Živio, junače!", klicaše svjetina za njim, ali ga je nestalo bilo. Hajka primiri se, provod raziđe se, a i svijet pođe svojoj kući. Putem govorili su ljudi da su konji zgazili nekoga njemaka kojino htjede priskočiti u pomoć djevojci. Reklo se da je ostao mrtav na mjestu.

Na Kaptolskom trgu dogorjevala lomača i dvor Filipovićev pust, omrljan crnilom zjao je kao čudna neman - strašna opomena svim izdajicama krsta i roda svoga, a crna uspomena izdajstva i pravedne osvete spominje se još i danas riječju "crna škola". Pavao dođe sa spašenicom svojom do vrela Manduševca na "Harmici". Ustavi konja ne znajući kamo s djevojkom. Nije joj znao ni za kuću ni za ime. Bez svijesti, blijeda ležaše mladica u njegovu naručju. Jedva je disala, tek grčevito treptanje vjeđa odavalo je da ima u djevojci jošte života.

"Raja mi, lijepa je - živa prilika usnulog anđela", šapnu mladić motreći jadnu krasnicu. "Ali čija je, čije li kuće?"

Uto prolazilo nekoliko građana brbljući o današnjem sudu.

"Ej, poštovani meštre!", dozove Pavao jednoga od njih, "bi l' mi znali kazati čija je ova nesretna mladica?"

"Kako ne bi. To vam je Dora Krupićeva, milostivi gospodine!", odvrati građanin.

"Kći staroga zlatara kod Kamenih vrata, vaša milosti!", doda drugi.

Već htjedoše poštovani meštri udariti u hvalu mladoga neznanoga junaka, ali im Pavao kratko odreže: "Hvala i zbogom!", te zagrabi sa svojim lijepim teretom put Kamenih vrata. Za vratima u Kamenoj ulici lebdio je pred niskom zidanom kućom sred vrta velik prsten od mjedi. Pavao stade.

"Oj, gdje je gospodar Krupić?", zovnu mladić.

Na vrata ispade starac. Problijedi. Čekić mu pade iz ruku.

"Za ime božje! Dorka! Šta je!", kriknu od straha meštar.

"Mirujte, meštre! Donijeh vam kćerku! Moglo je zla biti, ali je hvala bogu dobro. Snebila se. Tarite joj slijepe oči octom."

Na ove riječi spusti Pavao kćerku nježno u očevo naručje. Mladica uzdahnu, rasklopi oči, pogled joj zape na Pavlu; - i opet zaklopi oči.

"Ali mil-", započe u čudu starac držeći kćer.

"Zbogom, meštre!", oprosti se mladić i odleti bez traga.

34

Iziđe iz Novih vrata i krenu put gore. Kod mlinova gdje se zakreće k Sv. Mihalju zastigne na šumskoj cesti četiri čovjeka. Nosahu na granama sumrtva ranjenika.

"Kamo ljudi?"

"U Remete!", odvrati jedan, "nosimo Jerka njemaka. Jutros na Kaptolu htio je ispod konja izbaviti djevojku."

"Pa se je lud sam spravio pod kopito", doda drugi, "nemilo ga je uhvatilo, jedva će preboljeti; sva mu je glava krvava. Ne bilo mu se miješati."

"Ponesite ga samo brže u Remete", prihvati Pavao, "i zakaž'te od mene, Pavla Gregorijanca, lijep pozdrav gospodinu opatu. Pa da se vida Jerko što bolje znadu. Njihova briga, moj dug!"

I hrlo udari u goru. Poniknuo glavu. Mislio i mislio, a svaka misao bijaše mu - Dora. Bilo je u noć za Đurđevim danom. U malešnoj komori ležaše Dora mirna i tiha. Kadšto bi krenula glavom, kadšto premetnula ruke. Kraj nje čučila je zaplakanih očiju Magda pileći u malu uljenicu i moleći. Časomice svrnu okom na Doru i pogladi joj raspletenu kosu. I starica stade koriti se sama.

"A gdje mi je luda glava bila. Bilo li kuma slušati i Doru među toliko svijeta povesti? Joj, kad ju je tišina otkinula od mene - moju dragicu, kad je pala pred konja", tu stisnu starica oči - "kao da mi srce bilo pod kopitom. Ne, toga straha ne bih više pretrpjela ni za banove dvore. Ali hvala bogu da je i tako, te je Bogorodica poslala svoga anđela, jer smrtan čovjek to nije. Samo dok se Dora pridigne! Zagovorila sam je remetskoj majci božjoj. Pa ćemo ja i ona na zagovor. Samo dok se pridigne."

"Kumo! Draga kumo!", progovori slabim glasom Dora.

"Šta je, dušo?"

"Vode, kumo!"

"A kako ti je, dušo?" zapita stara primaknuv kupu k Dorinim usnama.

"Ne znam ni sama, kumo! Zlo i dobro mi je! Obujmilo me. Nešto mi grlo steže, a taknem li se čega, stine mi krv. Glava mi gori - na popipaj - gori kan živi oganj - a srce hoće da mi skoči iz njedara. Ali kad zaklopim oči, ah kumo draga, voljko mi je i milo kao da me ziblju anđeli božji, mirno mi protječe žilama topla krvca - mirno, lako lagacko kuca srce, a kroz drijem smiješi mi se lice -"

Teško zajeca blijeda mladica, živo oklopi ruke oko Magdine šije i sasu rijeku vrelih suza na staričine grudi.

"Bog mi pomozi, kumo. Poludjet ću."

Starica onijemila. Debele joj suze kapale niz lica. Pogladi Doru drhtavicom rukom, poljubi je u čelo.

"Umiri se, dijete, vrućica je." Da, vrućica koju svaki nas tek jednom za svoga vijeka oćuti - ljubav.

IV

Stari kraljevski grad Zagreb, ili kako mu veljahu sami građani: "Slobodni, plemeniti varoš zagrebački na grčkih goricah" - bijaše u šesnaestom vijeku lica posve drukčijega negoli za potlašnjih vjekova. Zagreb bijaše tvrđava, pače u Zagrebu - kakva ga danas brojimo - bilo je više tvrđava. Pod kraljevski grad išla je sva zemlja među Savom i potocima Črnomercem i Medvednicom, a sred toga zemljišta plodna i široka uspinjala se predstraža gore zagrebačke, brdo po imenu Grič. Na tom brdu stajaše ovjenčan jakim zidinama - stari Zagreb, iliti "gornji varoš", pravo obitalište gričkih građana. Podno Griča, tj. u potlašnjem donjem gradu skoro i nije bilo kuća - već sve polje, vrt i šikara. Jedino oko župne crkve Sv. Margarete stajala naseobina Ilica, seoce od nekoliko kukavnih drvenjara. I potlašnji trg tridesetnički ili "Harmica", gdje su običavali paliti vještice, nije bio nego močvarna ledina, samo kod vrela Manduševca bijelilo se nekoliko zidanih kuća poznatih u staro doba pod imenom "Njemška ves".

Sam grad pako bio je zidan u trokut. Južni mu zid, tj. prema Ilici, išao je od istočne kule brda kraj staroga kraljevskoga dvora ili potlašnje jezovitske škole i kraj samostana dominikanskoga sve do kraja zapadnoga, gdje se i opet uspinjala kula; odavle se spuštao zid nizbrdo do Mesničke ulice, gdjeno stajahu Mesnička vrata, branjena od tvrda strelišta i dva gvozdena topa. U pol južnoga zida virio je u svijet visoki pazitoranj, a u njem tanko zvonce "Habernik", koje je dojavljalo gradskim vratarima kad treba otvoriti, kadli zatvoriti vrata, ili bi u čas pogibelji pozvalo zagrebačke građane pad oružje. Kraj tornja dolazilo se iz grada na zid kroz vratašca, po imenu "Dverce", do kojih stajahu dvije male oble kule. Tu bijaše gradska puškarnica, tj. tu su građani čuvali "velike štuke, mužare, brkate gvozdene puške" i arkebuze. Sve brdo pod južnim zidom bilo je osuto vinovom lozom, samo od Dveraca spuštala se strma stazica do dna brda. Od Mesničkih vrata dizao se zid do tvrđavice ili braništa Sv. Blaža, a odavle duž Visoke ulice sve do "Novih", poslije Opatičkih vrata. I na toj strani branjaše grad visok toranj i drveno branište po imenu "Arčel". Tu bijaše gradska "praharnica", tj. kuća za streljivo. Odavle je išao zid duž Biskupske, poslije Opatičke ulice sve do tornja kraj Kamenih vrata, a od vrata sve do jezovitske kule. Sve brdo od zapadne strane zida do Medvednice bijaše pusto, obrašteno šikarom, samo se vijugao nevaljao put od Harmice do Kamenih vrata štono ga praunuci starih Gričana okrstiše "Dugom ulicom". Nu i taj maleni kameni okvir ne bijaše puncat kuća, već su građani tu imali i svoje vrtove. Iz hrpe drvenih koliba provirivala je samo gdjegdje crkva ili kameno zdanje, a zidana kuća u građanina, ma i sićušna, bijaše očit znamen bogatstva. Kako i ne bi kad je sam gradski župnik stanovao u drvenu dvoru. Takav bijaše stari kraljevski grad. Sve drugo nije išlo pod račun zagrebački. Stanovnici "Opatove ulice" u tvrđi kaptolskoj kao i žitelji Nove Vesi bijahu slobodnjaci kaptola zagrebačkoga, imajući svoje vlastite glavare i sloboštine, kućanima pako Laške ulice pod tvrdim biskupskim gradom sudio je sudac u ime biskupovo.

Žezlo varoškoga suca sizalo je samo do Krvavoga mosta, pa pođe li komu zlotvoru za rukom preskočiti potok, bilo je modrim varoškim pandurima vratiti se praznih ruku da ne odnesu modra leđa od kaptolskih slobodnjaka, koji su voljeli pustiti lupeža u bijeg negoli varošku stražu na svoje zemljište, jer to bijaše njihova "pravica".

Ali među svojim "zidom i ogradom" bijahu zagrebački "purgari" u svem svoji - a njihova općina gotova samovlast.

Zlatna bula Bele IV bila im je Sveto pismo gradske slobode, stanac kamen njihova prava. Sto i sto puta kroz vjekove istakli bi je pod nos nemalim ponosom bahatim velikašima i lakomim crkovnjacima. Sam je sebi Zagrepčanin birao suca i druge glavare. Zaludu ga je ročio pred svoju stolicu župan, zaludu i ban. Komu je stajao dom na brdu Griču, komu je ime bio upisao zagrebački notar u veliku građansku knjigu, taj nije stao van pred žezlo varoškoga suca ili pred pravdu same kraljevske svjetlosti, jer je Zagrepčanin bio kraljevski čovjek. Daće davao je malo, sam je sebi krojio zakon, sam mjerio mjeru i vaga. Trgovcu strancu bilo je plaćati na zagrebačkom trgu debelu "postavu" -

tako zvaše se gradska daća - a Zagrepčanin prolazio je svojom robom slobodan po cijeloj kraljevini, a nije trebalo nego pokazati pečat sa tri tornja i duboko poklonili bi se svi mitničari. Zagrepčanin nije poznavao popa van župnika Sv. Marka i njegova kapelana, a tomu župniku bilo je oštro zabranjeno plaćati biskupu "cathedraticum" ili crkvenu daću. Kaptolski pop nije smio pod živu glavu prekročiti gradske međe u svečanom ruhu i jednom malda ne svrgoše građani suca, što je dao da pjevaju biskupski klerici u crkvi Sv. Marka. Građani "plemenitoga varoša", premda ponositi i glaviti, ne bijahu bogzna kakvi mudrijaši i cifraši, već priprosti krojači, čizmari, kovači, mesari i više toga - sve zdrava i prava cehovska ko-renika. Pismene ljude među njima mogao si lako izbrojiti na prste, i često se desilo da sam varoški sudac - budući bravar ili kovač - nije umio potpisati čestitoga imena. Na sreću se za onda manje pisalo, a kad je trebalo pisma, umio je varoški notar cifrati na debeloj žutoj hartiji ogromne protestacije proti svoj mogućoj gospodi, pače proti samomu kralju.

Tužba i jadikovanja naslušala se kraljevska svjetlost od plemenitih građana do sita, da su bokci i kukavci, da su spali na zadnje grane, i više te litanije. Ali pravo reći nisu bili golotinja i sirotinja, pače prava gospoština. Sve te pjesme jadikovice šibale su ono staro: "Kucaj i otvorit će ti se!", pa što više, to bolje.

Gradsko zemljište bijaše veliko, plodno, što vinom, što sijenom, što šumom, a i van gradskoga zemljišta spadahu Gračani, Zapruđe, Hrašće i Petrovina pod zagrebačko vladanje. Obilja dosta, građana malo, a troška reć bi nikakva.

Nisu dakako svi varoški miši jednako glodali tu omašnu slaninu, jer su - nota bene - varoška gospoda račun pravila, a gradska nam kronika ne spominje da je koji senator, kraj godišnje plaće od dvadeset talira i dva para općinskih čizama, pogibao od gladi ili bos hodio po gradu. Nu gradska gospoda, valja reći, bijahu ljudi veoma točni. Gradski bi sudac točno zabilježio koliko da je potrošio govedine, kruha i vina, kad je koga kanonika izaslanika ili drugoga gospodina počastio bio na gradski trošak. Tih je večera kroz godinu znalo biti i previše; na sreću po općinsku kesu, nije valjana gozba stajala za onda više od šezdeset dinara. Isto tako je sudac na dlaku zapisao što da je stajala nova peć za stan gospodina bana ili kozlić što su ga Zagrepčani običavali prikazati velikoj gospodi u znak počitanja; i to je zapisano do kaplje, koliko su polića vina dobili časni oci Dominikanci iz varoške pivnice kad su pratili bili na malo Tijelovo gradsku procesiju. Ponajgrdniju ranu zadavali varoškoj kesi poslanici koji su išli na hrvatski ili požunski sabor. Koliko se u to ime potrošilo općinskoga žitka, sijena i vina! Rad kraćega računa dala su se dakako varoška gospoda sama birati u sabor, i dobri Zagrepčani tješili se bar utoliko da nisu strancu punili džepove.

Nu bilo kako mu drago, kukalo se na zlo vrijeme i koliko - živjelo se, i ljudski se živjelo u Zagrebu. Mala ta naseobina rasla je i raširila se do ugledna grada, pa kad su banovi podigli bili svoje dvorove na brdu Griču, kad su hrvatska gospoda prenijela bila svoje državne zborove u Zagreb, razmahnu grad mlada krila i natkrili ubrzo sve hrvatske gradove glasom, snagom i cvijetom. Štaviše! Dok je tuđinska sila satirala druge hrvatske varoši i sela, ostade glava kraljevine tvrda i cijela, i nikad nije nad Zagrebom lepršala zastava - van zastava hrvatska.

Ali taj cvijet i ugled rodio je po Zagrepčane mržnjom i jalom. Silovita vlastela, duhovni mogućnici prijekim okom gledahu kolikom snagom buji građanstvo, nazrijevajući u tim tvrdim općinama maticu one slobodne vojske pred kojom su se kasnijih vjekova pokloniti morale uznosite gospodske kule. - Nada svim pako bijaše im mrzak Zagreb, duša tih općina. Stari Gričani, ljudi kremenjaci, nisu gledali pred gospodom u zemlju - već upravo u gospodski brk. Stoga bude boja bez broja. Velikaši su i sami i po svojim ljudima grizli i štipali građane gdje god im se pridesila zgoda, pače obilazili okolo carskoga dvora "farbajući" Zagrepčane kanda su živ izrod pakla.

Najljući krvnici gradu bijahu najbliži susjedi: biskup i kaptol. Ni knjiga ne bi ispričala nemile te sile. Bilo, te građani i biskup nazvali jedno drugom gromovito "dobro jutro" iz gvozdenih lumbarda. Bilo, te je zagrebački biskup dao u gradskom kupalištu na potoku pohvatati i na mrtvo ime isprebijati varoškoga suca i bilježnika. Slavni inače biskup i ban Berislavić plijenio je iz zasjede zagrebačke trgovce, da mu je sam kralj pisao da naliči više razbojniku nego biskupu. Časni kaptol pako znao je po više puta prokleti cijeli grad, pa da neće kroz tri vijeka rediti zagrebačkoga sina za popa, a vrlo često se zbilo da su Kaptolci u pol bijela dana na kraljevskom sajmu oteli gradskim kmetovima cijeli čopor volova. Stoga bi često okvasila krv prazno zemljište među gradskim i kaptolskim zidom, te su njemački arkebuziri i španjolski draguni imali vraškoga posla da rastave susjede bijesnike. Ukratko - živjelo se susjedski, ali se i razbijalo susjedski.

A kako biskup i kaptol, tako i druga gospoda velikaši i njihovi ljudi. Kastelani medvedgradski bijahu od starine na glasu bezbožni zlotvori i vragovi grada Zagreba, a i sad bi saletjeli kadšto varoške kmete i snahe gračanske kao vuk janjad. Gospoda Henningovci, vladari susjedgradski, znali bi svući do gola zagrebačke trgovce što su išli na optujski sajam. Zrinovići su zasipali Zagrepčanima zlatne i srebrne rude u Zagrebačkoj gori i popalili klijeti u Bukovcu. Vukovinska gospoda Alapići dočekala jednom kod Sv. Klare u zasjedi varošku gospodu upravo hajdučki, te kad su došli sudac i vijećnici na čamcu ribe loviti, obasuše ih Alapići gorućom smolom i, izraniv suca na smrt, oteše građanima i lovinu i čamce proti svakoj pravici. Za imanja Hrašća i Petrovinu pako morali su se Zagrepčani otimati od vremena Šišmana Luksemburškoga sve do drugoga Rudolfa Habsburgovca sa svom vlastelom kraljevine Slavonije. Pravde je stoga i suviše bilo. Ali koja hasna. Nebo visoko, a kralj daleko, sablja i buzdovan u ono doba i sud i zakon.

Trebalo je dakle i starim Gričanima kadšto zaigrati šakački, izbiti klin klinom. Premda priprosti, bijahu za sebe dosta mudri te gledahu na sve ruke kako da se ograde proti zlu. Prije svega bi pazili da im bude grad jak i tvrd, zatim su se hitro koristili međusobnom krvarijom plemstva prianjajući uz neprijatelje svojih krvnika, a najzad su radili svom silom dobaviti se onih važnih mjesta blizu Zagreba s kojih je njihova tvrđava mogla postati tvrđom.

Jake kamene zidine, visoke kule, duboke jame i gvozdene velike puške oko Zagreba ne bijahu toliko štit od turskoga straha koliko od velikaškoga nasilja, a iza toga zakloništa ošinula bi kadšto varoška čeljad nametne goste do krvi. Nu u vijeku šesnaestom dopade grička tvrđa ljutih udaraca. Biskup Šime Erdödi i zapoljevci bjehu zagrebačke zidine prodrmali krupnim zrnom, jer su se Zagrepčani po arciđakonu Petru Kiepachu poklonili bili cesaru Ferdinandu, pače i primili u goste generala Don Pedra Lazu de Castilla i njegove španjolske regimente. Stoga su i gradske kule stajale nahero, a i zidine su gdjegdje zinule bile. Da se vjerni Gričani nekako ponačine i svoje zidove i kule što bolje pokrpaju, pokloni im kraljeva milost sav prihod zagrebačke tridesetnice. Gradska su gospoda taj prihod vrlo točno pobirala, nu ne čini se da su zidine krpala valjano. Barem je kralj Makso II još godine 1573. pisao Vidu Halleku, generalu slovinske krajine upravo hrvatski, da je razumio "da to misto Zagreb u slovinskom ursagu i ona tvrđa zlo spravna i poimeni dvi turnji i zid vas gol i nepokriven i na vnogih mistih ni štige na zidu nije, da bi se moglo na zid brzo šetovati i u vrimenu neprijatelju naprvo stati i braniti se. I skroz one burgare da potlam pokojnoga Lenkovića smrti nikakova računa ni dodano." Zato im poručuje kralj po generalu "da on na nje nimalo srca ne nosi" i da ima rečeni Hallek "rečenim burgarom pod vernost i srditost kraljevu reći da one zaprošene račune dodaju, jesu li one pineze verno potrošili i u napridak da bi gradu zid postavili." Ne zna se pravo da li je kraljeva srditost u prvi mah prinukala varošku gospodu da prave čist račun i da poprave zidove i tornje, samo se čita da je varoški sudac više puta Halleku u Varaždin poslao po deset polića vina. Ali napokon im je dogorjelo do nokata, spopade ih strah od Gupčeve vojske, pa se je tesalo, zidalo, krpalo na sve ruke, dakako po strategičnom razboru varoške gospode. Jer Gupčevu "mužadiju" pomagao je krišom gospodar medvedgradski Stjepko Gregorijanec, ljuti protivnik Zagrepčana, s pizme proti Franji Tahu susjedgradskom, prijatelju građana gričkih. Odatle i njihova bojazan, odatle i utvrđivanje navrat-nanos da seljački kralj ne spali Zagreba.

I sa mogućim Tahom, negda podbanom, i sa gričkim građanima razvadi se Gregorijanec ama na nož zbog velike parbe. I Tahi i Henningovi držahu Susjedgrad napol, nu lakomi nečovjek Tahi, budući podban, radio je istisnuti Henningovce i malda mu nije nedjelo uspjelo, ali uto oženi junak i bogataš Stjepko Gregorijanec Martu Henningovu, i bijesnik Tahi morade se odreći pohlepnoga nauma. Od onoga dana bješnjaše krvnik susjedgradski proti silnoj obitelji Gregorijanaca u saboru, u kraljevskom dvoru i među hrvatskom vlastelom, ne bi li smrvio silni rod protivnika od kojih se jedan, i to Pavao, bješe proslavio kao biskup zagrebački i zakonotvorac, a drugi opet - Ambroz, otac Stjepkov - kao hrvatski podban, bogataš i junak koji se ipak zbog krvave raspre sa banom Bakačem morade odreći podbanije. Mrzeći tako do krvi gospodar susjedgradski Gregorijance, dižući se javno proti njima svom snagom časti i ugleda i gradeći potajno spletke silnim novcem, ulazio je rijetkom hitrinom u svaku zgodu da bude Gregorijancima nezgoda, svakoga plemića i neplemića da mu bude na pomoći proti zakletim neprijateljima.

Zakratko pridesi se takva zgoda. Stari Ambroz uglavi sa Petrom Erdödom i Nikolom Zrinjskim ugovor po kojem zamijeniše ove dvije obitelji jedan dio svojih dobara. Grego-rijanec dade Bakačima svoj grad Rakovac sa sedam pripadnih sela, a zato dobi od njih Kraljev brod na Savi, Medvedgrad i pripadna mu sela Kraljevec, Botinec, Novake, Hudibitek i više toga.

U isti mah skoči Tahi otimljući se za Medvedgradom u ime žene Jelene Zrinjske. Nu zaludu. Kralj Ferdinand potvrdi godine 1561. ovu zamjenu, i na Katino slijedeće godine uvede Mato Raškaj, plemeniti sudac zagrebačke županije, literata Ambroza Gregorijanca za gospodara u vladanje medvedgradsko.

Nu ni sad nije mirovao Tahi. Sada svrnu okom na svoje prijatelje, a Henningovaca neprijatelje - na građane Zagrepčane. I ne prevari se Tahi.

Od pameti gledali su mudri građani da im bude siguran grad i sve vladanje gradsko, od pameti snovali su oni da se oko staroga Griča dočepaju onih mjesta kojima bi se zagrebačka tvrđa još većma utvrditi mogla, da razmaknu svoje vladanje, ne bi li većom snagom i bogatstvom bolje odbijali silovitu vlastelu.

A to mjesto, za kojim se prije svega otimahu željne oči Zagrepčana, bijaše sokolovo gnijezdo - tvrdi Medvedgrad, prevažni prijevoz Kraljeva broda i sva plodna selišta medvedgradske gospoštine oko vladanja gradskoga. Od svih ljutih jada što ih je kraljevski grad iskusio bio kroz vjekove bivanja svoga ponajveći bijahu silovite navale medvedgradskih gospodara i kastelana. Trepetom spominjahu zagrebačke majke djeci svojoj nedjela "crne kraljice" i ljubavnika joj Nijemca Vilima Stamma. Stoga osvajala ih je vazda prva misao da zavladaju tvrdim medvjedskim kulama, pa kada ne bijaše lako silom, a ono se kušalo sudom. Pravda se ta - ne zna se kakovim pravom - zadjela bila već pod Matijom Korvinom, prijateljem Zagrepčana, ali njegova ruka nije imala sile u hrvatskoj kraljevini; pravdu za Medvedgrad ponoviše Zagrepčani za kraljevanja Vladislava, banovanja Ivana Ernušta i poslije Petra Berislavića. Badava. Razvratni markgrof Đuro Brandenburški izigra na sudu građane Gričane. Ali sada gdje je zavladao Medvedgradom Ambroz, koji poslije smrti Ferdinandove nije bio u osobitoj milosti carskog dvora - sada mišljaše Tahi zatjerati neprijatelja u škripac te stade huckati Zagrepčane neka traže svoje staro pravo, jer da su mu mnogi mogućnici kod dvora i kraljevskoga suda prijatelji, koji će s njegova zagovora navrnuti sud na zagre-bačku stranu.

I zbilja. Već godine 1571. na nedjelju Epiphaneae podiže varoški sudac, kovač Ivan Blažeković, pred banovima Đurom Draškovićem i Franjom Frankopanom proti Ambrozu tužbu radi Medvedgrada, pa pošto stari Ambroz preminu, digoše se Zagrepčani još jače proti njegovu sinu Stjepku. Sumrtav od teške boli, razjaren, a slab proti bujici seljačke bune kojoj je njegova okrutnost povodom bila, mržen od svega svijeta, podiže se stari Tahi da rujući i psujući smrvi pred kraljevim sudom rod Gregorijanski, da mu izvine lijepu gospoštinu na korist prijatelja Zagrepčana.

Zakratko je imao pući kraljevski sud - zakratko, nadali se Zagrepčani slaviti slavlje u starom medvjedskom gnijezdu - ali u zao čas sruši se u grob ponajjači stup gričkoga grada - preminu Tahi. Klonu i Gubec, trepet Zagrepčana, na Markovu trgu pod gvozdenom krunom, ali živ ostade Stjepko - ljući od Gupca, nemio dvoru doduše - ali bogat, ali slavan i pažen među plemstvom hrvatskim - čelik čovjek na glasu.

I on i Zagrepčani očekivali su sud koji je imao ili Stjepka survati u propast, a Zagreb uzvisiti snagom, ili Stjepka stvoriti divom, a Zagreb baciti žrtvom osveti ohologa boljara.

V

Bila je prva nedjelja poslije Šimunja 1576. Kod Sv. Kralja minula bje večernjica; gospoda kanonici razilazili se žurnim korakom k svojim dvorovima, jer je padala kiša kao iz kabla. Dvojica od njih stala pred omanjom drvenom kurijom kojoj je pročelje zarašteno bilo vinovom lozom. Putem nisu ni besjedice govorili, nisu ni mogli od kiše. Curkom je kapala sa dugih haljina, a široki šeširi kao da su im žljebovi bili.

"Hvala bogu!", prihvati deblji od njih, tj. Antun Vramec, "sad ćemo biti na suhom. Zađi, časni brate, časak pod moj krov. Imam ti dvije-tri li prišapnut in camera caritatis."

"Ne mogu, brate", odvrati drugi, suh, zguren čovjek, oštra lica i pronicavih sivih očiju kojemu je prsa kitio zlatan krst; "ne mogu. Očekivam Franju Bornemissu Stolnikovića iz Beča. Pisa mi da će ko danas doći, ako ga putem ne zastigne nesreća. Dobro znaš da mi je vazda gostom, žudan sam i saznati novina, a on kao hrvatski poslanik jamačno će ih donijeti."

"Je l' u gospodina Stolnikovića vjere?", natuknu Vramec.

"Naš je", odvrati prepošt Niko Želnički u pol glasa, "i njemu su njemački generali dodijali."

"Tim bolje!", reći će Vramec, "poslat ću momka u tvoj dvor, neka se potrudi Stolniković amo, ako li dođe. Zađimo u dvor."

I uhvativ prepošta za ruku povuče ga Vramec brže pod svoj krov.

Preko strmih, rasklimanih stuba dođoše na otvoreni drveni hodnik, a odanle do palače.

Otvoriv palači vrata, u čudu se nađe Želnički. Bilo je i drugih gostiju. Za velikim hrastovim stolom sjeđahu mrki Stjepko Gregorijanec i grbavi suban Gašpar Alapić vukovinski - prvi zamišljen upirući se laktom u stol, drugi zibljući se na kožnatoj sjedilci i čevrljajući po svom običaju.

Podalje do prozora stajaše mladi Pavao Gregorijanec pritiskujući čelo u vlažno staklo i pilјеći u sivo, oblačno nebo. Po palači niskoj sterao se reć bi mrak. Starinsko raspelo nad drvenim

46

klecalom, zamrljane slike svetaca; omašne knjižurine i zapra-šene mape - sve se gubilo od slaba svjetla mutnoga neba.

Na pragu ustavi se Želnički. Tim se gostima nije nadao. Ban Alapić i Stjepko Gregorijanec, ta dva silnika, prije malo vremena najljući neprijatelji, za jednim stolom! To se činio lu-kavomu crkovnjaku nečist ili bar sumnjiv posao. Sva trojica da pozdrave prepošta.

"Klanjam se tvojoj prečasnosti!", skoči ban grbuljak u susret Nikoli. "Duše mi, žalim te; pokisao si kao snop sred ravna polja. Ali opet ne žalim toga, jer te je upravo nevrijeme svelo s nama. A šta oklijevaš zaći u taj ugodni zakutak našega prijatelja? Što te je snašlo? Gle i moga i tvoga prijatelja Stjepka - da, i moga. Smiješno ti je, je l'? Sin pokojnog podbana Ambroza i svak po-kojnog bana Petra, koji su se na saboru klali kao bijesni, sad se rukuju. Ne čudi se nimalo. Stjepko je čovjek posve po momu srcu, pa sila stari zakon mijenja", doda lukavo Alapić požmirnuv na kanonika koji je neodlučno stajao do vrata igrajući se zlatnim krstom na prsima.

Sa posljednjih riječi gospodara vukovinskoga odlanu mu mrva i, koraknuv dva tri koraka naprijed, pruži banu desnicu.

"Pax vobiscum - velemožni bane, i vi, gospodine Stjepane."

"Ha, ha! 'Bane' veliš?", nasmija se Alapić poruglijvo tresući Nikinu ruku. "Nisam znao da se tvoja prečasnost jadniku i ruga-ti umije. Ban! Da! Lijepa riječ! Lijepa čast! Nota bene, kad se uistinu banuje. Ali ja - ja sam peto kolo u kraljevini i prije bih vjerovao da sam vita stasa i uzrasta, kao što evo gospodičić Pav-le, negoli da sam ban hrvatski!"

"Tvoja je velemožnost danas osobite volje, zbijati šale sebi na prkos", nasmiješi se Želnički.

Debeli kućegospodar slušao je taj govor banov smiješeći se mile volje i motajući palce na svojoj trbušini. Napokon će i on:

"Stara je to stvar da je gospodin ban najveći veseljak među Dravom i Savom. Ta znate li kako ga Turci uhvatiše kod Sigeta za prosta vojaka; pa kako se otkupiv za 500 kukavnih forinti, poručio paši da ga vrlo žali što, imajući u vlasti tučna kopuna, nije ga znao operušati kako valja."

"Varate se, gospodo!", zakrči mu Alapić riječ, gladeći rutavu bradu, "ovaj put se Gašo ne šali, već kroz ljutu šalu govori ljuću istinu. Govorio sam možebiti nekada drukčije, ali sad mi je srce puno pa mi navire žuč na usta."

Gregorijančevim licem munu živa rumen, a i Želnički osovi se slobodnije.

"Istina je kao gora vatrena", primijeti Gregorijanec, "dugo drijema, ali napokon prodire plamen na vrh i opsiplje žarom cijeli svijet."

"Istina je oštar mač", doda ponešto hrabro prepošt, "ali maču se hoće snažna ruka koja će i zasjeći kamo zamahne."

"Amen reverendissime!", kliknu Alapić. "Pravo reče tvoja mudrost. A tu ruku hoćemo da potražimo!"

"Da vam je božja milost osnaži!", zaglavi Vramec.

"Sjednite, gospodo!", nastavi ban spustiv se na sjediljku. "Slušajte me. Što nas evo pod ovim vrijednim krovom ima, svaki je mukom i borbom dozrio do jaka muža, svaki nas se nakušao dobra i zla, manje dobra negoli zla. A i ti, gospodičiću, slušaj!", okrenu se ban prema Pavlu. "Mlad si jošte, ali u hrastovičkoj sječi pokazao si lijepo da nisi izrod roda svoga, da ti desnica valja. Ali se junačkoj desnici hoće i mudre glave. Zato nas slušaj! Otkad pamtimo, gospodo, vidimo krv, vidimo zator, gledamo kako se zemlja, koja nas je na svijet rodila, pustoši, hara i drobi od nemile ruke nekrsta, kako nevjerni bijes slog za slogom grabi od stare nam kraljevine, kako granu za granom otkida od našega stabla. Ogrezosmo u svojoj krvi do grla. Gine rod, gine plod, dvorovi nam planuše. Hrani se, brani se u jedan mah! A kako se odrvati bijesu? Sami? Crv na jato mravaca! Gradimo i radimo doduše, ali što nam dan sagradi, to nam noć razgradi! Zlo po nas! Pomažu nas druga kršćanska gospoda, čak iz rimskoga carstva. Da, pomažu nas, ali kako? Mi trošimo za njih. Dva krušca za carevu vojsku. Pa da su to sami junaci, ajde de! I taj silni trošak bi se pregorio. Ali da. Kao da je sveto rimsko carstvo pomelo svu svoju pljevu, pa nam je nakrcalo na leđa. Nije li tako? Kad se ljudski zaigra junačko kolo, onda ti Hrvatine udri pa drž, a pomagači skok preko živice, jer im, da oprostite, smrdi puščani prah. I tu bi im šalu oprostio, neka ih! I to bismo pregorjeli; lako tijelu mučiti se dok u njem sjedi čitava duša. A što je zemlji duša? Njezine sloboštine, njezino pravo. A pitam vas, gdje su povlasti i sloboštine našega plemstva, naših gradova? Eno ih drže u krvavu zakupu generali Auerspergeri, Teuffenbachi, Globiceri, koji gospodare, sude, ucjenjuju po našoj kraljevini bez bana, bez banova suda i na prkos odlukama stališa hrvatskih. A kad ih čovjek popadne živo, smiješeći se odgovore: 'To je volja prejasnoga gospodina nadvojvode Karla!' I nije to samo u nas, već i u Požunu, u Ljubljani i Gracu. Moj presvijetli kolega Drašković je čovjek na dva kraja. Nešto se prede svakako oko nas. Zlo je, a ne vara li me moja slutnja, bit će toga i više. Zato skupite pamet, gospodo! Plemstvo valja da se uhvati u jedno kolo, to vam je najbolja ruka za mač istine. In hoc signo vinces. Za koji mjesec sazvat ću sabor kraljevine. Tu ćemo reći smjerno ali hrvatski kraljevoj svjetlosti što nas peče, a komisarima otkrojit ćemo pošteno. Donle ruke poslu, a pobjeda naša!"

"Vivat banus!", ozvaše se svi u jedan glas.

Ali brzo utiši se klikovanje. Od stuba čuli se teški koraci da se je vas dvor tresao. Vrata se rastvore širom, a na prag stupi ljudina, viši od vrata. Bio je crn, suh, silnih brkova i živih očiju. Teška kabanica, kožnat zobun, jaka sablja, a na glavi bijela šubara dokazahu jasno da taj čovjek dolazi s puta.

"Dobar dan i dobro zdravlje!", pozdravi orijaški došljak goste, sagnuv se malko da ne lupi čelom u vratnice.

"Ave Stolniković!", pozdraviše ga gospoda skočiv na noge.

"Nosiš li nam maslinovu granu mira?", zapita živahno prepošt.

"Nisam utekao iz korablje Noemove!", odvrati kroz smijeh došljak, pokazav bijele zube i baciv kabanicu; "nisam ni golub", doda ironički, "pače malda se ne prometnuh bijesnom zvijeri od toga šaranja i šalabazanja!"

I sjede na stolicu, a svi drugi oko njega.

"Ergo!", reći će grbavi ban, "istresi pred naše gospodstvo vreću svojih novica!"

"Maksimilijan kralj -", prihvati Bornemissa važno.

"Šta je?", udariše svi u jedan glas.

"Umrije", završi Stolniković. Tišina zavlada.

"Requiescat in pace!", progovori Želnički.

"A Rudolf?", zapita Vramec.

"Traži sreću po zvijezdama", odvrati Bornemissa. "Nu bojim se da će stoga po nas malo sreće biti. Rudolf je Španjolac i u šakama je španjolskim. Češke pikarte progoni, austrijskomu protestantskomu plemstvu se grozi, a novotari u rimskom carstvu dižu se listom. Kad već pokojni Makso - taj potajni šurjak Lutorove fajte - nije smio skuckati pomoći proti Turčinu od Nijemaca, neće ni Rudolf radeći tako. Obišao sam gospodu što su mi dale noge. Slatkih riječi dosta, novaca ni da potprašiš pušku!"

"A naša kraljevina?", saleti Alapić prihodnika.

"Drašković hoće da se izvine baniji."

"A mjesto njega?", ponovi grbavi suban žacnut.

"Ne znam", odvrati Stolniković, "mislim nitko. Prejasni nadvojvoda Karlo zna najbolje tko će vladati u Hrvatskoj. Više nisam mogao ispitati. Ali", obrati se Stolniković prema Stjepku, "evo i poglavitoga gospodara medvedgradskoga. Dobro da vas vidim. Nosim vam veseo glas. Kraljevski stol je sudio."

"A sud?", zapita Stjepko naplašito pridignuv se od stolice svoje.

"Zagrepčani izgubiše pravdu za Medvedgrad."

"Eto vidiš", primijeti lukavo Vramec, "i pravda ima mezimaca."

"Ha, opet sam čovjek", osovi se Stjepko, te mu oči zabljesnule s divlje radosti, "da, gospodo moja, čitavi sam gospodar medvedgradski i vaš sam čitav. Moja glava, moja ruka, moja kesa, sve je vaše. Mora mi se skinula s prsiju, dišem svom snagom života svoga. Nećete žaliti da je sud na moju stranu pao. Čuli ste, kako je gospodin Stolniković živom riječi ustiju svojih stavio pečat istine na ono što je mudri gospodar vukovinski časak prije prorekao. Da radimo, da podignemo opet povlasti našega plemstva. Sto glava jedna misao, sto ruku jedna sablja. Pavle, hrli, poklopi konja, najavi tetku Mihajlu Konjskomu sve što si evo čuo. Neka dođe, brzo neka dođe amo na dogovor. Jer", nastavi Stjepko prema gospodi, "moj svak je čovjek kao voda koja svuda prodire. Ukratko je smislio put kojim bi poći bilo. Od njega nadam se nemaloj pomoći. Znam ga od Tahovske borbe i - od Gupčeve bune. Idi, sinko!"

Pavlu razvedri se lice. Pokloniv se gospodi potraži konja. Nebo se počelo vedriti. Zrak bijaše čist, sjajan. Plamtećim okom, uznositom glavom letio je mladac na brzu jahaču put Kamenih vrata kao da ga vile nose. A što mu okrili dušu? Zar prevažni govor gospode? Nije, njega je nosilo srce.

Dvor Mihajla Konjskoga, pjeznika kraljevine Slavonije, stajaše u gradu nedaleko za Kamenim vratima, a tik njega zidana kuća zlatara Krupića sred vrta, ograđena drvenom ogradom. U malo riječi zajavi Pavao tetku sve što se u Vra-mčevu dvoru reklo pa da pođe. Tetka Anka pridržavala ga, ali mladić nije se dao, jer da mu još večeras prispjeti valja na Medvedgrad k bolesnoj majci svojoj koje već davno vidio nije.

Začudo ne krenu Pavao prema Novim vratima kud se izlazilo iz Zagreba put gore. Zašav za ćošak tetkova dvora ustavi konja pred ogradom Krupićeva vrta. Privezav zelenka za stobor, pobrza kroz vrt prema zlatarevoj kući. U vrtu ni duše, ni duše pred kućom. Zabrinu se mladić.

"Ah evo ga, kumo!", prokliknu u tren umiljat glas poput usklika spašene duše. Na pragu pojavi se blijeda kao anđeo od mramora - Dora. Ali mahom je nesta.

Mladiću planuše oči, planuše lica. U dva skoka navali preko kamenih stuba u zlatarev dućan. Zagleda Doru i stade nijem i blažen. Djevojka je sjela na veliki očev stolac. Krv joj je igrala licem, usnice treptjele, a sjajne oči upirale se blažene u mladoga krasnika. Ubrzo od stida ponikli nice; skrstiv ruke na prsima, kanda je stiskala burno srce, sva se je tresla ko šiba, jedva je i disala, zanos joj otimao riječ.

Za njom stajaše Magda; čudno joj se bilo izobrazilo staro lice ili s bojazni ili s radosti. Mladi mučahu, napokon provali brbljava starica:

"Božja vam pomoć, gospodičiću mladi, spasitelju moje Dorice! Vječna vas pravda naplatila za to. Bog zna i Bogorodica koliko sam onoga dana pretrpjela straha. Da ne bude vas, gdje bi moja Dorka -?", briznu Magda u plač. "Ni misliti na to, zebe me duša. Ali vas već dugo nije vidio Zagreb, valjda na putu, u poslu li? Da, da, u velike gospode pune su ruke posla."

"Ne zamjerite, djevice Doro", zakrči mladac blagim glasom riječ jezičavoj kumi, "ne zamjerite, što sam mimo reda banuo u kuću te vas slabahnu usplašio. Dođoh potražiti u prešnu poslu gospodara Krupića" - ovdje je Pavao očito lagao - "a dođoh pitati i za vaše zdravlje, jer mi ljudi Zagrepci u vojsci rekoše da vas je snašla huda bolest."

"Zamjeriti vam da dođoste, milostivi gospodičiću", osokoli se djevojka, "bio bi grijeh. Radujem se što vas vidim; sad vam se mogu bar zahvaliti na mome životu; dosad nisam imala kada, bolest mi nije dala dok bijaste u Zagrebu, a poslije dugo - dugo ne bijaše vas tude. Ali me opet veseli da se kadšto sred boja sjetiste moga imena. Bog naplatio vašoj lijepoj duši što učiniste meni, ja sirota - ne mogu."

Bijele joj ruke padoše u krilo, suza joj se izvi na oko i blagim posmijehom osmjehnu se na mladića kao što se smiješi zvijezda kroz tanani oblak.

"Za gospodara Krupića pitaste?", uplete se Magda. "Bit će mu žao. Nema ga doma. Zaista bi se veselio bio. U Remete je pošao da popravi krunu čudotvornoj gospi, šta li."

"A zdravlje vaše?", upita nježno Pavao djevojku.

"Hvala bogu, ide na bolje. Ali bilo je zlo - vrlo zlo", odvrati djevojka.

"Ide na bolje, ide na bolje, veliš?", zabrblja kuma, "hvala ti od takve dobrote. I još se pritajiva dijete kanda i nije ništa bilo. Pa kad tamo, sva se svjetska nevolja na sirotici lomila. Da vam kažem, gospodičiću!"

"Kazuj, kazuj dobra starice", reče joj Pavao sjednuv na stolicu blizu Dore.

"Sve ću kazati. Kad ju ono sumrtvu donijeste amo, držala ju drhtavica, tresla vrućica. Nu, opčuvaj nas bog, reć bi, bila je mrtva. Jedva bjeh se iz gužve dovukla kući, a kad u kuću, jao jada, eto sirote bez svijesti. Bilo je topiti i škropiti, te u noć jadnica jedva požmirnula. Ali opet je srva tvrd san. Brigovala sam i kako, plakala i molila kanda je za dvoje zdravlje; otac mrk i neveseo, kako i ne bi. Tuga mu virila na oči. Apotekar Globicer vario je lijekove, a ja dodavala mladici, ali malo hasne. Dora stade buncati iz sna, i to dan na dan. Govorila je svašta; stara mi pamet nije upamtila, jer je šareno bilo. Buncala o fratrima, o Turcima, o ognju - i vikala na pomoć da su mi sve noževi srce parali. Da, zbilja, i o mladu gospodinu, krasnu junaku je govorila. -"

"Kumo!", ukori je Dora zažariv se dovrh čela.

"Pusti, pusti! Sve valja da dokažem. Da, o mladu junaku i više toga. Tada dođoste vi, gospodičiću, pitati za njezino zdravlje."

Pavao kimnu glavom.

"A ja rekoh, zlo je. Zdvajasmo otac i ja. Pokle ono pođoste na Turke, pomalo se mladici vraćala svijest. Ali ne bijaše snage ni da bi pridigla glavice, nekmoli koraknula; sva ubijena i satrvena. Tako je bilo četiri i više mjeseci. Muke dosta, ali hvala bogu i nade da će ozdraviti mlada. Za dugih onih noći štono sam probdijevala kraj nje bilo je govora i za vas. Napokon je pomalo i ustajala. Bit će dobro, rekoh. Ali budne zlo. Prerano se junačila pa nazebla u crkvi, bolest se prevrnula i sto puta gore. Ginula je kao da su je guje pile. Kuku lele, mišljah, rani kopa se grob. Da mi srce pukne, a i ocu. Lijekovi svi kanda su voda. Na sreću, te se namjerih na znanicu staru koja umije vračati na sve ruke, pa da kuhamo travu 'gavez' u mlijeku, a Dora da pije. I pomoglo, dika bogu i nebeskomu dvoru. Preboljela miljenica bol. Bila je poslije na selu, jer se ondje zdravije diše, ojačila se kako vidite, premda ni sada ne ima šale. A sad jošte da riješi zagovor Remetskoj gospi i sve će biti dobro!", završi starica, pogladiv nježno drhtavicom Dorinu glavu.

Pozorno slušaše mladić kumino kazivanje, čas piljeći zamišljen u zemlju, čas gledajući milu djevojku koja je nijema sjedjela, nijema uživala blage časove njegova prisustva. A kad je priprosta starica kazivala kakve je Dora patila muke, onda se mladiću mutilo lijepo oko kao da je i on u ovaj čas prebolovao sve Dorine patnje.

"Hvala ti i stoput hvala, dobra starice, da si bijednoj Dori u teškim časovima boli zamjenjivala majku", progovori mladić tronutim glasom Magdi. "Ljuta me skrb osvajaše za njezin mladi život, jer se bojah da neće preboljeti zla. Opitah se za nju, a vi mi rekoste, zlo je, jer da joj je bolest otela svijest. A zatim bijaše poći odavle, djevice Doro!", okrenu se mladac blagom riječi prema sirotici koja bje spustila glavicu na naslon stolca ne skinuv oka s Pavla, "da, poći mi je bilo četovati na Turke. Nagrnula sila nevjerna, pa sramota bi bila ne vaditi sablje gdje rod i znanci gube glavu. Polažah nerado, ali morah. Ali šta vam tude nabrajam, eto vidim, malahnuste, djevice." -

"O kazujte dalje, vidite sve sam jaka slušati", zamoli djevojka osoviv se malko. "Kazujte, gospodine Pavle, jer vas slušam od srca rado."

"Da, da, milostivi gospodine", doda starkelja, "do zore bih vas slušala, jer vi znadete puno - puno toga. Šta znamo mi kukavice, ni od nosa dalje, kao da ste nas za kuću privezali."

"Dugo me ne bijaše", nastavi mladić, "i mal da se nikad više ne vratih."

"Nikad?", prenu se bojažljivo Dora.

"Da, nikad. Čujte. Lanjskoga ljeta, kad je upravo žega navalila bila, a vi u muci čamiste, stiže nam glas da se Turci dižu prema hrvatskomu moru. Sve što je bilo plemstva skoči na oružje. Skočih i ja. Oprostih se s ocem i majkom ter pođoh četovati. Naša vojska se poodmakla od Rakovca na primorske strane. Bila je preša dostići vojsku. Ali napokon je stigoh. Ljepota od vojske, sami birani momci. Valjalo je zaštititi tvrđu Hrastovicu; za njom se otimao Ferhat, paša bosanski. Išlo se noću i danju. Naši laki Hrvati, a i vlaške čete pomicale se još ajde dobro, ali Štajerci pod svojim gvozdenim kapama i teškim gluntama poklecali nejedanput. Vodio nas je Auersperg i Ivan Vojković. Jednoga dana dođosmo s brda nekoga u dolinu. Zemlja dosta kršovita, samo na desnoj strani pokrivala je goru šuma. Stadosmo. Od žege nikuda dalje. Negdje oko pol dana doletješe pastiri preko gore. Ferhat, rekoše, ide na nas. Uru i pol da je od nas. Nije bilo izmaka, valjalo se pobiti. Vojska se sporedi u dolini. Naprijed lumbarde. U srijedi hrvatski pješaci, vlaški haramije i žuti kranjski mušketiri. Nalijevo stajahu štajerski gvozdeni konjanici, u dolini dvije zastave, a jedna na lijevom brdu. Desno krilo držaše hrvatski banderij na konjima sa zastavom banskom. Po brežuljcima stajali arkebuziri. 'Gospodine Pavle', doviknu mi Vojković doletiv na bijelcu od Auersperga, 'vidite li onu šumu na desnoj planini? Onuda prosijeca goru provala. Treba paziti da nas Turci ne salete na desnom krilu. Eto vam sto kaptolskih konja i dvjesta vlaških pušaka. Zasjednite planinu i ne dajte kujama kroz jarak!' Pođosmo ja i vlaški vojvoda Steva Radmilović pa zaokupimo planinu i jarak.

Sto pušaka i pedeset konja namjesti se u jarku preko puta. Druge puške zdesna i slijeva na brdu kraj puta, a u zagibu gore, bliže ušća doline ja sa pedeset konja. Haramije potprašili puške, pa neka dođu Turci. Ležah mirno u šumskom hladu kraj konja.

U jedan par potrese se zrak. Stade bijesno urlikanje. Popnem se na vršak da vidim. Turci idu na glavnu vojsku. Zabljesnu, zagrme naše lumbarde oštro. Juriš turski uzmiče. I Turci udare opet, ali ovaj put bijesno. Velike puške praskale, zalete se gvozdeni ljudi, a banska zastava okupi Turke zdesna. Kao da će naši pobijediti. Visoko vijala se banska zastava, glasno pozivala trublja naprijed. Najednoč osu se lijevi vrh novim turskim čoporom. Gvozdeni ljudi popadali od turskih pušaka i kao bujica valjale se nevjerne čete nizbrdo na naše lijevo krilo. Vidjeh kako je zrno odnijelo generalu Auerspergu glavu. Žuti mušketiri nagnuli bježati, za njima drugi, na jednoga našega bilo deset Turaka. Ljutio sam se da tude čekati moram. Ali nisam dugo. Iz jarka zaorila bijesna vika: 'Alah!'. I brzo pohitim k četi. Turci da prodru jarkom. Jedan, dva, tri puta odbiše ih naše puške iz grma, iz trna, iza kamena, odasvud. Jarkom tekao potočić bistrice, sad je tekao krvlju. I snova udare crnci. Bilo ih je šest puta više negoli naših. Lako im je bilo gubiti glave. Mnogi naši konji bjehu postrijeljani, a haramijama nestajalo praha. 'Puške na leđa! Na nože, djeco!', zagrmi Radmilović stojeći na visoku kamenu. Ali jedva izreče, stao glavinjati, padati - strelica se zabola u njegovo srce. 'U ime svetoga krsta, udrite djeco!', zaviknem ja i kao strijela udarim sa svojom četom Turcima u krilo. Svaki pedanj deset turskih glava. Svaki grm, svaki kamen platili oni životom. Sablja mi ošinu čelo, ne vidjeh od krvi. Konj mi se bijesan prope, strelica mu probola oko. Padnem, a moji poodmakli. Da se dignem na noge, bio sam preslab. Oko mene truplo do trupla. Kleknem na koljena da se povlačim dalje do potočića; grlo mi je gorjelo. Ali iza grma bližnjega pomoli se crna glava. Ruknuv kao zvijer baci se na me. Padnem poleđice. Bijesnik klekne na prsa, trgne nož, zamahne. -"

"Za rane božje!", vrisnu od užasa djevojka i nagnuv se raskrili ruke prema Pavlovoj glavi kanda je zaštititi želi. A u kutu se stara tri puta prekrsti.

"Ne budi vas strah, djevice Doro! Još mi je živa glava", odvrati mekanim glasom Pavao i lagano se dotaknu prsti Dorine ruke.

Djevojka strese se, krv joj šinu u lica, ali ne ustegnu ruke. Lako joj se sklapale usne, u oku joj je treptio čudan plamen, ali ne krenu zjenice s Pavla.

"Zamahne crnac", nastavi Pavao, "- ali ne zasječe. Strahovita šaka zgrabi mu ruku, spopa mu grkljan i dignuv zlotvora uvis, tresnu njim o krš da mu se razletješe kosti. 'Crkni vražji skote!' zamrmlja sijeda ljudina, kraj mene stojeći.

Bio je Miloš Radak, vlaški pješak od Auerspergove čete. 'Bježmo, gospodine!', reče. 'U dolini sve naše isjekoše.' Radak naprti me na leđa. Kroz šumu odmaknusmo sretno, ali nad šumom uspinjalo se krševito brdo, sama rulja. Sada gore po nas. Zrna zujila za nama, Radak malaksao. Iz jarka iznio krvavo rame. Zavukosmo se za pećinu, ta nas je štitila časak. Zave-zasmo rane, gucnuh iz Radakove čuture. Pa bjež! Uhodili nas pogani. Sretno prevalismo vrh pa udri vododerinom suhom nizbrdice prema šumi. Ali se na vrh izviše Turci, jedan naprijed, trojica podalje za njim. 'Stani, gospodine!', nasmija se Radak skinuv me na čas s leđa. 'Evo šume. List će nas braniti. Da pokažemo huljama da nam nije izgorjela kuća.' Čučne, namjeri i cak opali gluntu. Kao ranjen mačak baci se prvo Ture uvis i leže. Udarismo prečke u šumu najvećom gustinom. Radak je mjerio stabla okom. 'Tu nam je kuća!', reče ustaviv se pred starim granatim hrastom. 'Skotovi neće mirovati.' Priveza me pojasom na se pa se pope uz drvo. Na hrastu probavismo dan i pol. Tražili nas Turci unakrst. Izgubiše trag. Bijahu i puškomet od hrasta, ali su ga minuli. Umirilo se; sađosmo. Blizu ni kolibe, nekmoli sela, a gdje ga je prije bilo, sve izgorjelo od Turaka. Treći dan naiđosmo na dva štajerska oklopnika, bjegunca od Hrastovice. Ti nas uzeše na konje. Tako dođosmo u Samobor, ja i moj Radak, da vidamo rane. Izliječih se, hvala bogu, i evo me živa i zdrava."

"Hvala i slava, bože nebeski," sklopi Dora slabašne ruke, "te si spasio spasa moga. Malda ne umrijeh kukavica od vaših riječi, a nekmoli vi u živoj vatri. Da vas zastigoše, da vam zlo učiniše - ubiše! Ali ne, ne! Vidim vas, živi ste, zdravi ste i hvala bogu!", završi djevojka i vrela suza skoči na sjajno joj oko.

"Napolak samo", prihvati mladić pridušenim glasom oboriv glavu da je ne vidi, "ali bit ću sav, ushtjednete li vi, djevice Doro! Čujte me. Zdrav ću biti i živ, ako od vas melema bude, jer" - skoči strastveno mladić - "moj život si ti, moje zdravlje si ti. Ne govori, oj ne govori dok ne izreknem šta mi srce davi. Od onoga dana kadno te sumrtvu iznijeh ispod bijesnoga kopita, kadno te zaniješe ove ruke pod očinski krov, odjekuje mi srce tvojim imenom, zrcali se u mojoj duši milo ti lice! Na pomolu smrti, sred ljuta boja, u groznoj vrućici kadno me je palila rana - samo tebe je spominjala moja pamet. Noćni sanak, jutarnji osvanak bijaše Dora. Ne sudi me što ti vrijednoj djevici govorim van reda i običaja. Gle čelo mi gori, mozak mi kuca, a krv mi ključa kao žeženo gvožđe. Ne dozivaj hladne pameti, srce neka sudi srcu. Doro, izbavih ti život, Doro, vrati mi milo za drago, izbavi ti meni život, reci, djevojko, riječcu, reci da sam ti srcu drag!" I srvanu mladiću klonu glava pred Doru.

Djevojka skoči. Blijednu i planu. Kao da sniva. Krv da će joj raznijeti živce, srce skočiti iz njedara. Nestalnim plamom zasukljaše oči; rastvori drhtavice ruke i spustiv glavicu svoju na Pavlovu glavu zajeca i kroz plač i kroz smijeh: "Jao, Pavle, šta učini od mene, Pavle!"

U taj par pojavi se na vratima čudan čovuljak - supijani brijač.

"Pomoz bog! Je l' gospodar Krupić kod kuće", zapita zloradim smijehom.

"Nije!" - istisnu Dora na smrt blijeda, jer je stara od prepasti zanijemila bila.

"Nije?", odvrati čovuljak. "Ne zamjerite. Vidjeh zelenka pred kućom. Mišljah da imade u njega gosti. Htjedoh ga pitati za njegovo zlato, ali za laku cijenu! Ne zamjerite, djevice časna! Slatka vam noć!" I ode.

Zamalo letio je mladi gospodin Gregorijanec prema Novim vratima. Na ćošku Biskupske ulice stajao je Čokolin. Naherio glavu. Gledao za mladcem pa pukao u smijeh:

"Tako li, djevice Doro? Pa to li je tvoj vjenčac. Bene. Sad je na meni red!"

VI

Na tornju Sv. Marka bilo odbilo devet ura ranih. Građanke i građani vraćali se od sajma, među njima i Barbara, žena čavlara Ivana Freya. Freyovka, krivousta, riđa blebetuša, bila je nakupila holandeskoga sukna, ljubljanskoga ulja, goričkoga luka, pa je tim tovarom klipsala kući svojoj koja je stajala nedaleko od župnoga dvora. Ele, kako se susjede silno ljube, ako si ne iskopaju očiju, tako je i gospa Freyovka veoma volila svojoj susjedi, kramarici Šafranićki, ženskoj vrlo zamrljanoj i melankoličkoj, koja je negda mogla biti vrlo nježnom djevicom, ali sada bila omašnom grižljivom bakom zorolika nosa, te je znala svoga dragoga Andriju svake subote linjati rifom, da su miševi u njezinu štacunu od te halabuke smjesta ostavili sir. Čavlarku i kramarku pako vezao je čudan vez, njihova ljubav stjecala se u šljivovici, a Šafranićka imala je vrlo dobre šljivovice. Zato je i danaske Freyovki teško bilo ne zaći k gospi Šafranićki.

Kramarica već ne bijaše natašte, oči joj se veoma mutile. Da si prikrati besposao - jer nije baš bila vrla gospodarica - teturala je po štacunu tukući papučom muhe.

Vrlo se uzradova opaziv svoju priju čavlarku. "Sjedt'e, pa de'te, draga susjedo; a što vam se snilo, a što ste kupili, i počem luk, hoće li kiše biti, pa je li nova varoška sudinja Teletićka uzvrtila nos", te vrndaj i drndaj bake kao u mlinu sjedeći na kamenoj klupi pred štacunom i pijuckaj što bolje znaš.

"Mha!", cmoknu čavlarka, "hvala vam te ste me malo ugrijali; svakoga jutra mi je tu nekako prazno, ali vaša medicina uvijek pomaže."

"Vjerujte, i meni je tako", odvrati kramarka, "pa ako zaboravim prije druge mise svoju čašicu, ne ide mi juha u slast. Ali vam je čudno kako ista stvar hoće jednomu dobro, a drugomu zlo. Mene, vidite, to grije i krijepi, ali moj ubogi Andrija tek što prinjuši, batina te batina. Kad su ga zadnji put iz ceha donijeli kući, mislila sam, duša mu sjedi na jeziku. Izlila sam kablić vode na njega, a barbir mu je metnuo rogove - ali Andrija drvo.

Tihodićka dala mi nekakvu mast, tu sam stavila na tabane pa je ajd nekako izvukla vrućinu."

"A! a!", začudi se Freyovka klimajući glavom, "vidite, tko bi to rekao, draga susjedo! Ali da vam kažem. Imala sam čudan san."

"Recite šta?", zapita kramarica.

"U snu sam vidjela mačka kako na mene ide!"

"Pomozi vam nebeski dvor! Zlo je, susjedo! Stari mačak, velite? Zlobna se duša na vas iskivila!", primijeti kramarica važno.

"Gled'te, gled'te! Eno Grge Čokolina!", zaviknu Freyovka, "varoško rešeto! Da ga pozovemo!"

"Da ga pozovemo!", opetova melankolično Šafranićka.

"Majstore Grga! Majstore Grga! Ne bi li malo amo?", udari u sav glas čavlarka.

Uistinu je išao varoški brijač preko Markova trga. Bacio bio na sebe škuru kabanicu kratkih rukava, a podštapio se na jaku drenovaču kanda će na put. Na poziv gospe Freyovke stade i zakrenu prema štacunu.

"Aj, aj! Dobar dan, drage gospe! Na okupu, kako vidim!", pozdravi brica bake. "Drago mi je. Malo ću k vama. Na putu sam. Da malko počinem."

"Na putu? Kamo?", zapita zvjedljivo čavlarka.

"Št!", šapnu Čokolin staviv prst na usta i ozrijev se pozorno.

"Ne bojte se!", ohrabri ga gospa Šafranićka. "Nema nikoga."

"A onaj?", prihvati brica, pokazav prstom na Jerka koji je u blatu sjedio nedaleko štacuna.

"No toga ne treba vam se bojati. Zar ga ne poznajete? To vam je mutljak Jerko. Evo vidite, prodaje rogožare za malen novac. Gluh je i nijem pa u svakoga rado bulji", utješi Freyovka majstora.

"Kraj je svijetu!", odvrati brijač zabrinutim licem.

"A! zbilja?", upitat će bake.

"Na moju dušu, jest. Oči vide, a uši čuju, o čemu pamet ni ne sniva", nastavi Grga, "pa u našem plemenitom varošu!"

"No de'te, ispecite!", navali čavlarka.

"Neću", otresnu se brijač, "neću, grsti mi se. Ali ću na svom mjestu -!"

Šafranićka natoči čašicu rakije i ponudi je laži-doktoru.

"Ta nismo djeca, domaće smo! Kazujte!", saleti ga krivousta, uhvativ ga za ruku.

Ispio Grga čašicu, sjeo na klupu među bake, ljudski se nakašljao pa, crtajući drenovačom u blatu latinska pismena, nastavi ovako:

"Da imate djece, drage susjede, to jest ženske djece, rekao bih, živu ih zakopajte da ne vide više Zagreba. Ne čudite se nimalo. Od zbilje govorim. Duboko smo zagrezli u blato, jesmo, britve mi! Gdje su nam stara vremena kad je bilo sve čisto i pošteno, gdje su! Tražite ih lampašem. Danas? Sve po žveplu smrdi; svana huj, snutra fuj! Danas mnoga partu nosi, pa koliku bi trebalo kapu da si pokrije drobne - grijehe. Da, da, tako je. Valjda znate zlatarovu mudrijašicu, a? Svetica od kamena, je li? Dakako, ako joj sveti otac skine smrtni grijeh!"

"Je l' moguće?", zapenta kramarica.

"Zar cifrasta Dora?", zapita zvjedljivo Freyovka.

"Da, Dora, Dora, Krupićeva Dora. Mene i moju bokčariju odbila. Premlada je, reče. Dakako, gospodstva se hoće. Ogrebla bi finu kožicu kao majstorica. Sad? - Sad je dobro, sad se dobavila gospoštine, sad se bojim da će skoro i prestara biti. Ja bogac, kako sam pošten i svaki božji stvor poštenim cijenim, rekoh kad mi je ono pred nosom vrata zatropila bila: Šta ćeš, Grgice, nije ti suđena, valjda se valja iza brda kakav majstorski sin. K tomu je i boležljiva bila od onoga smrtnoga straha na Kaptolu, pa nije kad misliti na svatove. Tako mišljah ja dobričina. Ali da! Samo treba vidjeti, a ja sam vidio na svoje oči, bog da mi je svjedok."

"Šta to?", uzjari se Barbara.

"Stid me je i reći tu sramotu pred poštenom ženskom glavom", udari brica ljutito drenovačom u zemlju. "Ali nek se zna. Neki dan, baš u nedjelju, ja na Kamena vrata u varoš. Vidim pred Krupićevim stoborom konja zelenka. Bijesa! pomi-slih, otkad gospodski konji 'purgarsku' travu jedu. Da vidim. Htio sam kod Krupića razbiti cekin na drobne pjeneze. Ja u kuću, pa hvaljen bog! Alaj, susjede, tu je bilo šta vidjeti. Čista Dora na stolcu, oko pasa je uhvatio - mladi Gregorijanec, pa čuči, pa guči kao u proljeće mačak, a Magda, svetica Magda sjedi i sve to gleda. A? Šta velite? Fuj! Sramote! Sad ste čule! Ali ja ću im biti debeli kum. Zbogom!" Na te riječi skoči Čokolin pa pođe brzim korakom put gore.

Bake ostaše kamenom. Ni ne odzdravile brijaču. Napokon sklapale ruke.

"Pa to?"

"Kod nas!"

"I Dora!"

"Ta čista pšenica!"

"I Magda!"

"Taj sveti duplir!"

"I stari Krupić!"

"Taj gizdavac koji je mojemu Andriji rekao na vijećnici da mu je vrana ispila mozak."

"Koji u cehu mladim majstorima uvijek nabraja o poštenju."

"Strašno!"

"Opčuvaj nas bog smrtnoga grijeha!"

"Zbogom, kumo Šafranićka. Idem k pekarici."

"Zbogom, kumo čavlarko. Potražit ću svoga starca!"

Razletješe se bake u svijet da naoštre jezik.

Za brijačem ustopice pohiti njemak Jerko. Pazio da ga brica ne vidi, ali sam ga nije pustio s oka. Čokolin krenu put Medvedgrada. Jerko za njim. Čokolin je išao šumskom stazom, Jerko neviđen gustinom kraj njega. Čokolin išao je jarkom, Jerko vrhom. Brijač nije ni slutio da ima vjerna pratioca. Izađoše na čistinu na uzorano polje. Brijač udari poljem, Jerko se držao glogove živice kao da se brijaču privezao bio uz dušu.

Nakraj čistine pod obronkom stajao je granat grabar. Pod njim se nešta crnilo. Bez brige koracao je brijač prema grabru. Kraj njega morao zakrenuti nizbrdice u šumu. Dođe do drveta. Stade - problijedi. Spopa ga drhtavica - ali učas skoči kao da ga je zmija ujela, pojuri kao strijela dalje u šumu. Iza šipkova grma pojavi se Jerko. Dignu zvjedljivo glavu. Baci se pa potrbuške do grabra da vidi šta je. Pod grabrom hrkala ljudesina, sivkast mrkonja dugih brkova i gustih obrva. Iza srebrnih toka provirivahu rutava prsa. Kraj njega u travi ležala je čoha od mrka darovca ošivena crljenim suknom, visok klobuk bez krila, pletena torba, fišeci na remenu i teška glunta. Po odijelu rekao bi čovjek da je pješak narodne hrvatske vojske ili haramija. Pogleda njemak diva i nasmjehnu se malo. Zatim prignu glavu k zemlji i kao lisica baci se u šumu pa se spusti vododerinom nizbrdo. Zamalo speti opet brijača. Brijač krenu put Medvedgrada. Sjeo na kestenov panj da dostane sape. I sad se još vidio na njemu smrtni strah. U taj par provali iz šume od medvedgradske strane konj, a na njemu gospodar Stjepko.

"Oj britviću! Koji te bijes amo nosi?", zapita Stjepko brijača.

"K vama pođoh, vaša milosti!", pokloni se Grga do zemlje.

"Da mi prišapneš šta mi rade prijatelji Zagrepčani? Pucaju od ljutosti? Je l' te?", nasmija se Gregorijanec. "Ili si došao po kaparu za nove novice što mi ih krišom donosiš od razne gospode."

"Ni jedno ni drugo nije", odvrati brijač, "tiče se vas."

"Mene? Da čujemo!"

"Mladi gospodin Pavao izgubio je glavu."

"Bijesa! A kako?"

"Ostavio glavu u štacunu zlatarovu, kod lijepe Dore."

"Kod Zagrepkinje. Jesi l' poludio?"

"Natašte sam, vaša milosti."

"Valjda te tko žedna preveo preko vode?"

"Oštrih sam očiju."

"Ti da sa vidio -"

"Na svoje oči!"

"Trista -! A što?"

"Kako je gospodin Pavao po bijelu danu grlio i ljubio onu istu djevojku što joj je lani spasio život!"

"Ej da su joj konji razbili glavu! Uistinu vidje?"

"Kako vas vidim."

Stjepku se namršti čelo, ljuto pritegnu uzde. Sve mu je tijelo drhtalo.

"Dobro!", odsiječe napokon. "Idi na Medvedgrad; najedi se, napij se. Skoro ću se vratiti. Još danas ponijet ćeš pismo gospi Grubarovoj u Samobor; moći ćeš i kazati što si vidio. A prekosutra da si ovdje. Sad idi pa čekaj!" Bocnuv konja u rebra pojuri

Stjepko na brdo, a Čokolin na Medvedgrad. Za njima izađe iz grmlja na cestu Jerko. Bio je nekako vedar. Zaputio se na istok - u remetski samostan, u svoje obitalište.

Oko dva sata poslije podne već je žurno koracao brijač prema Samoboru. Nosio je pismo gospi Klari Grubarovoj, lijepoj udovici i gospodarici grada samoborskoga. Gospodar Stjepko šetao je po svojoj ložnici poniknute glave amo i tamo. Bio je zabrinut, veoma zabrinut. Kadšto je stao kod gotičkoga prozora te pogledao u svijet pa onda opet šetao.

"Lacko!", zaviknu. Uniđe sluga.

"Je l' mladi gospodin Pavao kod kuće?"

"Na službu, milosti vaša!" odvrati sluga.

"Nek dođe ovamo! Odmah!"

"Na službu, milosti vaša!", i ode sluga.

Nepomičan stajao je Stjepko kod prozora. Bijaše bijesan. Svaka mu je žilica igrala. Bilo mu je da smrvi Zagreb i sina. Dva-tri li puta pogladi čelo pa stade gristi bradu.

"U takvoj mlaki da se raspline rijeka našega roda! - Poludio je dječko! - Poludio! Strijela božja. - Zadavio bih ga!"

Zatim stade razmišljati, sve gladeći dugačku bradu.

"Ne, neću tako! Ne valja ovaj put klin klinom. Dječak je bijesan - moja krv, kako Vramec veli. Ne treba da uzbjesni luda glava, zagrezla bi dublje u ludilo. Proti tomu otrovu pomaže samo ustuk - a to će biti Klara. Mlada je, lijepa i bogata, pa udovica - hitra udovica koja je okusila drvo spoznanja, nije plaha i glupa kao što djevojke, kao što Pavao. Dobra udica. Riba se mora namečiti."

U taj par otvoriše se tiho velika vrata. Plah i ponešto smeten uniđe Pavao.

"Zapovijedate, oče gospodine!", prihvati smjerno.

"Ti li si?", odvrati Stjepko malo krenuv glavom. "Ovamo te bliže!"

Pavao popođe prema ocu. Stjepko stade pred sina i uhvati ga oštro na oko.

"Pavle!", reče mirno, "pamet ti stoji nahero. Govore mi za tebe svašta. Građanska djevojka ti je opržila mozak. Jel' tako? Aha! Problijedio si. Dakle istina."

"Oče gospodine -", progovori mladić.

"Šuti, slušaj! Posao ti ne valja. Muha si bez glave. Ja snujem i radim da nam rod bude velik i jak, a ti glavinjaš bez smisla - mjesečnjak si. Nije l' te stid mazati se prostim smetom. Ti prvorođenik slavnoga plemena, a onamo cura bez imena. Ako ti je vijek zreo za ženu - ženi se! Ne branim. Imaš stotinu i bogatih i plemenitih na jedan mig - a i ljepših nego je taj cvijet od zagrebačkoga smetišta. I stranputice bih ti oprostio, da je drugdje. Nemaju li Gregorijanci dosta kmetova, nemaju li kmetovi dosta žena? Ali baš u Zagrebu! Dok se ja zakvačio sa purgarskom bokčarijom, moj sinko gladi i nina zagrebačku djevojčuru. Lijepo ćeš si oplemeniti rod! Pa šta od toga? Zlatarska kopilad nosit će lice po svijetu. Fuj. Sramote!"

"Stanite, oče gospodine!", osovi mladić ponosito glavu i blijedo lice zažari mu se. "Trag vam je kriv. Ne goni me grešna krv. Zaboga, ne bih imena omrljao varkom. Ne dirnite u čisto lice kao što je ona vedrina nebeska. Duboko klanja se sin roditelju, ali plemić mora odbiti svaku ljagu koja se nepravo baca na tuđe poštenje, navlaš kad se poštenje ne umije braniti mačem. Slušajte me milostivo, oče! Vidim, doušnici dojaviše vam sve, a ja ću vam kazati i više i bolje. Ne umijem prenavljati se niti obredom gušiti srca. Kakva me je mati rodila, takav sam, i hvala bogu. Kakvu mi je bog dušu udahnuo, takvu nosim naočigled svijetu. Što mi oko kaže, to vidim, kamo duša pregne, onamo se podajem. Nisam koludrica što trijebi svetu krunicu, a misli na vraga. Šta ćete? Duša mi se odbila od gospodske bajke. Idem svijetom, svijet mi je zakon. A to moje oko pokaza mi Krupićevu Doru, ta moja duša pregnula k Dori. Kad je iznijeh iz gotove smrti, kad je se sumrtve dodirnuh ovim svojim rukama, uzavre mi srce kao vilovit konjić. I duša mi reče: Gle, nije l' to čelo glatko i bijelo kao onima u gospodskom dvoru? Ove plete nisu li svilene, ove usne bujne i mekane, ovi prstići tanki i obli kao što uznositim gospođicama što ih viđaš u očevu dvoru. Jest i stoput jest! reče mi duša. Jest i stoput jest, kucalo srce. I podah

65

se djevici srcem i dušom - ali djevici, jer oko žarkoga srca tvrd mi vije oklop - čast i poštenje."

Krv skoči Stjepku na lica. "Oj gospodičiću, visoko ti je jezik zamahnuo! A koji te je pijani fratar ovu prodiku naučio?", nasmija se kroz ljutinu Gregorijanec.

"Srce, oče - srce!"

"A ti da si moj sin - moja krv - Gregorijanec? Rođak onoga Gregorijanca koji je prodičio zagrebačku mitru? Vjera i bog, da te ne odaje plemenito lice iz čije si niknuo loze, posumnjao bih da ti je mati, zanosiv te, izdala ložnicu zakonitoga muža."

"Oče, nemojte!"

"Ili hoćeš li se zbilja u kramarski ceh, luđače? Da, vidim te gdje ćeš junačkom sabljom okapati vrt vrijednoga tasta, ili na zelenku svom cincariju premiti na sajam vičući: 'Kupite, kupite plemenite robe za groš, za dva.' Ali nećeš tako, duše mi, nećeš. Pavle, ti znaš kakav ti je otac. Tvrdo gvožđe. Pavle, nemoj da se to gvožđe razbijeli, ne kidaj vodiljke kojom te ruka očinska vodi, jer, vjera i bog, ako se ne okaniš ludoga landanja, ako budeš udilj zalazio k toj zlatarskoj curi, pse ću na te huckati."

"Ne preklinjajte se, oče gospodine! Iznenada mi ljubav zaskočila srce. Obujmilo me, opčinilo me. Da iščupam iz duše stablo ljubavi, iščupao bih i korijen - srce."

"Ispred očiju mi, izrode roda moga!", zakriješti bijesno Stjepko, skočiv, da sa zida skine buzdovan.

Pavao zadrhta. Moglo je biti zla. I krenu prema vratima. U tren spusti Stjepko ruku. Dosjetio se da nije bio namislio buknuti na sina, da ga je krv prevarila.

"Stani!", progovori mirnije. I ustavi se mladić.

"Imam računa sa gospom Grubarovom radi samoborskih kmetova. Pisah joj nedavno. Odmah sedlaj konja pa u Samobor! Izvedi posao na čistac, a prije da mi se nisi povratio. Idi!"

"Idem. Zbogom, oče!", odvrati mladić i ode.

Omamljen poleti Pavao u šumu. Oči mu gorjele, mozak kucao o lubanju, a na prsima kao da mu je ležala gora. Bilo mu je da će živ propasti u ponor. U grmu kraj njega udario slavulj milo pjevati, Pavao nije čuo nego kriještanje. Bez sebe baci se na zemlju. Htio je misliti. Zaludu. Pred očima mu sijevalo, pod grlom ga davilo, a glava da mu pukne. Zatisnuo čelo u hladnu zemlju. Skoči, pohiti u grad.

"Sedlajte konja!", zaviknu. Poklopi zelenka i pobrza u šumu kao da su ga gonili pakleni dusi.

Tiha bijaše večer. Ni zuka čuti. Gustim granjem sijevnula zvijezda za zvijezdom. Tamnom šumom mrtvilo. Samo mlinski potok razbija granje, samo topot Pavlova konja odjekuje tišinom. Ispade Pavao na polje, na put. Na ishodu, od Posavine blijedilo se žuto nebo, a na nebo izvalio se plamenit, krvav mjesec. Ali u hip strignu zelenko ušima i stade drhtati od pre-pasti. Preko puta prostre se dugačka sjena. Kao da je iz zemlje niknuo, pojavi se gorostas. Mjesečina se ljeskala sjajnim tokama, a crne oči plamtjele neobičnim žarom.

"Tko si božji?", zapita Pavao.

"Božja vam pomoć, gospodine mladi! Miloš sam", odvrati div upirući se o dugačku pušku.

"Ti li, Milošu moj! Odakle u noć?"

"Iz Zagreba. Sunce me prevarilo te zakasnih idući iz Komogovine."

"A kako tvoji u kući?"

"Sva je svojta zdrava, slava bogu i svetomu Nikoli. Ali mene je tjeralo od kuće! Pusta je. Nema mi Mare -"

Haramija umuknu sagnuv glavu. Je l' suza bila, šta li? Bog zna.

"Nu", razabra se junak, "idući Zagrebom načuo sam koješta. Kuha se ondje, zvijezde mi. Bune se ljudi na vašega gospodina oca rad neke pravde - šta li. Svi pođoše na divan na gradsku kuću."

"Zar svi?"

"E da!"

"I Krupić?"

"Ta valjda."

"Ču li me, Milože!", prihvati Pavao potiše, "poći mi je u Samobor za poslom."

"Bi l' s vama?"

"Sam ću. Do koji dan evo me natrag. Ti zalazi u Zagreb. Pripazi šta tu biva, navlaš oko zlatarove kuće, pa da si mi sve dojavio - sve! Zbogom!", i odjuri Pavao.

"Zbogom pošli, gospodaru!", odvrati Miloš gledajući za Pavlom. "Hm! Bijes ga znao, moga gospodara. Za svoga vijeka ne vidjeh takva čudaka. Podivljao kao vuk iz gore."

Polako se spuštao div šumskim jarkom. I uze bugariti turobno, žalobno, zavlačeći nadugo kao da se kap po kap krvi kida od njegova srca. U dubini gorskoj zamre mu tužna pjesma. I više se popeo krvavi mjesec.

Po zagrebačkim ulicama ni duše. Drijemljući otvori vratar Pavlu gradska vrata. Mladić pojurio Kamenim vratima. Zar tetki na noćište? Da, ali kasnije. U zlatarovu vrtu stajalo bujno cvijeće, stajalo mirno drveće. Ni dašak nije pirnuo hvojkama. Ali od bijela bosilja, od kitnjaste lipe plovila je uzdahom mila daha, da ti omami dušu. Iza krova lebdio mjesec, lišćem i cvijećem prelijevalo se plavetno svjetilo, a pred kućom se sterala sjena. Mladac ustavi konja da vidi gdje mu želja počiva. Ali gle! Ne bijeli li se nešta iz sjene? Da. Ženska li? Dvije ženske. Na klupi pred kućom očekuje Dora oca, a na stubama kraj nje sjedi predući Magda. Hoće li skoro otac doći? Bog zna. Varoška gospoda nešta se tajna dogovaraju kod suca. Čuj! Šta bi to?

"Isuse!", zaviknu Dora pokriv si rukama lice.

Pred njom stajaše Pavao. Sjena zastire mu tijelo, samo oko glave plivala mu je zlatna mjesečina.

"Doro! Ja sam!", prihvati mladić mekanim glasom nakloniv glavu k djevojci.

Magdu izda sapa. Od straha žmirkala je očima i čudno glavurdala.

"Vi?", stade stara šaputati, "milostivi gospodine! Pa sad? Za rane božje. - I kao gljiva ste izrasli pred nama! - Bože, oslobodi me teškoga straha! - Ali to ne valja - nikako ne valja! Idite, bit će zla! Da bi ovako kum? - Pomozi mi sveti Blaž!"

"Otiđite, gospodine Pavle!", prodahnu mladica u prepasti dignuv ruku.

"Dobro!", odvrati Pavao življe uhvativ djevicu za ruku, "da otiđem? Mogu li?"

"Joj! joj! Bože, bože!", zagaknu starica. "Sramote, velike sramote! Čast i poštenje vam, milostivi gospodine, po danu, na vrata, da! Ali po noći preko plota kao tat, da oprostite, i grijeh je i sramota. Te regule nema u Svetom pismu ni za gospodu!"

"Kumo!", ukori je Dora.

"I ne stoji. Id' u kuću, odmah id' u kuću. Da bi otac -, ta ubio bi me! Dorice, draga Dorice, id' u kuću. Bože, bože! - Da te pokojna majka vidi!"

"Gospodine Pavle, ako boga znate, idite!", šapnu Dora otimljuć mu ruku.

"Hoću. Ali slušaj me. Samo riječ. Moram. Danas mi se u srce zarinuo krvav nož, htio sam da prokunem dan na koji me majka rodila. Tmina mi pade na oči, kamen na srce, bilo mi je da se živ zakopam. Ali neviđena ruka trgnu me iz čame, ponese me pred tebe, djevojko. Da mi je put zakrčio rođeni brat, bio bih ga ubio. Karaj me da sam ušao kao zlotvor amo, karaj! Istina je. Htjedoh ti vidjeti samo kuću, opazih tebe. Srce me srvalo. Srce, Doro moja - koje čuva u sebi predragi zapis - ime tvoje. Šta mi je volja - šta snaga - šta pamet? Sve si samo ti, djevojko moja! Kad sam dozivao u pamet onaj blagi čas gdjeno ti suze ljubavi potekoše niz moje čela, mišljah da je samo bio san - o raju, o bogu. Ali sad sam kod tebe. Ovo je tvoja ruka. Sad mi je dobro. Oj djevojko, nemoj da sve to i snom bude, reci, poboga živoga, da me voliš. Vjeri mi se da me iznevjeriti nećeš ma kako nas raskidali. I evo ti nevjeren plemiću podajem ruku da neću biti nego tvoj - i ne ugledao lica božjega ako nisam pošten i čist."

"Ne govori, ne govori, Pavle", odvrati djevojka dršćući kroz suze, "da, da, tvoja sam, ali ne govori, previše sam sretna!"

I baci mu se u naručje i trgnu mu se iz naručja pa zavapi:

"Zbogom, Pavle! Evo me, kumo!"

"Prosti nam grijehe, oj milosrdni bože!", zamrmlja stara i ode sa Dorom u kuću.

Žurno pohiti Pavao na konju u svoje noćište.

Mjesec se sakri za oblak. Na ćošku stajaše čovjek dugoljan - Đuro Garuc - ovaj put noćobdija sa velikom halebardom. Kadno užasni konjik kraj njega proleti, prekrsti se dugoljan i zamrmlja:

"Vidiš! Vidiš!"

VII

Za štacunom Krupićevim prostirala se prostrana soba. Tu je primao goste - to bijaše njegovo svetilište. Nije dakako bila velikaška palača, ali ušav u nju opazio je čovjek po svem da je u kući imućna građanina.

Soba sama bila je dugoljasta, obijeljena kao snijeg. Drvene tavanice bjehu škuro omazane, a kroz dva omala, gvozdenom rešetkom zaštićena okna dopiraše samo malo danjega svjetla, te je soba naličila sumračnoj crkvici. Straga u kutu širila se omašna ilova peć, a na njoj bilo povjesma, sjemenja i velika boca višnjeva octa. Kraj peći visio je čudnovat drven kip, a pod njim gorjela je dan i noć mala srebrna uljenica. U prvi mah se nije pravo razabrati moglo čija je to slika, jer je bila od starine izlizana, a i po sebi dosta surova. Nu sudeći po zlatnim ključevima koje je bradati svetac držao, pogodio bi svatko - da je slikar valjda htio prikazati vjerno lice svetoga Petra. Za sv. Petrom stajala je palmova grančica od zadnje Cvjetnice, štono čuva kuću od strijele i groma.

Visila je o zidu i mjedena zdjelica za svetu vodu, veliko zrnato čislo i teška puška. Na polici sijevali kositreni tanjuri i zdjele - za onda očit znak imućstva - u zidu pako za staklenim ormarićem bijelili se niski trbušasti vrčići od majolike, išarani plavetnim cvijećem.

Podalje stajao je visok ormar okovan cvijećem od mjedi, a na njemu izrezuckano ime blažene djevice Marije i godina 1510, kraj ormara pako velika gvozdena škrinja. Sa srednjega trama visila je staklena škrinjica, a u njoj vijenac pod kojim se pokojna majstorica Krupićeva vjenčala. Na tavanicama čudno se isticao grb zagrebačkoga ceha srebrnarskoga - srebrna kadionica i prsten u modrom polju. Najbolji znak pako da se tuj dočekuju gosti bijaše dugačak stol sred sobe, a oko njega drveni tamno ofarbani stolci kojima su nasloni na spodobu srca izrezani bili.

A danas je tu bilo i gosti i bučne veselice. Ponajprije Krupićev debeli kum Pavao Arbanas iz Lomnice, čovječac prosijed, tupa nosa, podrezanih brkova, sivih očiju, debelih obrva, od glave do pete u modro odjeven, smiješeći se vazdan i trijezan i pijan. Bio se pridružio i novi varoški sudac Ivan Teletić, starac bijel kao snijeg, pun kao mjesec, mudar kao knjiga, a težak kao olovo. S njime dođe i varoški notar Niko Kaptolović, visok, zguren, suh, ni star ni mlad, ali riđoglav i riđobrk, a po nosu sudeći - prava krtica. Najposlije sjede za stol i gradski kapelan Petar Šalković, čovjek visok i jak, obrijan i hladnokrvan.

Tri puta već bilo veselo kolo ispraznilo vrč na stolu i već ga je Dora četvrti put napunila bila. Nije ni čudo, da se je o kojekakvim tajnama pričalo u sav glas.

"Tko bi to pomislio bio", usplamti Kaptolović dignuv pet prsti i šiljast nos "inhibicija, protestacija sve kako treba, causa recte et stricte levata secundum leges patriae, k tomu moja sjajna argumenta! Znate li da sam rif papira i za tri dinara crnila na to potrošio. Sve sam jasno i glasno rekao što reći treba ad informandam curiam, sve naše pravice od Bele Četvrtoga do dana današnjega. Mislio sam da će moje oštro pero pogoditi gospodina Gregorijanca upravo u srce. Pa šta? Pa šta? Kad su ga zvali pred sud, nije ni došao, i kad su ga sudili, ostao je prav! Triumphavit! A lijepa medvedgradska gospoština plemenitomu varošu šuk kao glatki piškor iz ruke. Ja pitam: Kako to može biti? Quo jure?", ražesti se bilježnik sunuv glavom i rukom u zrak. Po tim riječima spusti se na stolac, istrusi vrčić vina na dušak i omjeri cijelo društvo slavodobitnim okom.

"Ne čudim se ja tvomu rifu papira, niti tvome oštromu peru, niti svim sjajnim argumentima tvojim, dragi Niko", prihvati debeli sudac držeći se za pas, "ali se većma čudim da je ovaj zlatni argumentum ad hominem , što ti ga je dao moj predšasnik iz varoške kese, da bude sucima naše pravo jasnije, kad si ono pošao u Požun - da onaj zlatni argumentum nije pao u vagu pravice te nas štono se veli skuhaše."

"He! Čovjek veli, a bog dijeli", doda Pavao Arbanas dignuv desnu ruku i spustiv je na desno koljeno.

"Ili vice versa: čovjek dijeli, a sud bijeli, da oprostite!", odvrati riđoglavi Niko, ponešto žacnut.

Kapelan sjedio je dosad kao pravi kamen. Pružio noge pod stol, a bubnjao prstima po stolu odobravajući svačiju riječ kimanjem glave. Pri tom poslu se je strašno znojio te bi čas stegnuo, čas rastegnuo debele obrve, očit znak da o kojoj stvari vrlo ozbiljno razmišlja. Napokon će i on:

"Estote sapientes sicut serpentes", to jest: imajte soli u glavi, veli Sveto pismo. Samo vječni zakon je jasan i čist kao ovo vince na stolu. U njem stoji svaka piknja kao klin - a tko ludom špekulacijom u taj klin dira, tomu je dušu zakapario Lucifer, id est vrag. Jus humanum pako, id est naredba ona koju je slaba čovječanska ruka napisala, djelo je krhko i prhko. Jus humanum - premda ja samo artikule svete matere crkve poznajem - jus humanum je po mojoj slaboj možebit domisli batina na dva kraja, a komu jedan kraj u ruci ostane, taj drži i drugi kraj i nemilo argumentira po leđima svoga protivnika. A kad se dvojica zavade, naravski je da jedan prav, drugi pako kriv biti mora. I ne sumnjam ni najmanje da je kraljevska kurija jednomu dosuditi, a drugoga odsuditi morala, jer i to stoji da vuk sit, a ovca cijela biti ne može. A da je plemeniti varoš izgubio, nije nego puki slučaj koji se je zato pridesio jer je go-spodin Gregorijanec dobio."

"Istina, je istina", potvrdi važno Arbanas.

"Nego, admodum reverende - nego!", skoči riđi bilježnik na kapelana koji od čuda rastegnu obrve i izbulji oči. "Poričem svečano što ste sada rekli. Ja kao prava branitelj moram pitati: Kako, zašto i pošto. Titulus, titulus, u tom zec leži! To je ona kvaka koju ja čvrsto u rukama držim kao što evo ovaj vrč. Nama nisu dosudili posjesti Medvedgrad, a mi ćemo parnicu ex radicalitate juris , makar sto godina trajala. Bome hoćemo." I žestoko lupi Kaptolović šakom o stol.

"Nećemo, ne, gospodine notarijuš!", odvrati debeli sudac hladnokrvno, "daj bog da smo se ove nesreće riješili. Ili hoćete da prodademo gradsku šumu za sudbene takse et caetera - a mi da ćemo slamom ložiti peć. Hvala lijepa! Bijes nas bocnuo da smo se išli otimati za ono nesretno medvjeđe gnijezdo. Čuvajmo svoje, a ne dirajmo u tuđe. Da, da! Ne čudite se da tako govorim. Ne češimo se gdje nas ne svrbi."

Stari Krupić, vrijedna starina sijede glave i jakih mišica, sjeđaše donekle zamišljen upirući se laktom u stol. Napokon dignu vedro crveno lice, zasuka bijele brkove, pa će gostima:

"Ja, da oprostite, ne umijem štiti ni štampanih ni pisanih knjiga, niti znam kako se sudi po pismu. Čekić mi je pero, a po nakovalu pišem. Nu obašao sam, hvala bogu, dosta svijeta, vidio sam dobra i zla, pa si krojim pravo po vlastitoj pameti. Smijat ćete se možebit da puštam među pismenom gospodom svomu jeziku uzde. Ne zamjerite mi, ako možebit od srca onako bubnem, vi, gospodo, to bolje razumijete, jer čemu bi vam bila vaša latinština. Nu, mislim da se istina i priprostom hrvatskom riječi natucati može. A ja mislim o tom poslu tako. U starim pismima, velite, napisano je da je Medvedgrad naš i sva gospoština medvedgradska da je naša. Moguće, to će učeni naš gospodin notarijuš bolje znati od mene. Ali vas pitam, jesmo li ikad držali Medvedgrad? Nismo. Eto vidite. To vam je prava zdjela bez jela, kost bez mesa. Bilo bi dakako ljepše da sve to imamo, a još ljepše da je cijeli svijet naš. Ali je dobri bog odredio da sve ne ide u jednu torbu. Gospoda naša vrlo su se junačila radi te pravde na staroga Gregorijanca, junače se još i sada. Ja sam sve rekao: Ne bude od toga pogače, pustimo stvar na miru. Vi ste se na me uzvrtili bili da ja toga ne razumijem i da je naše pravo jasno, a stari Tahi da će nas pomagati; ja dušu u se pa u kut. Rekoste mi da Tahi ima mnogo prijatelja kod kraljevskoga suda. Nu ja mišljah, ako su suci takvi, kakvi bi imali biti, moraju pravdu krojiti po zakonu, a zakon nema prijatelja ni neprijatelja. Međutim je sud sudio. Mi smo izgubili - tako je i nije drukčije. A Gregorijanec je dobio. Eto tu valja skupiti pamet. Gregorijanec je ohol, bogat, osvetljiv, nagao. Otkad prvi kamen od Zagreba stoji, nije imao plemeniti varoš toli krvna neprijatelja što mu je gospodar medvedgradski. Bude li zgode, osvetit će se, a ne bude li je, naći će je Stjepko. Mi smo mu trn u peti, sud je izvadio trn, ali rana je ostala. Ne podražujte rane, bit će zla. Pustite ga na miru. Dirne li u grad, u našu zemlju, u naše pravice, a da! Onda batom po glavi, onda, kako sam star i slab, skočio bih i ja, ne perom, ne papirom, već šakom, gospodo, da, šakom! Ali zato ne treba dangubiti, zato treba raditi da i nama bude snage i prijatelja u nuždi. Gospoda Zrinjska od prije nisu nam istinabog veliki prijatelji bili. I sami znate kako je na nas pokojni ban Nikola ljuto skočio bio. Ali je sad drukčije. Sin mu, gospodin tavernik Đuro, hoće nam dobro. I sami ste složno uglavili da mu učinimo kakvu čast, da mu na varoški trošak prikažemo srebrnu kupu za njegovu svadbu sa Ankom Erdödijevom. Ta meni ste rekli da je načinim. Držmo se njega, pustimo Gregorijanca na miru, ali držmo se Đure, a prije svega držimo se svojega. Tako mislim ja."

"Tako je!", zakima sudac Teletić lupnuv zlatara po ramenu. "Vi, majstore Petre, niste doduše čitali učenih knjiga, ali zato govorite kao knjiga, jer vam je bog dao zdrave i prave pameti."

"Tako je", zakima i Pavao Arbanas ispod oka žmirkajući na gospodara Krupića.

Kapelan gladio je, stegnuv obrve, trbušinu te neprestance kimao glavom u znak, da i on pristaje uz miroljubivo mnijenje većine.

"Bene, bene", zamrmlja zlovoljno Kaptolović, "budite krotke ovčice, budite. Ali što će obzirni građani plemenitoga varoša i cehovski meštri reći, ne znam. Apellatio ad populum, to vam je vražja stvar. Za vas pako, majstore Petre, znam zašto ste toli krotki na Gregorijance. Mladi Pavao spasio vam je jedinu kćer, pa niste se rada s njim zavaditi".

"Stani, gospodine notaru!", zakrči mu Petar riječ skočiv na noge. "Čast i poštenje vam, ali što ste rekli za Doru, gola je laž. Ja ljubim kćerku od srca, ta koga da inače ljubim. Ja hvalim mladomu Gregorijancu da mi je iznio jedinicu iz gotove smrti, čega vi jamačno svojim oštrim perom ne biste učinili bili, i rado ga primam u kuću, ali otac sam samo pod svojim krovom, van kuće sam građanin i ne prosti mi bog grijeha da bi opće dobro radi moje očinske ljubavi štetovalo. Govorio sam zato tako, jer mi to moja pamet kaže i jer neću da se za velik novac neviđeno blago kopa, kojega ni nema u zemlji."

"Punctum!", skoči sada debeli sudac. "Ad vocem srebrna čaša za svadbu gospodina tavernika! Jeste l' je svršili?"

"Dakako, suče gospodine", odvrati stari zlatar razvedriv se malko.

74

"Da vidimo vašu majstoriju!", prihvati sudac.

"Doro! Dorice!", viknu zlatar na vrata, "donesi mi ključ od škrinje. U komori je!"

Za malo časa pojavi se Dora, čila i lijepa. Crne plete padale joj niz plavetnu ječermu, a na prsima bijelila joj se čista pregača, oko vrata pako rumenilo šest niza crljena koralja.

"Zapovijedate tato?", upita oca.

"Otvori de škrinju, pa mi izvadi srebrnu čašu za gospodina tavernika."

Umah kleknu mladica pred gvozdenu škrinju te iznese iz platnena zamota veliku srebrnu, bogato pozlaćenu kupu, te je stavi na stol. Kupa bijaše načinjena u spodobi velika ljiljana. Na jednoj strani bijaše pločica, a na njoj usred vijenca od ruža urezana dva grba: dva orlova krila i grad sa kulom: grb Zrinjski, a u drugom jelen na kolu: grb Bakača. Pad grbom bijahu urezana pismena "G. C. a Z. et A. C. ab. E. Comunitas Montis Grecensis D. D. A. 1576." to jest "Đuri knjezu Zrinjskomu i Anki knežici od Erdöda općina grčke gorice daje i prikazuje G. 1576." Na drugoj pločici bijaše vješto izrezan bog Hymen kako na lancu od cvijeća vodi božića ljubavi.

"Optime, optime, eximie, majstore Petre!", viknu sudac zanesen da mu se podbradak tresao, "vidi se da ste majstor".

"Bogme fino, kume!", potvrdi stari Arbanas.

Gospodin se Šalković nadnese nad čašu te poviri jednim okom u dno, kano da je omjeriti htio koliko će zlatne vinske rose stati u taj srebrni ljiljan.

"Re vera!" progovori kapelan, dignuv glavu, majstoru Krupiću koji je ponosito smiješeći se motrio svoje djelo, "re vera, to je pravi poculum caritatis iliti čašica ljubavi, i rumene usne velemožne gospođice Anke Erdödove nemalo će se osladiti srčući iz ovoga srebrnoga cvijeta zlatne ambrozije."

"A neće l' se i vama, djevice Doro, osladiti usne zlatnom kapljicom iz srebrne čaše kad vas pozove bog Hymen u svoj hram ili, jasnije govoreći, kad se udadete?", obrati se crvenokosi notar kroz slatki vinski posmijeh zlatarovici.

Djevojka problijedi kao da se je nečemu dosjetila, ali se brzo osvijesti te živo odreza Kaptoloviću:

"Oprosti mi vaše gospodstvo, gospodine notare! Mi ženske glave ne razumijemo te premudre historije, i moja pamet pobrala je iz vaše besjede samo gdješto kao slijepa kokoš zrno. Ne bude li vino kod moje svadbe kiselo, osladit će mi usta. Ali iz srebrne kupe neću ga srkat, za nas građanske djevojke i ove su majolike dobre. Ne valja se gizdati, jer je gizdost pred bogom grijeh. Nu tko će o tom i govoriti, to su daleki računi."

"Ala, ala! viš ti Dorice!", nasmija se kapelan, "otkuda tebi fin brus da ti je jezičac tako oštar?"

"Znate šta!", zaviknu Teletić, "posvetimo čašu, mi smo je kupili, zašto je ne bi posvetili."

"Bene dixisti!", odvrati zaneseno kapelan i nasu bržebolje vina u srebrnu kupu.

"Bog poživio majstora!", dignu sudac čašu, pa je istrusi, a za njim kapelan.

Sad je bio red na Kaptoloviću.

"De'te srknite, Dorice!"

"Hvala, ne pijem vina."

"Ali srknite samo!"

"Tako valja!", potvrdiše svi. Gucnu Kaptolović, a za njim tek malo Dora.

"Kad već na silu moram, de'te vi najprije, gospodine notarijuš. Ja ću za vama pa ću pogodit vaše misli", odvrati hitro djevojka.

"Nu, što mislim?", zapita notar.

"Da, što misli?", ponoviše svi.

"Vaše gospodstvo - ali ne srdite se za to - vaše gospodstvo misli da ste najpametnija glava u svem Zagrebu."

"Ha! ha! ha!", udariše svi u grohotan smijeh.

Dok su se varoška gospoda tako veselila kod gospodara Petra, sjedila je kuma Magda po običaju u svojoj drvenoj daščari. Bilo je lijepo, jasno popodne, te se starica sunčala kao gušter. Katkad bi zijevnula te zijevnuv prekrstila usta, katkad bi odagnala rukom koju dosadnu muhu.

Na trgu nije bilo nikoga, svijet bijaše jošte u večernjici, samo na donjim stubama pred crkvenim vratima sjeđaše brkonja

Miloš Radak, a kraj njega ležala vjerna mu puška. U ovaj par nije se baš bavio junačkim poslom. Čistio nožem pretilo rebarce, te bi kadšto zakusao u kolač iz Magdine peći. Pritom je malo mario što oko njega biva.

Napokon zašutješe orgulje. Svijet je stao izlaziti iz crkve. Izađoše i prije Freyovka i Šafranićka. Nadođe i dugoljan Đuro Garuc.

"No!", prihvati Freyovka, ustaviv se navlaš pred Magdinom daščarom, "kume Đuka, vaš slavni magistrat mogao bi slobodno popraviti onaj stup." Pritom pokaza čavlarka na nizak širok stup od kamena pred crkvom, koji je već na pol razvaljen bio da je trava po njem rasla.

"Bi!", odvrati hladnokrvno varoški bubnjar kopajući po džepovima svoje haljine.

"Pa zašto ga slavni magistrat ne popravlja? Zašto?", zapita Šafranićka nekako glavurdajući.

"To zna najbolje slavni magistrat", odvrati Garuc.

"A zašto su ga naši stari postavili? A?", uze opet grizljivo čavlarka.

"Naši stari podigli su ga zato da se sve ženske glave, koje pred bogom i svijetom srama i stida nemaju i sebe svakomu prodavaju, stave javno na taj stup nek ih bude sram pred cijelim plemenitim varošem"; odricao jednim glasom Garuc.

"A! Vidite! Zato?", podboči se Freyovka. "Pa mislite li vi, dragi kume Đuka, da te kuge nema više po Zagrebu, mislite li vi da su sadanje Zagrepkinje sve čiste kao bijeljeno platno? Mislite li?"

"Hm!", odvrati Garuc, "to zna samo slavni magistrat."

"To znam i ja, dragi Đuka, čuste li, i ja! Ima ih cifrastih i pobožnih parta kojima ime miriše po tamjanu, a nisu nego pušljive jabuke, ima ih i starih koje bi svijet stavio na oltar pod staklo, a onamo im vrag poklopio dušu svojim kudravim repom, jer su opake, gadne svodilje, jer krišom sastavljaju velikaške gospodičiće i građanske cure. Pazite, dragi Đuka. Stara je riječ, tiha voda brijege dere."

"Da, da, tiha voda brijege dere", doda klimava Šafranićka.

"A ja ih poznam, na ime poznam, a ja velim na 'pranger' s njima, da, na stup, nek se zna kakve su to svetice. A šta velite vi na to, kumo Magdo?", okrene se Freyovka starici, opaziv da se skupilo oko njih poviše svijeta.

"Ja? Ništa! - Pustite me na miru!", - odvrati ne hajući Magda.

"Ništa? Zbilja ništa? Ha, ha! Da budem na miru? Pa baš neću", udari zlorado čavlarka šakom u dlan. "Čujte, ljudi, čujte pa se čudite. U ovom našem plemenitom varošu ima jedna stara svetica za koju se misli da joj je sveti Petar kum, a ona da je škrinja mira božjega - ali uistinu živi vrag - prosti mi bog grijehe - kumuje staroj vještici, a ona je škrinja nemira vražjega. I u tom našem plemenitom gradu ima jedna djevojka za koju se misli da je bjelija od snijega i krotka kao majčina dušica, ali je ona crna kao ugljen, a duša joj je smrdljivi drač!"

"Da, smrdljivi drač!", primijeti Šafranićka.

"Vidiš, vidiš!", opazi Garuc.

"Da, da, i za to slavni magistrat ništa ne zna. A ta stara podučava mladu, a ta mlada grli se, ljubi se i - vrag zna šta, sa mladim Gregorijancem, sa sinom onoga antikrsta koji vam je ukrao lijepi naš Medvedgrad. A ta stara vam je - a? šta mislite - sveta naša Magda, a ta mlada vam je Krupićeva Dora, da Dora! Fi, fi, fi!", pljunu Freyovka na zemlju, "a mi da to trpimo, mi poštene građanke?"

"Ne trpimo!", odvrati razjareno jato.

"U našem gradu?"

"Sa Gregorijancem!"

"Dora!"

"Taj ljiljan!"

"Na stup s ljiljanom!"

"Na stup s Magdom!"

Magda drhtaše od ljutosti, žuto joj se lice rumenilo.

"O ti jadovita zmijo! Stoput si gora od svih onih koje su ikad stajale na tom stupu", izdere se Magda.

"Hu strijela -! Ja da sam takva - ja građanka koja ima kuću, kojoj je muž upisan u ceh. A vi to gledate, a vi to dopuštate?", obrati se bijesna čavlarka prema jatu.

"Na stup s njome! Na stup!", zaurla svjetina.

I potisnu jato jurišati daščaru. Kamenje, blato, pijesak padao je daždom na daščaru. Moleći zguri se starica u kut, ali bijesno jato sve jače navali - ubit će staricu.

"U kraj, hulje! Ili, časnoga mi krsta, smrskat ću vam lubanju kundakom", zagrmi Radak skočiv pred daščaru i naperiv gluntu na jato.

Oči mu se krijesile kao divljemu mačku, brci mu igrali od ljutosti, a razgaljene grudi nadimahu mu se silno. Jato uzmaknu od straha.

"U kraj, velim vam opet! Kuga vas izjela. Jeste li vi božji stvorovi, jeste li vi ljudi? Živina ste, nijema živina! Šta vas boli glava za ovu staru jadnicu, šta vam je kriva te je bijesnite utući kao pašče. Čistite mjesto, jer, propao u crnu zemlju, tko mi se dodirne bake, istrest ću mu dušu iz grla!"

Za časak zapanji se svjetina od strahovitoga gorostasa, a skoro navri snova bijes, čim opazi jato da mu ide nekoliko modrih stražara u pomoć.

"A šta se taj Vlah miješa u naše posle?"

"Dolje s njime!"

"Utucite ga!"

I grunu šaka kamenja na Radaka. Kamen mu odnese klobuk. Ali kao munja skoči haramija, spopade iz jata kramarku Šafranićku za šiju te je kao štit proti svjetini dignu snažnom desnicom uvis. Kramarka koprcala se u zraku kao žaba na udici, a lice joj bilo kao u skuhana raka.

I bilo vike, cike, smijeha i kletve od bijesne množine.

"Dobar dan, Šafranićka! Sad se možete njihati bez njihaljke."

"Ubijte Vlaha!"

"Viš vraga! Debela kramarka laka je kao perce."

"Visi u zraku kao drveni anđeo nad velikim oltarom!"

"U čelo ga dajte. Vražji skote!"

"A šta je to? Koji vam je bijes?", zagrmi Blaž Štakor, velik čovjek, crn i krupan, zasukanih rukava proturav se laktima izmeđ čopora. "Eno Magda krvava! Je li vas bijesno pseto ujelo, kukavice? Vi da ste građani, ljudi? Turci ste, vuci, vukodlaci. Ako je stara štogod skrivila, eno poglavara. Jeste li vi suci, je li batina i kamenje zakon? A Vlaha psujete! Zašto? Jer brani slabu staricu. Vlaha psujete, a vi da ste kršteni ljudi, vi? Je li to u Svetom pismu, jeste li to kod večernjice čuli. Otale! Kući! Stid vas bilo! Nemate li kod kuće posla? Šila i igle, a vi ženske nemate vretena i kuhače! Otale ili će vas odvesti straža. Vi pako, starče!", okrenu se poštenjak Radaku, "pustite baku, idite svojim putem, pripazit ću Magdu. A vi, gospodarice Šafranićka, odnesite se u svoj štacun pa tucite muhe. Nije vam škodilo. Mozak vam se malo protresao, pa ste se valjda rastrijeznili. Pravo vam budi. Ne zabadajte nosa u svijet da u nj strijela ne pukne - vi stara retoriko - vi!"

Haramija pusti kramarku, koja je psujući otklipsala prema svomu štacunu kao oparena koka.

"Zbogom", odreza Radak ukratko Blažu, "valjan ste čovjek!", i baciv pušku na rame ode. Ostali se svijet razišao od stida i straha i ponajprije nestalo Freyovki traga. Zadnji otklima Đuro Garuc, opipavajući šiljasti nos koji je silno nabreknuo bio. Kamen, odskočiv od daščare, bio se nemilo spustio na njušku bubnjara.

Društvance kod Krupića nije ni s daleka slutilo šta pred Sv. Markom biva. Vino bje gostima otupilo sluh, a da su i čuli bilo kakvu viku, šta zato? Neka se narod veseli makar i malo krvi bilo. Varoškim stražarima bijahu takve gungule vazda mila komedija, koju su prekrštenih ruku vrlo rado ali i vrlo hladnokrvno gledali. Narod neka si sudi sam.

Najednoč otvoriše se vrata Krupićeve sobe i unutra navali trbušast maličak vrlo debela i glupa lica pod širokim šeširom - kramar Šafranić. Bio je bijesan - i pijan - za njim se dovuče i Grga Čokolin.

"A recite mi šta tu biva? A recite, jesmo li u Zagrebu? A jesam li ja 'purgar'; a jeste li vi sudac? A je li Eva moja žena - pred bogom i svijetom zakonita žena? A?", probrblja mali kramar na dušak.

Gosti se gledahu u čudu, i gospodin kapelan pokaza prstom na glavu hoteći naznačiti da se kramarčiću miješa.

"No, no! dragi Andrija, nemojte toli žestoko kao mlado vino. Kazujte mirno. Šta vam je?", zapita ga dobroćudno domaćin.

"Mirno! Mirno! Dakako! Kap će mi pasti pa mirno! Šta mi je? Žuč mi se razlila, to mi je. A zašto? Sodoma, Gomora, Babilon. Sramote, grehote, rugote. Meni, assessoru gradskomu, mojoj ženi, assessorici gradskoj to - to - fuj!"

"Ali zaboga, hoćete da vam sudim, a ne znam tko vam je i šta vam je tko kriv?", progovori u čudu sudac.

"Specificatio et petitum majstore", doda velemudro Kaptolović.

"Kažite samo gospodinu sucu sve, kume Andrijo!", potaknu ga brijač, "on je pravedan pa će krivca na red pobrati."

"Dobro. Čujte dakle moju špecifikaciju! Moju Evu uhvatio grč, previja se kao zmija. Njezina nova kapa zbogom! Petnaest dinara sam za nju dao na kraljevskom sajmu - petnaest dinara, jeste li čuli. A svemu tome ste vi krivi, majstore Petre!"

"Ja?", zapita u čudu zlatar.

"A jeste, jeste!", podboči se na vratima brijač.

"Ja? Jeste li poludjeli?", ponovi Krupić.

"Nismo, ne, lude gljive jeli", bubaše kramar dalje, "zar nije lijepa Dora ovdje vaša kći, a nije li joj Magda kuma? A Magda to našarafila, pa kad tatice kod kuće ne ima, šuk u kuću mladi Gregorijanec, pa cmok sa lijepom Dorom et caetera, da se svi čavli u kući giblju. Oj, ja sam glupak, tupak, je li, majstore Petre? Ali zato ipak neću imati unuka prije negoli zeta kao što drugi ljudi."

"Andrijo!", završti starac Petar pograbiv vrč, ali mu sudac brzo uhvati ruku.

"Andrija, da, Andrija se zovem. Pa vam taj Andrija kaže i više. Tko je Gregorijancu prodao naš Medvedgrad? A? Vi. Jer mladi Pavao samo pod izlikom gladi vašu kćer, a vi ste mu odali kako 'purgari' rade za svoje pravo. I kad se je to danas na sva usta govorilo po večernjici, i kad su bili skočili dobri ljudi na staru vješticu Magdu, dođe joj u pomoć nekakov antikrst - Vlah. I taj pasoglavac pograbi moju Evu - moju sirotu Evicu za vrat, pak ju je zibao, zibao kao da je klip u velikom zvonu i razderao novcatu kapu. A tko će mi kapu platiti, a tko će mi medicinu platiti? A?"

Petar se kamenio. Grčevito stiskao je stolac do kojega je stajao. Blijeda lica mu drhtahu, a oči kanda će skočiti iz očnica.

"Lažeš, huljo!", zaviknu promuklim glasom, "tko smije sipati taj otrov na moje jedino dijete, tko mi može tu sramotu posvjedočiti? Tko?"

"Ja", progovori kroz hladan rug Čokolin stupiv korak naprijed.

"Ti?", zapitaše svi zapanjeni.

"Ja, gospodo časna", nastavi brijač skrstiv ruke natrag, "mogu se zakleti na sveto evanđelje i na svetu oštiju da sam zdrav i trijezan na ove svoje oči vidio, kako je plemeniti gospodičić Pavao Gregorijanec ovu čestitu djevicu Doru grlio i ljubio kao što grli muž svoju ženu, a Magda da je pritom bila."

Svi zamukoše. Dora kano da nije živa bila. Mozak joj se stvorio kamenom, noge kao da su joj zarasle u zemlju, a u njoj vrela krv kao more žive vatre. Tako je negdje čovjeku pri duši kad ga vode na smrt.

"Doro! - Doro! - ti?", šapnu starac kao mahnit, a znoj mu skoči na čelo. "O Isuse bože - što sam ti skrivio?", zaviknu u sav jad i lupiv se šakom u čelo sruši se glavom na stol.

"Oče!", zavrisnu djevojka i baci se pred starca - "nemoj - oprosti!"

Kao plamen skoči starac i, stresav sa bijele brade vrele suze, gurnu djevojku. Pohiti k zidu da uhvati pušku, ali ko strijela uhvati ga sudac za ruke.

"Petre!", zaviknu sudac.

"Ne griješite duše", prihvati kapelan. "Bog sam sudi ljudske grijehe."

"Oče, groba mi majčinoga -", zajeca na koljenima djevojka.

"Šuti, izrode ženski, ne budi svetice iz groba. Otale!" Zatim se malko umiri. "Kume Pavle", obrati se Arbanasu, "za jedno vas molim. Dok budem živ, ne smije mi ova grešnica pred oči. Neću da pogine od gladi, zakleh se mojoj pokojnici da je neću zapustiti. Za tri dana ćete kući u Lomnicu. Povedite ju sobom. Ondje neka bude sluškinja, neka pase nečistu živinu. A u Zagreb ne smije nikad. To za dušu pokojnice moje."

"Ali kume, kume!", prigovori Arbanas.

"Molim vas za to. Hoćete li -", zakrči mu odrješito zlatar riječ.

"No hoću, hoću!", zakima Arbanas.

"Dobro i hvala. A s vama, majstore Andrija, govorit ću sutra pred sudom. Sad zbogom!", završi zlatar.

Gosti raziđoše se poniknute glave, samo Čokolin pođe sa kramarom da kod Evice proslave pobjedu svoju. Poslije donesoše i Magdu bez svijesti kući. Dora je dvorila. Već se je spuštala noć; tiho kao u grobu, samo se čulo jecanje iz Krupi-ćeve kuće: "Majko božja, zašto se rodih kukavna na svijet!"

Bilo je blizu ponoći. Po Markovu trgu sterala se jasna mjesečina. Nigdje ni duše, nigdje ni glasa. Najednoč izleti iz Šafranićeva štacuna čovuljak. Teturao preko Markova trga amotamo, noge mu se križale kao munja. Nešta je mrmljao. Sred trga se ustavi. Opazio bje svoju sjenu.

"Hoho! Ti - ti - ti - ti si to?", progovori svojoj sjeni. "Dobar večer, dragi moj alter ego! Jel' te, danas je bilo veselo? Hoho i kruto! Danas smo pokazali to - to - tomu oholomu zlataru tko je čovjek. Ali čekaj brajko, nismo još gotovi. Jok, jok, jok! Hoho, nismo! Dora mora moja biti, da moja. Podijelit ćemo ju - ja i gospodin Stjepko. Hihi, Stjepko je vragometan ženskar! Nek si nosi prvence, a mi ćemo pabirkati. Dora mora moja biti: ne rekoh li, bit će je još za groš, mi ćemo pabir -"

Uto zajavi zvono na tornju Sv. Marka muklim glasom ponoć.

"A šta se ti, sveti dugoljane, miješaš u naše poslove?", okrenu se brijač prema tornju. "Bim, bam, bum! to je sva tvoja mudrost. Ne srdi me, dugoljane, ne srdi me!", zagrozi se Čokolin šakom tornju, "jer - jer - jer ćemo se raskrstiti. I onako", stade prišapćivati svojoj sjeni, "moramo iz Zagreba, jer Radak - taj prokleti Radak - bijes ga je donio! Moramo, jer smo - Turci! Ali št! Da nas ne oda sveti Marko, da on za to zna! Hi hi hi hi!", udari Grga u glasan smijeh. "No sada još ne, još ne! Dora mora biti mo - ja - ja - ja, moja! Pabirkati - da pabirkati. La - laku noć, brajko! Laku noć!", pokloni se brijač svojoj sjeni i pokotrlja se u svoj štacun.

VIII

Kao zelen vijenac vije se velja Okićka gora, puna ljepote, puna divote po zemlji Hrvatskoj. Prodol i vrh, šuma i polje zamjenjuju se čarobitom mijenom, nižu se skladno kao ogromni talasi pravječnoga mora, da se oko zaneseno divi veličju prirode. A ponikne li zjenica dublje u gorsku krasotu, usplamti duša, tone srce u milju i nehotice otimlje se ustima klik: "Lijepa si, divna si, oj majko naša, oj zemljo Hrvatska! Ili te je svetvorna sila htjela ostaviti zemlji kao uspomenu zlatnoga vijeka, ili te je divno ukrasila da budeš alem-čašom, u koju da padaju kroz burne vjekove krvave suze tvojih sinova. Ali čemu ulaziti u razlog tvojoj ljepoti? Da si krasna, kaže nam oko, da te ljubimo, kuca nam srce, jer u tebi roditi se, a tebe ne ljubiti bio bi grijeh do boga!"

Nad gorom lebdio je lijep jesenski dan. Drevni hrastovi grle se gustim granjem kao svodovi davna hrama. U milenom hladu, u bajnom sumraku šumskom sniva majčina dušica, proviruje iz grma rumena malina; u prodolu broji kukavica kukajući godine tvoga života, a brza vjeverica skakuće od grane do grane. Tek kadšto bljesne sunčano zlato u šumsku gustinu, te vidiš kako ponosit jelen prebire čistinom tanke noge ili kako srebrna izvorvoda provire pod tamnom oporom česvinom. A po brežuljcima buji žarka i zlatna krv hrvatske loze. Sred ove gore stoji stari grad samoborski kao zlatna jabuka u krilu ljepote djevojke, kao bijel leptir na lisnatoj ruži - a pod njim prijazno mjestance Samobor.

Jak, širok i lijep bijaše Samobor, lijepa i široka je njegova gospoština, pod koju spadaše i trgovište. Nije se dakle čuditi da se je svatko, u koga je bilo kese i šaka, otimao za njim. U drugoj poli vijeka šesnaestoga imađaše grad samoborski dva gospodara, a nijedan ne bijaše pravi. Po starini vladari bijahu mu Ungnadi, obitelj štajerska, koja se napol pohrvatila bila. Nu Ivan Ungnad, čovjek svoje volje i glave, strasno pristajaše uz Luterov nauk i sve njegovo snovanje išlo je na to da bude i hrvatska i slovinska zemlja do korijena lutorska. I skupi troška što mu je davalo njegovo imanje, da, skupi troška na vjeru i preko svoje moći da uzmogne štampati lutorske knjige hrvatskim slovom, a po knjigama da se sva kraljevina polutori.

Strasti Ungnadovoj priskoči u pomoć gospodar samoborskih ruda Leonardo Grubar, bogataš i prostak, bezdušan kramar i krvopija. Od bakra pravio zlato, a to zlato dade Ungnadu za nove hrvatske knjige. Nu nije ga dao badava ili na laku vjeru, jer mu je lutorski zatočnik morao založiti pol grada i mjesta Samobora. Preminu Ivan, ne iskupiv zaloga, preminu i Leonardo isisav jadne Samoborce do krvi, te namre lijepi plijen svoj sinu Krsti Grubaru. Ali tek zakratko. Naskoro zaskoči i mlađega bezdušnika smrt i pol Samobora ostade pod vladanjem udove njegove Klare, ljepote na glasu.

Nu nije ni druga polovica Samobora ostala Ungnadovu rodu. Krsti, sinu Ivana Ungnada, čovjeku vojniku, čovjeku potrošljivu trebaše novaca sila i sila. Tucao se on pod svačijom zastavom proti svakomu bijesu, ali sve gospodski bez svakoga računa. Očinstva malo, dugova sila. I odluči povesti se za svojim ocem i založi drugu polovicu Samobora bogatašu Ambrozu Gregorijancu, a po smrti Ambroza spade zalog pod vlast njegovih sinova Baltazara i Stjepka.

Bilo je popodne vedroga jesenskoga dana. Pred velikim vratima samoborskog grada steralo nekoliko granatih lipa obilnu sjenu. Za lipe bilo privezano više osedlanih konja, a u hladu ležalo pet-šest li oklopnika. Po bijelom i zelenom pojasu vidjelo se da su to konjanici koje štajerske zemaljske čete štono očekivahu svoga gospodara. Valjda je bilo gosti u gradu, valjda. Njemački oficiri rado su zalazili u dvorove gospe Klare, a ona ih je i rado primala. Još za života Krste Grubara znala su ta gospoda častiti se u Samoboru do mile volje; jer Grubar bijaše Nijemac kao i oni. A i sad su se često navraćali, radije navraćali mladoj lijepoj udovici.

U velikoj dvorani samoborskoj nije začudo bilo ni duše. Sve tiho i nijemo. Ali je zato življe bilo u sobi gospođe Klare.

Pravo čudo ta Klarina soba. Stajala je u kuli naprama Savi. Jaki svodovi bili bojadisani plavetnom nebolikom bojom, a po njima posute zlatne zvijezde. Pozlaćena rebra svodova sticala se u lijepo izrezanu cvijetu sa kojega visijaše na svilenoj uzici bakreni pozlaćeni svjetiljnjak u prilici dvaju amoreta što nose četiri baklje. Zidovi kitili vješto tkani talijanski sagovi. Jedan sag prikazivao je čistu Suzanu. Sred hladovitih palma teče srebrna voda. U njoj stoji krasna ženska, odjevena tananom haljinom koja joj pada s bijelih, oblih ramena. Žena stidno sprijeda skrstila ruke. Lijepa joj se glava spušta na prsa; crna joj kosa pliva niz bijelu put, duge tanke trepavice prkrivaju crne oči, a na drobnim bujnim usnama titra lagodan osmijeh. Oko snježnoga koljena igra bistra voda kolo, a kroz vodu vidiš do dvije noge sitne, oble i bijele. Ali podalje stoji gust busen široka lišća, a na njem cvjeta plamni kalež lotosa. Tu je zasjeda, iza toga grma vire dva požudna starca. Ćelava glava, nabrano lice, prosijeda brada, mršave ruke - sve kanda im se stvorilo kamenom, samo oči im živu, a oči gore, sijevaju, plamte kao pakleni krijes.

Na drugom sagu vidi se zlatan čador. Sprijeda stoji gorostas. Mrk je i crn. Vojnici ga vežu, vojnici se smiju. A on bjesni, nogom se upire u pod, mišice mu nabrekle, brada mu se kostriješi, a oči - ah oči mu plamte - dvije zlokobne zvijezde spravne sažeći i nebo i zemlju, oči mu bacaju strijele na lijepu bujnu žensku. Na lavljoj koži počiva žena. Biser joj sapinje zlatne pramove, a puno joj tijelo pokriva napol saborita haljina od zelene indijske svile. Vrh čela joj bliješti sjajan smaragd kao užasno oko baziliska. Naslonila divnu glavu na bujno rame, ispod zlatnih trepavica žmiri na diva, a rug joj oblijeće bujne usne. Gle, eno diže lijevu ruku. Nečim se igra. Čudne igračke! Drobni joj prstići prebiru crnu junačku kosu što je na prevaru odreza ljudini, te ga izdade Filistrima, krvnicima žudijskoga roda. To je zlatna zmija Dalila, to je ukroćeni lav - Samson. Sav pod sobi bijaše skladan od drobna šara kamena u prilici zvijezde. Velika vrata zaklanjao zastor od crvene kadife, a u kutu sipao pozlaćeni zmaj bistru vodu u veliku školjku od mramora. Oko školjke cvjetala u kristalnim kondirima i ruža i ljiljan omamljujući pamet milim mirisom. Po sobi lepršale bijele grlice ljubeći se i gučući. A naoko stajahu visoke pozlaćene stolice odjevene plavetnim damaskom. Tu je primala Klara mile goste.

Ovaj put su samo dvojica kratila mladoj udovici dosadu sjedeći na velikim stolicama i smišljajući dosjetke da gospodarici izmame smijeh - general Servacijo Teuffenbach i pukovnik Mihajlo Ringsmaul. Prvi visok, jak i prosijed čovjek, obrijane glave, španjolske brade, niska čela i dugoljasta nosa, med vojskom otresit, gvozden, da, surov; kraj žene krotak, zalju-bljen, nježan kao ludo janje. Drug mu bijaše manji, ali ne manje jak. Debele glave, rijetke riđaste kose, velikih ušiju, crvena lica i pune brade. Po niskom uglastom čelu, po tupom nosu i praznim modrim očima vidjelo se da taj ratoborac nije osobito tanke ćudi i oštra uma. Oba ta prihodnika bijahu odjevena u jelenju glatku kožu, i fini mozaik sve je pucao pod debelim petnjacima teških čizama. Samo bijeli ovratnici i široki šeširi sa perom odavahu da su gospodskoga roda. Razlika jedina bijaše među njima po odijelu, da se je vinuo Teuffenbachu niz ramena crnožuti pojas carskoga generala, dočim je Ringsmaula resio bijelo-zeleni znak štajerske vojske. Oba ta gospodina teško se klanjahu gospoji Klari, dakako svojim načinom. A i bilo je komu se klanjati. Do visoka prozora od šarena stakla, pred kojim se raspinjao bršljan poput zelene zavjese, sjeđaše na mekanoj sjedilci gospodarica. Moglo joj je biti dvadeset i više godina. Žena visoka, puna i živa. Zlatni uvojci padahu joj niz šiju ispod kape od bijeloga bisera.

Visoko, glatko čelo odavalo je neobičnu pamet, a ravni, tanki nosić komu se živo micahu ružične nosnice, sivkaste ali neobično sjajne oči, bijahu znakom velike hitrine. A srce, a čuvstvo? Teško je reći. To glatko fino lice čas bi se zažarilo plamenitim zanosom, čas izrazilo otrovnim rugom, čas složilo u neodoljiv posmijeh, čas okamenilo hladnim mramorom; samo pune, pootvorene usne, samo nemirno kretanje tijela pokazivalo je da u toj ženskoj glavi žive krvi imade. Tko je vidio puna i poput mlijeka bijela ramena štono provirivahu iza bruseljske paučine, tko je gledao kako se puna njedra nadimlju i silom otimlju jarmu plavetne svilene halje, kako se srebrni pojas vije oko tankoga struka, kako se oble sjajne ruke kradu iza dugih rukava, kako se malene nožice u vezenim postolicama nestrpljivo premeću na medvjeđoj koži - tko je to sve vidio, morao je reći - ta žena ugleda svijet za ljubav, ta žena hoće, mora da ljubi. A je l' ljubila? Za to znala su razna gospoda, samo tupoglavi pokojnik joj nije.

"Trista gromova", prihvati Ringsmaul promuklim grlom, "gospo moja, vaš je kameni šator vrlo lijep, a velik da bi mogla cijela vojska u njem zimovati. Ne daj bog da turske psine zađu u ove strane, bilo bi pokora, zlo po vaš lijepi dvor, a gore po vas, lijepa gospo, jer, da znate, te nekrštene hulje ne znaju božjega zakona!", i uzvinu riđe brkove.

"Oj gospodine pukovniče!", odvrati mu Klara kroz lak porugljiv smijeh, "vi me cijenite kukavicom, kako vidim. Ništa zato. Praštam vam od srca. Mi se vidimo danas prvi put. Da ste se pobolje opitali kod svoga prijatelja generala, ne bi u vas ušao bio taj turski strah za mene. Je l' tako, gospodine Servacijo?"

"Jest tako, na dlaku tako, lijepa gospo!", pokloni se general, nespretno čupkajući okrajak bijeloga ovratka, "među lijepom gospojom Klarom i generalom, brate pukovniče, samo ima ta razlika da general oklop nosi, a naša domaćica suknju."

"Možebit ima i druga razlika", nasmija se Klara zlobno, "da bi naime vaša domaćica znala izbrojiti više pobjeda nego li koji vaš general. Da, gospodine Ringsmaul, tako je. Neka dođe koji paša, neka i dođe od Stambola car. Dočekala bih ga i kruto. Mislite li vi da u žene ne ima volje i snage. Ima, vjere mi", podignu Klara ponosito glavu, "pače u žene ima nešta što vas sve muške glave u lagum dići može - hitra glava. Ne znate li za onu bajku o Herkulu?"

"Hm!", odvrati smeten Ringsmaul, "ne znam. Tko će i znati za te bablje priče. Ako je Herkul bio general, sram ga bilo da se je dao od ženske premamiti."

"Kazat ću vam ja", odvrati Klara prezirno smiješeći se, "Herkul bio je najveći junak u starih pogana, junak veći nego li vi svi skupa. Bez puške, bez oklopa znao je svladati divove, lave, zmaje. Nitko ga ne mogaše pobijediti, ni čovjek ni bog. A što bi od njega? Žena ga prinuka da prede na preslici, da raskoli svoju kijaču pa da njome loži vatru."

"Trista gromova!", skoči Ringsmaul, "to je negdje bila vražja žena, lijepa gospo! Nu samo da meni dođe takva u šake, pokazao bih joj šta je Ringsmaul. Trista gromova! Junak pa preslica! Ta tu bi morao još čovjek piliće peći na sablji kao na raž-nju ili pustiti da mu kokoši meću jaja u kacigu. Idite, idite, lijepa gospo, vi s nama zbijate šalu, a onu bajku o Herkulu jamačno je smislio kakav pop ili fratar."

"Ne junačite se odviše, gospodine pukovniče", zagrozi mu se Klara prstićem. "Na Turke ste možebiti junak, ali na žene?" - nastavi milo smiješeći se otresitomu ratoborcu.

"A šta! Do bijesa žene! Baš bi vrijedno bilo s njima lomiti koplje! Ja sam kršćanin, držim se Svetoga pisma, a ondje stoji crno na bijelom zašto je bog stvorio Evu Adamu", otrese se riđi pukovnik živo.

General Servacijo negdje se u duši kajao da je doveo bio nefinoga obrstara; bar je sve žešće čupkao ovratak pa nemirno lupkao čizmom u pod. Žalio je to nesnosno društvo tim većma, jer se je otimao za zlatnim uvojcima gospe Klare ili bolje reći za njezinim bakrenim bogatstvom. Zadnje vrlo dvoumne riječi Ringsmaulove razvezaše mu napokon plahi jezik, pa će on drugu:

"Ali, brate pukovniče, ti tude siječeš jezikom kao posje-klicom, a riječ ti leti kao razuzdan konj. Lijepa naša gospodarica ne govori posve brez razloga. Čitao sam mnogo kratkočasnih historija, gdje su žene svladale velike junake, na primjer, kako je gospoja Kleopatra zatravila glasovitoga generala Antonija i tako dalje. Žena kad navali, nalik je na lumbardu od koje zrno, kako ti je znano, brate pukovniče, može i oboriti gvozdenoga konjanika. Nije li tako, lijepa gospo?", pokloni se Teuffenbach kiselastim smijehom Klari.

Udovica je silom sprezala teški smijeh.

"Ha, ha, ha! Ne znam", progovori zibljući se na sjedilci, "jesmo li mi žene lumbarde. Ali, gospodine Servacijo, ne korite druga svoga što je zamahnuo u rajske pripovijetke. Šta zato? Narav nije himba. Jezik kojim govorite nije nego krv i meso, ma ga i medom obložili. Govorite udilj svojim naravskim jezikom, gospodine pukovniče! I slatkoća napokon dosadi ustima. Ali", nastavi Klara žestoko, baciv glavicu natrag da su joj se zlatni uvojci rasuli po ramenima - "da udarim ja na vas, bez vojske, bez oružja - sama, a vi sa silnom vojskom?"

"Ta bog vas vidio", nasmija se pukovnik, "uhvatio bih vas kao miša!"

"A zatim ja vas!", odvrati Klara ošinuv ga sjajnim okom.

Pukovnik zablenu se.

"Ja vas, a vi mene! Trista gromova, a kako?"

"E vidite, to je ratna tajna", primijeti Klara lukavo. Pri tim riječima snimi udovica sa prsiju ružu, te stade njome lupkati po svilenoj haljini i napokon pusti ružu na medvjeđu kožu.

Oba vojnika skočiše da dignu cvijet, pukovnik pritom i kleknu. Ali brža bje Klara. Nagnuv se ko munja, uhvati ružu, a pritom opazi pukovnik glatku sjajnu šiju Klarinu. Zažari se malko.

"Dajte ju meni, gospo!", zamoli Ringsmaul.

"Meni", opetova ponizno Servacijo.

"Vama, a i vama?", zapita lukavo Klara, "a zašto?"

Obojica baš htjedoše da odgovore ne zna se šta, ali u taj par otvori sluga vrata te zajavi: "Plemeniti gospodin Pavao Gregorijanec želi pokloniti se vašoj milosti!"

"Dočekat ćemo ga od srca rado!", odvrati Klara. Licem joj zaigra krv, a očima plamen.

"Hrvatski medvjed", zamrmlja pukovnik.

"U zao čas!", doda zlovoljno general.

U dvoranu stupi Pavao blijed i miran. Poklonio se gospoji, pokloni se i vojnicima.

"Prije svega", prozbori mladić gospoji, "vašoj milosti pozdrav i poklon od moga gospodina oca, koji se nada da ću vas naći u dobru zdravlju. Vašoj milosti bit će znano da ne dolazim od sebe, već po zapovijedi gospodina oca, i to zbog nekih računa za samoborske kmetove. Još mi reče gospodin otac da taj posao načisto izvedem s vašom milosti po dobroj volji i prijateljstvu bez mržnje i suda. Oprosti mi zato, vaša milosti, da sam s puta odmah ušao amo i smjesta zajavio što mi gospodin otac reče."

Klara gledaše mladića radoznalo.

"Oprostiti vašemu gospodstvu ne mogu ništa", odvrati mirno Klara, "jer se samo grijeh oprašta. Poglaviti gospodar medvedgradski momu je domu mio i drag, a njegov gospodin sin mi je dobro došao, meni, najbližoj susjedi i napol gospo-darici samoborskoj, jer da znate, gospodo", okrenu se Klara k časnicima "druga polovica gospodstva stoji pred vama, pleme-niti gospodin Pavao Gregorijanec, slavan sa žalosnoga pokolja kod Hrastovice, slavan i stoga što je kao plemić onom lani izbavio građansku djevojku od smrti. Još jednom da ste mi dobro došli pod ovim krovom koji je i vaš. Za račune pisa mi gospodin Stjepan. Pre i suda neće stoga biti među nama, ko što i nije dosele bilo. Nu jer gospodin Stjepko želi da bude račun čist i jer je račun dug, rada sam početi odmah taj posao i stoga neće mi vaša gospodstva", prozbori opet časnicima, "upisati u grijeh ako se na vašem pohodu zahvalim i prijateljski oprostim, moleći vas ipak da mi kuću skoro prisustvom dičnim počastite, i oprostite ako niste po redu podvoreni bili!" Po tim riječima pokloni se Klara časnicima i baci ružu iznenada kroz prozor.

General i pukovnik oprostiše se nekako kiselo, a još ljuće pokloniše se Pavlu.

"Jesi l' čuo, brate generale, računi!", primijeti Ringsmaul jašući niz gradski put.

"Jesam", odvrati Teuffenbach zlovoljno, "golobradoviću sretni, a naši su pokvareni!"

Pavao stajaše sam pred Klarom. Prsa mu je stezala neka bojazan.

"Sjednite, gospodičiću, sjednite", ohrabri Klara plahoga mladca blažim, laganim glasom, skrstiv ruke na krilu. "U dobar mi čas dođoste u pomoć. Riješili ste me dosadna društva. Ti ljudi prišivaju Hrvatima da su medvjedi. Ali prosti bože", nasmija se udovica lagacko, "sami su glatki kao njihovi tvrdi oklopi. Još ću podivljati od njih. Zazirem od dugih računa, ali ovaj su mi put dobro došli. Nu prije da vas pitam. Kako vaša rana od Hrastovice?"

"Ne ćutim je više. Bila je samo ogrebina, milosti!", odvrati Pavao.

"Hvala bogu", nastavi Klara, "kad ste ono u vrućici ležali u Samoboru, vrlo bjeh se zabrinula za vas, da, da vjerujte vrlo!"

"Hvala vašoj milosti na toj brizi."

"A vaša gospa majka?", dignu Klara glavicu, "Marta, mila gospa Marta, moja druga majka?"

"Pobolijeva svejednako."

"Sirota. Zlo joj je; znam. Kad je bila u Mokricama, vidjela sam je svakoga drugoga dana. Ne jedanput zalile mi se oči suzama gledajući njezinu nevolju. Oh gospodine Pavle", nastavi Klara suznim okom, "sretni li ste da je možete nazivati majkom. To nije žena, to je anđeo od boga. Pa kako liječnici kažu - no pustimo to!", okrenu Klara lice prema prozoru da joj Pavao ne vidi suza.

Mladića tronuše ove nježne riječi Klarine. U čudu motrijaše lijepu ženu.

"Kako vaš brat gospodin Niko?", nastavi Klara: "Ženi se, čujem. Ainkernovu gospođicu, je l' tako?"

"Mislim, milostiva gospo!"

"Pa ste dali da vas pretekne! Čudno. Obično je stariji prvi na redu. Kako to, gospodine Pavle?", zapita Klara iz potaje motreći mladića.

"Nisam imao kad misliti o tome, vaša milosti", odgovori Pavao mirno.

"Niste? A kad se ima misliti o tome?"

"Vojnik sam, plemenita gospo!", progovori nešto smeten Pavao. "Čas ovdje, čas ondje, ili na putu, ili pod šatorom, a tu se ne kupe svatovi."

"Ali ste i hrvatski plemić, niste plaćenik. I u vrijeme mira ima dosta prilike - ali oprostite, plemeniti gospodine", nasmija se udovica, "ja vas tu ispitujem kao ispovjednik, pa zaboravih na naše račune i da ste sustali od puta. Zabrbljah se. Lijepe domaćice, je l'? Ni kruha ni soli vam ne ponudih. Karajte me, karajte! Nisam bolje ni zaslužila. Evo već nad gorom rumene večernje zažare. Pustimo svatove, gospodine junače! Znam da s vama neću izići na kraj. Ali zaboga, molim vas, pustimo za danas i račune, ne bi ih svršili do ponoći. Glava me je nešto zaboljela. Gori mi - na ćutite sami", zaboravi se Klara pruživ mu lijepu glavu, ali se brzo popravi, "ne upišite mi toga u grijeh. Bolesna sam, luda sam. Sjećam se kako ležaste u vrućici. Ne jedanput stavih vam ruku na čelo. Oprostite; podivljah u ovoj divljači."

Pavao zažari se. Utaman je tražio riječi.

"Ankice! Ankice!", zovnu ujedanput Klara. "Znate li moju Ankicu, moju kćerku?"

"Nije mi se desila sreća vidjeti je", odvrati mladić.

"Pokazat ću vam anđelka, tu jedinu radost moga udovanja. Ankice, dođider!"

Na vratima razgrnu se crveni zastor, a u sobu skoči djevojčica od četiri godine, drobna, nježna kao cvjetić u plavetnoj haljici. Zlatni su joj uvojci poskakivali oko milena lišca koje je živa majčina prilika bilo. Oko glavice vijao se maloj modrac cvijet. "Joj, majo, majčice!", kliknu mala poskakujući ne opaziv stranca koji je sa strane sjedio. "Da vidiš! Tomo vrtlar uhvatio krticu, crnu i rutavu. Ali se ja nisam bojala, nisam. I reče Tomo, to da mi jede ruže. I ubi Tomo krticu, dokraja ubi. Ali kaži, majčice -", htjede mala pitati, ali opaziv stranca umuknu. Privinu se k majci te stade Pavla gledati velikim bistrim očima.

"Nu Ankice, pozdravi de gospodina", opomenu je Klara pogladiv maloj kosu.

"Dobar dan, gospodine!", pozdravi ga djevojče.

"Dobar dan, Ančice mila!", sagnu se Pavao djevojčici motreći je prijaznim okom.

"Gle, majčice", šapnu mala Klari, "on me poznaje, a ja njega ne. Tko je taj gospodin?"

"Mila li djeteta", primijeti Pavao.

Klara nasmiješi se. Dignu malu na koljena te je poljubi na čelo. Uto ozva se od samoborskih fratara pozdrav anđeoski.

"Čuj, čuj, majčice!" probrblja mala nagnuv glavicu i dignuv prstić. "Zdrava Marija! Valja moliti!"

Klara sklopi djevojčici ručice nagnuv se nad zlatnu glavicu. Glasno zvono razlijegalo se iz doline. Kroz bršljan probijala je večernja rumen titrajući oko Klarine lijepe glave, na lišću nevinašca što moljaše. Nijem i ganut gledao je Pavao taj prizor.

"Sada, srce drago!", reče majka kćeri poljubiv je u čelo i spustiv je s krila, "laku noć! Idi! Spavaj mi slatko. A Ivanu reci nek dođe zapaliti luč."

"Laku noć, majčice, laku noć, gospodine!", pokloni se mala i odšulja se na velika vrata.

"A niste li i vi sretni, plemenita gospo?", zapita blagim glasom Pavao, "ne poskakuje vam srce jače imajući takvo, milo čedance uz sebe, na koje slažete sve svoje brigovanje?"

S toga blagoga glasa Pavlova prenu se Klara na veći popozor. Oko joj zasinu, usne zaigraše.

"A smijete li majku pitati da l' je sretna uz svoje dijete?", odvrati mu Klara.

"Oprostite, plemenita gospo, što vam uvrijedih srce. Nu sada dozvolite mi", prihvati Pavao dignuv se, "da vašoj milosti duže ne smetam. Noć navaljuje, zacijelo hoće se vašoj milosti mira. Dopustite mi da vam želim laku noć i zađem u svoj stan. Čim se sutra vašoj milosti porači, započet ćemo naumljeni posao."

"Moja milost ne dopušta ništa", odvrati Klara dignuv se živo, "a za mir moj ne brini se vaše gospodstvo. Vaše lake noći ne primam, jer bih se sama u snu karala da sam zla domaćica, ne počastiv miloga gosta. Ostajte, plemeniti gospodine, ostajte", nastavi Klara molećim glasom, "ne odbijajte moje zdravice u ovoj mojoj pustinjačkoj kolibici! Je l' da nećete?", nagnu Klara glavu pokazav kroz laki smijeh svoje zubiće.

"Vaša volja mi je zakonom", pokloni se Pavao udvorno, ali čelom proleti oblačić neselja.

Zakratko zapali sluga voštanice na pozlaćenom svjetiljnjaku i stavi na stol po izbor fina jestiva i kristalan vrč pun ciparskoga vatrenoga vina. Za stol sjede Klara, sjede i njezin gost i uzeše blagovati.

"U vaše zdravlje, na vašu sreću, viteže mladi!", dignu Klara lijepom ručicom srebrnu čašu, "bili slavni i sretni! To vam doziva glas vapijući iz ove pustinje!"

"Na vašoj zdravici i milosti hvala, plemenita gospo!", odvrati smeteno Pavao. "Iz pustinje, velite? Rad sam znati kako bi vješta ona ruka koja je svu tu ljepotu udesno složila ovdje, kako bi ona ruka prikazala raj!"

"Sreća se ne mjeri zlatom", uzdahnu udovica upirući glavicu u bijelu sjajnu ruku. "Vaš mladi život je dakako vihor koji proleti bezobzirce svijetom. Ali ja! Znate li što su dugi neveseli dani koji laze jednako kao kaplja za kapljom, znate li duge one besnene noći koje bez promjene plaze kao velika crna zmija?

Prikovana vazda na istom mjestu, bez obrane, bez štita, bez - zore bolje sreće; tako živovati, tako samovati, to je živomu ležati u grobu." Na licu udovice pojavi se neopisiva tuga, ali divna sa njene ljepote. Glas joj drhtaše kao tužaljka zapuštena slavuja. Mladić se smete. Provuče ruku čelom kao da traži misli, kao da tjera ispred očiju maglu.

"A vaše dijete, plemenita gospo?", osvijesti se Pavao.

"Da, pravo rekoste", osovi se živo Klara, "moje dijete mi je sva sreća, sva radost, zlatni lanac koji me jošte sa ovim svijetom veže. Ljubim ga svim žarom srca svoga. Nu ovo miljenče moje, pogledam li ga, iz oka mi mami suze. Tužna prošlost! Jedino dijete ne čini doma. A ima li moje nevinašce štita? Zar mene? Ženu? Oh!", nastavi Klara spustiv glavu i gledajući pred sebe, "plemeniti gospodine, preda mnom stoji ponor!"

Zašuti žena, zanijemi Pavao, tišina zavlada časak, tek grle guknu sjedeći na naslonu kraj Klare.

"Ali šta!", kliknu gospoja u čudan glas i baci glavu natrag. Oko joj zablješti kao kad munja sijevne alemom, a pramovi razletješe se oko bijelih ramena kao zlatne zmije. "Čemu tužaljke. Luda sam! Pozvah li vas zato da vam pjevam vigilije poput koludrice? Šta je bilo, prošlo je. Budućnost? Slijepi smo, čemu je tražiti? A sadanja radost? Zlatna je muha koja se zorom rodi, a večerom pogine. Uhvatiti je valja u dobar čas. Junački dakle, gospodine Pavle!", zavapi Klara žarkim licem i baci ružina pera sa svojih njedara u Pavlovu čašu, "junački pijte za sadanju radost, za sretnu budućnost i cvale vam ruže dovijeka!"

Poput zmije zasinule Klarine oči. Tanki bruseljski ogrljak spuštao se sa bijele šije, tamnorujne usne treptjele su živo. Pavao se stvori kamenom držeći nepomično srebrnu čašu.

I dignu se žena.

"Pijte, Pavle", zapovjedi mu Klara.

"Za sretnu budućnost!", ponovi mladić bez misli, bez glasa i ispi čašu.

"A znate li, Pavle, što je naša budućnost?", započe Klara pridušenim, dršćućim glasom, vrebajućim okom pokročiv prema Pavlu. "Znate li to, Pavle? Zagonetka, je l'? Ali ja, moje srce mora je riješiti. Vi moj, ja vaša pa makar se digao bog. Mlad ste još, mlad. Još ne znate srca, još ne znate plama ljubavi. Oh nije vam ljubav janje krotko i milo. Ne, bijesan je ona at! Kada uzbjesni, kada se propne i leti kao strijela nebeska, kao sjeverni vihor, može l' je žvaliti čovječja ruka? Oh Pavle, čujte me!", zajeca Klara. "Ja svoga muža ljubila nisam. Prodaše me bogatu glupaku, a taj me zapregnu pod jaram kućnoga zakona. Duša bijaše mi krilata ptica, a sad je pogibala u zlatnoj gajbi. Oh, bilo mi je u tom obilju da skupim sve svoje zlato, sav svoj biser i dragulj pa da idem svijetom plačući prosjačiti: 'Evo vam blaga! Dajte mi srce, srce mi dajte!' U srcu mi je vrilo plameno more, a nad njim utvrdi se ledena kora - mržnja, prezir na muža, na svijet, na sve. Budnem majkom. Zagrlih dijete, zavolih ga od srca. Ali dijete! I umre mi muž. Pade mi jaram, pade i prezir, ali tu, u srcu gorio je vječni plamen. Bilo mi je da zagrlim i nebo i zemlju, ali zagrlih maglu. Tada dođe ti u ove dvore, ranjen, bolan dođe. Ostavila te je svijest, mučila te vrućica. Za tihe noći, kad je svaku dušu držao san, šuljah se tamnim trijemovima do tvoje ložnice. Ljudi rekoše: 'Obilazi duh!' I spazih te mlada kako si ležao krvav i blijed, ali lijep, o bože, lijep. Stavih ti vrele usne na čelo - i prvi put za moga života razlilo se mojim žilama nebesko čuvstvo ljubavi. I zakleh se na svetu hostiju da neću nego tebe, i prije da ću propasti u zemlju nego ne imati tebe. Pavle, badava tražih da razvežem spone srca svoga pred tobom, ali danas mi dade sreća. Pavle, za tebe vrći ću na kocke i dušu i raj, tebi ću robovati, tebi dati dušu i tijelo! Uslišaj me! Uzmi! Primi me jer ja - ja te ne puštam!" Divljim zanosom, suznim očima klonu lijepa žena pred Pavla. Zlatni uvojci dodirnuše se njegova lica da ga je srce zazeblo. Tiho! Po sobi guču grlice, diše ljiljan i ruža, a milije od ruže Klarina kosa. Iz kuta šumi pljusak zlatnoga zmaja, kraj Pavla šušti svilena haljina. Nad glavom mu lebde zlatni anđeli ljubavi. Nestalni plamen voštanice baca blijedo svjetlo na sjajnu Klarinu put. Izvana cvrčak čudnu cvrkuće pjesmu, a kroz prozor gleda tamno plavetno nebo sa tisuću alemočiju. Gle, gle na zidu Suzane! Ne pirnu li vjetrić bujnom joj kosom, tananom haljom? Ne prsnu li voda srebrnom pjenom? Ne planu li lotos plamnijim cvatom? A ona divna krasna, ne pregnu li skočiti pred mladca?

Uzbuni mu se mozak, nestaje daha, bijesna mu žilama protječe krv. Svijest ga ostavlja. Ali učas opazi na zemlji pismo. Izgubi ga Klara. I dignu ga Pavao i oko mu pojuri retkom. Očeva ruka. Zadrhta. Problijedi i skoči. A Klara se prenu, opazi pismo, zavrisnu hoteći ugrabiti mu list. Tu zadjenu se oko Pavlovo na Dalilinoj slici, na rugobnom smijehu izdajne žene.

"Ha!", viknu mladić jarostan, "plemenita gospo, u dušu vas znadem i pod anđeoskim licem. Ja Samson nisam, ali vi ste Dalila!

Prokleta bila, rajska zmijo! Naši računi su svršeni!", i nesta ga trenom iz sobe.

"Pavle!", zavapi Klara i pade bez sebe na zemlju.

Od grada Samobora letio je mladić na brzu zelenku kao strijela. Proletješe kraj njega luči mirnoga mjestanca kao vatrene iskre. U srcu bješnjaše oluja. Udari u šumu.

"Stani", zagrmi iznebuha glas.

Prope se konj. Iz šume skoči čovjek držeći baklju i uhvati uzde.

"Stani! Propade Dora!", zavapi po drugi put - njemak Jerko.

IX

Pavao zapanji se.

"Jerko, ti -?", viknu napokon u čudu sagnuv se da se uvjeri, je li njemak zbilja progovorio.

"Da! Jerko!", odvrati odrpani mladić dignuv baklju.

"A ti - ti -?", nastavi Pavao.

"Ja, ja sam govorio", potvrdi Jerko. "Ne pitajte kako, pitajte što! Hajdmo!"

"Kamo?"

"Za onaj humak, u šikaru. Ni lija neće nas iznjušiti."

"Zašto? A boga ti, što reče za Doru, kazuj za Doru?", zapita ga Pavao živo.

"Hajdmo, velim vam, gospodičiću. Siđite s konja, u šikaru! Za Doru, da za Doru", nastavi bakljonoša vatreno, "nju valja spasiti, jer - nu ajde!", lupnu nogom nestrpljivo. "Dogovora treba. Ali tu nije mjesta - sred puta. Ima hajduka, možebit i uhoda vašega gospodina oca!"

"Ali boga ti, reci -", saleti ga Pavao.

"Ni riječi! Hajdmo!", zapovjedi Jerko.

Kao lija baci se Jerko u šumu, a za njim Pavao vodajući na uzdi konja. Zađoše za humak. Tu se sticala gora. Bijaše kao vučja jama. Vrhom šuma, a u jami gusto grmlje. S gore tecijaše potok, a do potoka stajaše veliki kamen. Pavao priveza konja za granu, a Jerko baci baklju u potok. Oba sjedoše na kamen.

"Tako!", prihvati Jerko, gledajući kako se luč u vodi gasi, "umini žarka izdajice da ne namamiš na nas kletih šišmiša - uhoda. I onako sam danas dosta straha pretrpio. Sav dan sam vrebao na vas. Badava. Već mišljah da vas je šarena zmija u gradu premamila." -

"Šuti o tom!", skoči ljutito Pavao.

"Ništa, ništa! Hvala bogu da nije! Bilo bi zlo po vas, po mene, po Doru!", odvrati Jerko.

"Govori, ne stavljaj me na muke, Jerko!"

"Polako. Sad je dobro! Nije se bojati. Eno još ne stoji mjesec navrh neba, još škilji kroz grane; ima dvije debele ure do ponoći, a do podneva nema pogibelji!"

"Govori, šta je od Dore! Za rane božje, govori", provali Pavao, "u tebe nema srca, momče!"

"Srca? Da nema srca u mene, gospodičiću?", nasmija se Jerko gorko i žalobno, uprijev glavu u ruku. "A tko vam to reče? A da! Valjda moje krpetine. Njemak - zabogar - kukavica - pa srca! Je l'? Znate li kud ljubav ulazi u čovjeka? Na oči, gospodičiću, na oči! A izlazi - brzo izlazi na usta - vama kojima je brz jezik. Ali kad si nijem, ostaje ti sva vatra u srcu - sva. A meni bijahu usta kao zagrađena raka. I čuvam ljubav u srcu kao miloga pokojnika, kao majku, kao o - ne, otac je za mene mrtav. Nu šta? I čemu čevrljam? Baš vas briga za mene!", nasmija se mrki mladić kroz suze, "vama je do Dore, i pravo je, jer je lijepa, oh bože, lijepa kao kakva svetica. Ali spasiti ju treba, svakako treba" - osovi se vatreno Jerko - "spasiti ili poginuti". I zamisliv se spusti glavu.

"Momče, hoćeš li da me ubije tuga?", kliknu Pavao.

"Čujte!", nastavi Jerko ni ne slušajući mladoga gospodina. "Dok su vas slali lijepoj gospi kao muhu u paučinu, bilo je u Zagrebu koješta. Bruke da će svijet na komade. Izišlo je na svijet da ste Dorin dragan i da ste -", tu uhvati Jerko Pavla na oko.

"Šta da sam?", zakrči ga Pavao.

"Ništa", odvrati mladić mirno, "znam da ste poštenjak, da ste plemenit ne samo imenom već i srcem. Ali ljudski je jezik kuga. Razniješe vas jezici po Zagrebu, a Dorino srce otrovaše. A navlaš taj šugavi, guravi brijač."

"Šta, ta kukavica?", skoči Pavao.

"Baš ta kukavica. Hoće mu se zlata i mlade žene. Zlatarica ga je odbila pa se kivi na nju."

"On - - Doru!"

"Baš on. On je nahuckao svijet na vas dvoje. Bilo je poslije večernjice. Kao zla godina pukla je nevolja nad siroticom. Pred svijetom - pred gospodom nabaciše joj u glavu da je pogazila rad vas djevičansku čast!" -

"Kriste! A tko - reci tko?", viknu Pavao bijesno uhvativ sablju.

"Otac ju htjede ubiti od gnjeva da ne bude sučeve ruke. I kad mu se jarost slomila, reče kumu Arbanasu nek je povede sobom u Lomnicu da bude ondje pastirsko omelo, a pred oca da ne smije živa. Danas je srijeda, a sutra četvrtak, sutra polazi Arbanas u Lomnicu. -"

"Doro, moja Doro!", zavapi Pavao lupiv se u čelo.

"Ali Isusa mi, neće u Lomnicu, neće, ne dam!"

"Umirite se. Čujte. Drugi dan opazih brijača u šumi. Išao je na Medvedgrad k vašemu ocu; desna mu je ruka, nosio je i pisamce rad vas u Samobor. Šta će taj na Medvedgradu? Dobro neće, jer je đavo. Popeh se i ja na grad. Da vidim, da čujem. Ali uđe brica gospodaru Stjepku. Kroz vrata ne vidiš, kroz zid ne čuješ, a sluge pitati? - kad si nijem. Smrkavalo se. Znao sam da su u velikoj kuli. Obilazio ja oko nje kao torac oko kokošinjaka. Sve je u meni gorilo. Čuo sam mrmoriti; bilo je tiho, ali kula visoka. Tu prhnu nada mnom ptica i sjede na visok hrast nedaleko kule. I ja da prhnem. Popnem se na hrast, sve više i više. Dohvatio sam se mjesta. Hvatao sam granu što su mi mišice dale, nagnem se malko. Mjesečine nije bilo da me izda, pa dobro! Sve sam sad gledao - a dosta i čuo. Kraj stola sjedio je vaš gospodin otac, a pred njim stajao je guravi britvić. - "Nu, a šta ona?" zapita gospodar Stjepko. :"Nasmijala se od srca", odgovori brica, "pa reče, da oprostite, da ste vražji čovjek. Ona da nije mislila namamiti u svoj hatar drugoga muža, ali kad je vaš sin i gospodičić fin, da se neće braniti. I reče da ga poznaje i da je rada znati, hoće li tomu divljemu tiću podrezati krila." Nu vaš otac: "Hvala bogu te je tako, taj će ostati na Samoboru." - "E milostivi gospodine", reče brijač, "ne recite hop dok niste skočili. Vaš gospodin sin je, da oprostite, svoje glave i mlad - mlad. To skače ovamo i onamo; Grubarova gospa nije dakako šala za muškarca, ali ljubav rashlapi kao rakija na dlanu." "Nu pa šta ti misliš, britviću", zapita ga gospodar Stjepko. "E šta mislim, vaša milosti - Doru mislim. U tom grmu zec leži. Ma i bude Klara gospojom Gregorijančevom, Dora će napokon opet biti ljubom mladoga gospodina. A to bi zlo bilo - zlo rad njegove, rad vaše sramote!" - "Ne luduj!", odvrati mu Stjepko. "Ej stari sam ja tić, milosti vaša! Znam ja šta je, kad ženska prvi put uhvati muškarca. Ne da se to lako od sebe. Navlaš kad tu u tom ludom srcu zbilja nešta gori. Kad se mladić samo načas omami, druga je; omama mine pa ostaje mamura, da oprostite." :"Sve će to gospa Klara izliječit", odvrati gospodin Stjepan, "njezine su bijele ruke gvozdena kliješta!" "Pa ponamus", nastavi brijač, "da nisu, jer i na to valja misliti. Recimo da će se gospodin Pavao trijezan na Samoboru probuditi. Šta onda, vaša milosti, ako mladi jelen razdere mrežu? To, to je ono što mi ide po glavi. Sramota bi bila za vašu časnu glavu. Te zagrebačke kukavice još bi se većma uzoholile na vaš svijetli rod. A osobito po toj jučerašnjoj sramoti." - "Kakvoj sramoti?", zapita vaš otac. I tu mu stade brica dokazivati svu nevolju koja se s Dorom zbila. Vidio sam kako gospodinu Stjepku igraju oči od bijesa, kako vas dršće od jara. :"Ne, krsta mi moga", zavapi, "to neće tako dalje. Pravo imaš. Reci brže šta znaš." "E!", odgovori gurava hulja smiješeći se, "znao bih ja za jednu medicinu, ali neću da vrijeđam vaše milosti." "Govori udilj", reče mu gospodar. "Vaša milost, koliko znam po čuvenju, ne mrzi žene kad su mlade i kad ne prkose - ja govorim samo po čuvenju - i kad su kmetskoga ili građanskoga roda, jer te se ženske i gizdaju kadšto svojom sramotom. A Dora je lijepa, vrlo lijepa. Vaša milost dobro poznaje gračanske snahe - ali takve ne ima među njima kao što je Dora, vjere mi, ne ima! Kad bi dakle - nu vaša me milost razumije. Pa ne bi li to najljepša osveta proti tim zagrebačkim kramarima bila. - Bi, ta popucali bi od jada! - - -"

"Lažeš, momče, lažeš!", kriknu Pavao skočiv jarostan i dršćući kao šiba. "To nije moguće!"

"Bog mi je svjedok, tako je bilo!", odvrati Jerko mirno dignuv ruku prema nebu.

"O! - De dalje!", progovori Pavao pridušenim glasom spustiv se kao bez svijesti na kamen.

"Vaš se otac", nastavi Jerko, "na te riječi zamislio bio. 'Vaša milost vidi i sama', reče brijač, 'da je to posve jasno. Otac i sin ne mogu istu djevojku štono se veli - ljubiti. A dođe li otac prije, valja da sin čisti mjesto.' 'Dobro, dobro', odgovori stari gospodin, 'ali kako? Ta Zagrepčani! Javna sila!' 'Lako zato, samo kad znam da vašu milost duša ne grize. Za tri dana povest će stari

Arbanas djevojku u Lomnicu na kolima. Starac je slab, mutljak. Taj nam neće biti na putu. Kucnimo ga malko po staroj tikvi, pa će biti za časak omamljen. Od Botinca dalje ne ima sela. Kraj puta šikara. Obucite dva zdrava momka za španjolske konjanike - navlaš Lacka Crnčića, taj se u to razumije. Kola idu, momci iz zasjede, pa djevojku u vaš grad u Molvice ili dalje preko međe - na vašu službu. A Zagrepčani neka viču! Šta ćete? Španjolski bjegunci siroticu ugrabiše. Bog zna gdje je uboga djevojka! Ha! ha!', nasmija se brica. 'Valja!', reče vaš otac, a ja spustih se s drveta da vas potražim. Znate li sad šta nam raditi valja?", završi Jerko.

"Znam, znam", zavapi zdvojno Pavao, "oče, oče šta si učinio, oče, na što goniš sina?! A tebi, dobri mladče, hvala, stoput hvala, pošten si, bog te naplatio! Ali hajdmo već da preteknemo zlotvornike, da im otmemo plijen!"

"Nipošto", odvrati Jerko skrivajući vrele suze. "Jamačno vrebaju na vas. Nas ne smiju vidjeti zajedno. Vi mene ne poznajete, ali ja sam vaš rob i Dorin rob. Mirujte. Pričekajmo zoru. O zori naći ćemo i Miloša na mjestu."

Pavao se umiri. Sva ta priča pomela mu mozak. Stade razmišljati. I nehotice svrhu okom na Jerka.

"Jerko!", prihvati zatim, "ti nisi nijem? A kako si progovorio? Kojim čudom? Ti služiš mene, braniš Doru, zašto? Tko si?"

Jerko spusti glavu na prsa, ni riječi ne reknu.

"Ču li, Jerko?", zapita ga Pavao milo staviv mu ruku na rame.

"Ne pitajte me!", odvrati zlovoljno.

"Govori! Zaklinjem te majčinim grobom, prijatelju, govori!"

Jerko mučaše. Neki ga nemir osvoji, grudi mu se nadimahu silno, dva-tri li puta pogleda Pavla kano da ga se boji. Napokon osovi glavu i izreče glasno: "Tvoj brat".

Pavao skoči. Nijem stade motriti mladića što je sjedio mirno na kamenu.

"Jesi li poludio, momče?", zavapi mladi Gregorijanec.

"Tvoj brat sam", ponovi mirno Jerko. "Ti? - Kako?" "Da, tako je. Gledaj!", reče Jerko izvadiv iz njedara kesicu koja mu je visila o vratu, a iz kesice dragocjeni prsten, "poznaješ li ovaj grb? Tvoj je. Na dan moga poroda objesi mi ga o vrat moj otac -

102

tvoj otac. Gregorijanec sam kao i ti - po krvi, po mlijeku nisam. Tebe je rodila druga mati. Stariji sam od tebe - ali se ne boj za baštinu, tebe je iznijela na svijet zakonita ložnica, mene grijeh našega oca. Čudiš se? Je l'? Čuj me! Znat ćeš kako nijemi progovore, zašto tebe, zašto Doru čuvam. Sjedi do mene."

Nehotice spusti se Pavao na kamen.

"Kazat ću sve", započe Jerko, "što o sebi znadem, što sam od drugih čuo, jer sam premlad da sve sam pamtim. Majka mi se zvala Jela, bila je kmetskoga roda. Kako se iz Zagreba zalazi u Gračane, stajaše podno brijega drven mlin. Tu je živarila kukavna starica sa svojom jedinicom Jelom. Po svem božjem svijetu nisu imale te dvije ženske glave roda do jedinoga majčinoga brata, bijeloga fratra u samostanu remetskom. Živarile one što od mlina, što od motike, što od živadi. Daj gospoštini, daj crkvi, radi na gospodskom polju i za oprost grijeha u fratarskom vinogradu, pa što od sve muke ostaje u kući, jedva da za glad štogod zakusaš. Šta ćeš? Cigle ženske ruke, ni pol muške glave u kući. Bijeda. Gladovalo se ljeti, gladovalo zimi. Dođe i turska napast. Od svakoga dimnjaka da ide po momak pod oružjem u banovu vojsku, a gdje nije bilo muškarca, trebalo i plaćati i hrane davati. Ujak fratar dao bi dakako kadšto starici po grošić, ali bio je sam siromah, a drugi fratri nisu dali da nosi štogod živeža iz svete im kuće. Rekoše mi da mi je majka, to jest Jela, bila ženska vrlo lijepa. A i pobožna i pametna. Znala je ona napamet molitve za svaku kućnu potrebu, za svaki petak i svetak. I raditi je znala u domu kao ma koja valjana reduša. Sve to mi reče ujak Jerolim. Bilo je i prosaca, ali se ona nije dala od majke, od mlina. Kamo sreće da je pošla, bolje po nju. Ali šta ćeš! I bijeda je sretna kad ne zna bolje sreće, i ženske u mlinu rekle bi: hvala bogu i tako. Tada su medvedgradski kmeti dobili drugoga gospodara. Gospoda Erdödi prodali gospoštinu vašemu djedu Ambrozu. Svijet se veselio, jer će biti bolje. Erdödski špani praznili kmetima torbu do dna i susjed nije se mogao pomoći od susjeda za kokošje jaje. Bolje biti, da! Čudne dobrote. Stari gospodar Ambroz sjedio je vazdan na gradu. Sad joj i po špana i po kmeta. Nu stari još kako, ali sinovi gotovi vrazi! Baltazar Gregorijanec nije nekako bio pri zdravoj pameti. Kad bi ga obujmilo, sve je išlo oko njega na komade. A mlađi Stjepko, doduše trijezan, ali bahat, silovit. Oprostite, gospodičiću - doda ovdje Jerko - da o našem ocu tako krupno govorim, ali tek ponavljam ono što mi je ujak Jerolim kazivao. Kad se je vratio iz turske vojne - jer je često išao na Turke kako je mlad bio - kad se je vratio iz vojne, jao i pomagaj okolici. Plijenio on fratre, iz zasjede navalio na građane, na muke stavio kmetove, a silom sramotio im žene i kćeri! Tjerali Gregorijanci i kmetove da idu graditi tvrđavu Koprivnicu, Ivanić i više toga. Sila svijeta poginula. Dođe i kuga, pomozi bože! Ljudi popadali kao muhe, svaka druga kuća ostala pusta. Spopala kuga i staru u mlinu. Poginula. Mlada začudo ostala zdrava. Bijeli fratri rekoše da im je majka božja čudo učinila. Ali mlin da je okužen, da se sažge. I sažgali ga. Sad Jeli zlo. Kuda će? Da služi u samostanu, htjede ujak. Ali ne. Gospoda Gregorijanci, vazda kivni na fratre, ne dadoše, već da mora služiti u gradu. Bolje i tako nego ništa, a kmet mora. Jela bijaše udesna i spretna, zato i dobro pažena u gradu. Jednoga dana u jeseni - da, da, baš na Malu Gospojinu - svi pošli na proštenje. U kući osta stari vratar i moja mati. Da čuva kuću neboga! Uto povrati se iz Mokrica Stjepko. Prvi put opazi Jelu. Bila je pošla nešto prigledati u vrt. Stjepko za njom. Govorio joj koješta, da, nudio joj zlatan lančić. Ona ni da čuje. Odreza mu nakratko. Ali on pobjesni. Zbilo se zlo. Na silu prevario djevojku -"

Tu stade Jerko časak, oči mu sijevnule divljim plamenom. Zatim nastavi:

"Da, na silu! Ona dozivala u pomoć, ali sila boga ne moli. Da ga tuži? Komu? Zar ocu? Što mu se je sin malko pošalio? Bilo bi čitava smijeha. Sramota za djevojku! Može li kmet imati srama? Bilo, prošlo, ali ne ostalo bez traga. Ja se narodih kukavac. Ali ne u gradu. Mladoga ne bijaše kod kuće, a stari otjera djevojku iz grada, jer da je nepoštena. Narodih se jadan u pastirskoj spilji, na tvrdoj zemlji i pokrili me slamom. - Stjepko bio je jošte neženja. Povrativ su kući doču što se je zbilo, da ima sina od kmetice - ali njegova krv. Potraži nas. Cjelivao me, ninao i od radosti objesi mi taj zlatni prsten o vrat. Dade nas nekoj staroj baki u gori na hranu. Reć bi da ima srca, ali bila je samo šala. Oženi gospu Martu od Susjedgrada, ljubomornu i za prošle grijehe. Otimao se za njom i jedan mladi Bakač. Grozio se da će Stjepkove grijehe iznijeti na vidjelo. Mitio je i majku mi da ponese mene mladoj gospi u grad. Majka nije se dala. Za to doču Stjepko. Bio je bijesan. K tomu porodi majka Pavla - vas. Prvorođenik, koliko veselja u kući! Jer kmetsko kopile ne računa se među ljude. Sad na baku, da nas kakogod nestane, jer je neprilika. Šta bi gospa Marta rekla! Stara ne htjede. Bila je pobožna, sve dojavila ujaku Jerolimu. Nekoga dana navalili oružani ljudi u staričinu kolibu po majku kmeticu - po dijete - ali koliba bijaše pusta. Ujak nam se smilova. Majku smjesti dalje u gori za Granešinom na kaptolskoj zemlji kod seljaka, a mene, žrtvu Gregorijanca, primiše u samostan za božju ljubav, ali i s osvete proti gospodaru medvedgradskomu. Premetali Gregorijanci goru. Badava. Fratri su mudri ljudi. Rastoh, porastoh. Nisam vidjevao majke. Ja od straha nikud iz samostana, a ona od bojazni ni blizu. Samo mi je ujak znao govoriti da majka pobolijeva. Moglo mi je biti sedam godina. Jedne noći probudi me ujak iznenada. Na konju udarismo u goru. Nemalo se čudih. Jerolim nosio sobom vezenu kesicu sa posvećenim hostijama. Za dvije ure i pol dođosmo do kućarice u gorskoj osami. Uniđosmo. Na postelji ležaše žena blijeda, upala, zaklopljenih očiju, prekrštenih ruku. Nisam je poznavao. "Eno ti majke!", reče fratar. Ne znam kako mi je pri duši bilo, nešta me davilo. Ćutih da mi je nekako zlo. Ali nešta me povlačilo k blijedoj ženi. Bacih se na nju vičući kroz plač: "Majo, draga majo!" Sjećam se toga živo. Žena pootvori oči, pogladi mi hladnom rukom čelo, pritisnu me na prsa; reć bi, zadavit će me. Gorko je plakala, od suza mi se sva košuljica namočila. I opet me pusti. Dohvatala se sape, bilo joj je zlo. Napokon mahnu rukom ujaku. Fratar kleknu, govorio je nekoliko latinskih riječi i dade majci hostiju iz kesice. Klekoh i ja pa molih. Zašto? Nisam znao. Majka se pridignu. Upirala se u lakat, naslonila glavu na rame. Prsti su joj nemirno gladili pokrivalo, a očima piljila u mene. "Sinko!", progovori slabim glasom, "sinko moj! Vidiš, majci je zlo, vrlo zlo. Ostavit će te, za dugo - dugo. Moli za majku svaki dan po Očenaš, čuješ, svaki dan. Ali čuj", nastavi tajinstveno i oči joj sijevnuše čudnim plamom, da me je strah hvatao, "ljudi su zli! Vrlo zli! Ubit će te!

Čuvaj se. Ne kaži tko si. Da, ne govori." Zatim namignu bratu: "Hodi amo, hodi amo, dragi brate. Oprosti mi što sam zgriješila. Nisam svoje volje. Za jedno te molim. Zakuni mi se da ćeš tomu djetetu biti otac i majka! Zakuni mi se, kad poraste, da ćeš mu kazati tko mu je otac, ali ne da ga potraži, već da ga se čuva. Zakuni mi se da ćeš ga držati za njemaka, da mu jezik ne oda tajne koja bi mu mogla donijeti smrt, i da neće progovoriti ljudskim jezikom dok ga ne snađe skrajna pogibelj. Zakuni mi se za ovo dijete, jer samo ne zna što evo kažem." - "Sestro!", progovori fratar. "Zakuni se!", ponovi ona. "Kunem se, hoću", zakle se fratar staviv mi ruku na glavu, "naučit ću ga da šuti kao grob!" "Blagoslovi te bog i svi sveci božji, sinko!", poljubi me majka u čelo. Usne bijahu joj hladne poput leda. Sruši se natrag. Već nije govorila. Još je fratar molio, a ja - ja sam plakao, dugo plakao. Majka bijaše mi mrtva."

I nagnu Jerko glavu i pokri rukama lice, ili da u duši ponovi strašni onaj prizor, ili da se brani od suza.

"Jerko!", utješi ga Pavao mekanim glasom.

"Vratih se u samostan", nastavi mladić. "Od onoga dana započe mi nov život. U šumi nas saletješe hajduci, reče ujo fratrima, od straha da mi se uzeo jezik. Nisam smio govoriti pred svijetom ni riječi, jer da će me ljudi ubiti, reče mi ujak. Kao grob bijahu mi usta. Sve jade zakopao sam u svom srcu; slušao sam kako me svijet sažaljuje, kako mi se ruga, slušao sam i šutio, bijah naoko nijem. Da, nijem sam i ostao. Strah od ljudi, zakletva pred majkom zatvoriše mi usta pod silu. Sve sam čuo, sve vidio što oko mene biva, ali sve, bila radost, bila žalost, sve sam morao zatvoriti u svom srcu - sve. Nisam smio smiješiti se čuvši koju milenu pjesmu, nisam smio naricati ćuteći tešku kakovu bol. Sve žive usklike mlađane duše morao sam spregnuti u sebi; život bijaše mi živa voda - ali pod ledom. Izim moga ujaka znao je samo opat tko sam, čijega li roda. Drugi fratri, kao i ostali puk, smatrahu me nekim divljim izrodom ljudstva, koji nosi svoj teret zbog velika kakva grijeha. Zvahu me Jerkom - nijemim Jerkom - da, ludim Jerkom. Ujak me je odijevao u proste halje da ne bude sumnje. Gregorijanci mišljahu da im se izrod nekud potepao, ni u snu sanjali nisu da živim blizu njih pod prostom surinom. Posla sam imao malo. Kitio sam svece cvijećem, nosio zastavu kod crkvenoga pohoda, gazio fratru orguljašu mijehe i čistio vrt. Učio sam plesti rogožare, šešire od šaša i dupsti korita, a to sam prodavao svijetu. Kako me nije nitko po rodu poznavao, nije ni bilo tolike pogibelji te sam hodao okolo po selima. Tu bi psi izletjeli na mene, ljudi mi se rugali da sam božji strah, bake mi govorile da sam živa kuga, a djeca se na mene nabacivala blatom. Uh! bilo mi je kadšto da pobjesnim, da zavrisnem kao ranjena zvijer, bilo mi je da glasno prokunem svijet i sve što je na svijetu. Nisam. Sjetio bih se vazda majčine volje. Ali nisam ostao glupak. Za tihe noći, u malenoj izbi učio se ja od ujaka svašta prudna. Naučih čitati, pisati i moliti, naučih se poznavati trave i zvijeri i kako se sunce kreće i kako zvijezde idu. Noću bijah mudrac, danju glupak. Kadšto pošuljao bih se u šumu, u goru, gdje ne čuješ ljudskoga glasa. Tu mi je bilo voljko, dobro. Znao sam se baciti na zemlju i razmišljati kakvi smo mi ljudi, kakav li taj naš svijet. Pa kad sam bio onako sam kao kaplja na listu, nu bojeći se ipak povrijediti zavjet majčin, stao sam oponašati slavuja, žabu, vuka, kukavicu grlom. I bilo mi je lakše. Ljudi se često čudili kako u ljetu zavija vuk, kako se danju oziva ćuk. Ali to ne bijaše ni vuk ni ćuk - to bijah ja. Umre ujak. Pred smrt moradoh mu ponoviti strašnu onu zakletvu, a on mi dade svežanj papira gdje je sve ispisano kako je sa mnom bilo. Kad ga zakopaše, pobjegoh u "vučju jamu" u goru i pročitah starčeva pisma. Plakao sam cijelu noć gorko. Ostao sam i sad u samostanu, ali sam mnogo bludio po gori. Pa šta bi u manastiru? Ta izgubio bjeh ondje i jedino srce što je među tim zidinama meni prijalo. Sam - samcat stajah u božjem svijetu. Dosjetih se da imam oca, da imam braće. Dovukoh se kadšto do Medvedgrada da vidim te svoje nesuđene rođake. Gledao sam mrkoga oca u srebru i zlatu, a i vas gledah, gospodičiću, lijepa i mila dječaka. Znate li kad me ono zatekoste na šumskoj stazi - vi i majka vaša? -"

"Sjećam se!", odvrati Pavao.

"Majko", rekoste, "gle kukavca, nijem je, podaj mu dinar!" I dade mi gospa Marta dinar misleći da sam prosjak. A ja skočih lud od radosti za grm i stadoh svjetlati taj srebrni novčić. Ušio sam ga i nosim kao zapis o vratu, kao jedini vez koji me veže s mojom obitelju, o kojoj mišljah da ne ima srca. Od onoga dana zavoli vas moje srce. Da znate kako mi je srce poskakivalo kad vam ono donesoh prve jagode, kad vam uhvatih vjevericu ili istesah onu drvenu sablju. Bio sam sretan, vrlo sretan. Nu sad čujte šta se je sa mnom zbilo. Tajna je. Do ovoga časa ne zna nitko za to van bog i moje srce. Ne smijte mi se!", okrenu se Jerko na stran, "ludo je možebit. Ali šta ćete? Bog je i kukavcu dao oči da vidi, dao srca da ćuti. Ima tomu četiri godine. Baš je bilo na Duhove. U Remetama veliko proštenje, velika pjevana misa. Zgrnulo se ljudi odasvud, i iz Zagreba ih je bilo. Ja sam opet fratru orguljašu gazio mijehe. Najednoč opazih djevojku mladu, lijepu i finu gdje kleči sklopljenih ruku, a kraj nje starica. Kroz visoki prozor lijevalo je sunce zrake svoje i sunčano je zlato titralo oko djevojčine glave. Zapanjih se, zaboravih jadan i svoj mijeh, i orgulje časak zanijemiše da me je fratar nemilo gurnuo. Sva mi je krv k srcu jurila, sva mi se duša potresla. A šta ću dalje pričati. Znate li što je kad se mladiću na oko namjeri djevojka? A tek meni jadniku koji nije imao duše! Poludih. Mišljah da će mi vrućica raznijeti lubanju. Pođoh za djevojkom. U šumi otkinula grančicu i bacila grančicu. A ja digoh, digoh kao da sam našao alem i cjelivao i stavio na srce. Djevojka bila je Zagrepkinja. Izvrebah joj dom. Došuljao bih se noću do njezina vrta i piljio očima u prozor gdje joj je gorjela svjetiljka. Probdijevao sam cijele noći kutreći za plotom i buljeći u kuću. A znate li djevojci ime? - Dora, Krupićeva Dora!"

"Dora!", viknu Pavao van sebe.

"Da, ona. Znao sam za svaki njezin put, za svaki mig. Ona dakako nije slutila o tome. Pa kako bi? Mene - mene - kukavicu da opazi." I briznu Jerko teško plakati. "Svaki mig, rekoh. Dođe i onaj užasni dan na Kaptolskom trgu. Ta znate. Htjedoh je spasiti. Vi ste sretniji bili. Mene pogaziše konji. Ah, da me je snašla smrt. Oporavih se vašom brigom. Rane mi zacijeliše, srce nikada. Tada izvrebah da vi volite djevojci, gospodine Pavle. Htjedoh se ubiti. Ali nije mi dalo srce. Nek se ljube, nek se ljube, klicalo mi srce. To dvoje, najdraže tvojemu srcu na ovom svijetu, to dvoje našlo se i ljubi se. Trpi mirno, ludo srce, gledaj njihovu sreću, po vremenu, po njihovoj sreći bit ćeš i ti sretan. Pavle, brate, tu u noćnoj samoći gdje nas nitko ne vidi, ne čuje, tu ti se kunem da ću vas dvoje paziti, da ću blažen biti pod ovim dronjcima, budeš li ti sretan sa Dorom!" Suze navriješe mladiću na oči u kojima je sijevala sjajna mjesečina; smrtno bljedilo osu mu lice, baci se na hladni kamen i plakao je, plakao što mu je srce dalo.

"Jerko, brate po bogu, po krvi!", kliknu Pavao dignuv mladića u svoje naručje. "Diži se, dođi mi na grudi, našao sam prijatelja, našao sam brata, o hvala ti, bože nebeski!"

"I ti me zoveš tim slatkim imenom, ti me ne odbijaš?", zapita ga Jerko bojažljivo.

"Odbiti? U svoje ću te povesti kolo."

"Hvala ti", odvrati Jerko tužno, "sretan sam te mi bog dade dušu da joj dojavim što ćutim, ali tvoje kolo nije moje, ja ću svojim putem. Nu čuj me dalje. Saznah paklenu spletku proti tebi, proti djevojci. Saznah šta se tu snuje. Pomoći treba, rekoh sebi. Pohitih amo, mišljah da ti je propala duša kod lijepe izdajice. Vrebah, ne uvrebah te. Ali napokon pojuri iz grada. Uteći će mi, mišljah. Pobjesnit ću. Tada sjetih se zakletve pred majkom. Pogibelj mi prijeti, kad hoće da satru što mi je najdraže na svijetu. I sakupiv sav svoj glas i poslije dugo godina zagrmih prviput ljudskim grlom: "Stani! Propade Dora!"

"Oj hvala ti, dušo plemenita, hvala!", zagrli ga Pavao.

Grleći se sjeđahu braća na kamenu. Ne govorili ništa. A tko da može govoriti grleći se tako?

Ali ujedanput skoči Jerko na noge.

"Čuj!", viknu, "od Samobora javljaju se drugi pijetli. Hora je! Hajdemo - spasiti Doru!"

X

Moglo je biti jedanaest ura ranih. Nebo mutno, a nad šikarom kraj Save lebdjela gdjegdje tanka magla. Zrak vlažan i podosta hladan, baš pravcata jesen. Pred kolibom do prijevoza sjedio je krezubi starac Mijo stružući tupim nožem ljuske sa ribice. Bio se u svoj posao tako zadubio, da nije ni opazio kako se njegov mlađi drug otisnuo od savskoga brijega prema drugoj strani. Najednoč probudi ga konjsko kopito. Dignu glavu pa je stao zijati držeći nepomično i nož i ribu. Vrlo se začudi. Prema kolibi kasala su na konju dva oružnika u crvenim zobunima, visokim žutim čizmama, crnoj kabanici, a obrazinu kacige svoje su spustili bili da im nisi mogao razabrati lica; osobito čudan pako bijaše im mač, dugačak kao ražanj i dulji. Oružnici krenuše kraj kolibe na sisačku cestu. Mlađi brodar Šimun zataknu veslo mirno pod strehu i htjede u kuću. Starac mu namignu jednim okom, kanda ga pitati hoće, tko da su ti ljudi.

"Hm!", odvrati Šime maknuv ramenima, "bog si ga zna kakvi su to svatovi. Valjda kakva španjolska ordonancija; bar po dugom ražnju bih reko. Ali su vozarinu platili pošteno."

"Platili!", začudi se starac, "čudno i prečudno! Vozarinu platili. Toga ti španjolski razbojnici nikad ne čine."

"Žuri se, Mijo, žuri se!", prihvati Šime oštrije. "Struži! A da!", lupi se dlanom u čelo. "Pusti, Mijo, ribu. Idi u Zapruđe. Evo ti dinar, uzmi vrčić pak nosi šljivovice. Hladno je danas. Grize zima do kosti. Je l' Mijo!"

"Hu! Da, da!", strese se Mijo vrlo smiješno misleći i na zimu i više na rakiju. Uze dinar, uze vrčić, uze šešir pa poprijeko šikarom u Zapruđe.

"I hvala bogu!", šapnu Šime opaziv da je starca nestalo u vrbinju. "Toga sam se mutljaka otresao kao vuk pseta. Šta bi i luda glava u tom poslu. Brblje, ne zna kad treba vezati jezik, kadli mu pustiti uzde. Znam da će putem pol rakije ispiti dok ne padne kao ustrijeljen zec. Ali Grga! Bijesa! još ga nema. Čudno!" Pritom nadnio Šime ruku nad oči gledajući na drugu obalu.

Napokon sjede čistiti ribu i pjevuckati kroz zube: "Lijepa ti je ptica kos!"

Ujedanput ozva se iz daljine "kvar! kvar!", a za časak nešta bliže "kvar! kvar!"

Šime dignu pažljivo glavu.

"Šta je to? Grga reče da će oponašati prepelicu, a onamo čujem gavrana. Nu to nije od Zagreba, to je odavle. Gavrani! Ha! ha! Valjda slute da će biti strvi. Ha! ha!"

I sve opet zašuti.

Ali opet ozva se glas, nu ovaj put "pućpurić!".

"Aha!", skoči Šime, "evo mi moje prepelice! Sad je hora!"

Pohiti k brijegu, odveza malen čamac i udari Savom. Domala povrati se i s njime Grga Čokolin.

"No, a jesu li momci na mjestu?", zapita ga brijač.

"Jesu."

"A ovdje nikoga blizu?"

"Nikoga, van evo nekoliko gavrana u šiberju."

"Nomen et omen. Ti nam neće smetati. A starac Mijo?"

"Za njega ne budi vas briga, majstore Grga. Tomu sam pamet malko potkurio i otpravio ga u drugo selo. Šljivovica poputnica, puti daleki, jame duboke, a na pijesku se meko spava. Ha, ha! Mijo će rake loviti, za njega ne boli vas glava."

"Bene! Sve je čisto! Pametna si glava, Šimune."

"Ta da! Nisam ja vas svoj vijek na tom prokletom pruđu kruške pekao."

"Znam, kume Šime, znam!", odvrati lukavo brijač. "Tebi je kao i meni. Ne moram li šišati svaki božji dan tikve, stoput luđe od mene, ne moram li? Da kušaš, to je vrag. Ne pitaju te da l' imaš soli u glavi, već čiji si i kakva ti je kesa. Bijeda, bijeda današnji dan po pametnu glavu. Morati se prodati i bogu i vragu, a šta od toga? - Šipak."

"Pravo rekoste! Šipak!", odvrati zlovoljno Šime. "Znam ja što je dobro, što li gospodski. Ali to je stara pjesma. Moji me zavrgoše, jer da sam raspikuća, da sam razbojnik, zavrgoše i baciše kao kakvu otrebinu. Da mi je tko živ rekao da će gospodičić Šime jedanput prebacivati svakoga tričara na lađi preko Save, da će zimovati i ljetovati pod slamnatim krovom, zahvalio bih se svojoj majci što me je porodila na svijet."

"Umiri se, Šime!", utješi ga brijač, "ne može drukčije biti. Kuda 'š? Znaš da su te htjeli vješati što si na javnoj cesti porobio i ubio popa. Pa da te nije gospodar Stjepko zlatom izbavio iz tamnice, njihao bi te kraj puta zagrebačkoga jesenski vjetar."

"Znam, znam!", odvrati Šime, "ali znao je Gregorijanec zašto me je izbavio. Mene bi bili objesili, po sedlu bi tukli bili, ali ne bi pitali za magarca. Ali da su stali "oštro" pitati, da su mi "pokazali instrumenta", bog zna ne bih li na "grebenu" blesnuo bio tko da je onaj pravi koji je popu držao zadnju svijeću. To ti je svrbjelo Gregorijanca, to! Nu pustimo te bajke. Tako je. Ali za jedno da vas pitam, kad sam već u tom kolu. Šta će gospodar Stjepko sa mladom djevojkom?"

"Šta?", nasmija se brijač. "Ala si lud Šime? Deset godina služiš već sadanjega gospodara, pa šta će sa mladom djevojkom? A čemu su mlade djevojke?"

"Ta valjda ne -?", pogleda u čudu Šime brijača.

"A zašto ne?"

"Nazdravlje! Istina je riječ: vuk dlaku mijenja, ali ne mijenja ćudi. I još je ženskar. Znam ga, a kako ne bi? Koliko puta nisam zajedno s njim išao u lov na ovu ili na onu mladu? Kadšto je bilo krvavih glava, bilo i batina. Jedanput premetali mi cijelu goru da tražimo kmeticu i sina joj mladoga dječaka - ali da. Odletješe. Praznih ruku moradosmo natrag. Bog zna kud se to zamelo."

"A da? Vidiš! Mlada Gregorijanca? Kazuj no!", upita zvjedljivo brijač.

"Št", skoči Šime. "Idu. Vidite! Eno od Zagreba vije se po cesti prašina. Kola su. Bit će oni, bit će!"

"Uistinu idu", podignu brijač glavu kao lisica. "Sad pozor! Reci mi brže, gdje da se sakrijem, da sve vidim, a mene nitko."

"Zađite u kuću. U kuhinji idu vam ljestve na tavan. Popnite se pod krov. Ima vam škulju na cestu pa možete gledati do mile volje."

"Dobro. A ti vladaj se kako znaš bolje. Pokorno, ponizno, da ništa ne spete."

"Ne budi vas briga. Znam ja kako valja. Nije to prvi put", nasmija se Šime. "Nu sad ajte već, gle'te! Kola su blizu brijegu."

"Idem, idem!", doda brijač i odšulja se brzo u kolibu, a Šime sjede kao bez brige pred kuću.

Uto zaori i opet "kvar! kvar!" i podalje u grmlju ozva se opet "kvar! kvar!"

"Bijesa! Šta je to?", potrese se Šime, "šta ti vražji gavrani grakću oko kuće?"

Međuto dođoše kola na drugoj strani do brijega, prosta seljačka kola, a na njima starac i djevojka.

"Oj prevozniče, daj!", zaviknu stari Arbanas.

Šime dignu se lijeno i laganim korakom spusti se k brodu.

"Idem, idem! No!", odvrati starcu.

U isti čas zašušti nešta u vrbinju, i bilo je opaziti da se nešta grmljem pomiče sve dalje i dalje. Zar zvijer, šta li? Bog zna. Na kolima sjeđaše uz starca djevojka - Dora.

Glavu joj zastirala šarena marama. Od lica se malo vidjelo. Djevojka bijaše blijeda kao snijeg. Samo oko očiju vidjeli se crveni tragovi suza, a lijepe ove oči, inače žive i sjajne, ukočile se bile, bez sjaja, bez života piljeći pred sebe. Djevojka prekrstila ruke na krilu i sjedila tako mirna i nijema uz staroga Pavla, samo kadšto kao da se je kakvu jadu dosjetila uzdahnu i snova joj skočiše suze na oči. Starac Arbanas tjerajući sam konje motrio je ispod oka djevojku. Žmirnuo i opet žmirnuo, brci mu išli zdesna nalijevo i slijeva nadesno. Srdio se, bilo mu je djevojke žao. Kola se spustiše na brod. Djevojka se prepa i uhvati rukom nehotice starca od straha.

"No Dorice, ne budi te strah! Nije ništ, nije ništ! Strmo, ali se ne boj. Ho, zelenko! Dorice -", nastavi Pavao kad je već brod krenuo Savom.

"Šta je, kume?", zapita upol glasa djevojka.

"Dorice, a šta mi plačeš? Oči su ti pune rose kao trava po Zdravomariji."

"Moram, kume. Srce mi je takvo."

"No, no srce, sirotice, znam da su te zli ljudi urazili u srce. Ali ja bi dao plemenštinu svoju da je sve to laž. Je l' da jest?".

"Bog mi je svjedok da jest."

"To sam ja odmah mislio. Ta zavist, ta prokleta zavist! Šta ćeš kad je tako. Ali bolje da ideš sa mnom. Otac ti se srdi, vrlo srdi. -"

"Oh! - ni da me je pogledao kad sam odilazila!", zaplače djevojka gorko.

"Ne plač'! Pusti, pusti. Iskadit će se to ako bog da. Ja ću mu sve dokazati, a meni vjerovati mora. Arbanas nikad ne laže. Pa ćeš onda natrag kući. Hoćeš, poštenja mi! A međutim ćeš lijepo kod mene biti, je l'? A bome ne' pure past, ne. Dakako, toga bi trebalo, ti pa pure past. Jest ćeš ih, jesti. To da -"

Međutim dođe brod na drugi kraj Save. Starac istjera konje na pruđe.

"Na, Doro, drži vodice dok nađem prevozninu." Mlada uhvati vodice, a starac izvadi kesicu da plati brodara koji se naslonio bio na kola.

"No, Šime, šta je ovuda nova?", zapita Pavao brodara.

"Mnogo zla, malo dobra", odvrati Šime hladnokrvno škiljeći na Doru.

"Dao bog da bude bolje. Nije ljetos godina, nije. Magla, kiša, zlo! Je l' tkogod pred nama prošao, Šime?"

"Ne bih znao. Ali da. Sad se sjećam. Fratar nekakov išao prosjačiti. Dva Kranjca staklara i nekoliko vojnika, ništa više. A šta u Zagrebu, kume Pavle?"

"Miješa se, miješa. Ovaj ovako, onaj onako. Čudni ljudi. Ne može se svakomu učiniti pravo. Na prevoznine pa bog, Šime!", reče starac i potjera konje.

"Zbogom pošli; sretan vam put", odvrati mu brodar i zađe u kuću - pod krov brijaču.

"Gotovi su, majstore Grga!", podviknu grbonji koji je pozorno vrebao kroz škulju.

"Dobro, dobro!", odvrati srdito Grga, "pusti me na miru, sad će tekar biti što ima biti."

"Pa dobro!" reći će Šime, "pustit ću vas na miru". I pođe u kuhinju peći ribe.

Brijač je prislonio bio lakte na koljena te je ovako skučen gledao iz škulje. Drhtao je, a oči mu igrale ko iza oblaka munja. Kola se lagano poodmicala po pruđu i pijesku. Pavao nije baš osobito tjerao konje, jer nije preša bila, a da je i bila, konji se bi-li privikli samo jednomu koraku, ni brže ni polaganije, makar si ih krstio kijačom. Sada zađoše kola na cestu. Išlo se, išlo, kako se već ide lošom cestom. Zdesna i slijeva bila šikara i grm. Jed-no pedeset koraka dalje protezala se šumica. Dođoše kola i do nje. Brijač stade življe disati.

"No hoće li?", zamrmlja srdito.

U taj par začu se zvižduk. Konji strignuli ušima, konji stali. I zamahnu starac bičem. Ali kao grom s vedra neba padoše iz šume na cestu dva crljena konjanika.

"Hvala!", skoči brijač. "Dobri su, naši su. Pa što smo sad, Dorice?"

Kao munja doleti jedan konjik ka kolima i zatjera dugački mač Arbanasovu zelenku u rebra. Konj klonu. Djevojka vrisnu i pade natrag na kola, a starac skoči da digne sjekiru. Ali straga doleti drugi vojnik, popade starca za šiju i baci ga snažnom ru-kom na zemlju.

"Djevojku uzmi!", viknu prvi konjik hrvatskim slovom, premda je odijelo španjolsko bilo.

I posegnu drugi za djevojkom. Nu gle - u taj par skoči iz šume mlad junak na konju.

"Na ti djevojke, huljo!" viknu ljutito mladić i spusti nemilo buzdovan na glavu otmičara da se je bez svijesti svalio s konja u prah. Ali uto zaleti se prvi konjik na mladca i naperi mu dugački mač na prsa. Propade mladić, dugačak mač, kratak buzdovan.

"De'te ga!", viknu iz zaklona Grga bijesan.

Tu nešta planu iz grma, puška puče i sastavi konja prvoga konjanika sa zemljom.

"Strijela božja!", zaškrinu brijač, "Šime, Šime, zlo je, vrag nam je donio mladoga Pavla pod noge, sve je propalo!".

"A da!", začudi se hladnokrvno Šime okrećući svoje ribice.

Iz grma izvuče se Miloš.

Brijač problijedi i stade drhtati kao šiba na vodi.

"Milošu", viknu Pavao, "vidi de tko su te hulje!"

Mirno pristupi haramija i odmaknu kundakom gvozdenu obrazinu omamljenu konjiku.

"Ele, svetoga mi Nikole! To vam je, gospodaru, glavom Lacko Crnčić, sluga vašega oca gospodina. Gle hulje. Zaklonio se španjolskom paradom i gvozdenom kapom da može haračiti po voljici. Ali mu je presjelo, sveca mi, jeste. Vaš ga je šestoper ljudski poljubio da će mu pamet zujiti do mrkoga groba. A tko si ti, zlosine crni?", obrati se Radak drugomu konjiku koji se je motao pod ranjenim konjem, "skini krinku da ti vidim crni obraz, lupežu jedan!"

Dršćući dignu nesretnik gvozdeni zaklon i gledao haramiju licem kao da ga je grč popao bio.

"Ivša Pervan!", nasmija se Radak, "ti li kukavice? Crn ti bio i petak i svetak. I ti si se dao na nedjelo. No čekaj, dobit ćeš ti plaću svoju, ako i nije danas subota!"

"Gospodaru, prosti", zapenta nesretnik, "šta mogu ja - ja sam kukavica - morao sam - morao!"

Pavao bio pristupio kolima. Dora srvana od teškoga straha ležaše bez svijesti blijeda - reć bi mrtva. Nadnese se mladić nad njezino lice i nijem je motrio ljepotu djevojku. "Anđele slatki!", šapnu tužnim licem, "kolika se nevolja oborila na te slabašnu djevicu! Zloba i glupost urotiše se proti tebi, čista dušo, da budeš plijenom grešne volje. A zašto, srce? Radi mene, radi ljubavi moje. Ali hvala bogu i opet te izbavih oda zla, sirotice moja, u koje te baci hudoba i kleveta ljudska. Prosti, dušo, jer trpiš radi mene, prosti, osvetit ću te, vjere mi, hoću!"

Dok je mladić zanesen gledao djevojku, ubijahu brijača pod ribarskim krovom paklene muke. Sve njegovo snovanje i kovanje uništeno. Dora spašena, za koju mišljaše da će njegova biti, bar napolak njegova. Mozak mu se vrtio kao od zamaglice, htio je ciknuti od ljutine, htio zadaviti Pavla, ali nije smio od straha.

Najednoč začu se brijegom savskim od Grgurićeva broda topot konja. Brijač okrenu glavom put one strane. Od grmlja i šume nije mogao ništa opaziti. Za šumicom jezdilo desetak carskih oklopnika. Pred njima koracao je Jerko, umoran od duga puta, od brza hoda. Bio je ča u Zagrebu da ponese pismo brata Pavla, kojim je isti pomoć tražio od kapetana Blaža Pernharta. Grgurićevim brodom prevede njemak oklopnike preko Save. Došav blizu Kraljevu brodu namignu oružnicima nek idu putem dalje, a njega nesta u šumi. Od užasa zakuca brijaču srce kadno opazi svijetle kacige konjanika koji sada izađoše na cestu. Pavao pridignu glavu, skinu sa sebe kabanicu i pokri besvjesnu siroticu.

Pred njega stane oklopnički vođa, brkata ljudesina.

"Vaše gospodstvo, čini mi se", progovori, "jest plemeniti gospodin Pavao Gregorijanec, poručnik hrvatske narodne vojske?"

"Jesam", odvrati Pavao.

"Poslao me je na službu vašoj milosti gospodin Blaž Pernhart, kapetan njegove cesarske svjetlosti - sa deset konja. Desetaš sam Đuro Mencinger i očekivam zapovijed vašega gospodstva."

"Nešto kasno dođoste, ali dobro dođoste", odvrati Pavao. "Desetašu! Evo ja, Pavao plemeniti Gregorijanec, poručnik narodne vojske, zatekao sam ova dva zlotvora kako su oruža-nom rukom i načinom razbojničkim na javnoj cesti napali na toga starca i na tu djevojku da im učine zlo na duši i tijelu. Bit će tih zlotvora više po šumi, a vi ih tražite što bolje znate, a ovu dvoji-cu, koja su očito povrijedila zemaljske zakone i kršćanski mir, predajem vam da radite što valja."

"Razumijem, vaše gospodstvo", odgovori desetaš, zatim okrenu se oklopnicima, "pet momaka naprijed u šumu, pet moma-ka mač u korice i s konja", i pokaza im prstom Crnčića i Pervana.

Brijač problijedi kao krpa, čas stisnu, čas izbulji oči da vidi što će to biti.

"Milošu!", prihvati Pavao, "odriješi đe mrtvoga konja, a s onim drugim povedi ovu djevojku u Zagreb k zlataru Krupiću. Sje'te i vi, dobri starče", doda Arbanasu, "pa vratite se u grad, recite Krupiću što tu vidjeste. Ja ću za vama."

"Hoću, hoću!", odvrati u strahu starac, "ne bih danas kući ni za zidanu kuću. Ti zlotvori, bog im prosti grijehe. No stari Krupić, taj će - ali sam si je kriv - sam."

Pet oklopnika siđe s konja. Svezaše laži-španjolce te ih povedoše dalje u šumu. Haramija, starac i djevojka krenuše na kolima put Kraljeva broda. Za njima Pavao.

"Hoho!", poviknu Šime svome gostu na tavanu, "čuste li, majstore Grga, i ovaj put išlo se po mladu, i ovaj put bilo je batina i krvavih glava, hvala bogu te mene nije bilo u toj kaši. Ivša i Lacko, zbogom! Jadnici! Bog im se smilovao duši. Ali još bi ti gvozdeni vragovi tegnuli ovamo doći. Da vas nađe mladi gospodin, ne bi vas pitao pošto kupujete konoplju. Ima te robe i mukte. Da, da, pretrpio sam i ja taj smrtni strah - ono radi popa. Bilo bi mi vas žao! Onako živ i zdrav pa huj u raj nebeski!"

"Šuti, zmijo!" zaškrinu Grga zgora bijesan, ali brzo, stade moljati: "Šime, Šime, ako boga znaš, sakrij me, jer bi me ti razbojnici i tu mogli -"

"No, no i ja sam kršćanin - kad je sila. Evo vam dimnjaka gdje se ribe suše. Zavucite se ondje kroz rupu, ni vražji sin vas neće ukebati. Malo smrada, malo dima, ali šta - kad je glava na kocki."

Laganim korakom zavuče se brijač u dimnjak. Dim mu udari u oči, u nos. Kihnu.

"Pomoz bog, majstore!", viknu Šime zdola. "Kijavica, šta li? E da! Jesen je. Nu idem, sad na će vrazi doći, pa treba zagrabiti veslom.

"Oh brodaru, oj lijenčino!", zagrmi izvana Milošev glas, "napolje, na brod ili da te vatrom istjeram iz legla kao liju iz jame!"

Brijača je srce zazeblo.

"Idem, idem, junače!", pobrza Šime iz kuće. "Ali šta Vi, kume Arbanase, natrag i djevojka? A što bi? Valjda zli puti?"

"Nevolja", odvrati starac putem na brod, "lupeži, antikrsti proboli konja, u blato me bacili, a djevojku da otmu."

"A, a!", začudi se Šime klimajući glavom, "vidiš grehote. Zli su sada ljudi, zli, opčuvaj nas nebeski dvor zla. Pa kako onda?"

"Pošteno smo ih, pošteno!", nasmija se starac i bio bi dalje brbljao da nije doletio na brod Pavao. Šime skuči se, zagrabi veslom i prebaci družbu na drugi kraj.

Čokolinu odlanu, znao je da je Radak odmakao. Izađe iz dimnjaka i strese sa sebe čađu.

"A tko, tko vražji je finu moju nit mahom prerezo, tko je odao tajnu? Oh, da ga imam!", zastenja brijač stisnuv šake, "nokte bih mu zakopao u grkljan!"

U ovaj par začu se štropot. Brijač se strese. Poviri na škulju. Kraj kolibe proletješe oklopnici, za njima se vitlao prah.

"Hvala bogu!", uzdahnu Čokolin, "sad sam siguran". I siđe s tavana. Nadođe i Šime.

"Ele, ele! Crn ste, majstore, kao da ste se s antikrstom poljubili. Bilo je natijesno. A šta se gospodin Pavle pača u te poslove?"

"Ludove!", odreza brijač, "gospodičić zablenuo se u djevojku!"

"A tako? Dakle, otac i sin? Nazdravlje."

"Sad mi je poći!", završi brijač zlovoljno. "K vragu! Praznoruk. Lijepa dočeka od gospodara Stjepka. Danas smo premašili. Ali neka, neka! Bit će druge zgode. A ti šuti za mene. Zbogom!"

"Kao mrav! Zbogom!", odzdravi brodar, "nu nećete li preko broda."

"Neću! Pusti me na miru."

Čokolin popođe od kuće. Stade. Nešto je razmišljao. Napokon krenu laganim korakom, poniknutom glavom prema sisačkoj cesti. Naiđe na mrtva konja.

"Tu je bilo", zamrmlja, "tu mi ju ugrabiše iz pandža. Evo i Crnčićeve kacige", nastavi dignuv španjolsku kacigu. "Strijela božja!", viknu ljutit i lupi kacigom o tle. Htjede natrag k brodu. Nešta mu nije dalo. Zađe dalje u šumu plah, zvjedljiv. Tu je pasao konj, Pervanov konj. - A dalje gle - Čokolin stade drhtati - eno dalje o jednom drvetu visila su dva crvena oružnika. Brijač stavi ruku pred oči. Sve tiho i mirno. Najednoč zaori grohotan smijeh. Brijaču se ježila koža, prigleda napol oka. Pod drvetom, pod obješenima ležao je omamljen od vatrene kapljice starac Mijo pa hahakao iz sna.

Čokolin nagnu bježati. Kapa mu pade s glave, ledeni znoj mu udari na čelo. Sve dublje i dublje zavuče se u šumu. Ali kao da ga pakleni dusi gone, orila se za njim gavranova pjesma "kvar! kvar!" Bježi brijač bez daha, bježi bez obzira. Udari čelom u panj, poteče mu krv, ali mari on! Bježi, bježi, jer za njim grakće gavran "kvar! kvar!" Dohvati se vrbinja. Hvala bogu, bliza je Sava. Još deset koraka i eto ti vode! Eto je! Ali gdje je brod? Daleko eno na brijegu vidi se ribarska koliba. Kuda? Uz brijeg!

"Na vješala, Grgo, na vješala!", zagrmi mu za leđima iz ši-
kare nepoznat glas. Krv udari brijaču u glavu, raskrili ruke i
pomamljen baci se - u Savu.

Iza grma proviri čovjek - Jerko.

"Plivaj, plivaj, britviću", nasmija se mladić, "sretan ti put!"

XI

Za nakovalom sjedio je u svome štacunu majstor Krupić. Lupao te lupao svojim čekićem življe no ikada, kao da kuje carevu krunu. Badava. Posao mu nije išao od ruke. Katkad bi stao, uzdahnuo, zamislio se malko, pa opet kovao dalje. Nešta mu je srce jelo. Kako i ne bi? Inače se orilo kućom veselo Dorino grlo kao ševa u prozorje. Danas? - Sve pusto, sve nijemo kao da mrtvac u kući leži. Suza skoči starcu na oko. Spusti čekić, zamisli se. Bog zna o čem misli, Ta, o čem? - o kćeri, o jedinici. Lako - lagano vinula se suza starcu niz rumeno lice, na bijelu bradu. Mislio starac, mislio, zamislio se u mladi vijek. Kako se oženio i ženu ljubio; kako mu je porodila kćerku na svijet. A on kako je ludovao, šikao i ninao čedance. Lijepo li je onda bilo. Pa poslije kako djetešce postupalo, kako progovorilo i ocu i majci veselje. I sjetio se kako mu je pogibala žena, kako ga je boljelo srce i kako je sirota umrla.

Žalosti! Ali mu ostavi baštinu milu i dragu - ostavi mu jedinicu. I kako je djevojka rasla tijelom i umom - mirisav cvijetak u očevu domu. I kako se ljudi čudili, a otac ponosio svojom dikom. I kako se starac mučio. Za koga? Ta za Doru, za opremu, dadne li bog muža vrijedna. A danas? Oh, danas! Sve je to propalo, sve se rasplinulo kao snijeg na suncu.

Umah dignu starac glavu i otre si rukavom suze.

"A šta?", zamrmlja. "Ogriješila je dušu, osramotila me pred bogom i svijetom - moju kuću - moje ime! Nevaljanka! Pa na mene posumnjali da mi nisu čisti poslovi - meni! Krupiću! Uh! Tu da bi bijes. - Prosti mi bože grijeh! A gdje im je pamet? Ja da rujem i proti gradu tajne spletke kujem, ja? - Nije li sve moje djelo očito kao na dlanu, nije li mi duša čista kao staklo? Nek dođe tko, nek dokaže da je Krupić izdajica - varalica. Grešni smo svi, od kralja do bokca - ali izdajica ja! Ta prije bih se živ -. Oh, ta zavist, ta prokleta ljudska zavist! Kad si pošten, sve to reži na tebe kao gladan vuk na ovcu. Ali ona! - Dora! Oh bože, šta sam ti skrivio. Moja dika - moja kći omrljala čisto ime! Joj, joj, kćeri, što učini od mene? Ta prije bih dao bio desnu ruku. Nu je l' to i istina, je l'? Ona čista kao rosa, pobožna kao anđeo, pa prevarila oca! Ne, ne, lažu! Znam ih u dušu, te zmije. Lažu. Ali svjedoci! Očiti svjedoci! Taj brijač, taj brijač! Ne rekoh li da će mojoj kući nesreća biti? Nu nije li pizma od njega? Odbih ga. Ali zašto se nije prala, zašto nije? A Magda, ta stara licumjerka, i ona. Joj, joj, Petre, stara glavo, radije u grob, bolje po te da ne vidiš, da ne čuješ sramote!"

Tako razmišljajući sjeđaše gospodar Krupić te ne bje ni opazio da je stupio u kuću prijatelj mu Blaž Štakor. Lagano stavi mu bravar krupnu ruku na rame.

"Brate Petre!"

"A, ti li, brate Blažu?", odvrati starac krenuv malko glavom.

"Zamišljen, turoban! Koja ti je nevolja?"

"Još me pitaš?"

"I pitam."

"Još! Otac bez djeteta. Tuga. Sramota pred svijetom na sve oči."

"Oči, oči! Bože moj! Kadšto si slijep i zdravih očiju."

"Ne tješi me! Utjeha je loš lijek ranjenu srcu. Tako je. Zastigla me ruka božja i teško me zastigla."

"Ne valja tako, brate Pero!", progovori odrješito Blaž sjednuv kraj zlatara, "ne valja. Ruka božja se veli, a kad onamo, himba je ljudska; ne sudi zvijere po dlaki. Vidiš, brate Pero, tebi je vrela krv, tebi su mutne oči. Otari ih malko. Nije mi za utjehu, meni je za istinu. Progledaj malko."

"Vidio sam sve."

"A da! Bijesa si vidio. Što si vidio? Da gamad laje po ulicama. A tko? Pijana Šafranićka, trubilo svjetsko - kramar Andrija i taj antikrst Grga? To li su tvoji svjedoci? Ne bijaše planuti navalice, ne bijaše podati se srcu. Bilo je slušati, pitati, pa onda suditi. Ali tako otjerati djevojku - jedinicu. To ne radi kršćanin, ne radi, duše mi."

"Badava. Mekan si ti."

"Mekan! Ja? Bijesa? Bravar, gvožđe pa mekan! Idi! Ne luduj! Nu de, pitaj moje šegrte, je l' ova ruka mekana. Jao i pomagaj! Ali ljubim pravdu. Hladan sam, nisam bujica. Gledam ja. -"

"Nu a što si vidio?"

"Dosta, hvala bogu. Bog te vidio, zlatar si, pa kakav. Donese ti ciganin žuto dugme pa reče: "Na, gospodaru, cekina!" Hoćeš li ti reći: "Cekin je, ciganine!"

"Neću!"

"Već šta?"

"Kušati najprije u vatri je l' zlato?"

"A, vidiš, mudri čovječe! Ljudi su što je prav i kriv novac. Kušaj ih, da kušaj ih. U vatri se kuša zlato."

"Pa kuda sve to?"

"Tuda da ispipaš, je l' sve to pravcata istina što svijet baje. Kad sam čuo šta svijet veli na Doru, zapitah tko ju tuži? Čokolin. Bijesa! Rekoh si, nije li to vražja kuhinja? Zna se da si ga odbio."

"Istina je."

"A, vidiš! To je ona kvaka. Gledam ja toga brijača duže vremena. Sumnjiv mi je. Čiji je, otkud li, bijes ga znao. Ali se zna da je zlorad, himben. Gdje ti je god pred svijetom mogao prišiti krpicu, prišio je. Danas ovo, sutra ono, pa de, pa kopaj, pa ruj i eto ti gotovoga vraga!"

"Ali reče da može priseći, da je vidio na svoje oči - ne smijem ni reći!"

"Taj - pa prisega! Vjeruje li taj čovjek u boga? Prisega! Kihni, nakašlji se, prisegni, to je njemu svejedno. Pa šta je vidio? No šta? Da je mladi Gregorijanec bio kod Dore? Nije li joj spasio život?"

"Ali bez oca."

"Bez oca, ali pred starom Magdom."

"Pred starom -"

"Ne griješi duše. Znam ju. Poštena je, pobožna je, ne trpi pred očima grijeha. Pa da gospodičić djevojku ljubi?"

"Ljubi? Šta od toga? Zar gospoda građanske djevojke ljube radi zakona."

"Nu vidiš ga! Znam da se gospoda i građani rijetko vežu štolom. Srce, brate, to ludo srce kaže nam kuc, kuc, a ti gasi ako znaš. Nesreća je istinabog, ali još nije sramota."

"A tko ti veli da je mladi Gregorijanec bolji od oca svoga?"

"Ja. Znam oca i sina. Vatra i voda. Mladić se vrgao u mater, a mati mu je dobra gospa. Ne bi on tako ogriješio duše. Vjeruj brate. Nu, a jesi l' pitao staru šta je?"

"Nisam!"

"Pitaj! Stara ne laže. Zovnut ću je. U komorici gori sjedi kao kamen. Rane joj idu na bolje. Zovni ju!"

"Neka je i to! Ali koja pomoć?"

Blaž pođe k stubama pa pozove staru.

"Tko zove?", zapita Magda pomoliv se zavezane glave na gornjim stubama.

"Kum. Siđite, Magdo, gospodar rad je s vama govoriti!", odvrati Blaž.

"Evo me, evo!", progovori stara i spusti se korak po korak niz stube u štacun. "Šta je, kume?"

"Magdo!", prihvati Krupić pridušenim glasom, "stara si, do groba stojiš, govori mi sada istinu!"

"To bog zna da govorim uvijek istinu", odvrati stara, "pitajte."

"Magdo, je li kada mladi gospodin Gregorijanec bio ovdje, a da mene nije bilo?"

"Jest."

"Više puta?"

"Dva puta."

"Kada?"

"Prvi put kad je došao iz vojne. Tražio je vas, pitao i za djevojčino zdravlje, pripovijedao o bitki kod Hrastovice."

"A drugi put?"

"Drugi put podvečer kad ste ono bili na vijećnici radi dogovora proti staromu Gregorijancu."

"A ti si pritom bila?"

"Jesam."

"A je l' šta govorio?"

"Jest, da mu je srcu mila i draga."

"A ona?"

"Ona mu reče milo za drago."

"A šta dalje?"

"Šta dalje? Ne razumijem vas, kume", odvrati stara.

"Da ne razumiješ? Ne muči me! Govori! Ta i ti si imala muža!", zapita kroz vrućicu Krupić.

"Kume! Ne slušao bog toga vašega grijeha! Dakle to je, to? Nije li vas stid i sramota takva šta vjerovati, nekmoli govoriti? Da je Dora s mužem griješila, a ja da sam pomagala! Gdje vam je srce, gdje duša, kume? Dora, ta bijela ružica, ta golubica, koja ima srce da bi se njom i anđeli božji dičili, kojoj Zagreb para nema kako je čista i krotka, kojoj sam ja kuma! A ja, njena kuma pred bogom, njena druga majka, da sam ju vodila na grijeh. A mislite li vi, kume Petre, da bi stara Magda koja mora za svoje kumče odgovarati pred bogom, koja nema nego koraknuti u grob, da bi Magda pod stare dane vrgla božji zakon pod noge i otrovala mlado srce? Lijepo su vas ti vaši tumači naputili! Šta tumači? Sam nečisti duh - ne budi mi grijeh - prišapnuo vam je u snu tu paklenu bajku, a vi vjerujete na prostu riječ! Oj kume Petre, ne bilo vam na duši, zlo ste učinili i naopako. Doru ste otjerali kao kakvu grešnicu od očinskoga dvora, a meni staroj zaboli ste otrovan nož u srce. Mislite li da je to šala?", zaplače Magda, "to će biti moja smrt. Lijepo, lijepo! To mi je hvala da sam pazila djevojku, pazila kao oko u glavi! Pa zašto? Da se dvoje ljubi. Šta ćete? Mladi su. Uteklo im srce, prevariše ih oči. A pritom se ne pita kume moj, čiji si rod, čija li krv. Bog je dao, tako je bilo. Ali nek mi dođe tko, nek mi kaže da je od te ljubavi na Dorinoj duši ostao griješak kao makovo zrnce, ja ću mu kazati da laže, da je gori od Turčina. Bog mi je svjedok, kume Petre, Dora je čista kao što staklo! Nu znam čija je to kuhinja, znam. To je opet ta nesreća, taj Čokolin. Ali neka, neka! Znam ja šta ću. Dora je otišla. Mišljah da će mi ona sklopiti oči pod ovim krovom gdje sam toliko radosti i žalosti proživjela. Bog nije tako htio, dika bogu; pokoriti se treba. Moji računi su gotovi, kume Petre. Još danas dopustite da prespavam pod vašim krovom. Sutra idem. Skupila sam svoje siromaštvo, sutra idem iz kuće. A vam dao bog i sreću i zdravlje." Suze nisu dale starici dalje; okrenula se, pa da se vrati u svoju komoricu.

"Vidiš, brate Petre", prihvati Blaž upol glasa, "ne valja samo pitati uho, već i pamet. Nu reci staroj štogod, ona ti govori cijelu istinu, glavu ti zato!"

"Magdo!", progovori starac Petar nešto omekšan.

"Šta je, kume?", okrenu se Magda.

U taj par začu se štropot pred kućom kao od kola. Blaž pohiti k vratima!

"Šta je to?", zaviknu bravar.

Svi se prenuše.

Za čas stupi u štacun mladi junak - Pavao Gregorijanec, za njim nosaše gorostas Miloš besvjesnu Doru, a najzad dovuče se stari Arbanas.

Krupić se kamenio, Magda stala silno drhtati.

"Gospodin - Gregorijanec - Dora - za rane božje, šta je to?", zapenta u strahu i čudu Krupić.

"Ha, ha, ha!", nasmija se starica kroz suze i baci se na djevojku. "Dorice, moja Dorice! Tu si, tu si mi opet. Ali nećeš ti više od kuće, nećeš, ni ja neću, čuste li, kume, ni ja. Nek mi tko dođe! Kuhačom ću ga. Hvala i đika nebeskomu dvoru, sad je sve dobro. Dorice, moja Dorice! Ali šta joj je, bože? Blijeda, bolesna? Ho'te amo, dobri čovječe, tamo ju položite na stolac, tako!" - uhvati Miloša za rukav i povuče ga stolcu. Gorostas posluhnu staricu i stavi blijedu djevu na stolac.

"Ali šta je sve to?", zapita Petar zapanjen.

"Šta? Šta?", probrblja starkan Arbanas, "vrag i tri! Lijepe kaše! Hvala, kume Petre, za ovu kvrgu na mojoj glavi; vi ste krivi, vi. Ne bi ja više s vašom Dorom. Sami ju čuvajte. Duša mi je bila na jeziku, a nju malda ne odvukoše. Lijepa šala, budi vam potuženo!"

"Stan'te, kume Pavle", progovori mladi Gregorijanec stupiv korak naprijed, "da i ja dvije-tri li reknem. Gospodaru Petre, evo vam drugi put donosim u kuću vašu kćerku. Po drugi put je izbavih, ali ovaj put iz gore pogibelji. Ovaj put htjeli su mladici oštediti i dušu i tijelo. Na javnoj cesti htjedoše ju oteti."

"A tko?", zapita Krupić.

"Ljudi mojega oca, a za moga oca", prišapnu Gregorijanec zlataru upol glasa.

"Iznesosmo ju", nastavi glasno, "ja i moji prijatelji iz ljutih pandža, i otmičari platiše grijeh svoj glavom. Nu govorim čisto; sve znadem. Znadem zašto protjeraste jedinicu iz kuće. Radi mene. Griješili ste. Zli ljudi vas zlo uputili, zaslijepili. Istina, ja ljubim vašu kćer, zašto da tajim? Ne uvukoh se u vašu kuću krišom kao tat. Čudan me slučaj skobi s Dorom ono na Kaptolu. Nehotice je zagrlih, a kud ruke tu i srce. Ljubim je, da, ali kao što oko ljubi zlatnu zvijezdu koja mu se milo smiješi s neba. Vojnik sam i plemić, pošten sam čovjek i evo", nastavi mladić položiv desnicu na Dorinu glavu, "evo kunem vam se milom ovom glavom, srcem moje majke i svetom Trojicom da nisam omrljao duše ni dirnuo u čast vašega imena. Bog mi je svjedok, čista je ova djevojka od mene kao što božje sunce, i pozvat ću sve i svakoga na račun, koji i posmijehom posumnja o tom što vam rekoh, i ubit ću svakoga bio plemić bio građanin koji zlobnim jezikom smije dirnuti u ovu časnu djevicu. Pogriješio sam i ja proti redu. Dođoh u kuću kad vas nije bilo. Oprostite mi jade. Srce me obujmilo. Razjadih vas možebit prizorom svojim, jer vas je moj otac razjadio pravdom. Nu očevi su poslovi očev račun, a moj je drugi. Oprostite, neću više griješiti. Dajte da se kadšto nagledam toga miloga lica, ali ne krišom, već pred vašima očima, da ne bude mane i primisalja. Dozvolite mi to, i stanem li jednom na vlastite noge, neka posvjedoči i bog i božji sluga da ja mladić i velikaš ne tražim bolje sreće od Dore, makar se digao i cijeli svijet."

U čudu je zlatar slušao mladoga velikaša.

"Gospodičiću", reče napokon, "ja na sve ne mogu da vam odgovorim nadušak. Nu vidim da je u vas vjera, i primam tu vjeru. Izbaviste mi dva puta jedinicu, izbaviste mene iz bludnje u koju me vrgoše zli jezici i gori ljudi. Žao mi je od srca te uvrijedih u srce svoju miljenicu. Hvala vam, gospodičiću, jer vam dugujem dva života i moje poštenje. I zato vam budi moj siromašni krov što je i vaša kuća. Dođite po volji, glednite djevojku, ali - tek preda mnom, jer ako vi, gospodo, s roju lozu čuvate kao rijedak cvijet, i mi ljudi građanski ne dajemo da nam se u zdravo stablo zavuče crv."

Dok je starac ote riječi govorio, pootvarala djevojka oči i provuče ruku čelom kao iza sna. Nu kad je vidjela da je opet u očinskoj kući, kad je slušala blage očeve riječi, dignu se djevojka, skoči, padne pred oca.

"Oče moj! Oče moj! Oh opet sam tvoja, opet mariš za Doru. Oh bit ću ti dobra, bit ću ti krotka! Primi me na srce svoje jer u tebe mi je dobro i -", stidnim okom svrnu na Pavla i na licima joj procvatoše ružice, kanda joj srce javiti želi da uz oca i drugo slatko ime u njem počiva.

Živo zagrlio starac kćerku i privinuo k starim prsima lijepu joj glavicu, a na sjajnu kosu kanule vrele starčeve suze.

"Nećeš dijete od mene, nećeš. Ta što bih ja starac bez tebe!"

"Ta kud će suza neg na oko!", nasmija se bravar.

"Kume Arbanase!", začevrlja Magda, "zar zbilja španjolski lupeži - našu siroticu? Opčuvaj nas nebeski dvor! Moju Doricu - antikrsti! Ali šta i brbljam. Valjda je gladna. Brž' da joj štogod skuham, i za vas."

"Dobro, dobro", odvrati Arbanas, "sad je opet sve po starom, hvala bogu za moju kvrgu na glavi, jer da nje ne bude, ne bi ni Dore bilo u kući."

Gospodičić Pavao oprosti se od zlatara.

"Zbogom, gospodine Pavle!", reče mu Dora na polasku - tri riječi, ali u njima cijela duša.

Već je zanoćilo bilo. Sve je mirovalo, sve počivalo oko Medvedgrada i u njem. Samo iz jednoga prozora treptjela luč. Bijaše to ložnica gospodara Stjepka. Tu je on spavao samcat. Negda je tu noćevala i gospa Marta, ali sada je bolovala, sada je bila pobožna, sada joj bijaše ložnica na drugom kraju trijema. Stjepko nije trpio ženskih mušica ni popovskih litanija. Gospodareva ložnica ne bijaše prostrana, ali visoka. Zidovi bili pokriti tapetama od mrke kože, a po njima si vido utiskane pozlaćene urese u prilici zvjerskih glava. U kutu stajala je široka jaka postelja od hrastova drva, kojoj su bili krajevi umjetno izrezani. Na zidu vrh postelje bila razapeta široka medvjeđa koža, a na njoj visila je pozlaćena kaciga, turski obli štitovi, sablje krivošije i široki mačevi, srebrom okovane puške, lovački rogovi, bradatice, buzdovani i više takve sprave. Naproti prozoru plamtjela je vatra u kaminu od crna mramora. Rumeni plamen treptio je na svijetlom oružju čudnovato, te je razlijevao svoje nestalno svjetlilo i na postelju gospodara. Napolak odjeven ležaše Stjepko na njoj.

Desnim laktom podupirao je glavu i nepomično očima buljio u vatru, kanda u njoj vidi odsjev svoje duše. Tijelo mu je počivalo, ali duša mu je gorjela. Sanka ni za tren. Katkad bi samo dignuo glavu iznenada te glednuo prema vratima kao da nekoga očekiva, pa onda opet buljio u plamen. Na licu mu drhtale mišice. Šta mu je bilo, o čemu li je razmi-šljao? Možeš li javiti jednom riječju stotinu misli i osjećaja koja je kipjela u toj silovitoj slavičnoj duši. Nemir u zemlji, zlovolja u obitelji, nada za čašću, pohota za mladom djevojkom, osveta proti Zagrepčanima - sve, sve se to prometalo u njegovoj duši kao kad se poljem sastanu siloviti vjetrovi vitlajući se u bijesnome kolu. Pamet šuti, krv bjesni. A kroz prozor virila je tamna noć kao crna neman, rugajući se nemiru gospodara Stjepka.

"Do bijesa!", zamrmlja ljutit, "vrijeme ide lagano kao kljasta baka, a njega još nema. Da bar znam da l' mu djelo uspjelo, da l' je djevojka moja, jer je lijepa ta zlatarska cura. Sve je u meni igralo kad ju zapazih u Zagrebu po naputku Čokolinovu. Da, moja mora biti, ma stajalo deset kmetova. Nije Pavao lud. Ali nisu te trešnje za njega, jer bi moglo biti više od šale, kako je prevrtljiv. Ha! Čuj! Eto Grge!", viknu Stjepko skočiv kanda ga je munja dirnula.

Tri puta ozva se mukli rog vratara u znak da se netko primiče gradu. Stjepko kanda je snova oživio. Krv mu je igrala licem, a oči sijevale kao munje. I stade slušati sjedeći na postelji. Čuj! sad se spušta most, sad ide netko na konju preko njega. Sad se mast opet diže. Da, ne ima sumnje, Ivša ili Lacko nosi mu glas da je sve sretno prošlo. Sad će mu javiti, jer gospodar zapovjedi, tko god dođe neka namah zađe u ložnicu.

Po trijemu zazveknuše ostruge. Ha, to je koji glasnik. Zaškrinuše vrata, razmaknu se zavjesa na vratima.

"Kazuj, šta je?", skoči Stjepko strastveno prema vratima, ali razmaknu se zavjesa i pred gospodarom pojavi se sin mu Pavao.

Stjepko zadrhta i zapanji se.

"Ja sam, oče gospodine! Dobra vam večer!", pozdravi sin mirno oca.

"Ti?"

"Ja glavom."

"A šta tebe amo nosi? Što je u Samoboru? Računi? Gospa Klara?"

"Računi sa gospom Klarom su gotovi", odvrati požešće Pavao. "Svakako su po mene bolje izišli nego po gospoju Klaru."

"Mladče, kako to misliš?"

"Ja mislim, oče gospodine, da sam muž, da sam plemić, a Klara je - stid me je obilježiti je pravim imenom."

"Momče! Jesi l' pobjesnio?"

"Nisam, milosti vaša! Poslaste me da pravim račun. Htjedoše mi račune pomutiti, zlatna zmija vinula mi se oko srca, a ja je uhvatih snažnom desnicom te ju bacih od sebe, sad je račun čist."

"Zlosretni jeziče, ti da si plemenitu gospoju. -"

"Oprosti mi, vaša milosti. Iz pisma, štono pisaste o meni gospi Klari, razumjeh da je vaša milost vrlo cijeni. Nu valjda su oči prevarile moga oca gospodina. Što je njemačkim plaćenicama ručkom, ne može hrvatskom velikašu večerom biti."

"Grom i pako!", lupnu Stjepko ljutito nogom, "momče, iščupat ću ti gujski jezik."

"Ne srdite se, oče gospodine. Oprostite. Poštenje mi reče kako valja. Ali hvala bogu da za vremena ostavih gospu Klaru, jer sam zapriječio veliko zlo i obranio naše ime."

"Naše me? Ti, kako?"

U taj par kanda se je maknula zavjesa na vratima.

"Da, oče gospodine. Na javnom putu, upol bijela dana navališe vaši ljudi na djevojku da je razbojničkom rukom otmu."

Stjepko problijedi od ljutine i ošinu okom sina kao zmija plijen svoj.

"Moji ljudi - djevojku? - a šta?", istisnu bijesan.

"Ivša i Lacko - navališe na Krupićevu Doru."

"A ti - ti - si?"

"Ja izbavih djevojku, a otmičare dadoh po zakonu kraljevine objesiti."

"O!", zaruknu Stjepko i skoči dignuv šake prema sinu.

"Oče!", odvrati Pavao od srca, "oče! Zaklinjem te bogom, stani! Morao sam, morao jer da me nije gonila ljubav svemogu-

130

ćom silom, ponuka me čast naše kuće koju bi ljudi bili vrgli u blato, jer svijet bi bio rekao djevojku ote -"

"Izrode", zaškrinu Stjepko mahnit. Skoči k postelji, trgnu pušku - puška planu - puče -

"Isukrste!", vrisnu žensko grlo, zavjesa se razmaknu i u sobu navali na smrt blijeda žena raspuštene vrankose u noćnoj bijeloj haljini; oči joj gorjele od straha, usne drhtale, i raskriliv nemoćne ruke poleti prema Pavlu te viknu: "Sinko! Sinko! Gdje si, jao, gdje si?"

I spazi iza dima sina gdje stoji kraj mramornoga kamina. Bijaše blijed, a sa čela mu kapala rumena krv. I baci se majka na sina kao bez svijesti grleći ga ljubavnom bjesnoćom.

"Tu sam, majko, majko mila", prodahnu Pavao i ovinu strastveno ruke oko majčine šije.

"Krv! Bože! Reci gdje ti je zlo? Pomozi, bogorodice sveta!", zajeca nemoćna žena.

"Umiri se, slatka majko! Nije ništa. Zrno je razbilo mramor, a trunak mi obrani čelo", odvrati Pavao.

"A šta je tebe donijelo, Marto? Ostavi me!", zapovjedi Stjepko koji je dosad mrka lica bez sebe stajao.

Lagano krenu Marta glavom, suzne joj oči zasinuše munjom, a na licu pojavi se zlokobna rumen.

"Šta me je donijelo, gospodine Stjepane? Gledajte, ovo je moj sin. Gledajte mu junačko čelo, krv mu ga oblila. Zar ga dostignu turska sablja? Ne, nije kleti neprijatelj bio, otac, vlastiti otac dignu ubojitu ruku na svoj porod da ga satare bijesan. Šta me je donijelo? I vučica brani svoje mlade, a ja slaba ženska doletjeh da se privinem k prsima svoga sinka, da mu budem štit proti bludnoj bjesnoći oca. Da, da, ubiti ga htjedoste, ubiti. A zašto, gospodine moj? Jer je zapriječio da mu otac ne pogazi vjere majci -"

"Marto! -", ruknu Stjepko.

"Da, da, sve sam ja čula za vratima, sve. Jer je zapriječio da ne bude nevina djevojka žrtvom vaše grešne požude, jer nije dao da bude Gregorijančevo ime žigosano s razbojstva -"

"Marto šuti, jer bog -"

131

"Ne! Ja neću šutjeti", dignu Marta ponosito glavu. "Dosta sam šutjela, dosta trpjela patnja. Dan za danom bijaše mi vijek za vijekom paklene muke. Čemerna bol mi je harala dušu, satirala tijelo, a moje srce bijaše leglo otrovnih zmija. O koliko noći nisam probdijevala klečeći pred raspetim bogom, koliko krvavih suza nije orosilo moje uzglavlje! Molila sam danju, molila noću za svoju milu djecu, za svoga nevjernoga muža. Ali moja molba kao da je pala na neplodan kamen. A sad gdje mi se u srce zajeo ubojiti crv, gdje mi se duša kida od tijela, gdje preda mnom zijeva crni grob, sad, o bože, vlastiti otac sprema sinu smrt, jer nije dao da okalja grijehom ložnicu majke. Oh Stjepane - Stjepane - grešniče - ruka božja -"

"Ženo - ženo - zadavih te", skoči Stjepko mahnit k Marti i uhvativ ju za prsa podrma ju silno.

"Natrag! Oče! Ubit ćeš majku!", zagrmi Pavao i istrgnu jadnicu iz ruku bijesnika.

"Sine - sine -", uzdahnu Marta, raskrili ruke, stade glavinjati, na usta joj skoči silna krv i pade bez duše.

Zanijemiše otac i sin. Ali začas kleknu Pavao i baci se na mrtvu bijednicu.

"Majko, majko moja! Zašto ostavi sina?", i plakao, plakao kao žena.

Napokon usta. Uze mrtvu majku u naručaje te se okrenu ocu.

"Oče gospodine!", prihvati ozbiljno: "Dva su mi dosad življela srca u tom gradu, otac i majka. A sada žive samo očeva mržnja i majčina tužna uspomena. Poći mi je zavijeke, oče! Zbogom!"

"Idi!", odgovori mrko Stjepko.

I ponese Pavao mile ostanke, da u tom gradu probdije zadnju noć kraj mrtve majke.

A Stjepko? Vatra dogorijevala, i on je stajao, nijem buljio u vatru. U jedan mah skoči kao da ga je guja ujela, i baciv se na postelju viknu: "Proklet ja!"

XII

Osvanu Hrvatskoj godina 1577. A kakva? Tužna i crna. Jedna kaplja u rijeci junačke krvi koja je tekla bez kraja, bez nade po zemlji Hrvatskoj. Lako je trpjeti muke kad se možeš nadati da će i tomu kraj biti, lako podnositi buru kad znaš da ćeš dočekati sunce. Ali bez prestanka kukati, bez nade gledati ono mutno nebo, teško je i preteško. Iz sto i sto ljutih rana tekla junačka krv, sto i sto vrijednih glava pade u grob; zdvojne ruke radilice ostavile plug da dignu tvrđave proti turskom bijesu. Polje pusto, sela u plamenu, dvorovi plijenom zvjerskoga porijekla. Ali svejednako daj krvi, da se opireš vragu, daj hljeba da nahraniš gladnu vojsku, daj dinara da platiš tuđe pomoćnike nepomoćnike, daj, daj, daj! Strašno! Užasno! Ta mala zemlja, ta šaka ljudi izmučenih, istrošenih stajaše kao gvozden zid na pragu kršćanskoga svijeta proti nečovjeku, kao David proti Golijatu. Oj, koliko propade vrlih srdaca, ta sustale bi slaveći ih i gusle javorove. A kako? A zašto? Znaš li sveti onaj plamen koji bukti u srcu poštenjaka, znaš li što ti je kolijevka, što otac, što majka, što grobovi djedova, što djeca, što rodna ti pjesma? To ti je ono što dijete tvori divom, to je ljubav domovine. Siloviti bijahu, surovi bijahu ti gvozdeni ljudi prošlih vjekova, ali kad navijesti glasna trublja: "Eto vraga na nas!", sve skoči pod jedan stijeg i udri u ime boga za rod, za dom. Još ne bile zacijelile rane od Hrastovice, po Ugarskoj harao Turčin, već pade Zrinj, Kladuš i druge tvrđe hrvatske, već i Koprivnici, tvrdoj klisuri, prijetila pogibelj, a car Rudolf u Pragu brojio zvijezde, i mudri njemački sabor cincario bi l' pomogao katolika cara ne bi l', a Hrvatska ogrezla u krvi. Pomozi care, pomozite kršćani! I bude pomoći! Ali kakve? Dva careva strica Ernesto i Karlo. Prvi da vlada Ugarskom, drugi da zapovijeda Hrvatskom. Odavna plele se spletke oko Hrvatske, kotar za kotarom otkidao se od banske vlasti, kraj za krajem dođe pod zapovijed njemačkih generala. A ban? Ban je morao slušati nadvojvodu Karla, a bansko žezlo bila šiba u slabašnoj ruci iznemogla starca. A hrvatski sabor? Hrvatski sabor bude pozvan u Zagreb da dade vojnika, novaca, pa mirna krajina. Strah popade hrvatsko plemstvo. Kamo takvim putem? Gdje je pravo, gdje li stare sloboštine? Zašto tuđi vojvode? Zašto hrvatski novac? Da budemo samo što je Štajerska? Bez prava, bez glasa, po zapovijedi samo? Da. To se je i htjelo. Čelo Hrvatske stajaše Đuro Drašković, hrvatski ban i biskup, a uz njega banovaše mačem gospodin Gašpar Alapić. Slavan bijaše Drašković po svem kršćanskom svijetu, otkad mu glasovito slovo odoljelo svojom rječitosti otaca crkvenih u tridentinskom zboru; učen bijaše Drašković, ta nisu li tomu svjedočice mudre njegove knjige; ali Drašković bijaše većma dvoranik negoli hrvatski ban, i slavičnost njegova potjera ga u kolo dvaju mogućnika koji su snovali o tome - da Hrvatska stara kraljevina bude vojnička naseobina, pokrajina njemačka. Zato i nadvojvoda Karlo nije imao boljega pomoćnika od bana hrvatskoga. Nije Drašković radio svijetu na oči. Bijaše fin, lukav. U mutnoj vodi razapinjao on svoju mrežu da zamami ovoga velikaša, onoga crkovnjaka, ovoga vojnika, onoga građanina, jer je Drašković poznavao svih u dušu. A Gašo Alapić? Bio je vojnik poštena srca, zdrava uma - vrla duša u nakaznom tijelu. Šta mudrija? Šta hitrina? Sablja i sablja bijaše mu prva, bijaše mu zadnja riječ. I on je kao kroz mrak slutio na što se ide, ali "ne pačam!", reče, "neka se gospoda operu pred bogom!" Radio Drašković, radio, pišući, nalažući, ispitkujući, tješeći, obećavajući, kanda neće prije leći u grob dok bude i jedna turska glava među Savom i Dravom. Ali u jedan mah kao grom iz vedra neba puče glas po kraljevini: knez Đuro Drašković da već nije hrvatski ban, da već nije zagrebački biskup, knez Đuro Drašković da je nadbiskup kaločki, da je kraljevski kancelar! A zašto? pitaše se uzbunjeno plemstvo. Ne treba l' kraljevini zakonite glave sad gdje odasvud pritišće bijeda? A zašto se odreče Drašković banije? A tko će nam banom biti? Nitko. Ta nije li prejasni nadvojvoda Karlo gubernator cijele kraljevine! Ne morade li se mudri biskup njemu ukloniti da mu ruke budu slobodne. I čemu sabor? Čemu sto glava, sto volja? Po jednoj volji, po jednoj zapovijedi radi se lakše.

Uzbuni se zemlja. I toga je jošte trebalo! Kraj tolike nevolje metež u kući, stado bez glave. To neće, to ne smije biti! Bilo je dašto udvorica i ljudi Draškovićevih koji su svuda pred narodom izvraćali sve na lijepo i dobro, koji su glatkim jezikom bijelili što je crno bilo. Ali badava je to fino zboriti kad se ide do duše. Dobro se znalo šta je. Hrvati ako i nisu bili cifraši, bili su ljudi zdrave pameti, i ma im i podban gospodin Lacko Bukovački iskitio sve kako je najbolje znao, odgovorili bi mu oni: "A ja! Nećemo tako. Znamo što se iza brda valja!" I bilo zbora po dvorovima, pa premda je snijeg bio visok i putevi loši, vozikala se gospoda jedan do drugoga, vjerila se i zavjerila, snubila i zaklinjala da se ide složno po starom pravu.

Gašu Alapića nađe glas o Draškovićevoj ostavci u Vukovini, za objedom. "Ha, ha!, zar tako domine collega!", nasmija se grbuljak otrijev ubrusom masne brkove, "bene. To bi značilo, idi i ti s milim bogom, kume Gašo! Ostavi se svoje polubanije da ne budeš prejasnomu nadvojvodi Karlu na putu. Ići ću, ići. Ali prije da mrva pobanujem. Da, pokazat ću taj gospodi da sam jošte hrvatski ban, sablje mi, hoću. Pa da vidimo!"

I napisa Gašo pismo Ivanu Petričeviću, prabilježniku kraljevine, neka se sazovu gospoda stališi i redovi kraljevine u Zagreb u državni zbor na nedjelju Cantate godišta 1577. da vijećaju o prevažnim poslovima domovine.

Bila je nedjelja Cantate; bilo prije podne po pjevanoj misi. U dvorani biskupskoga grada zagrebačkoga šetao omalen čovjek crne brade u svilenoj biskupskoj halji i pod crvenom kapicom - Đuro Drašković. Ruke držao u džepovima i nemirno se njihao. Na čelu vidjela mu se zlovolja. Do prozora stajaše pristar, okrupan čovjek u dolami od modre kadife sa velikim srebrnim dugmetima - podban Bukovački.

"Nu, a kako stoje poslovi spectabilis?", zapita nadbiskup. "Ja ne znam ništa. Već dva dana sjedim u Zagrebu, ali nikoga nema k meni. Hrvatska gospoda valjda su zaboravila što je knez Đuro Drašković. Nu, gospodine podbane, jeste li bili dobar apostol, jeste li nalovili riba?"

"Presvjetlosti vaša?", odvrati kiselim licem podban, "ja na moju radio sam dan i noć, da, upotrijebio sam i svoju podbansku čast da pribavim našoj stvari što više glasova među plemstvom, ali badava!"

"Dakle zlo, pa kako to?"

"Ne znam, ali sve je to kao kamen, a kad im čovjek samo malko opipa bilo, odmah viču: "A ha, i taj hoće da bude Nijemac!"

"Lude. Ne znaju što državi treba da bude jaka. Zar ćemo mi sami odrvati sotonu? Nije li bilo dosta krvavih glava? Lude!"

"Argumenta slabo tu pomažu, presvjetlosti vaša", odvrati podban. "Nešta im zaokupilo glavu od onoga dana kad je vaša presvjetlost položila bansku čast. Sabor neka govori, viču, sabor."

"Sabor! Oh, toga ja gospodinu vukovinskomu za života zaboraviti neću", dignu biskup ljutito šaku, "da je na prijevaru sazvao stališe i redove. Može l' se reći ne, kad je jošte takav zakon. Za buduće bit će i zato lijeka, ali sad? Jeste li bar predo-bili seljačko plemstvo?"

"To baš najmanje. Nešta turopoljskih plemića, jer su neprijatelji Gregorijancu, ali i toga malo. Ali drugo kao da je pobjesnilo. Stranom ih je zaokupio gospodin Alapić, stranom plemiće iz Moravča gospodin Bornemissa."

"I taj?"

"Da i taj. Plemići viču na njemačku vojsku koja ih plijeni."

"I toga je trebalo. K bijesu! Da tu njemačka gospoda ne znaju svoje čete na uzdi držati. To im rekoh u brk pred samom kraljevom svjetlosti."

"Nada sve bijesan pako je Gregorijanec medvedgradski. Otkad je dobio pravdu protiv Zagrepčanima ruje i kuje proti vašoj presvjetlosti."

"Znam; nu", nastavi nadbiskup staviv se pred podbana i uhvativ ga za jedno srebrno dugme, "poznajete li vi Stjepka u dušu? Da njega imamo, imali bi većinu za nas."

"Mislim da ga dobro poznajem."

"Bi l' ga čovjek čime predobiti mogao?"

"Mislim da ne bi."

"A ja mislim da. Nije li lakom, slavohlepan? Ali pustimo to. Mislit ću o tom sam. Možda ipak -"

"Ali ima samo dvije ure do sabora, presvjetlosti!"

"Tomu treba samo dvije riječi!"

"Ne mislim. Tvrd je kao gvožđe."

"Pustite to. Znam da vi niste prijatelji, jer ste njegova oca istisnuli iz podbanije. A sada molim vas, poglaviti gospodine, pozovite mi gospodu carske komisare Teuffenbacha i Halleka. Na drugom su kraju grada."

Za malo časa vrati se podban sa poznatim Servacijem Teuffenbachom i Vidom Hallekom, generalom Slovinske krajine, visokim, mrkim, u gvožđe odjevenim čovjekom.

"Sjedite, sjajna gospodo generali", prihvati crkovnjak, našto oba sjedoše. "Malo prije razumjeh iz riječi poglavitoga gospodina podbana da naši poslovi dobro ne stoje. Sabor bit će proti nama. Gospoda hrvatska i slovinska ne mare za carsku milost, već rogobore o svojim pravicama."

"Pa im treba pokazati to", udari Teuffenbach na svoj mač.

"Nije to pravi put", odvrati lukavi crkovnjak, "gospodin general imade preživahnu krv. Što se tlači jače, to više skače, stara je riječ. Valja nam čekati. Da im kažemo pošto smo došli; da bude sva Hrvatska generalat rimskoga carstva, skočili bi svi na noge i sve bi propalo. Treba nam i novaca za Koprivnicu, tražimo međutim to. Toga nam ne mogu zanijekati. Alapić neka jedno vrijeme na izliku banuje, pa ćemo se i njega riješiti, ta i onako je samo suban i nije položio zakletve pred saborom."

"A prejasnomu nadvojvodi bit će to podugačak put", primijeti Hallek.

"Za to se ne brinite; ja ću za to odgovarati", odvrati nadbiskup, "lagano, sigurno, budi nam zakon."

"Lagano, sigurno!", opetova podban.

"A šta imamo od toga šaranja, presvjetlosti vaša!", stade se opirati Teuffenbach. "Ja bih taj posao brže svršio. Dajte mi dvije-tri čete, pa ja kriv ako sve te buntovnike ne ukrotim za mjesec dana."

"Varate se, generale!", dignu Drašković ponosito glavu, "varate. Znam ja kakva je to krv. I ja sam iz te krvi nikao. Ako je i naše plemstvo vrele krvi, nisu to kukavice, generale moj. Znadu oni što je sablja i puška. Time ih nećete ukrotiti. Tako biste sve pokvarili. Namjerila bi se sablja na brus. A naš je svijet promjenljiv. Čas plane, pa onda opet drijema. Pustimo da plane pa, kad bude drijemao, saletimo ga. Zasada samo novaca."

"Pokoravam se mudrosti vaše presvjetlosti", odvrati Teuffenbach, "jer vidim i sam da inače račun ne valja. Nek ostane Alapić što jeste, tj. ban ili bolje reći ništa. Rasprši li se sabor, budu li ta rogoborna gospoda opet rastrešena po svojim drvenim dvorovima, znat će im i prejasni nadvojvoda pokazati tko je goso, čija li se sluša zapovijed, pa makar došlo devet banova. Jer da se jednom red uvesti mora u taj babilonski metež, da se te stare zloporabe, koje oni svojom slobodom nazivaju, do kraja iščupati moraju, to razumije svaki kršćanski čovjek. Jedna glava, jedna misao, jedna volja, a drugi neka slušaju. Znam da nas poprijeko gledaju, jer ne govorimo njihovim jezikom, jer ne nosimo njihova odijela. Ali da su ta gospoda pametna, hvalila bi bogu što smo amo došli da očistimo i uljudimo tu kukavnu zemlju koja bi bez nas odavna bila plijenom turskoga cara."

"Oj, polagano, gospodine generale!", odvrati uvrijeđen Drašković. "Red velite. Lijepo! I ja sam za red i ja idem po želji prejasnoga nadvojvode i svagdje je podupirem ne manje nego vi, gospodo. Ali da se od vas imamo naučiti redu, čini mi se vrlo čudno. Ne budi vam žao, ali reći ću vam istinu. U zemlji najviše nereda pravite vi, nakani prejasnoga vojvode gradite vi najveće zapreke."

"Zar mi?", skoči Hallek.

"Da", odvrati Drašković, "jer vaši ljudi ne imaju uzde; plijene, pale kao Turci, i gore nego Turci, a mjesto prijatelja vide u vas neprijatelja."

"Presvjetlosti! -", dignu se Teuffenbach, "gdje? kada?"

"Ta evo upravo sada doznah da su vaši vojnici u Moravču oplijenili i zlostavili plemiće."

"Živa istina", doda podban.

"To je kleveta!", provali Teuffenbach.

U taj par otvoriše se vrata. U sobu stupi Ringsmaul.

"Gospodo sjajna", progovori, "gospodin Gašpar Alapić odreče se evo pred saborom banske časti."

"Grom - prosti mi grijehe, o bože!", lupnu nogom Drašković, "gospodo povjerenici, hajdmo u sabor!"

XIII

Na nedjelju Cantate, to jest na osmi dan mjeseca svibnja 1577. sve je mravom vrvjelo u tihom, inače plemenitom, varošu na "grčkih goricah". I samo proljetno sunce smiješilo se gledajući koliko junačkih, mudrih i plemenitih glava grne što na konju, što pješke, sve pod pernim kalpacima sve sa vjernom sabljom na stari Grič. Bilo je topota, čevrljanja, zveketa, pozdrava i psovaka do mile volje. Tu bi u srebro okovani velikaš zaustavio konja te nagnuo se da pruži debeljaku kanoniku prijateljsku ruku, tu bi brkat konjik od družine kojega kneza opsovao zagrebačku gospodu, jer mu je konjić već tri puta kleknuo bio na šiljastom kamenu zagrebačkih ulica. Ondje stajala je hrpa seoskih plemića držeći kratke sabljice, klimajući glavom i mozgajući što će to biti, a mile Zagrepčanke bočile se pred kućama i zijale što su im oči dale. I bilo vike i halabuke više no o samom proštenju, a vika i halabuka je obzirnim građanima uvijek mila bila. Sunce se proljetno smiješilo, građani se veselili, ali ne smiješila se gospoda, već mrkim okom gledala preda se. "Općina gospode, plemića i ostalih stališa i redova kraljevine Dalmacije, Hrvatske i Slavonije" kupila se u glavni sabor u kraljevski grad Zagreb da vijeća i određuje o spasu domovine.

Čudnim srcem dolazila su gospoda u Zagreb. Kako i ne bi? Znalo se dobro da nadvojvode Ernest i Karlo snuju i rade izvrnuti stari red i staro pravo u Hrvatskoj. Znalo se da su htjeli posve utamaniti bansku čast, oteti banu pravo sazivati sabor i voditi zemaljsku vojsku. Znalo se da se je pravi ban odrekao časti, a onaj koji je to ime jošte za nevolju nosio, tj. Gašo Alapić, da nije imao pune banske vlasti. Da, govorkalo se još i više po kutovima, govorilo se kruto i ljuto. Mali Gašo, u kome je sve kipjelo, prevari prevejanoga negdašnjega druga Draškovića, te sazva sabor u Zagreb kad je vidio da sve kuha u plemstvu i da taj sabor neće nipošto biti stado krotkih janjaca. Prejasna gospoda Ernest i Karlo planuše gnjevom sa toga čina, jer je već Makso drugi kratio hrvatskim banovima starodavnu vlast sazivati sabor i jer su ta dva gubernatora htjela posve dobiti u svoje ruke gospodu hrvatsku. Planuo je osobito Ernest sjedeći u Gracu, te htjede snažnom šakom razbiti osnovu maloga subana. Nu mudri Drašković, poznavajući dobro i plamenitu i promjenljivu ćud svojih Hrvata, utaži gnjevnoga gubernatora, te ga sklonu da je sazov hrvatskoga sabora tobož potvrdio, da ne bude nikomu krivo. Drukčije je dakako o tom sudila kraljevska komora u Požunu, jer su ljudi koji se novcem bave i računaju obično hladnije ćudi. U požunskoj pjeznici mogao si cekine lako prebrojiti. Ta pol Ugarske stenjaše pod turskim jarmom, pa nije bilo tko da plaća kraljevsku daću. Hrvati su istinabog sami odmjerivali i pobirali danak, sami kupili i plaćali zemaljsku vojsku, ali kako je turska nevjera žarila i palila, imućstvo po zemlji ništila, često bi se desilo da blagajnik cijele kraljevine Slavonije nije imao šuplja dinara u kesi, pa je valjalo da i požunska komora priteče u pomoć, a davati novaca, kad ih nema, zacijelo je velika neprilika. Bojeći se toga, mudra komora pisa još mjeseca veljače 1577. jasnomu gospodinu nadvojvodi Ernestu, kako je čula da je pristao uz sazov sabora kraljevine Slavonije, da je po duši sav taj posao dobro promozgala i da joj se čini da imade velika zapreka koja bi saborovanje zagrebačko zapriječiti mogla. "Jer bez bana", reče komora, "ne ima u Hrvatskoj sabora, pa ako i prejasni nadvojvoda tu čast nečim drugim blagostivo zamijeniti kani, to je u Hrvatskoj prastari običaj da se glavni sabor samo na poziv bana sastane, i komora vrlo dvoji hoće li stališi kakvu namjesniku pokorni biti. Najpreča bi dakle potreba bila da kraljevska svjetlost postavi zakonitoga bana. Nu pošto je već prečasni gospodin nadbiskup kaločki i zagrebački imenovan za dvorskoga komisara, pošto se utvrđenje Koprivnice i drugi velevažni poslovi u Hrvatskoj odgoditi ne dadu, pošto su i hrvatska gospoda sazvana u zbor, to misli komora prekorno da taj sastanak komisara i plemstva bude samo odgovor, dok se ne postavi ban i dok se ne sastane zakoniti hrvatski sabor."

"Čitajte, prečasni gospodine, što mi mudra komora piše", reče u Gracu ljutito nadvojvoda Ernest, pruživ Draškoviću pismo.

Lukavi crkovnjak stade razabirati prepokornu a i bojažljivu poslanicu požunskih novčara. Pročitav ju, položi nadbiskup smiješeći se poslanicu na stol pa će Ernestu:

"Ti ubogi Krezi, prejasni gospodine, čini mi se da se prometnuše u velemudre Papinijane, jer pravom fiškalskom retorikom cjepidlačare o zakonu, premda bi oni najbolje znati morali staru riječ: "Nužda mijenja zakon."

"Nu, a šta ćemo biskupe?", zapita ga gubernator.

"Ad acta, prejasni gospodine, ad acta!", nasmija se Drašković, "komora neka ostane u komori."

"A naša osnova?"

Cijela osnova nije jošte zrela. Valja čekati. "Chi va piano, va lontano", veli Talijan. Do godine bit će jabuka zrela. Ti moji Hrvati čas su lavovi, čas janjci. Nek zasad proti Turskoj lavuju, mi ćemo pričekati dok za nas budu krotki. Zasad treba nam novaca za tvrđave, za vojnike. Novaca nam moraju dati."

"Ali ako budu cjepidlačarili kao što komora?"

"Ako bi to" - zamisli se Drašković, "ha, ha, tu se sjetih svoga miloga kolege Gašpara. Neka se uhvati u vlastitoj stupici. On je istinabog samo pol bana, i to po imenu. Ali se drži za cijeloga. Ta nije li sazvao sabor? Neka bude pro forma ban, pa je i sabor zakonit. Vidite, prejasni gospodine, komora se in puncto juris očito vara!", nasmija se Drašković. "Pa za mene radi i Lacko Bukovački, nadam se dobiti većinu", nasmija se Drašković.

"Izvrsno", skoči radosno Ernest, "vama, reverendissime, ne fali nikada soli. Nu ako ste sigurni za većinu, zašto ne bi dalje išli?"

"Možebiti, prejasni gospodine!", odvrati Drašković.

Za nekoliko mjeseci uputi se biskup u Zagreb.

Gašo Alapić doču da su u Zagreb stigli kraljevski komisari Drašković, Hallek i Teuffenbach, i nemalo začudi se da ga priznavaju zakonitim banom. "Šta je to?", reče, "ja se nadah otporu, a ovamo sve dobro i mirno!"

Dan prije sabora boravio je Gašo dugo u dvoru prepošta Nikole Želničkoga, gdje je i Vramec bio. Polazeći kući bijaše grbuljak neobično veseo.

U dvorištu regnikolarnoga doma u kraljevskom gradu Zagrebu bijaše neobično živo. Oko dugačkoga zelenoga stola, na kojem stajahu debele knjižurine, papir, crnilo i šarena škrinja sa sloboštinama kraljevine, vrvjela sila poslanika saborskih sve u bogatim dolamama, iskićenim srebrom i zlatom, sve pod kalpacima na kojima blistaše biser i dragulj, a o boku okovane sablje. Pjeneznik Mijo Konjski zbijao šale sa majušnim gospodinom sucem Matom Crnkovićem iz Crnkovca, frčući svejednako velike plave brkove. Varaždinski poslanici Gašpar Druškoci i Ivan Zaboki zaokupili gospodina Petra Ratkaja Velikotaborskoga te mu pripovijedaju vrlo krupnim jezikom kako gospodin Mate Keglević pod silu otimlje i ubija kmetove. Gospodin Ratkaj, pogladiv crnu bradu, čudi se tomu nasilju i spominje mimogred, da je Mate Keglević velik prijatelj bivše-mu banu Draškoviću. Gospodin Niko Alapić Kalnički, banov brat, skupio je oko sebe jato kalničkih plemića seljaka i kuje svoga brata bana u zvijezde. Prečasni prepošt Niko Želnički klanja se udvorno mladomu gospodinu Stjepku Tahu, plavokosu mladcu, a kradomice namiguje Franji Stolnikoviću koji se tvrdo zavjeruje seoskim plemićima iz Moravča da će ih pred stališima braniti radi zuluma Hallekovih vojnika. Podalje stoji žilav starac od 60 godina, crnih žarkih očiju i malih brkova u plavetnoj dolami - Blaž Pogledić, župan turopoljski i razgovara živo sa čovjekom visokim, suhim, odjevenim u mrke haljine - sa literatom Ivanom Jakopovićem - poslanikom plemenitoga varoša zagrebačkoga. A sam u kutu mrk - zamišljen sjeđaše, upirući se o svoju široku sablju, gospodin Gregorijanec Medvedgradski. I navali plemstvo sve više i više govorkajući, vičući, zvekećući, a gdjegdje među plemstvom po koji časni gospodin u crnoj dugačkoj halji.

Sred ove vreve i vike sjeđaše za stolom gospodin Ivan Petričević od Miketinca, potprabilježnik kraljevine, redeći pisma sa velikim pečatom, premećući zakonske članke i oštreći svoje pero, samo katkad dignuo bi svoju ćelavu glavu te požmirnuo prema velikim vratima žarkim modrim okom kao da nekoga očekiva. Tko je motrio sve to burno more, tko je gledao mrka, šutljiva lica seoskih plemića, tko je pazio kako se katkad susretaju oči plamnom munjom, taj je i mogao slutiti da se u dubini toga mora pripravlja bura. Minu pol ure, minu ura, a zvono Sv. Marka već odbi jedanaesti čas. I sve je veći brujio žamor.

"Ban! Gdje je ban?" čulo se ovdje.

"Po bana valja poći", zaori ondje.

Laganim korakom pristupi Želnički Petričeviću.

"Gdje je gospodin podban?", zapita prepošt potprabilježnika.

"Kod komisara, prečasni gospodine!", nasmiješi se upol glasa Petričević.

Crkovnjak prišapnu nešta gospodinu Petričeviću u uho, a ovaj kimnu glavom.

I pope se prepošt na uzvišeno mjesto.

"Čujmo! Čujmo!", ozva se u jedan mah sto grla.

I umuknu žamor.

"Prečasna, časna, ugledna, velemožna, plemenita, uzvišena, mudra i obzirna gospodo stališi i redovi kraljevina Dalmacije, Hrvatske i Slavonije", započe prepošt. "Pošto je velemožni i ugledni gospodin Gašpar Alapić vukovinski i kalnički, ovih kraljevina ban i vrhovni kapetan privoljom prejasnoga principa Ernesta, nadvojvode burgundskoga, grofa tirolskoga i namje-snika njegove posvećene kraljevske svjetlosti sazvao na današnji dan općinu gospode, plemstva i ostalih stališa i redova ove kraljevine na glavni sabor u kraljevski ovaj grad, da saslušav na usta želje gospode komisara Nj. kraljevske svjetlosti o dobru domovine vijećaju i zaključuju, pošto je pako u ovim kralje-vinama od pameti red i zakon da glavnomu saboru bude glava ban, predlažem smjerno da poslanstvo sviju četiriju stališa, to jest gospods-koga, plemićkoga, svećenskoga i građanskoga pođe pred lice velemožnosti banske i da rečenoga gospodina bana u zbor kraljevina doprati."

"Po bana! Vivat banus!", zagrmi sto grla.

Dok je Želnički ovako plemstvu govorio, uniđe u dvor i pohiti k Petričeviću mlad plemić, Mihajlo Vojković, i predade mu pismo.

"Šta je?", zapita Petričević.

"Otvorite! Čitajte, uzvišeni gospodine! Zapovijed je banova!", odvrati mladić.

Potprabilježnik rastvori pismo. Stade čitati, blijednuti, zapanji se. Ali tek što prepošt završi, skoči Petričević van reda i običaja i provali u sav glas:

"Gospodo stališi i redovi, posluh!"

"Šta je, šta je?", vikalo se odasvud.

"Ne ima više bana!", viknu Petričević dršćućim glasom.

S urnebesa potresoše se dvorovi. Krika i vika zaglušivala svaku riječ, smijeh i čudo, zveket i psovka miješala se u tom burnom zboru i jatomice pohiti plemstvo prema Petričeviću koji je stajao kao kamen držeći rukom kobno pismo.

"Nek se čita", viknu Ratkaj.

"Čujmo, čujmo!", zakriješti Ivan Zaboki.

"Ha, puška je pukla!", veselio se Bornemissa.

"Šta, šta je?", uzruja se plemstvo.

"Abdicavit. Odreče se časti!", odvrati Petričević.

"Zašto?", viknu glasno Blaž Pogledić dotisnuv se do zelenoga stola. Petričević slegnu ramenima, a Niko Alapić nasmija se zlorado videći taj metež. Jedini Stjepko Gregorijanec ne maknu se sa svoga mjesta te gledaše mirno to klupko trepte-ćih perjanica što se je oko Petričevića savilo bilo. Njega kanda nije iznenadila ota vijest. Želnički stojeći na govornici nagnu se malko da tobože čuje šta je, i kad je zbilja dočuo da se je Alapić zahvalio na banskoj časti, zakima kao od čuda glavom i sađe k Petričeviću, ali u taj par sretnu se njegovo oko sa okom mrkoga Gregorijanca i lagan posmijeh pojavi se oko ustiju hitroga kanonika. Sad bijahu u skupštini razvezane sve uzde reda i mira. Vikalo i psovalo se bez obzira, čudilo se plemstvo zašto taj grom sa vedra neba. I mnogi prijatelji Alapićevi, kojim je Drašković bio trn u peti, stadoše naglas karati gospodara vukovinskoga da je sad u nevrijeme ostavio plemstvo na cjedilu. Hitri grbuljak nije nego nekolicini drugova rekao kamo smjera i o čem se radi, zato se i sva skupština prepadala. Ali u jedan mah umaknu žamor, prenu se plemstvo. Glasan trubljaj pred dvorom probudi poslanike od čuda.

"Carski komisari!", viknu Petričević i kao na mig vratiše se gospoda plemići na svoja mjesta.

Uistinu zaustaviše se velika staklena kola pred dvorom, a oko njih stajalo desetak njemačkih oklopnika na konju.

U skupštinu stupi nadbiskup Drašković u svilenoj halji, a na prsima mu blistaše krst od smaragda. Bio je blijed, mrk i nije nikako mogao da razvedri bar naoko lice. Za njim koracahu Servacijo Teuffenbach pod širokim pernim šeširom, hvatajući prkosito svoj dugački mač i Vid Hallek, general Slovinske krajine pod sjajnim oklopom, opasan bijelim i crvenim pojasom krajiške vojske. Najzad dovuče se i podban Bukovački veoma skučen.

Drašković pokloni se skupštini, a plemstvo, koje ga je toliko puta burno kličući pozdravila bilo nazirući u njem ponajjači stup domaćega prava, to plemstvo šutilo je sada mramorkom. Šuteći pođoše komisari na svoje mjesto i napokon poče nadbiskup pridušenim glasom, po kojem se vidjelo da sve u njem kipi:

"Prečasna, ugledna, velemožna, uzvišena, mudra i obzirna gospodo stališi i redovi kraljevina Dalmacije, Hrvatske i Slavonije! Prejasni princip i gospodin Ernesto, nadvojvoda austrijski, namjesnik Nj. posvećene cesarske i kraljevske svjetlosti zakazao je pismom i pečatom velemožnomu gospodinu Gašparu Alapiću vukovinskomu, banu ovih kraljevina, da se skupi općina gospode i plemstva u glavni svoj sabor, da vijeća o potrebama tužne ove domovine, a da slavnim stališima i redovima jasno bude kamo da smjera milostiva želja njegove prejasnosti, evo posla mene i blagorodnu gospodu i generale Servacija od Teuffenbacha i Vida Halleka za komisare, da živim glasom naših ustiju izjavimo vašemu gospodstvu prejasnu volju i zapovijed i da mudrim i razložnim slovom pronađemo lijek kako bi se bijedne ove kraljevine sačuvale slavnomu žezlu i obranile proti krvnomu neprijatelju svega kršćanstva. Slavni stališi i redovi -"

"Oprosti mi, vaša prečasnosti, a i slavni stališi i redovi", skoči jarostan Stolniković, "što zalazim u riječ gospodina kraljevskoga komisara."

"Čujmo! Čujmo!", uzburka se plemstvo. "Kraljevski komisar neka govori!", viknu Niko Tahi zarumeniv se od gnjeva.

"Ne, Stolniković neka govori!", stadoše urlikati plemići iz Moravča.

145

"Stolniković!", zaori skupština. Drašković stisnu ljutito usne i spusti se na sjedalo.

"Slavni stališi i redovi", nastavi Stolniković, "ako i skromno moje lice vrijedno nije, iako sam možebit povrijedio red drznuv se slavnim redovima pokazati pravi put, to mislim ipak da je svaki hrvatski plemić čuvar domaćega prava. I zato nuka me srce da pitam, gdje nam je glava, gdje nam je ban?"

"Gdje nam je ban?", zagrmi plemstvo.

"Slavni stališi i redovi!", progovori podban Bukovački u strahu.

"Ne pitamo mi za podbana, gdje nam je ban?", lupnu šakom Petar Ratkaj u zeleni stol.

"Slavna gospodo!", prihvati Petričević, "velemožni gospodin Gašpar Alapić zakazuje po ovom pismu slavnomu zboru gospode i plemstva da se je odrekao banske časti i da je ostavku poslao Nj. kraljevskoj svjetlosti u Prag."

"Sramote!", otresnu se Mate Keglević. Ali u ovaj par skoči Stjepko Gregorijanec uhvativ ljutito sablju i Keglević umuknu smjesta.

"Slavna gospodo!", ozva se pronicav glas iz jata plemića i na govornicu pope se dosada neopažen grbuljak.

"Vivat Alapić, vivat!", zagrmjelo plemstvo.

"Slavni stališi i redovi", nastavi Alapić. "Od srca žalim da se je izabrani ovaj zbor uzrujao sa mojega pisma, ali većma jošte žalim što su mi neka uzvišena gospoda nabacila da sam kukavica. Ja kukavica nisam, to znade cijela kraljevina, jer nisam samo po Zagorju tukao buntovne kmetove, već je i antikrst okusio sablju moju ne jedanput. I zašto nisam više ban, zašto sam svijetloj kruni na skute vratio glavarstvo ove kraljevine, kazat ću slavnomu zboru poslije i kao plemić oprat ću se pred plemstvom, ali ako slaba moja riječ nađe pred slavnim vašim licem i iskru počitanja i ljubavi, zaklinjem vas, gospodo slavna, slušajte prije svega mudre riječi prečasne i blagorodne gospode komisara, jer znadem da nam nose lijeka za grdne rane naše." Zlobnim posmijehom pokloni se Alapić Draškoviću, a ovaj zadrhta kao da ga je zmija ujela.

"Vivat Alapić!", kliknu plemstvo, "čujmo komisare!"

Iznenada dignu se Drašković, oči mu zasinuše, i smiješeći se započe ovako:

"Slogom, slavni stališi i redovi dične ove kraljevine, rastu male stvari, a nesloga sve pokvari. Ako ikad, a ono u ovaj hip, gospodo slavna, nuka me teško zabrinuto srce da vam ponovim stare ove poznate riječi. Ja istinabog ne dolazim u svoje ime, prejasni gospodin namjesnik posla me amo, nu kako god mi zvanje kaže da budem samo tumač prejasne volje, tako mi duša ne da, da ne govorim od vlastita srca, po vlastitoj misli. A kako i ne bih? Ne rodih li se među vama, nisam li ove domovine sin? Ne stajah li u burno doba čelo jedne ove kraljevine i krstom i žezlom. Nisam li s vama probdijevao noći, brigujući da odvratim kugu nevjere od ove zemlje, nisam li potrajao s vama dane revnujući da zvjerski pobornik krsta ne pohara pravovjerne od vjekova ove kraljevine? Ta sjećajte se onoga dana kad s previšnje milosti stupih ovamo među vas kao ban, kad položih desnicu na sveto evanđelje da ću braniti kraljevinu, kako vam burno poskoči srce, kako vam glasno kliktaše grlo, kako zazveknuše junačke sablje. Poboga, da vas je onda smotrila sila turska, raspršila bi se bila od straha kao Filišćani pred Gedeonom. Koliko lijepo, koliko slavno prodiči se ime hrvatskoga plemstva med kršćanskim svijetom, kad ste složno pod blage pameti Franjom Slunjskim a i pod ovdje prisutnim velemožnim gospodinom Gašparom Alapićem sjekli Turke, kad ste stajali gvozdene klisure proti oluji pakla. Nikad ne doživi banska zastava toliko slave! A sada, oj žalosti, gdje se je svidjelo vječnoj providnosti većom patnjom kušati vas, jeste li pravi zatočnici krvi Isusove, sada gdje bi sila svetoga duha imala lebdjeti nad vašom glavom i ojačati vam srca, sad je neprijatelj sina čovječjega zasijao kukolj nesloge u vaša srca, i ne vrati li milosrđe božje slogu u ovu tužnu zemlju, sharat će je nevjerni mač, skovat će vas u lance paklena sila. A zašto nesloga? Koja se zemlji učinila krivda? Ne vrši li prejasni gospodin namjesnik vaše želje milostivom rukom? Nameće li vam on danak? Ne, on ne čini toga. Zakazao je gospodinu banu neka sazove sabor, a gospoda stališi i redovi neka rade po svojoj volji o spasu domovine. Ne kupi li odasvud vojsku tuđu da bude kraljevini na pomoći? Da, što više! Ne gradi li prejasni princip

Karlo tvrđu Karlovac kraj Dubovca o svojem trošku, a za vašu obranu? Za bana pitate? Tko vam ga je, slavna gospodo, uzeo? Zar ja? Zar prejasni namjesnik? Nije. Svatko je gospodar svoje volje, svatko zna najbolje kako će čine svoje opravdati pred prijestolom božjim. A tako i velemožni gospodar vukovinski. Žalim od srca da po starom običaju ne sjedi čelo ovoga dičnoga zbora zakoniti glavar. Ni ja nisam tomu kriv ni vi. Ili hoće li vaša gospodstva čekati, dok kraljeva milost iz Praga postavi drugoga bana? Čekati dok poslanici vaši prevale gore i dolje, a eno na pomolu već Turčina? Čekati da vam, što bog odvrati od ove zemlje, Turčin nametne svojega bana? Oj gospodo slavna, otvorite oči, obiđite očima okolicu vašu! Užasna prizora! Po Ugarskoj teče rijekama kršćanska krv, sa budimskoga grada ljeska se polumjesec. Bosna uzdiše pod kopitom turskim. Slavonija donja robuje otkinuta od svoje matere zemlje, već zalaze pogani u Liku i Krbavu, u Kranjsku, na vašoj su zemlji, pred ovim su pragom? Ne planu li Cetin, ne pade li Velika, Kladuš i Zrinj? Ne lebdi li vam u duši krvavi dan od Hrastovice? A vi se cjenkate o formulama prava, premećete zaprašene knjige? Pod vašim nogama krši se brod, a vi krpate jedra! Salus reipublicae suprema lex esto! Za boga, za kralja, za dom! Ili zar je izumro junački duh vaših djedova i žar za svetu kršćansku vjeru? Ja velim: Nije! Neka se tko digne, neka kaže da jest, a ja ću mu reći da laže. Mrka su vaša lica, gnjevne su oči, ali srce pitajte, srce! Znam da u njem živi staro junaštvo, spremno skočiti proti zatoru svete vjere! Prenite se, oj gospodo slavna, u staru neodoljivu snagu, složite mudrost i junaštvo sa željama prejasnoga principa, i tako vam krsta, slušajte me!"

"Čujmo! Čujmo!", zamrmori plemstvo.

"Četiri nas tvrđave brane na ishodu sunca proti Turčinu", nastavi Drašković mirnijim glasom, "četiri tvrđave med Dravom i Savom, i to Sisak, Ivanić, Koprivnica i Legrad. O tom kamenom pojasu nejedanput se razbi osmanski bijes. Hrvatska ruka podignu tvrda ova braništa, hrvatska krv posveti ih oltarom vječnim slave Isusove. Jao, da jedna klone, da jednu Turčin osvoji, probio bi se tvrdi zid, nevjerne čete poplavile bi Zagorje i okolicu ovu, kao bujica razlijevala bi se i poganska vojska s juga preko

Kupe, i Zagreb, prijestolnica dična cijele Slavonije morala bi se pokloniti polumjesecu. A srce obrane ote Koprivnica je, ponajjača tvrđava naša. Svlada li ju Turčin, propade i Sisak. U Koprivnicu upiru Turci oči, nju hoće da zaskoče svom silom. To potvrđuju vjerovani glasovi. Ali Koprivnica pretrpi mnogo, slabo je spravna; utvrde treba. Utvrde treba i pokupskim tvrđavama. I vojske nestaje. Duga je međa koju nam braniti valja, a turska je sila velika. Zato poručuje prejasni princip Ernest, vršeći u ovim stranama kraljevsku vlast, općini gospode i plemstva sve kraljevine, da ne propuste u svom zboru odrediti da se smjesta pošalju ljudi na utvrđenje Koprivnice, Ivanića i pokupskih strana, da se po dimnjacima kupi redovito vojska, da se dozvoli nov danak za ratni trošak, a kraljevski gradovi da dobave hrane, streljiva i konja za carske lumbarde. To je volja prejasnoga principa, a mudrost visokih stališa, tvrdo se nadam, vršit će ovu volju pokornim posluhom da izbavi ove kraljevine od ropstva."

Šuteći sjeđaše plemstvo, i Drašković spustiv se na stolicu omjeri skupštinu oštrim okom, nadajući se da je ukrotio plamenita srca hrvatskoga plemstva.

Lijeno dignu se mali Alapić uhvativ nadbiskupa oštro na oko.

"Gospodo slavna", započe pronicavim glasom, "ne mislite da ću vam srce razigrati i poticati vas na junaštvo, kao što prečasni gospodin nadbiskup kaločki, uresnom riječi. Znam da ste junaci, da vašoj odvažnosti ne treba oštrih mamuza kao lijenu konju. A nit se ne razumijem u kitnjasti zbor, nit znam okretati finim perom, moj posao je sablja. Zato, slavni stališi i redovi, govorit ću ukratko. Moram da se operem pred vama. Prečasni gospodin nadbiskup reče da svako ima odgovarati pred bogom za svoje čine, a i ja koji je iznenada ostavio bansku čast i tobož ostavio kraljevinu na cjedilu. Ta nije li to učinio i prečasni gospodin nadbiskup i možebit u goru zgodu? Ne znam kako će se on opravdati pred bogom? A ja, gospodo slavna, ne ostavih banske vlasti da budem nadbiskup, već da budem običan plemić, gotov da trgnem sablju za spas ove kraljevine."

"Vivat Alapić!", pozdravi ga plemstvo.

"A odreći sam se morao banije", nastavi razban, "morao po svijesti svojoj. Jer, gospodo slavna, za prvo bio sam samo ban sabljom ne i žezlom, vojskovođa ali ne sudac i vladar. Za drugo, stara je stvar da pod jednim krovom ne mogu biti dva gospodara. A u ovoj kraljevini ima gospodara cijela vojska. U staro vrijeme zapovijedao je vojsci samo ban, a sad svaki tuđi general. Pa kad sam ja tu gospodu pitao kako da smiju raditi bez moga znanja, proti mojoj zapovijedi, a oni bi svagda pokazali nekakve dekrete da tako želi prejasni nadvojvoda Karlo. Banom biti, a ne banovati, biti pictus masculus, toga, gospodo slavna, nisam htio. I zato okanih se svoje polubanije da dobijemo cijeloga zakonitoga bana. Sada znadu slavni stališi i redovi jesam li čist. Dixi."

I sjede Alapić. Priproste njegove riječi razigraše cijeli zbor, i plemstvo udari u burno klikovanje.

"Gospodo stališi i redovi!" dignu se otresito Mate Keglević lupajući sabljom u tle. "Deliberante Roma Saguntum periit." Ne mogu se dosta načuditi gospodi koja traže kojekakve kvake i zabavice te gubimo tude govorkajući vrijeme. Jesmo li amo došli dizati parnice? Kad neprijatelj kucne sabljom na vrata, nije kada cjepidlačariti o zakonskim mudrolijama. Raditi treba. To nam budi zakon. Turčin neće nas pitati, vodi li vojsku ban ili ne vodi. Pobiti ga treba, a da ga pobijemo, valja se pokoriti volji prejasnoga principa - -"

"Bana nam treba, bez bana ne ima sabora!", planu Petar Ratkaj.

"Dosta, gospodo!", buknu Teuffenbach uhvativ svoj mač ljutitom rukom. "Ja nisam pravdoznanac, vojnik sam. Ne pitam ja za stare papire, već pitam za prah i olovo. Nisam ja ovdje da slušam vaše artikule, imam boljega posla. Vojske nam treba, novaca nam treba, to nam dajte pa onda gradite slobodne artikule. A to mora biti, jer tako zapovijeda prejasni gospodin namjesnik." I bijesan lupi rukom po sablji.

Kao munjom dirnuto skoči na noge plemstvo.

"A što smo mi?"

"Našto sabor?"

"Napolje!"

"Tako li se štuje zakon?"

150

Kao uzburkano more bjesnila je skupština. Sad i sad saletjet će plemići nespretnoga komisara. Drašković uhvati gospodina Servacija za rukav i pritisnu ga na stolicu.

"Gospodo slavna", zagrmi dršćući od jada Gregorijanec, "valja da bude čist račun. Pravo vele gospoda komisari, nema se kad gubiti vrijeme. Čuo sam puno riječi, ali nisam čuo što nam raditi valja. Dopustite, slavni stališi i redovi, da vam o tom reknem svoju priprostu misao. Vaše je odlučiti. Jeste li ikad bili u hramu bijelih fratara u Remetama? Ondje počiva pepeo slavnih naših banova. Nad grobom stoji im zastava i žezlo. Zastavom vode oni plemstvo u boj, žezlom vladaju i dijele pravdu. Tako je bilo od starine, tako mora biti i sada. Kraljevska svjetlost daje nam bana za glavara da nam bude mjesto kralja. Ban je namjesnik kraljev, ban stoji čelo vojske, ban sjedi čelo sabora. Živom, plemenitom riječi dokaza nam prečasni gospodin nadbiskup kaločki koja nevolja da čeka bijedne ostanke slavnih ovih kraljevina, pokarao nas je da smo nesložni, da ne marimo za svetu vjeru i slaboštine plemstva. Ali življe ćutimo tu nevolju mi, ćutimo je od više vjekova, i junački odbijahu naši djedovi silu nekrsta kad još nije bilo gospode Teuffenbacha i Halleka, a nismo li mi sami pod zastavom Frankopana i Alapića ljute dijelili bojeve za našu kraljevinu? Nije li blage pameti ban Nikola Zrinjski jade zadavao stambu-lskomu caru i slavno poginuo pod Sigetom? Ne vadimo mi sablje od jučer, nisu nas gospoda generali učili mahati posjeklicom. Nismo li davali zadnji dinar, zadnju kaplju krvi za našu kraljevinu? Ali ako i porastosmo na bojnome polju, svet nam vazda bio domaći zakon, jer bez zakona ne ima junaštva, bez reda ne ima pobjede. A zašto se borasmo, gospodo slavna? Zar samo za grudicu zemlje? Ne, za naše slaboštine, za baštinu svetu naših otaca. Zato odbijamo Turke, zato izginut ćemo do zadnje kaplje krvi, jer nećemo da budemo robovi lažnoga proroka. Uzvišena gospoda komisari traže subsidia, traže ruke za djelo, ljude za vojsku. Kraljevska svjetlost predobro znade da su vazda vjerne ove kraljevine vršile dužnost svoju prema jasnoj kruni, ali vršile je kako ište red i zakon. A tko daje pomoći za vojsku? Sabor gospode i plemstva. A tko je tomu saboru glava? Ban. A mi ne imamo bana. Bez bana pako ne ima daće i vojske. Govorio je prečasni gospodin nadbiskup kaločki za novu tvrđu kraj Dubovca. Nu ta, gospodo slavna, branit će više Kranjsku i Štajersku negoli kraljevinu Slavoniju. Govorila je njegova prečasnost kako nas brani tuđa najmljena vojska. Da brani. Ta već godine 1566. potužili se odaslanici naši na požunskom saboru, kako li naši čuvari haraju zemlju, i sabor zabrani oštro pod strogim zakonom da više toga ne čine. Ali kako se pazi taj zakon? Konjanici njemački tjeraju svoje atove širom na pašu naših kmetova. Nisu li uskoci pod Tomom Severovićem oteli gospodinu Herendiću cijelo imanje? Pitajte evo plemenitoga našega brata Delija, kako su mu oficiri g. Ivana Aspergera u Steničnjaku oteli što je imao. Pitajte evo plemenite ljude iz Moravča, pa će vam kazati kako od haramija njihove kuće ostaše puste. Branit ćemo se mi, ali braniti pod banovom zasta-vom. I, slavni stališi i redovi, mislim da po gospodi komi-sarima javimo prejasnomu namjesniku, da prepokorna i vazda vjerna ova kraljevina veoma žali da nema zakonitoga namjesnika kraljeve svjetlosti, i da će se pod banskom zastavom boriti proti neprijatelju kršćanske općine, ali dok se ne postavi ban, da ne može po zakonu odazvati se želji gospode komisara."

"Tako, tako!", vikalo rogoborno plemstvo. Blijed i snužden pohiti Drašković k Alapiću te zaklinjaše ga neka umiri skupštinu.

Napokon utaži grbuljak strasti razjarene skupštine i po njegovu naputku zaključi sabor ovako:

"Prije svega odlučiše prevjerni podanici posvećene cesarske i kraljevske svjetlosti, razumivši od gospode komisara želju prejasnoga gospodina nadvojvode Ernesta radi utvrđenja tvrđe Koprivnice i drugih mjesta na međi tužne kraljevine Slavonije da, pošto ista gospoda stališi zasada u kraljevini nemaju nikakvoga zakonitoga poglavara, to jest gospodina bana koji bi vršio punu bansku vlast, koji bi neposluh i nemar zakonito kaznti i žiteljima kraljevine sud suditi mogao - nikakve radnike za krajinu dozvoliti niti drugoga šta zaključiti ne mogu, o čemu će se gospodi komisarima izdati pismo pod pečatom kraljevine, nu da gospoda stališi i redovi gospodinu Gašparu Alapiću prije banu, njegovomu podbanu, županima i sucima za vrijeme postavljenim, tu privatnu podjeljuju vlast da završe sve zaostale prije određene radnje toli kod Koprivnice koli na drugim krajiškim mjestima da sude i vladaju po običnim daćama i da isto tako prinukaju poreznike kraljevine, da po podijeljenoj im privatnoj vlasti poberu sve ostatke kraljevske daće i zemaljske dimnjakovine.

Nadalje zaključiše gospoda stališi i redovi da se pošalje kraljevoj svjetlosti poslanstvo, i to g. Petar Ratkaj Velikotaborski, časni g. Petar Herešinec, štilac kaptola zagrebačkoga i uzvišeni g. Ivan Petričević, potprabilježnik kraljevine, da iskažu pred carskim licem sve nevolje kraljevine i da mole neka se postavi zakonita glava, to jest ban."

Zlovoljan ostavi Drašković skupštinu, pokunjeni generali pođoše za njim. Sva im se osnova razbila bila o tvrdim glavama plemićkim. "Ali jošte ne velim: Amen!", šapnu gnjevno Drašković drugovima. Naći ću ja uzde tim bijesnim atovima. Svladao sam lukave kardinale talijanske i biskupe portugalske, kako ne bih taj razuzdani čopor."

Navečer istoga dana sjeđaše u dvoru prepošta Želničkoga veselo društvo za stolom: Alapić, Stolniković, Vramec. Samo Stjepko Gregorijanec buljio je mrk i zamišljen pred sebe.

"U dobro zdravlje, reverendissime!", dignu Alapić čašu, "kocka je pala na našu stranu!"

"U dobro zdravlje!", odzdravi domaćina, a za njim Stolniković i Vramec.

"A ti poglaviti gospodine? Kakvi te biju jadi?", zapita kroničar Stjepka.

"Izgubih ženu, izgubih sina, a da se veselim? Ali" nastavi dignuv čašu, "sada ću s vama za jednom samo zvijezdom - za slavom! U dobro zdravlje!"

"Per ardua ad astra!", doda Vramec. I zvonko zveknuše čaše.

XIV

Podvečer je bilo. Zlatne zrake sunca virile kroz visoke prozore gradske kapele u Mokricama i padale na novi kamen sred crkvenoga poda. Mjedena slova na kamenu pozivahu svaku kršćansku dušu neka se pomoli bogu za spas duše plemenite gospe Marte Gregorijančeve, koje su kosti počivale pod ovom mramornom pločom. Pred kamenom klečaše mlad junak, odjeven u kruto gvožđe. Pozlaćena kaciga stajala je do njega. Sklopio ruke, sagnuo glavu, na oku mu je treptjela suza. Večernje zlato titralo je na svijetloj kacigi, na sjajnom oklopu, večernje zlato vjenčalo mu je mlado, junačko čelo u koje bijaše upisan biljeg ljute žalosti. Mladić je molio, od srca molio. Usne mu odricahu riječi Očenaša, ali misao mu je tonula u jadu, dušu mu je davila tuga. Šta će? Kud će? To bog zna. Nedavno dovezoše mu milu majku amo od Zagreba i vrgoše drage ostanke pod ovaj kamen. Otac bijesan, otac ljut, ronio je u vrtlogu burnoga vijeka da uguši pod silu savjest, da zaboravi mrtvu ženu i živoga sina. Pod očevim krovom nema života, nema opstanka. Ta kako bi kad srca nema. A brat? Slabić je, dršće od očeva gnjeva, cjeliva mladu si suđenicu i ugiba se starijemu bratu. Bože! U rodnoj kući ni duše! Otkinuta grana! A kamo? Ta k milji srca, k mladoj zlatarovici. Bio je kod nje sinoć i kleo se milju svome da je nikad zaboraviti neće, da će je ljubiti dovijeka. Ona i Jerko, te dvije duše zaokupljale srce mladoga Pavla. Nu može li ostati kod Dore, a da joj ne udi glasu, može l' je i opet vrći na zlopaki jezik svijeta, nju siroticu koja je s ljubavi svoje premučila gorke muke? A i šta bi u domu njezina oca? On, velikaški sin, ali bez oca svoga siromak, gola duša bez grudice zemlje? A može li plemić mirovati u ovo vrijeme? Ne može. Domovina zove, poći valja, otkinuti se od draginoga srca, makar i puklo. U boj! U boj za krst! Ah, težak bijaše taj rastanak. Ta prije bi se bršljan otkinuo od stoljetna hrasta nego ruke djevojačke od prsiju miloga vojna. "Poći mi valja, dušo!", reče joj Pavao, "čuješ li? Sablja mi zvekeće, veli mi da sam kukavica." - "Poći, Pavle!", zajeca mlada, "poći med sablje, med puške gdje svaki hip nosi gotovu smrt!

Gdje se ne pita za srce, za ljubav, za suze! Gdje se davi, kolje, gdje ljudi zaboravljaju boga! Bože, da sam barem muška glava, da mogu i ja poći - ali ženska sam - jao tužna ženska!" - "Miruj, slatko srce! Moram!", šapnu na silu Pavao, "gle otac mi je bijesan! Hoće ti zlo - radi mene! Jarost bi ga većma zanijeti mogla. Bilo bi gore po nas. Nek prođe koje vrijeme, umirit će se možda." - "Možda?", odvrati tužno djevojka, "srce mi kaže nikad, nikad! Jao, Pavle, zašto se takvi rodismo, ti velikaš, ja kukavica, zašto ja nisam bogata, a ti siromak? Zašto se bolni vidismo?" - "A žališ li to, dušo?" - "Oh, ne žalim", šapnu djevojka živo i iza suza planuše joj oči, "vidiš kako sam nesretna, ne bih te svoje sreće dala ni za carevo blago. Pitam ja za tvoje pleme i ime. Ja poznajem samo Pavla, ja ljubim samo Pavla, bio ubog, bio bogat, bio velikaš, bio kmet. Mnogo sam plakala, mnogo trpjela, ali srce mi se smijalo, ta trpjela sam za Pavla, za Pavlovu ljubav." - "Oj, diko moja! Takve duše ne rodi nijedan naš gospodski dvor!", odvrati nježno Pavao. "A sad me ostavljaš! Šta ću ja! Umrijet ću čekajući tebe! Oh, ne idi! Ali idi! Pokorna ću biti! Ti bolje znadeš šta biti mora, ti bolje znadeš - -", i djevojka briznu od srca plakati. Pavao skoči, poljubi ju u čelo i odjuri. Pođe put Mokrica, a Jerko i Radak za njim. U Mokricama snivala mu majka vječni sanak. Nju da pohodi mrtvu, s njom da se oprosti, pa u boj! Nijem je klečao pred grobom i buljio u nesmiljena sjajna slova koja mu bez kraja dokazivahu "nema ti više majke!" Pred majčinim grobom! Bože, poludio bi čovjek! One ruke koje su te zibale, ona prsa koja su te dojila, one mile oči koje su lebdjele pune ljubavi nad tobom kad si, nejako čedance, snivao sanak - sve ništa! Ništa! Ništa! Sve - šaka pepela. Jesi l' čuo kako zabiše zadnji čavao u majčin lijes? Ah, prošao je jamačno i srcem tvojim. Jesi l' čuo kako se na grobnicu svalila kamena ploča? Da, da, i ti si sinko htio skočiti u grob. Prokleta smrti! Prokleti živote! I spusti Pavao vruće čelo na hladni kamen i stade cjelivati majčino ime. Ležao tako, ležao, i bude mu lakše.

Pred gradom očekivahu Pavla Jerko i Radak. Jerko sjedio je prekrštenih nogu na kamenu, a Radak ležao potrbuške u travi.

"Ele dugo nema gospodara!", zamrmlja Radak, "već i nestaje sunca."

"Pusti, kod majke je!", odvrati Jerko mahnuv rukom, "znaš li kako je srcu kad si na grobu mila pokojnika?"

"Da l' znam?", progovori Radak mrko, "oh i kako znadem, mladče!"

"Je l' tebi nemila smrt koje drago otkinula od srca?"

"Jest, mladče, i zloba i smrt."

"Pa kako, Miloše?"

"Mani to! Nije mi dobro toga spomenuti."

"Kazuj, starče! Eto vidiš, prijatelj sam gospodinu Pavlu, prijatelj i tebi. Zašto ne bi?"

"Zašto ne bi? Hm!", zamisli se haramija. "Istina, valjan si momak. Nek ti bude za nauk. Da znaš kako se u svijetu kuka, jer nesreća dođe kao mraz preko noći. I pamti sve. Ne kazuje se to svakomu."

"Pa kazuj!", podboči Jerko glavu šakama.

"Nu čuj. Nisam ti ja bio od mlada mrkonja kakav sam sad. Bijah ti veseljak i vragoljan, ta zubima bih od prokšije uhvatio čovjeka za pas i prenio ga preko vode. Ne bilo bijesna paripa koga ja poklopio nisam, ne bilo momka koga ja nadbacio ne bih, grlo mi se orilo preko devet gora, a kud moja puška cak, tu i duša "amin". Pričala o Milošu sva Krajina, pričali Turci Bošnjaci, jer im bijah vražji blagoslov, pričale i mome po selima, jer su pred Milošem svi kolovođe ostali crna obraza. Četovati na Turke bio moj posao, a plugom jedva da preko godine jedanput zabrazdiš. Vijao sam hulje kao lije u šume, pa dade li sreća, planuli čardaci da bi i popo bio mogao pri toj svijeći iz knjige pojati liturgiju. Znali naši ljudi za to, pa čim se zažari ondje za turskom međom krijes, rekli bi: "Eto glave da je Miloševa ruka!" Praznikom mirovali od mene Turci, jer je tu bilo po ledini kola, a kako bi kolo bez mene? Jednoč na crkveni god bilo gosti u kući iz drugoga sela, bila među njima Vukšanova Mare -"

Tu Radak časak umuknu.

"- nu a šta da ti kažem? Po svoj Krajini nije bilo takve mome. I milokrvna i stidna i svake dobrote puna, baš po mojoj želji i volji. Natuknuh o tom majci svojoj, a majka reče: 'I vrijeme je, sinko, eto sam slaba, a zamjene ne ima, kucaj na Vukšanova vrata i bože blagoslovi.' A ja u prosce. Vukšan me počastio rakijom i pogačom, pa će mi: 'Valjan si, Miloše, i ako bog dade i sveti Nikola, neću požaliti da mi budeš zetom.' Zamalo, grmjele Krajinom puške svatovske - a ja dovedoh majci zamjenu, dovedoh Maru. Sretne li majke, sretna li mene! - 'Ta nema ti, sinko, snahe takve u devet sela kako je krotka i udesna, na posao brza i svemu razumna!' A gdje nije majka hvale našla, našao sam ja. Da sam dao tri tovara zlata i pušku okovanu, ne bih bio našao bolje, vjernije žene od Mare. Mnogim se nažao dalo da se nije kolovođa uz njih zapetljao bio, nu zato nisi čuo ni od ženskoga jezika na Maru žalne riječi.

Teklo mi vrijeme kao rijeka brzica i nisam žalio teška posla ni muke, ta kako bih žalio? Bio sam sretan. Četovao sam na Turke kao i prije, ali navaljivao sam srčanije, branio se hitrije. Znao sam sada zašto se bijem, znao sam koga branim. Za prvih dana bilo Mari teško dijeliti se od mene, kidisala jadna da me ne snađe kakovo zlo. Kako ne bi, ta čovječe, mlada žena! Priljubila se bila uz mene kao ždrijebe uz majku. Ali se po vremenu svikla. Šta ćeš? Nije fajde. Moraš te moraš. Kako je komu bog dosudio, komu pušku, komu knjigu. Takav je svijet. Pred našim selom stoji vršak, ima odanle na po ure vida. Do vrška bi me Mare ispratila kad sam polazio na Turke, i tu je sirotica virila kutreći za mnom dok su oči dosizale, a ja putem bugario nek me Mare čuje. Na vršku bi me Mare i dočekala kad sam se vraćao od četovanja; snimila bi ona s mene torbu i dugu pušku pa ajde veselo u selo. Ne bih ja legao bez oke vina i janjećega rebarca. Nana mi prela do ognjišta, Mare savijala bijele ruke oko šije, a ja udri pričati kak je bilo, kako Turci Bošnjaci ponicali nikom i kako poturicama ostala kapa pusta. 'Ele Miloše', znala bi reći žena, da ne znam da si hrišćanin kao i drugi ljudi, da te ne vidim vesela i vedra uza me, rekla bih da si vuk, da si vukodlak.' 'Ne budali, diko!', odvratio bih joj ja, 'ta vidiš da sam hrišćanin, pa zasiječem li po kojput ljuće, nisam ja kriv, već ono zvjersko pleme koje ne poštiva ni boga ni bogorodice.' Bilo je i druge šale. Mare i zatrudnjela. Bože moj, ele radosti! Ali šta ti tu pričam, jošte si premlad, golobrad. Kad sam onako ležao u šikari kao zmija, vrebajući na koje Ture, sklopio bih oči i stao razmišljati o Mari, o kući. Kanda je preda mnom stajala. Gle, kako po kući brza i naređuje i maji godi. Do godine bit će i krštenja dadne li bog sreću. Za popa spremio ja šljivovice trogodišnjice, a za popadiju nov ubrus. Dobro mi je bilo sred vrleti snivajući tako. Minu ljeto, minula zima, dođe i proljeće, a mi imali sinka. Da si ga vidio, ma crnomanjast deran, a živ, a jak, nu Kraljević Marko. Sad nana stara da poludi. Pravdale se bake u selu je l' više na oca, je l' na majku. Ali ja se bakama smijao, imao sam sinka. Tad se zakvačismo ljuto sa Turcima. Pobili mi i pohvatali cijeli tovar tih poturica ljutih. Išlo se na zube, jer poturica gori je od Turčina. Uhvatismo i mladoga Jusuf-bega od Požege i dovedosmo ga u naše selo. Znala je za njega sva Krajina. Tukao je kao lav, ne štedio ni glave, ali nije on mario za zlato popovsko ni blago kmetsko, njega mamile žene. Za ženom će poludjeti. Ni djevojka ni žena nije od njega zdrava ostala - prava osmanlijska krv po materi svojoj. Mal da ga ne zatukoše naši. Ja ga obranih! Oj lud li bijah, koliko sreće da je poginuo. Ali ja svojima rekoh: 'Ta ne budite kukavice! Sred ravna polja koljite Turke, ali kad u njega nema ni sablje ni puške, kukavno bi bilo ubiti ga kao blašče! Čekajte! Doći će i njemu crni petak. Kad oni naše roblje sijeku, a hoćemo i mi njih. Ali bez suda, bez poglavara ne valja.' Ture bilo u selu kanda i nije sužanj. Prolazilo ulicom sa oružnikom pa pjevalo. U zao čas speti Maru. Uzavrelo Ture, kako mi rekoše. Naskoro dođe zapovijed da ga pustimo na slobodu. Zamijenila gospoda njega za naše ljude, što ih zarobio bio požeški paša. Išao ja po zapovijedi u Ivanić. Kad se kući povratih rekoše mi da se u selu desio neki vidar, malen, razrok, a taj da je liječio svijet i marvu i prodavao masti kojekakvih. Reče mi Mare da ju je taj patuljak mitio nekom masti i obilazio oko kuće i pitao za mene. Za mene? Šta ću mu ja? Ta hvala bogu sam zdrav. A ne pamtim ga. Treći dan da je svoju robu naprtio na kljuse i pošao put donje Krajine. Ja ne mario. Ta nema li dosta skitalica po svijetu. Prozimovasmo sretno i zdravo. Ali eto ide zapovijed da gospodin ban Petar Bakač kupi silnu vojsku na Turke. Vojvode sakupili sve haramije, a mene zapalo u četu Radmilovića. Iscjelivah sinka, izljubih ženu, pa da mi ne skine oka s djeteta. Inače polazio sam veselo u boj, ali onaj put nešta mi davilo srce. Slutnja, šta li. 'Miloše, božja te ruka pratila i povratila' zajeca mi žena i sklopi ruke oko šije.

Ban Petar ne bijaše pržibaba, već u njega gvozdeni zubi. Mi udri, a Ture drž, mi udri, a Ture bjež! Vijao Petar ban hulje, a oni skakutali kao miševi od mačka. Pokrsti ih ljudski, mirna Krajina, a mi pjevajući kući. Ja put pod noge pa danju i noću. Bilo dva sata od našega sela, bilo nas više sve haramija. Sretoh kuma iz drugoga sela. 'Pomoz bog, kume!' 'Da bog pomogo', odvrati mi plaho kum. 'Šta je, kume, te me gledaš sa strane? Kako kod kuće?' 'Ništa, ništa! zlovoljica. Kod kuće sve zdravo!' 'I hvala bogu!', poveselih se ja. Ode kum zbogom, a mi prema selu. Dođosmo do vrška. Nema Mare! Čudo! Ali čekaj, dikice, danas ću ja tebe preteći. Kad iznenada banu pred nas Đorđe, sinak našeg kneza. 'Za ime boga, ljudi, brže! 'Šta je?' zaviknuše svi. 'Brže u selo. Turci Požežani navališe jutros, povedoše marvu i roblje!' Zazeblo me. 'Šta je, Đorđe, boga ti?' zapitah van sebe. 'Dođoše oko podne kao grom iz vedra neba sve na konjima. Pred njima Jusuf, a s njima onaj mali vidar, na ovo-ličak. Uhoda turska bit će. Što je stoke u kući bilo, sve povedoše. A ovaj vidar dovede Jusufa do tvoje kuće, Milošu. Uđu. I udari jauk iz kuće. Izvukoše ti majku krvavu i baciše o tle kao strv, a ženu i sina uzeše na konja pa bjež put šume. 'Pozdravi junaka Miloša', udari vidar u smijeh, videći gdje stojim kao kamen. Zamalo planu ti kuća plamenom. Ubiše i popa i popadiju, razvališe crkvu. Zlo! zlo!' - Oči mi se zališe krvlju, ruknuh ko bijesna zvijer i kao da me je vjetar ponio, poletih naprijed u selo do svoje kuće. Garište! Prazno, pusto! Padoh o tle na ostanke moje sreće! Oko srca mi se savijale ljutice! Mare! Mare! Sinko! Gdje si, gdje si? Ništa, ništa! Jao! Bože! Teška je tvoja ruka! Ne pitah za majku - susjedi je primili u kuću, za Turke pitah - za Turke! Kad li dođoše! Kad li pođoše? U susjedovu dvoru stajao je konj privezan. Poklopih ga. Preskočih tarabe i kao lud u šumu. Bila je noć. Nad šumom mjesec. Tjeraj uru, dvije ure. Znam ja Turke, neće oni svu noć bez konaka. Tjeraj tri, četiri ure bez duše, bez daha. Krv mi skočila niz lica, grane me udarale na obraze. Mozak mi se vitlao. Nagnuh se na konja. Vruć je, pjeni se, griva mu vijori, ali leti, leti mahnit i promeće tihi noćni zrak burom. Dođoh do provale gorske. Nešto mi sinu pred očima. Vatra. Stadoh. Da vidim. U dubini dolje sjede oko vatre Turci. Piju, viču. Među njima malen čovuljak. Bit će vidar. O drveću privezani konji. A podalje u zasjenku? - Da, da! 'Roblje. Mare! Mare! Sinko!', zavapih u sav glas, 'evo me, evo!' 'Miloše moj!' odazva se Mare. Skočiše Turci. Namjerim. Cak! Mrtav legnu Jusuf. Poklopiše konje. Cak! puče mi mala puška i svali se drugo Ture s konja. Pustim uzde, u jarak, u jarak! 'Ha ti, Milošu!' zakriješti ona kržljava hulja. - I planu mu puška, a žena mi sruši se mrtva. Letih. U puški nema zrna. Ali jao hulja uhvati moga sina za kosu. Ubit će ga. Ne. Na konja ga diže. Odjuri, a Turci od straha za njim. Dođoh do žene! Hladna! Ali sin je živ, nu oni ga nose! Tjeraj! Za njima. Pade mi kapa. Konju nestaje sape. Trgnem nož, da bocnem konja u rebra. Leti nizbrdo, uzbrdo. Leteći napunim pušku. Eno ih, sad idu iz šume. Ha to je vidar, a to mi je sin! Da! da! Tjeraj de konjiću! Blizu smo! Na puškomet. Čekaj! Ali jao. Prope se konj, pade, izdahnu. Padoh i ja. Odoše bez traga. Jao krste bože! Ubiše ženu, odniješe sina, samo noću ori se zloradi smijeh toga sotone."

Haramija zašuti. Do dvije debele suze skočiše mu na oči, na sijede brkove.

"Dosta je", prihvati opet, "čuo si sve. Bogzna gdje mi je sin, ne nađoh mu traga. I eto se bijem po životu kao voda u bregove. Ali đavla onoga da se dočepam", zaškrinu haramija "zubima bih ga raznio."

"Vidara majušnoga misliš?", zapita ga u čudu Jerko, "možda ga je voda odnijela."

U taj par stupi Pavao pred gradska vrata.

"Jerko, brate!", prihvati upol glasa poljubiv mladića, "vrati se u Zagreb, čuvaj Doru kao oko svoje. Zbogom!"

"Hoću, brate!", odvrati potiho Jerko.

"Hajdmo, Miloše, u ime boga!". Časnik i haramija poklopiše konje i odjuriše.

A Jerko sjeđaše dugo na kamenu gledajući prema strani kojom je Pavao odletio bio.

XV

Oko Tri kralja godine 1578. bijaše vrlo burno. Zima, da nisu najstariji ljudi takve pamtili. Snijeg do koljena, a pahuljice sve sipale s neba kao iz vreće. Bilo je osam ura večernjih. Po ulicama ni žive duše, a i koji bi kršćanski čovjek izišao iz kuće u takvo nevrijeme. Prvosan ljuljao je građane i građanke plemenitoga varoša. A u kući majstora Krupića jošte ne bjehu legli. Majstor je sjedio i svjetlao gospodsku zlatnu čelenku sjedeći do peći i promatrao oštrim okom drago kamenje pri uljenici, a do njega sjedila Dora i čitala mu iz velike okovane knjige život svetaca. Djevojka bila je ponešto blijeda, nu svejednako mila i lijepa. Nije joj se vidjela tuga na licu, ali se vidjela tajna sjeta. Bila je baš završila život svetoga Augustina, biskupa zagrebačkoga.

"Dosta je, kćerce, pusti svetoga Felicijana za sutra. Već je i kasno. Magda se zakopala u svoje uzglavlje. Zima je, bura je. Idi i ti pa lezi. Idi, idi!" Starac motrio je svoje zlato ispod oka vrlo zabrinuto. Zdrava je bila, da. Ali kud joj vesela ćud? Nema toga više otkad je mladica pretrpjela silne one muke. Mlada zaklopi knjigu, dignu se i stavi je na policu.

"Da, oče dragi, pravo velite", primijeti; "hvata me san. Nešto se slaba ćutim. Valjda zlo vrijeme. Laka noć, oče dragi!", i poljubi starca u ruku, a on kćerku u čelo.

"Laku ti noć, dijete drago!"

I ode Dora u svoju komoru.

Za malo časa kucnu halkom tri puta na zlatarova vrata. Majstor se začudi. Tko to može biti u kasno doba noći? Pomoli glavu kroz prozor i zapita tko je božji?

"Domaći!", odvrati mu krupan glas.

Ubrzo otvori zlatar vrata i u štacun stupi čovjek visok, mrk. Kosa i dugi brci bijahu mu osuti injem, a sa omašne opaklije streso snijeg i baci ju na klupu.

"Oj, vi li, kume Ivane! Pomoz bog!", pozdravi ga zlatar pruživ mu ruku. "Otkuda ti?"

"Hvaljen bog i dobar veče, majstore dragi!", odvrati mrkonja, "ja upravo iz Požuna. Prolazeći kraj vas opazih svijeću i nije mi se dalo da se ne svratim amo da se malo iščevrljam. Ne čekaju me ni žena ni djeca."

"Znam, mladenac!", odgovori zlatar.

"Ta da! Brr! Zlo vrijeme. Prozeblo me do srca."

"Gle, iz Požuna. A šta tamo za nas?"

"Parnicu proti Gregorijancu potjerat ćemo snova."

"Ej tjerajte. Ali ja mislim, od te muke ne bude pogače", doda zlatar kimajući glavom.

"Vi, nevjerovani Tomo!"

"Rekoh, ne porekoh!"

"Da vidimo! Pa onda - imamo bana."

"A da! A koga?"

"Barona Ungnada, vele."

"Začudo, njega. Kako to?"

"Da dijete ime nosi."

"Nu kakav je? Šta kaže svijet?"

"Ta takav -", slegnu došljak ramenima.

"Bio je dosad general u Jegru. Nadvojvoda da mu veoma voli."

"Da voli?"

"Kažu. Uostalom nije čist domaći sin. Štajerac, šta li."

"Znam. Pamtim staroga Ungnada sa velikom bradom, Ivan, kako li se zvaše. Samoborac je l'?"

"Bio iz Samobora. Očinstvo ode po netragu. Sve je založio. Nu sad će valjda iskupiti kad je ban."

"Pa što mislite za nas?"

"Hvale ga da je odrješit. Ali mnogomu se ne nadaj. Petlja uz petlju. Ne voli ti to građanima, a Stjepko medvedgradski da će podbanom biti."

"Nazdravlje! Eto lijepe pjesme za nas! Opčuvaj nas sveti Blaž!"

"Valja skupiti sile da nam gospoda ne dođu kape, jer inače zlo po plemeniti grad."

"Da, da i kako. Obrezuju nam stare gradske sloboštine kao zlatan cekin. Bojim se. Osobito Stjepko", završi zlatar življe.

"Ne bojte se, majstore", odvrati mrkonja, "vi me valjda poznajete. Što Ivan Jakopović zamisli, to mora i ovršiti. Davno je već što sam razmišljao o toj stvari. Već kad je pokojni Ambroz

došao u naše susjedstvo, mozgao sam ne bi li se tomu doskočiti
moglo. Rekoh ja varoškoj gospodi kako valja. I prionuše oni uz
moj savjet. U prvi mah živi plamen, da. A poslije uvukla se u
njihova srca prokleta zavist i oni dadoše Kaptoloviću neka tu ci-
jelu stvar proti Gregorijancima vodi. I on se zakopao u formule i
sentencije, a zdrav razum za peć. Pa istjerali lisicu. Sad je daka-
ko stoput gore, Stjepko će biti podban, a mrzi nas do zla boga
radi - - no radi vaše kćeri. A Ungnad ugodit će velikašima u ma-
lim stvarima, da oni popuste u velikim. Prejasni nadvojvode
uvidješe da se prkos gospode slomiti ne da, pa poslaše im bana,
ali taj neće drukčije raditi, nego po volji principa Ernesta i Kar-
la. Dočuo sam ja to u Požunu."

"Nu", doda Krupić, "to su stare gusle. Kad mi ono rekoste
da će ban doći, poveselih se da će možebit bolje biti, ali kad mi
rekoste kako je, vidim da će sve po starom ostati. Molim vas,
dragi gospodine Ivane, ja rado svakomu poslu gledam u dušu,
do dna, je l' čisto i jasno. Velikaši neki naši istinabog kivni su na
nas, jer ne damo da budemo kmeti, jer hoćemo ostati svoji na
svojem. Ali zato je opet vragometan posao tražiti pomoći kod
tuđih generala, ja bar ne idem rado u to kolo kolikogod neka
gradska gospoda govorila."

"Istina, istina", zakrči mu riječ Jakopović, "pravo velite,
dragi majstore. Ali kad čovjek ima pred očima što je pravo, mo-
ra ići svojim putem."

"A kako ćete?"

"Tako. Kad se ja od koga branim, komu se otimljem, tražit
ću pomoć od trećega dok je pravo i zdravo, ali nikad neću biti
topor za sjekiru trećega. Otmem li se, velim mu i hvala na po-
moći i bog. Ja ću se otimati gospodskoj volji samo dotle dok
budu vrijeđala našu sloboštinu, zlatnu bulu. Ali pod štajersku
regulu? Ne, nikada. Mi smo Hrvati."

"Tako treba. To velim i ja."

"I bog i duša, tako ću. Ni za dlaku popustiti gospodi, ali ni
za dlaku i od našega prava. Vi ste pametan, mudar čovjek, pa-
metniji nego mnogi naši mudrijaši. U vas gledaju građani, vas
slušaju. Zajedno valja da radimo, ja perom, vi jezikom. I ako
bog da, bit će ovaj plemeniti varoš što je bio i što biti mora. Ali

vi me morate pomagati, jer, padnemo li pod gospodsku volju, onda jao nama svima, a najviše jao vama i vašoj sirotici kćeri. Stjepko se je kleo da vam se mora osvetiti, jer da ste mu otkinuli sina od srca."

"Gospodine Ivane!", odvrati dobroćudno Krupić, "to bog zna da ja kriv nisam. Boli me ljuto te je tako došlo. Volio bih da mi se je kći udomila u građanskoj kući, da je žena, mati, jer, kako svatko živ u Zagrebu zna, mene bogme ne tjera nikakva gizdost. Ali gospodine Ivane, ljudsko srce ne da se krotiti kao plah konj, a ja svoga djeteta neću na muke navijati. Sirota je i onako dosta pretrpjela. Govorio sam joj dobrim, i ona se sprezala što je znala, da ne bude opet vike kakve je bilo. Vi znate najbolje, gospodine Ivane, što je zagrebački jezik. Moja kći je čista, to bog zna. Krotila je ona srce svoje. Ali šta? Ljubav joj se zajela u srce, davi ju, davi i sirota gine mi na oči. A mladi Gregorijanec je poštenjak, čist kao sunce. Poznam ja svijet, poznah i njega. Vidite u rat je pošao da ne bude opet prigovora i gnjeva od njegova oca. Pitah se dakako više puta šta će to biti? Pitah se, ali ne nađoh odgovora. Da pođe za mladoga velikaša? Teško, jedva vjerovati. To je proti navadi. A mogu l' ga tjerati od kuće kad je pošten, kad joj je dva puta spasio život - proti vlastitomu ocu? Bog je tako dao, sve je u božjoj ruci. Ja nisam kriv, ja sam pošten Zagrepčanin."

"Bog vas vidio, tko vas bijedi zato, majstore, tko vam veli da ste vi krivi? Tako se zbilo. Nu ja vam to zdaleka natuknuh da se sjetite, da ćemo mi Zagrepčani imati vraškoga okapanja i da valja skupiti pamet, da valja paziti i raditi prije nego nas napast nađe, jer, po svem bih rekao pući će naskoro strijela i jao ako nas pogodi. Zato budite uz mene, radite uz mene, da vidimo onda jesmo li vrijedni održati kao slobodni građani sloboštine naše, ili jesmo li rođeni da budemo kmetovi. Nu kasno je, sutra pričekajte me pa ćemo dalje. Vi moj, ja vaš i laku noć."

"Vi moj, ja vaš i sve za naš grad. Laku noć!"

Ivan Jakopović, potomak stare zagrebačke obitelji, bijaše čovjek u svakom obziru osobit. Premda neplemić, ponosio se on svojim građanstvom. Vrlina građanska, radinost, tvrdo neoborivo poštenje dičilo je toga vanrednoga čovjeka; što više Jakopović, budući po naravi vrlo oštra uma, bio je "literat", tj. pismen čovjek, ne samo kakvi bijahu patriciji slobodnih gradova, već upravo čovjek vještak pravu i drugoj znanosti, koliko je bijaše za onoga doba. Sve svoje znanje i umijenje pako skupio on da prodiči svoj rodni grad, da mu obrani sloboštine i da pleme-nitomu varošu osvjetla lice. Pritom pomagala ga je njegova tvrda, neoboriva volja, neobična rječitost i bezobzirna smjelost. Nije imao djece ni žene, a opet se računao u bogataše. Dobe je bio muževne, a kršna zdravlja. Nije bilo u njega ni mane ni strasti, a sav imetak, sve znanje, sve zdravlje ne bijaše mu nego sredstvo da poluči jednu svrhu - sreću zavičaja svoga. Sugrađani njegovi smatrahu ga nekim živim čudom, kojega nije osvajao kramarski duh tadanjih građana. Gradska gospoda ne bijahu mu dakako prijatelji od srca, znajući da im Jakopović gleda prste, što je vrlo dosadno bilo. Nu videći da puk uz njega prianja, da je cehovima štono se veli "bog" i da nema gradu boljega štita od Jakopovića, klanjahu mu se kad nije drukčije bilo. A i sami velikaši zaboravili bi pred Jakopovićem svoju silovitu ćud te ga poštivali kao ravna sebi, jer im je znao otkrojiti istinu u gospodski brk ne klanjajući se, ne cifrajući se. Dobro su oni znali da Jakopovića neće ukrotiti ni slatka gospodska riječ, ni uznositi posmijeh, ni obilna gozba; znali oni da taj čovjek ide samo za bistrim umom, za poštenim srcem. Zato su ga i mrzili kao živoga antikrsta, zato ga i štovali kao neoboriva poštenjaka.

Jakopović bio je obašao dosta svijeta, bio je po više puta u Požunu, u Pragu, u Beču. Poznat je bio sa doglavnicima kralja, sa samim dvorom, znao je on i to kako drugi građani brane pravo svoje.

Videći opći metež i uzrujanost plemstva, znajući da kraj vanjske napasti ona nutarnja razmirica ustrajati ne može, pođe u Požun da vidi šta je. I brzo uputi se da hitri Drašković nadvojvode sa hrvatskim plemstvom izmiriti radi, a znao je dobro da to po Zagreb dobro biti neće.

"Sad treba skupiti snagu!", reče Jakopović i odluči stati otvoreno na branik slobode svojega grada proti sveopćoj navali.

XVI

Hrvati dobiše bana. Nadvojvoda Ernest teško se bio odlučio da povrati kraljevini staru ovu čast, misleći da je već hora dospjela gdje bi zemljom mogao zavladati general, koji da se samo zakune kralju a ne narodu. Nu kako god je stališima bilo dogorjelo do nokata od teške turske sile, nisu oni zaboravili svojega staroga prava. Ali mudri dvoranin Drašković sklonu svoga gospodara da dade Hrvatskoj glavara po starom običaju, primijetiv "da se može za bana postaviti čovjek pouzdan, poslušan, koji neće nego vršiti volju prejasnoga principa." Najednoč puče po kraljevini glas da je postao banom kraljevina Dalmacije, Hrvatske i Slavonije velemožni gospodin barun Krsto Ungnad od Sonneka i Celja, general i komornik njegove cesarske i kraljevske svjetlosti. Svijet se je tomu vrlo čudio. Za Ungnada malo je tko čuo bio, o njem baš nije nitko ni mislio, ta nije se u Hrvatskoj ni znalo kakav je to čovjek. Po porijeklu svome bijaše Štajerac, čovjek tuđe krvi, nije se dakle bilo bojati da će njegovo srce planuti za staro hrvatsko pravo. Nu Ungnadi imađahu imanja i s ovoga kraja Sutle već od davnih vremena, bijahu i inartikulirati. Hrvati ne mogahu dakle reći da im se po formi nameće stranac za bana. K tomu bijahu Bakači veliki prijatelji Ungnadovaca. Krsto sam ne bijaše nego vojnik - general. Veći dio svoga vijeka probavio on van Hrvatske na konju ili pod šatorom. Ne mareći nego za vojnički red i posluh, slabo je znao za sloboštine i artikule kraljevine, već samo za volju prejasnoga principa, a drugoga zakona nije ni trebalo. Bio je i udovac, njegove kćeri živjele su u Kranjskoj kod rodbine, a on obilazio po komandi svijet, jurišao i uzmicao, pio i kockao se. Godine 1578. bijaše zapovjednikom carske posade u Jegru. Tu je sjedio i dangubio loveći ribe i tukući šljuke. Čudno su gledali Hrvati kad dočuše kakav im se namjenjuje ban, čudnije gledao sam Ungnad, ta ni u snu nije se on nadao bio takvoj časti. Ostavi dakle kocke i vino, šljuke i ribe i pođe veseo put Hrvatske. Hrvati pako rekoše hvala bogu, ne pitajući kakav je, već samo da je ban.

Na dan svete Agate, djevice i mučenice, to jest na peti dan mjeseca veljače 1578. bude u plemeniti varoš na "grčkih goricah" uročen glavni zbor gospode i plemstva cijele kraljevine, da se uvede po starom, svečanom običaju novi "dugo i željno očekivani" ban. Već bjehu u Zagreb stigli carski komisari, nadbiskup Đuro Drašković i velemožni gospodin Kristofor Kinigsberg. Velikaši i manje plemstvo kupilo se jatomice. Poslanici županija i gradova dobrzali pod svojim starim zastavama, a bansko konjaništvo razapelo šatore svoje na trgu tridesetnice ili "Harmici". Novi biskup Ivan Moslavački častio je dan na dan plemstvo. Mudri Drašković bio je vedar i veseo, dokazujući najopornijim velikašima da je sada sve lijepo i dobro i da sloboštine plemstva stoje na tvrđem temelju negoli crkva Sv. Kralja. Novi gospodin ban da je i sam velikaš hrvatski koji će znati braniti prava domovine, a ostale dostojanstvenike neka po volji bira sabor, jer da je tvrda volja prejasnoga principa Ernesta i Karla da se stališima u svemu sačuva njihovo pravo. Pilo se, jelo se, pjevalo se; sve bilo vedro, veselo, svuda se čulo "Vivat banus!" Premda je zima bila ljuta da su sve ledene svijeće visile o zagrebačkim krovovima, znojio se varoški sudac trbušasti Ivan Teletić kao u vrijeme žetve. Kraljevski grad Zagreb morao je "po privilegiju" zlatne bule svakomu novomu banu dati pečena vola i dosta kruha. Kupio je dakle brižni sudac od Mate Vernića rogata orijaša za sedam ugarskih forinti i šezdeset i dva dinara i naručio kod majstora Nike Tihodića kruha za sedamdeset i osam dinara. Trebalo popraviti gradsku zastavu, trebalo pofarbati žezlo gradskoga suca, pa onda pozlatiti gradske ključe što će se iznijeti pred bana, trebalo popraviti gradske lumbarde i novu peć staviti u općinsku kuću gdje će ban stanovati. Nu bilo je posla na sve kraje, a sve, sve je to spalo na jednoga suca. "I bit će i više toga", reče sudac, "ban ne ima šupljega dinara, a vojska mu je gladna i žedna. Mora se namaknuti hrane, ta zlatna bula tako kaže, pa onda ne valja skupariti i zamjeriti se novomu banu, jer može biti gradu od velike pomoći." Gospodin sudac nije jeo ni pio od same brige. Ali i varoški notar Niko Kaptolović znojio se nemilo. Zavukao se u svoju sobicu i zaključao za sobom vrata, da isteše latinsku oraciju kojom će pozdraviti gospodina bana. Četiri puna lista bio je sitno ispisao pa tekar oraciji gotova glava, a retorički rep? Uh! Razgrizao je bio dva pera, a nema svetoga duha! Napokon mu prikrpa rep gospodin kapelan Šalković. Nu nije samo on trošio mastilo u slavu baruna od Sonneka. Prečasni gospodin kanonik Đuro Wyrffel proslavio je neznana djela gospodina Ungnada slavospjevom od devedeset safičkih stihova.

Naravski je bilo po plemenitom gradu govora svakojaka.

Pekarka Tihodićka pričala je Magdi, koja je i opet mirno sjedjela u svojoj daščari, da njezin dragi Nikica zbilja kruh mijesi za inštalaciju. Čula je i to da će ban unići u grad na bijelcu arapinu komu će biti griva prepletena suhim zlatom. Najviše posla imala je gospa Freyovka. Oblijetavala je ulice kao muha bez glave, čevrljala ovdje, brbljala ondje, pa svuda puna torba novica.

"Oj, draga prijo!", začegrta padnuv u rano jutro u Šafranićkin štacun, "dobro jutro i dobro zdravlje! Ele da vidite parade što će biti od novoga bana. Vola su već kupili i kruh se već peče. Za lumbarde treba im deset funti praha puščanoga, to će biti komedije. Bogme se bojim. Kad onako velika puška pukne, klepeće mi srce kao praporac. I kažu da će novi ban imati kabanicu od fine svile, a po njoj same zlatne zvijezde."

"A, da!", začudi se supijana Šafranićka.

"Brus!", zakriješti mali Šafranić stupiv u štacun, "kakva svila vas napinje. Šubu od medvjeđe kože, velim vam."

"Nu moj stari mi to reče", odvrati Freyovka, "on je u stanu gospodina bana, u općinskoj kući na vratima zabio nove čavle. I to mi reče da je novi ban crn, visok čovjek i da vrlo rado jede frigane ribe."

"A, da!", otresnu se mali kramar, "medvjeđu kožu, velim vam i opet. Pa šta visok, šta crn? Mal, plav, tako je. Mi varoška gospoda to bolje znamo."

"Ali čuješ li, Andrijo?", zamrmlja kramarka. "Kuma Freyovka to bolje znati mora. Njezin je stari sve to čuo kad je čavle zabijao. Ne govori mi ludo."

"Nu, pa da, ženice! Gospa Freyovka pravo veli. Visok crn i zlatne zvijezde!", pokori se kramarčić svojoj prevjernoj drugarici.

168

"Šteta, vječna šteta", zaklopota opet čavlarka, "da je nestalo Grge Čokolina iz grada, taj bi znao sve na dlaku pripovijedati. To je bila glavica, je l'?"

"Da, da!", potvrdi kramarka, "pametna glavica. A kud se je djeo?"

"Opčuvaj nas bog napasti. Ali onoga dana kako je pošao na Medvedgrad, nije ga živa duša vidjela", prihvati važno čavlarka. "To nek sveti bog zna. Nije čist posao, nije. Vele da je na crnu jarcu odletio na Klek. Opčuvaj nas sveti križ", prekrsti se baka.

"Škoda, bio je dobričina. Je l', Andrijo dragi?" "Da, dobričina!", odvrati kramar.

"Samo bi katkad odviše pijucnuo vinca", čavlarka.

"O, i rakije, i rakije!", kramarka.

"Da, rakije!", potvrdi kramar.

"Još mi je i sad dužan dva dinara, pijandura ta!"

"I kockao se Grga u noć sa mušketirima", čavlarka.

"A otkuda mu novaca?", kramar.

"Pravo velite, kume Andrijo!", užesti se čavlarka, "otkuda mu novaca? Ali da vam kažem. Pravio je zlato i vrag - pomozi mi sv. Blaž - i vrag mu pomogao. Bio je crni đak, to vam je."

"A, da!", začudi se kramarka.

"Bijesa je pravio zlato!", zamrmlja goso Andrija gladeći tr-bušinu. "Slavni magistrat dao je razbiti štacunu vrata. Pa šta na-đoše? A? Tri rđave britve, dva lonca zečje masti i staru bundu. A zlata, na ni ovoliko!"

"Ali Andrijo, zalupana glavo", razjari se Šafranićka, "čuješ da kuma Freyovka kaže da je bio crni đak!"

"Nu, da, da ženice! Crni đak!"

"I lopov i varalica je bio. Punctum", završi čavlarka. "Ali malo rakijice molim. Ha, to grije. Hvala. Zima, nos bi čovjeku otpao. Zbogom, kumice zbogom, kume. Da, vidiš", okrenu se pod vratima, "lopov je bio Grga. Sirotu Doru kako je uvrijedio, poštenu djevojku. Ali mladi gospodičić Gregorijanec - fina ro-ba, e? Napustiti djevojku ovako kao praznu čašu. Ti muškarci, ti muškarci - živi grijeh - a mi jadne sirotice."

"Da, muškarci su živi grijeh", zakima Šafranićka.

"Živi grijeh!", odazva se Šafranić uzdahnuv teško. I čavlarka odjuri snijegom da uvreba nove novice po gradu.

Na ulici skobi se s dugoljanom Đukom Garucom koji je stajao i nemilice u velik bubanj lupao u kolu poštovanih meštra i živahne mladeži. Freyovka ustavi se i doču kako Garuc u ime slavnoga magistrata svim i svakomu na znanje daje, kako će sutra biti svečana inštalacija velemožnoga gospodina bana i da je oštro zabranjeno na taj dan bacati iz prozora smeća i lijevati parila na ulicu, kako to u plemenitom varošu biva, jer bi se tim vrlo lasno skupocjeno odijelo gospode velikaša oštetiti i kvariti moglo.

Pojavi se i peti dan mjeseca veljače 1578. Po ulicama zagrebačkim vrvjela je množina svijeta i visoka i niska roda. Lumbarde gruvale, zvona zvonila. Mario svijet za zimu, mario za snijeg. Pristrešak svake kuće bio je načičkan ljudstvom. Lumbarde gruvale, zvona zvonila. Ide ban, ide ban! Kod Kamenih vrata stajahu varoška gospoda, debeli Teletić držeći pozlaćene ključe, Andrija Šafranić, asesor, držeći zastavu sa tri tornja, cehovi, a pred njima meštri cehova, odjeveni dolamom i držeći štap sa zlatnom jabukom. Među njima šetao je amo-tamo gosp. Niko Kaptolović, opasan kratkom sabljicom, kašljucajući i opetujući na tiho svoju slavnu peroraciju. U tom kolu stajaše i podalje cehmeštar ceha kovačkoga Blaž Štakor, a uz njega zamišljen Ivan Jakopović, poslanik grada Zagreba.

"Gospodine Ivane!", gurnu bravar laktom literata. "Vidite kako to viče i kliče. Sve je veselo kao na Božić. Ja ne vidim dobro u toj mutnoj vodi. Boga vam, vi ste pametna glava. Kažite mi po duši, je l' taj ključ k našoj sreći?"

"Hm!", odvrati Jakopović, "tko zna šta će sjutra biti. Idemo da vidimo. Pameti treba svakako i sloge treba."

"Da, da! Ja velim dušu u se, gospodine Ivane! Da vidimo. Bolje ti je kad se čovjek pri kraju smije", doda ozbiljno Štakor.

Ide ban, ide ban! - razlijegalo se svjetinom. Trublje se orile, mali bubnjevi tutnjili. Vivat banus!, vikaše svijet. I primaknu se provod Kamenim vratima. Naprijed gospodin prabilježnik Mirko Peteo na vatrenu vrancu držeći crvenu svilenu zastavu, a na njoj grbovi kraljevine Dalmacije, Hrvatske i Slavonije. Za njim jezdilo je sto banskih konjanika u plavetnim dolamama. Za njima poredali se poslanici županija i gradova pod svojim zastavama sve na konjima. Sad dođe deset carskih trubača i deset bubnjara pod pernim šeširom na hatovima, za svirkom staklena visoka kola, u njima carski komisari, a za njima - novi ban. Nosio ga, je vatren bijelac sa crnom zvijezdom na čelu. Griva konju bijaše duga, a u nju upletene zlatne resice. Naprsje konju bilo je od obla jaspis-kamena, a u njem urezana zlatna arapska pismena. Na konju stajala je koža od risa. Živo je bijelac njihao glavu, prokšeno mu igrale tanke noge po kamenu. Sam ban bijaše čovjek malešan, krupan. Lice mu oblo, ali puno nabora, reć bi lijeno. Žuta brada padala mu je do prsiju, a nad praznim, sivim očima stršile guste plave obrve. Junačkoga lika i držanja nije bio. Spustio se lijen u svoje visoko, šiljasto sedlo kao da mu cijela ta slava dosađuje, samo katkad bi se prenuo i prkosito podigao glavu kao što obično čine ljudi velike časti i male pameti. Odijelo mu ne bijaše hrvatsko. Na glavi sjedila je obla svijetla kaciga sa zlatnom čelenkom, a vrh kacige treptjela bijela i crvena perjanica. Na prsima mu sijevao oklop gvozden sa zlatnim klincima, a po oklopu kuckala kolajna sa slikom cara Rudolfa II. Mač i pojas bijahu okovani finim srebrom, a niz leđa padala mu je medvjeđa koža. Čudno li se odbijao taj riđi malešni oklopnik od sjajnoga jata bogatih velikaša štono na konjima slijeđahu bana. Keglevići, Bakači, Draškovići, Malenići, Grego-rijanci i drugi kršni i mrki junaci hrvatski, osuti zlatom i ale-mom osvojiše oči zvjedljive svjetine.

Pred Kamenim vratima ustavi se ban. Lumbarde zagrmiše. Sudac mu predade zlatne ključe, a u kolo stupi pred bana dršćući i blijed dugoljan Niko Kaptolović. Nakašlja se dva puta, pokloni se tri puta i prihvati jezikom slavnoga Cicerona:

"Magnifice, egregie, spectabilis domine bane! Kad je jedanput u stara vremena slavni junak Herkules stajao na raskršću, dva mu se pokazaše puta; jedan lagodan idući u bujne, plodne poljane, a drugi strm, posut trnjem idući na visok vrh -"

Nemirno stade Ungnad žmirkati:

171

- "visok vrh", nastavi Kaptolović ponešto smeten. "Ona bujna poljana bijaše put raskoši, a onaj strmi vrh staza kreposti. A pitam, gloriose prorex noster, tko je bio taj Herkules? Treba li pitati kad gledam tvoj uzvišeni stas, tvoje tamno junačko oko? Treba li pitati, da l' je Herkules pošao strmim putem kreposti, kad smo evo na svoje oči gledali kako se je tvoja velemožnost na ovo naše staro gričko brdo popeti izvoljela?"

Ungnad nije bio osobit prijatelj latinštine, nu toliko je ipak razumio da je usljed kitnjaste peroracije od malena postao visok čovjek, da je dobio mjesto sivih najedanput crne oči. Da uzmogne dakle nastaviti strmu stazu zagrebačke kreposti, odreza ukratko:

"Bene! Bene!", bocnu konja i pojuri s plemstvom dalje. Jadni Kaptolović stajaše otvorenih ustiju, dok ga nije tišma ponijela sa sobom u gornji grad.

Pred poslanstvom Kaptola zagrebačkoga, pred cijelom općinom gospode i plemstva hrvatskoga položi barun Kristofor Ungnad desnicu na sveto evanđelje i zakle se narodu da će braniti sloboštine kraljevine. Tri puta digoše ga uvis kliknuv "Vivat banus!", i Hrvatska imala svojega bana. Ungnad gledaše sprvine u čudu šta se tu radi, jer nikad za života nije takva šta vidio bio, ali kad su slavni stališi i redovi stali birati časnike, ponajprije za podbana Stjepka Gregorijanca, zatim druge, kad se u širokim latinskim oracijama počelo govoriti kako da se popravi sreća tužne domovine, stade Krsto zijevati i reče svomu časniku Melkioru Tompi od Horšove:

"Gladan sam. Sutra ćemo dalje, za danas je dosta!"

Veselo kliktaše plemstvo razilazeći se u dvorove.

"Nadvladasmo!", bilo je odasvud čuti, "Gregorijanec je podban."

Vedre volje, glasna grla častio se puk oko pečenoga vola na "Harmici"; veselije se častila gospoda po dvorovima. Kod gospodina prepošta Nikole Želničkoga bila je danas osobita čast. Čelo stola sjeđaše novi podban - mrki Stjepko Gregorijanec u bogatoj halji od crvene kadife, o pojasu mu široka sablja. Bio je danas van reda veseo, tamne su mu oči plamtjele, svaka žilica mu je igrala. Uz njega sjedio je pjeneznik Mihajlo Konjski, su-

172

dac Blaž Pogledić, kanonici Šiprak i Vramec i druga plemenita gospoda. Nu začudo sjedio je za ovim stolom i varoški sudac Teletić, notar Kaptolović i literat Mate Vernić. Mudri Niko Želnički htjede da sastavi građane i velikaše, ne bi l' se jednom izmirili.

Na omašnom stolu pušilo se pečeno janje. Iz visokih staklenih vrčeva blistalo je zlato hrvatske loze. Gospodi tekao je jezik bez obzira, kucalo se, pjevalo, šalilo se i dosta masno. Samo Stjepko govorio je malo, a pio mnogo. Kad najednoč skoči Gregorijanec:

"Ele, baš lijepa janjeta, voda mi ide na zube kad ga gledam. Tako je negdje nekim te nekim bilo kad su gledali moj Medvedgrad, ali sad je toj litaniji amen."

"Zaboga, magnifice!", stade ga miriti domaćin pogledav građane.

"Bene, bene reverendissime!", odvrati podban, "bit ću miran. Ali moj prečasni prijatelju, gle, nas je mnogo, a janje malo, pa ja sam vragometno gladan, ta proždro bih cijeli Zagreb. Zašto nisi radije spekao čitavo tele, ta u Zagrebu ima ih dosta, je l' gospodine suče Teletiću?"

"Hvala bogu te ne ima vukova u našem slobodnom gradu!", odvrati ljutito varoški sudac.

"Gospodo, nemojte!", skoči Vramec, "ne trujte slatki dar božje ruke otrovom mržnje. Mir s vama!"

"Da, pravo je, pope moj!", nasmija se kroz vino podban. "Jedimo! Pijmo! Ali gle, moj nož je tup. Ej varoški suče! Uzajmite mi svoju sabljicu da raščinim janje, za drugo vam ta kosturica i onako ne služi! De'te no! A vaš poeta laureatus Kaptolović neka janjetu govori nadgrobni govor!"

"Ha! ha! ha!", udariše plemići u smijeh.

"No, de'te sabljicu! De'te, Teletiću moj!", pridignu se podban.

"Ako je mala, oštra je magnifice", dignu se i gradski sudac, "mogli biste se porezati."

"Sablju daj!", viknu Stjepko bijesan, "šta će tim kramarima sablja?"

"Kramari će vam odmah pokazati", uzjari se Vernić.

"Šta? Ho! ho! Zar tako? Gle, gle! I jošte reži na mene taj zagrebački skot? A znate li da sam podban? Šilo, kladivo, igla, to je za vas kukavice!"

"Stjepko!", uhvati ga Konjski za skut.

"A šta Stjepko!", oslobodi se podban, "da, uskipjelo mi je srce, sad sam gospodar, sad ću te cincarske hulje krstiti po mojoj gospodskoj volji, da i sažeći ću taj njihov šuplji osinjak za sve stare njihove grijehe."

"To je sila sub salvo conductu! Tako radi razbojnik", planu Vernić uhvativ sablju.

Gregorijančevim licem planu munja, oči zasijevnuše.

"Razbojnik veliš, huljo!", kriknu bez glasa, "vi, vi ste razbojnici, vi ste mi oteli sina, da sina, oj robovi jedni! Čekajte - strijela u vas! -", i uhvati Stjepko vrč, zamahnu i svom silom baci ga na gradskog suca. Ali brže bje ovaj ugnuo glavu. Vrč tresnu u zid, razleti se na sto komada i zlatno vino poprsnu ustrašene goste.

U ovaj par zabljesnuše sablje. Bit će krvi! Sad će gosti poletjeti jedan na drugoga.

"Mir s vama!", zagrmi Želnički, "ovo je kuća mira, a nije spilja razbojnička. Djenite, gospodo, sablje u korice i sram vas bilo da mi vraćate žao za ljubav! Nisam znao magnifice da vam je dušu opsjeo nečisti duh, a vas gospodu varošku molim da me ispričate što ste bili pod ovim krovom uvrijeđeni!"

"Zar tako i vi?", nasmija se podban. "Bene! Hajdmo iz ovoga popovskoga gnijezda. A vama Zagrepčanima, kunem se živim bogom, da ću se ljuto osvetiti. Ili ja, ili vi!" I bijesan ostavi podban sa ostalim plemićima kanonički dvor. Zamalo dojaviše varoška gospoda poštovanim građanima što se je zbilo na Kaptolu. Nemalo uzruja se grad.

"Zatvorite gradska vrata!", zapovjedi Jakopović.

"Ali gospodin ban reče", odvrati sudac, "da za vrijeme sabora imaju danju i noću biti otvorena."

"Zatvorite vrata", opetova Jakopović, "na moje ime. U tom gradu mi smo gospodari, a ja sam vaš poslanik u saboru. Recite građanima neka budu budni. Gledajte da obnoć bude vojske u gradu."

"Bene!", reče sudac, "budi po vašem. Vi ste naš poslanik. Zatvorite prije svega Kamena vrata, a ključ neka čuva starješina Petar Krupić."

Po davnom običaju nisu noću u Zagrebu ključe gradskih vrata čuvali najmljeni vratari, nego redomice gradski starješine ili građani, i ovaj put posla sudac ključe staromu zlataru.

Bilo je oko desete ure u noći. Mjesec lebdio je nad Kamenim vratima i svjetlo mu je blistalo na ledu kao na alem kamenu. U gradu sve tiho i mirno. Samo od "Harmice", od šatora pijanih banderijalaca čula se cika i vika.

"Oče mili!", reče Dora, "eto ti namjestih ključ, lampu i kresalo, ako bi trebalo otvoriti gradska vrata. A ovdje ti je kabanica i kapa, jer je zima da led sve puca. Čuvaj se ako boga znaš, a sada laka ti noć, oče mili!"

"Laku ti noć, Dorice draga!", odvrati zlatar i legnu na klupu u svojem štacunu.

Blaženo su počivali i carski mušketiri u stražarnici pod Kamenim vratima koji su danas pod vojvodstvom kapetana Blaža Pernharta ovamo smješteni bili.

Ujedanput začu se pred vratima topot i žamor. Stalo se silno lupati svana na gradska vrata. Desetaš Ivan Unreuter skoči da probudi zlatara. Poleti prema njegovoj kući i viknu: "Oj majstore! Na noge! Kuca se na vrata!"

Zakratko iziđe iz kuće starac Petar ogrnut kabanicom noseći veliku svjetiljku.

"Tko je božji?", zapita Krupić.

"Otvorite! Saborska gospoda sub salvo conductu kraljeve svjetlosti", ozva se svana nepoznat glas.

Zlatar otključa gradska vrata. Široka se krila razletješe, i u grad navali čopor bijesnih konjanika s plamenitim bakljama, koje su krvavim svijetlom obasjale bijeli snijeg.

U prvi mah zadrhta Krupić. Prepoznao bje vođu čopora Stjepka Gregorijanca i susjeda Mihajla Konjskoga. Ali se ubrzo osvijesti.

"Dobru večer i laku noć, velemožnosti vaša!", pokloni se starac Stjepku.

"A šta zatvarate vrata, kukavice? Valjda da vas tko ne ukrade? Niste li čuli zapovijed banovu? A tko ste vi, čovječe?", zapita naprasito supijani Gregorijanec.

"Petar Krupić, zlatar, na službu, milosti vaša!", odvrati starac mirno.

"Ha! ha! Ti li, stara huljo! Ti otac one bludnice koja mi zatravi sina. Aj dobro da te se dočepah, kujin sine! Sad mi uteći nećeš! Na ti plaće, đavole!", viknu kao bijesan podban i udari šakom starca u lice da ga je oblila krv. I skoči bješnjak s konja, uhvati zlatara za sijedu kosu i kao nijemu ga zvijer vukao i tukao.

"Jao! Jao! Za rane božje! U pomoć! Pogiboh!", zavapi bijedni starac. Bez svijesti klonu na zemlju i rumena krv omasti bijeli snijeg.

"De'te, momci, i vi!", obrati se podban svojim ljudima, "radi ovoga gada poginuše dva vaša druga Ivša i Lacko! Osvetite se!"

Kao raskorlaćeni psi skočiše sluge da pogaze starca.

"Crkni, kukavice!", zaviknu jedan, zamahnu sjekirom da odrubi starcu glavu. Ali kao lav baci se na njega desetaš Unreuter, uhvati mu ruku i nastade ljuto rvanje.

"U pomoć!", viknu desetaš.

Tu se pojavi od zlatarove kuće ženska u bijelu noćnu halju odjevena. Letjela je kao strijela, drhtala kao šiba. Bose sitne nožice propadale u snijeg, bujna kosa padala je niz ramena, a krvavi žar zubalja otkrivao je užas na licu mladice.

I zapazi krvavog starca.

"Oče!", vrisnu. "Isuse! Marijo!" I baci se na zemlju na oca.

"Ha!", zaškrinu Stjepko opaziv iznenada djevojku, "to je ta bludnica. Ej, sluge, zakoljite zmiju."

"Natrag!", zagrmi silan glas, "mušketiri, u red, naperi pušku!"

Stjepko se prepa. Četrdeset mušketira doletje iznenada pod vodstvom kapetana Pernharta iz stražarnice i naperi puške na podbana i njegove ljude.

"Desetašu Unreuter!", okrenu se kapetan mladomu vojniku koji je slugu svladao bio, "dajte znak građanima!"

Desetaš izbaci pušku u zrak.

176

"A vi, velemožni gospodine", nastavi kapetan Stjepku, "povrijediste razbojnim načinom salvum conductum. Sada pođite mirno kući vi i vaši drugovi, a ja ću prijaviti stvar kako je bila svojemu generalu."

Podban zaškrinu zubima i pojuri sa svojom družbom u dom svaka Konjskoga, ljut kao zmija i gotov plamenom satrti Zagreb. Od puške desetaševe skupi se brzo sila građana oko krvavoga starca. Kletve, psovke orile se noćnom tišinom i osveta kipjela je u svačijem srcu.

"Da porušimo kuću Mihajla Konjskoga!", čulo se odasvud; "da utučemo Gregorijanca!"

"Stan'te, braćo!", progovori glasno Jakopović stupiv iznenada u kolo bijesnih građana, "stan'te. Silom nas tare gospodar medvedgradski, a mi ćemo njega zakonom. Do krvi nas je uvrijedio, nas slobodne građane, i zakleo nam se da će pasti ili on ili mi. Dobro. Evo polažem desnicu na krvavu glavu ovoga vrijednoga starca, na glavu čiste ove djevice, i kunem vam se živim bogom da neću mirovati, da neću spavati dok ne padne oholi krvnik Stjepko Gregorijanec."

"Zakunite se i vi!", pozove Blaž Štakor svjetinu.

"Kunemo se!", zavapiše građani dignuvši ruke k nebu.

XVII

Bila je burna noć malo dana poslije slavnoga uvoda bana Ungnada. Jug duvao je svom silom da se granje krhalo; snijeg kopnio, a voda sniježnica pljuštila je s krovova; plamni mjesec treptio je na nebu, a oblaci gonili se kao bijesna hajka. Za ove burne noći prhala je omalena sjena od Markova trga u Mesničku četvrt, pritiskujući se plaho k zidu da je živ ne vidi. Bijaše to čovjek ogrnut kabanicom. Dođe do jedne kuće kraj koje je stajao vrt. U kući gorjela je svjetiljka, iz kuće čuo se žamor od više glasova. Čovjek stade, nagnu dva-tri puta glavu, omjeri plot. Za tinji čas pope se na plot, a s plota na staru jabuku koja je stajala blizu kuće. S toga drveta moglo se je sve vidjeti i čuti što u kući biva. Čovječac zajaha granu, nagnuv se privinu se uz drvo i nije bilo razabrati da je na toj jabuci živ stvor. Da ga je tko motrio u taj par, vidio bi bio kako mu se otimlju žive oči za onim što se radi u kući. I bilo je što gledati.

U kući Ivana Jakopovića - u prostranoj sobi - sjedilo je oko stola kolo raznolikih ljudi, a oko zida za njima stajali su drugi. Oko Jakopovićeva stola bila se skupila varoška gospoda Teletić, Kaptolović, Vernić, Blašković, Župan, Barberin i Bigon, a podalje stajahu cehmeštri drugih cehova, da vijećaju kako da operu sramotu što je grad doživio bio od gospodina Gregorijanca.

"Da", započe ozbiljno Jakopović, "braćo moja i građani plemenitoga varoša, došao je čas da pokažemo da smo slobodni, svoji ljudi. Vi ste se zakleli na to, a da se i niste, morali bi skočiti na noge. Na vašoj zemlji, pod vašom pravdom, pod slobodnim provodom kraljevskim vidjeli ste kako je gospodar medvedgradski, ne znam kakvim zlopakim bijesom ganut, ruku digao na vašega čovjeka, na vrijednoga starca, kako je starčeva nevina krv nakvasila našu zemlju. I to ste čuli kako je isti veliki naš neprijatelj sramotne riječi bacio na našega gospodina suca i drugu gospodu kod stola gospodina prepošta. Ako smo ljudi, ako smo vrijedni naše pravice, pokažimo tko smo i operimo sramotu, makar išlo do samoga kralja."

"Optime, optime amice!", zamuca kroz nos velemudri Kaptolović. "I mene peče još taj 'lopov', što mi ga je velemožni gospodin podban prišio bio kod pečenke, a to mislim da je poglavita krivnja, jer ako nas i gospodin podban nije ćušio, to je on ipak, izgrdiv nas do 'lopova', svakomu i sljednjemu građaninu rekao da je lopov i strahovito uvrijedio honorabilem magistratum i cijeli varoš. Nije ni drago mojemu srcu da je gospodin podban poštovanoga majstora Krupića bacio u snijeg i malo ga počupao, jer bi stari Krupić po tom zlom vremenu i nazepsti mogao. Sve to nije po zakonu, a što nije po zakonu, to je proti zakonu, id est krivica mora se kazniti. Nu qui bene distinguit, bene docet. Ja idem samo po zakonu. A što veli naš zakon, naša zlatna bula? Slušajte. Capitulum de vituperiis: I koji komu ćušku da ili ga za kosu vuče, da plati sto dinara."

"Ali, dragi brate!", ustavi ga Mate Vernić, "taj zakon vrijedi ako ja tebe ili ti mene ćušneš, ili ako se poštovani majstori među sobom počupaju. Među građanima. Ali podban ne spada pod našega suca."

"Vidiš, vidiš!", odvrati Kaptolović, "na toga vraga sam zaboravio bio. Quid facturi? Indi, šta? Ja mislim, nagodimo se s podbanom. Nek plati -"

"A ja mislim, ne!", zagrmi kršni Blaž Štakor lupiv šakom u stol. "Čast našoj gospodi slavnoj i ljubav i poštenje vama, plemenita cehovska braćo, ali što je previše, nije ni s kruhom dobro. Mi nosimo na ramenima samo jednu glavu, na leđima samo jednu kožu. Dođi tko pak mi odsijeci glavu ili oguli kožu, a ja mu reci 'pogodimo se', daj za kožu moju groš, za glavu moju dva groša. A? Bi l' vi tako? Vraga bi. Dođi mi tko u moju kovačnicu, pa mi brkaj šakom pod nosom, šta ja? Skok mu za vratom i šuk po glavi batom, da drugi put zapamti put. A što je meni kovačnica, to je nama plemeniti varoš. Zašto imamo zidine? Da mački po njima šeću? Zašto pravice? Da ih crvi jedu? A ja! Po prstima svakoga koji se miješa u naše posle. Kakva cifrarija, kakva duga litanija? Ja za svoje pravo ne gledam pred nikim u zemlju, niti svoje krvi ne prodajem za dinar. Stari Krupić je naš čovjek. Da je samo radi kihavice, lako zato, nije on žena. Ali da su ga onako zaklali ti bijesni vuci kao živinu, ne bi mu bio pomogao ni sveti Kuzma ni Damjan. Gospodin Kaptolović govori vrlo pametno, jer kad je gospodin, mora biti pametna glava, ali moja mi prosta pamet kaže drukčije. Ako smo ljudi, sučimo rukave, ako smo babe pak, za peć, nek nam drugi kašu kuhaju. A sve skupa mislim ovako. Ovaj naš gospodin Jakopović pokazao je puno puta da on mari za nas i za naše pravo. Ako mi njemu damo u ruke svoje pravice, neće biti zakopane u blatu. On neka čini za nas što mu bistra glava kaže, i svaki nas može mirno spavati."

"Tako je!", zaviknuše građani u jedan glas.

"Ali", primijeti Teletić, "možebit bi se stvar mogla pred banom izravnati, gospoda bijahu pripita."

"In vino veritas, amice judex!", odvrati Vernić kroz smijeh.

"Gospodin Jakopović neka čini što treba!", odazvaše se nemirno građani.

"Hoću, braćo moja!", dignu se domaćin. "Za vas krv i život. Sutra pođimo k banu da pred njegovim licem protestiramo proti Gregorijančevoj sili i da se digne pravda pred kraljevim sudom. A zatim ići ću glavom pred kralja, ići ću kao vaš poslanik u požunski sabor i ondje ću jasno i glasno kazati gospodi kakova se sila nama čini. Vi pako, braćo, pazite. Pregledajte svoje oružje, čistite svoje lumbarde, spremite praha i olova, jer Gregorijanec ima mnogo prijatelja i moglo bi biti većega zla. I kud puklo da puklo! Svoji budimo i bog pomozi!"

"Bog pomozi!", zaviknuše svi.

Čovječac na drvetu opazi da družba hoće da odlazi. Spusti se dakle kao mačak na ulicu i potisnu natrag preko Markova trga. Bila je ponoć. Sred trga stajaše dugoljan Garuc držeći veliku bradaticu i rog te zaurla vukolikim grlom:

"Gospodari i gospodarice, dvanaesta ura je odbila - -"

"Servus, Đuka!", zakriješti za njim čovuljak i lupnuv ga na leđa pohiti prema dvoru Mihajla Konjskoga.

"Šta - a - a?", zinu Garuc, "Čo - ko - lin? Duh? Pomozi nam, sveti Florijane!", i prekrstiv se pojuri jadni noćobdija kući svojoj.

Čokolin - jer on to bijaše - stade pred kućom Konjskoga, prignu se i baci kamečak na zadnji prozor. Prozor otvori se.

"Ti li, Čokoline?", zapita iz prozora krupan glas.

"Da, milosti vaša!", odvrati upola glasa brijač.

"Nu šta? Pavao?"

"U Zagrebu je. Bio je kod zlatarovice. Hoće da je ženi."

"Ludo buncaš!"

"Pri zdravoj sam pameti, milosti. Hoće da je ženi."

"Do trista!"

"Mirujte, milosti. Toga neće biti. Ja kriv. Ali drugo se iza brda valja. Kazat ću vam u dvije tri. Hu! Zebe me."

"Šta je?"

"Zagrepčani dižu na vaše gospodstvo rogove."

"Kako?"

"Kod Jakopovića skupile se te pametne glave purgarske kako će na vas udariti."

"Mnogo li?"

"Dosta. Ali da ih je čitava vojska, ne bi straha bilo, jer sva njihova pamet stala bi u lješnjak. Nu Jakopović, to je vrag, to je zmija. Hu, vražji taj vjetar! Kako puše! Dogovorili se da će na vašu milost udariti sudom. I pred banom, i pred kraljem, i pred požunskim saborom. Doći ću sutra, posutra da vam sve dokažem. Idem!"

"Kamo ćeš? Idi u kuću!"

"Ne mogu. Imam posla. Laku noć, vaša milosti."

Brijač otklipsa. Dođe do gradskoga bedema na južnoj strani. Razgleda ima li blizu straže. Zatim se dovuče do stabla što stajaše na zidu. Tu priveza uže i lako, lagano spusti se niz bedem.

"Stoj!", ozva se najednoč glas stražara od podaleke kule. Ni duša se ne ozva. Puška planu, zrno udari u snijeg, a brijač nasmija se podno zida grohotom.

"Laku noć, brate! Škoda praha! Drugi put mjeri bolje."

I nesta brijača.

Nestrpljivo šetala gospa Klara po kuli samoborskoj. Bila je odjevena u crnu kadifu. Nestrpljivo je šetala, čas razmetala žeravicu u kaminu srebrnom lopaticom, čas povirila iz prozora. Bio je dan hladan, mutan. U dolini se pušila magla. Neka joj je zmija srce jela. Bila je van reda blijeda, samo oko očiju crvenjeli se obočnjaci, ali nije to bilo od suza. Usne bi joj kadšto zadrhtale, oči se zaklopile, a rukom neprestano gladila haljinu.

Ujedanput zaškrinuše vrata. Klara se lecnu. U sobu stupi Čokolin, blatan, mokar.

"Evo me, gospo!", pokloni se brijač.

"Napokon."

"Nije ni čudo. Ni sad još nemam sape. Cijelu noć gazio sam snijeg do koljena, a neprestano mi govorili vuci: "Dobra večer!"

"Šta je?", dignu Klara zvjedljivo glavu.

"Zlo je. Oprostite milosti te sam ovaj put vrana."

"Govori - sve kaži!", prodahnu nestrpljivo Klara spustiv se kao umorna na sjediljku.

"Gdje da počnem? Od zlovolje lijepi mi se jezik na nebo."

"Šta je s Pavlom?"

"U Zagrebu je. Vi znate da mu je stric Baltazar ludak i čudak. Mrzi na Pavlova oca. Da mu se osveti, pokloni Pavlu Mokrice da bude mladac svoj. Punoljetan je. Car ga zbog junaštva na Kupi imenova kapetanom i posla zlatan lanac. Sad je uistinu svoj gospodar."

"Pa šta?", rastvori Klara pronicave oči.

"Šta?", slegnu brijač ramenima. "Uzet će zlatarovicu."

"To nije moguće, to ne smije biti!", skoči Klara dršćući kao šiba.

"Ali bit će. Tko da mu brani?"

"Lažeš. To su bajke."

"Bajke? Nisu, milostiva. Čujte. Došav od Kupe sa svojim onim vlaškim antikrstom, uputi se ravno k Dori. Otkad ono jedva isplivah iz Save te stupih u tajnu vašu službu, slijedim ja s daleka mladoga gospodina Gregorijanca slijedom. On da me ne vidi, a ja njega uvijek. Vražji je to posao, osobito radi onoga - nu vražji, velju, posao. Po taboru, po selima je lakše bilo. Tko zna Čokolina? Ali u Zagrebu gdje me poznaje i kroz mrak svaka baba, u Zagrebu gdje znadu da sam imao posla kod prijevoza, gdje misle da sam mrtav, nije to mačji kašalj. Ali se za Pavlom i ja dovukoh. Obiđoh i staroga Gregorijanca. Bijesan kao bik na mladoga. Sad kad je sabor, stanuje kod Konjskoga. Obučen za seljaka Gregorijančeva stajah i u istom dvoru. A Krupić je blizu. Lak za mene poso. U dvorištu Konjskoga stoji stara suša. Tu se zavučem pod krov i vidim sve što god kod Krupićevih biva. Krupić ležao u postelji ranjen - valjda ste čuli, gospo, kako ga je stari Gregorijanec na Agatino izmrcvario -"

"Jesam. Govori!"

"Dakle starac u postelji, Dora sjedi kraj njega, zavezuje mu glavu. Starica Magda zapali uljenicu. Bilo je već pod mrak. Nešta zamahnu Krupić rukom; valjda je tražio da se napije, jer Dora uhvati vrčić te mu ga doda. Ali najednoć tres vrč na zemlju i na komade, Dora zadrhta i zakloni glavu u očevu postelju. Starac se pridigao i pogledao prema vratima. Ali u sobu stupi Pavao. Lijep je momak, britve mi! Samo da ga vidite, gospo!"

"Huljo! Ne buncaj! Govori!", razjari se Klara.

"Pa da! Kad je istina. Pavao pohiti k postelji, pao pred starcem na koljena i stade junak plakati ma kao žena. U čudu ga je gledao zlatar, a Dora napol digla glavu od očeva uzglavlja i kradomice motrila Pavla. Kradomice, ali tako čudno - nu ta zna se kako ženska glava muškarca gleda. Počeli razgovarati. Šta, nisam čuo. Ali starac kanda se branio i branio, a Pavao sve nukao, molio i zaklinjao. Najedanput upro starac glavu u ruke kao da se je zamislio. I opet dignu glavu, pogladi kćerku i kimnu Pavlu. Veselo skoči mladić, veselo djevojka. Krupić stavi im ruke na glavu, starica Magda stade u kutu plakati, a Pavao uhvati Dorinu glavu i poljubi djevojku."

"O!", ciknu Klara od bijesa. Zdvojno strese glavu i grčevito rastrgnu niz crna bisera oko vrata, da su se krupna zrna razletjela po glatkome podu. "Stani, zmijo, stani. Tvoje riječi otrov su mojoj duši, tvoj jezik je zmija koja mi probada srce. On Doru!", i skoči ljuta žena te stade hodati uzdignute glave, plamtećih lica po sobi, dok je Čokolin pobirao hladnokrvno zrna od bisera.

"On Doru! Tu prostu djevojku bez roda, grliti, ljubiti - o Isusa mi, satrt ću ih, satrti do kraja! Ali možda je pusto ljubakanje? Kako da se on ženi - ne - ne - ne - to nije moguće. Lažeš i sto puta lažeš!"

"Kamo sreće", odvrati hladno Čokolin. "Ali po komorniku Baltazara Gregorijanca, komu Stjepkovi cekini otvoriše usta, saznao sam da se zbilja radi o svatovima."

"Jao! Jao! Zar sam takva kukavica! Zar je smio taj bijesni mladić raskinuti zlatnu mrežu moje ljepote u koju se bilo zaplelo sto muških uznositih glava. Čokoline! Uzmi sve, sve što vidiš, što nađeš u ovom gradu, ali pomozi ako boga znadeš", buncala lijepa Klara. "Pomozi!", nastavi mirnije, "ima li pomoći proti srcu, a ono te neće? Ima li spone da te veže uz onoga koji te odbija, ima li? Ta bože! Poludjet ću, poludjeti!" I baci se žena na počivaljku i nakvasi bogato uzglavlje gorkim suzama.

"Gospo!", prozbori začas Čokolin stojeći pred počivaljkom. "Gospo, mani se bijesnoga mladića. Mani se sanjarije."

"Da ga se manem?", dignu Klara bolnim glasom, "šta ti znadeš, kukavice? Ta htjela sam, bog mi je svjedok. Gušila sam to bijesno srce. Badava. Mislila sam da će vrijeme ugasiti iskru što je u mom srcu klila. Ali pamet, prokleta ova pamet spominjala danju, noću njegovo ime, jarila zlobni taj oganj i sada mi srce bukti plamenom bijesnim - sad ga moram imati ili -"

"Smrviti njega i nju!", odgovori hladno brijač. "Gospo! Mani se ludova. Zgnječi ga, baci ga. Sve je to sanjarija. Poslušaj gore glase. Kuća ti gori nad glavom. Ungnad postade banom. U njega je sva moć. Samobor založiše tvomu tastu Ungnadu, to jest polovicu, a polovicu Gregorijancima. Gregorijancu isplati ban svoj dug, a drugu polovicu, to jest tvoju, hoće da silom osvoji natrag."

"Jesi l' poludio?", vrisnu Klara.

"Nisam. Počekaj, gospo, dva dana, dan, i vidjet ćeš!"

"Ta jesu li se proti meni urotile sve paklene sile?", upita žena bez svijesti.

Uto zaori trubalj tornjara. Ide gost. Ne prođoše dva časa i gospodi Klari predstavi se visok, crnomanjast časnik, odjeven u gvožđe: gospodin Melkior Tompa od Horšove, pobočnik banov.

"Plemenita gospo!", prihvati došljak, "prije svega čast i poklon od mojega gospodara velemožnoga gospodina baruna Kristofora Ungnada od Sonneka, bana. Vašoj milosti bit će dobro znano da od starine grad i mjesto Samobor pripada gospodi Ungnadima i da je krivim putem došao u ruke vašega tasta Leonarda Grubara u jednoj polovici. A što je od kraja krivo, to vremenom pravo postati ne može. Zato je i velemožni gospodin palatin Nikola Bator sudio sud i dosudio sav Samobor plemenu Ungnadovu i moj gospodar zakazuje vašoj milosti da mu ne kasni predati grad i mjesto Samobor, jer, ako ne bude dobrim, bit će zlim, i velemožni gospodin ban daje vašoj milosti dva dana da se promisli, i ako mu s dobra ne bude njegovo pravo, navalit će oružanom rukom da osvoji svoje očinstvo."

Klarine oči plamtjele, čas je blijednula, čas se rumenjela i dršćući se upirala u stol.

"Plemeniti gospodine!", odvrati napokon. "Izjavite vašemu gospodaru poklon i čast. Pol Samobora, gdjeno ja vladam, založio je blage pameti Ivan Ungnad mojemu tastu za osam tisuća ugarskih forinti, i ako ih gospodin ban položi, vratit ću mu grad. Nu prije ne. I gospodin Ungnad neka uvaži da se ljudi ne tjeraju kao psi. Na ta dva dana lijepa mu hvala. Ne treba mi ništa promišljati. Ja sam odlučila. Neka vodi g. ban egzekuciju oružanom rukom, imam i ja praha i olova, imam i ljudi ako sam i žena. Ban je u zemlji da čuva svačije pravo, a ne da ga gazi na svoju korist. To recite gospodaru svomu, a sada, plemeniti gospodine, bog s vama!"

"Što mi vaša milost reče", pokloni se Tompa, "zajavit ću banu; on neka radi po svojoj domisli."

I ode.

Dva dana zatim bilo oko Samobora i na njemu osobito živo. Samoborski građani gledali su čudno šta će to biti, ne znajući na koju bi stranu. Na gradu zatvorena vrata, u jamama do vrha voda, na bedemima gvozdene lumbarde. U gradu se radilo i gradilo na sve ruke. Ljudi prolazili danju i noću, nizali vreće pune pijeska, kopali lagume, oštrili sablje, a gospa Klara obilazila je bodreći, hrabreći, karajući i hvaleći. Ali iz jutarnje magle drugoga dana izvi se čudna bodljiva zmija, izvila se i savila se oko grada - banova vojska. Teške lumbarde nemilo su buljile na grad, sjajno koplje stršilo je uvis poput gusta klasja, i duge arkebuze vrebale na svako okance, na svaku glavu. Tu vojsku vodio je Krsto Ungnad glavom.

"Bene!", reče saznav Klarin odgovor, "smotao sam ja Turčina, svladat ću i žensku suknju. Hoće joj se poigrati vojske. Pa dobro! Naprijed, momci!"

Još jednom iziđe banov glasnik pod bijelom zastavom pred opkop te pozva plemenitu gospu Klaru Grubarovu u ime bana nek predade grad, ali ona odgovori: "Kad se je banova milost potrudila tako daleko, nek se potrudi i dalje."

Za tinji čas odjekivala je gora gromom. Plamen za plamenom planu iza bijeloga dima lumbarde, grom za gromom potrese zrak, zrno za zrnom lupilo je u stare zidine samoborske. Arkebuziri vrebahu kutreći za grmom, za drvetom, i gdje god bi se pomolila na bedemu glava, otpiri ju zrno. U kuli je šetala Klara. Prsi joj se nadimahu silno, svaki grom iz puške potrese ženu. Ali nije se ona bojala. Čas je molila, čas sa kule bodrila ljude. Pristupi k prozoru. Gle! Četa pješaka banovih provali do pred vrata. Ljudina pred četom zamahnu sjekirom da ih razvali. Klara uhvati pušku, namjeri, odape i ljudina ljosnu s mosta u vodu. Ali jači navali juriš. Cijeli puk pješaka sa ljestvama doleti do prvoga bedema. Zrna biju iz grada. Banovci ne mare. Sad preko jame prisloniše ljestve, sad se propinju. Grmnu grom, planu plam, dim obavi nebo; kamenje, ljudi, ljestve, lumbarde lete po zraku. Čokolin upali lagum i baci četu banovaca u zrak.

"Bene!", reče Ungnad videći kako njegovi ljudi lete razmrskani po zraku. "Kanoniri, punite, poredajte lumbarde u jedno; bijte gornji grad; pješaci, natrag!"

"Ha, ha!", nasmiješi se u gradu Čokolin, "banovi mušketiri lete bolje nego lastavice; već su negdje kod svetoga Petra u raju. To smo naučili kod Turaka."

Svrstile se lumbarde i namjerile na jedno mjesto, na Klarinu kulu. Grom! Zrno probi prozor, razmrvi šareno staklo. Grom! Zrno uleti kroz prozor i razbi pozlaćenoga zmaja i mramornu školjku. Od užasa strepila Klara; blijeda, iznemogla zatiskala se u kut.

Uto navali bez duše u sobu Čokolin odrpan, krvav, crn.

"Gospo! Gotovi smo! Banovci provaljuju lagumom u prvi opkop. Polovica je naših izginula od prokletih arkebuzira. Kastelanu, koji je bio jedini vođa, odnije zrno obje noge."

"Ne volim umrijeti!", odvrati žena.

"A tvoja kći!"

"Istina je! Neka tornjar dade znak."

"Dobro!", i odjuri Čokolin.

Trublja zatrubi, gruvanje zašuti.

"Pođi pred bana, gospo, brže!", zaviknu brijač vrativ se u sobu. "A znaj, Ungnad ljubi žene. U tebe je zlatna mreža."

"Šuti!"

"Neću. Zar Pavao? Ne može li se Klara Pavlu osvetiti bude li moguća. Osveta! Čuješ li, gospo, osveta! Idi pred bana."

Širom otvoriše se gradska vrata i spusti se most. Iz grada izađe poniknute glave Klara u crno odjevena. Bila je blijeda, uzrujana, bila je ljepša no ikad. Ali tek što se je malo od vrata poodmakla bila, poleti pred nju na vatrenu bijelcu ban pod sjajnim oklopom. Klara podignu oko i kanda je nešta pri srcu zazeblo. Ban stade, Klara se pokloni.

"Velemožni gospodine bane!", započe tronutim glasom, "kocka je pala, pala je za vas. Htjedoh kušati sreću, izdala me. Slaba sam, žena sam, udova sam. Evo se podajem ljutoj sudbini. Zavladajte ovim gradom, ja ću sa ubogim djetetom u božji svijet. Kamo? Ne znam. Ali za jednu vas milost molim. Jedan dan mi dajte da jošte proživim pod ovim krovom, da skupim svoje uboštvo, a zatim - pođoh!"

Moleći dignu suzne oči i složi ruke na burnim prsima.

Nemalo začudi se ban krasoti Klarinoj. Premda surovo i ljuto, zaigra mu srce neobično kadno začu Klarin zvonki glas, kad je gledao kako ta blijeda ljepotica sred hude zime sama svladana pred njim stoji.

"Bene!", odvrati pod silu nježan. "Plemenita gospa se vrlo vara ako misli, da sam poganin i da ću je tjerati u zimu ispod krova. Plemenita gospa mogla je to odmah dobrim ovršiti, pa bi se bilo manje praha potrošilo. Svaki traži pravo svoje, a i ja. Nu zato može plemenita gospa i dalje stanovati u tom gradu, samo da je moj. I jer je danas zima ljuta, a mi se danas pucketajući

187

namučili, pozivam se plemenitoj gospi u goste jer sam vele gladan. Moji i vaši ljudi nek idu s milim bogom u svoje stanove. Gospodine Melkiore", dozva Ungnad pobočnika.

"Zapovijeda vaša milost?", doleti Tompa na konju.

"De'te povedite vojsku umjesto dolje - u stan. Vi idite gvardijanu na noć, napijte se lijepo pa ga pozdravite. Ja ću plemenitoj gospi u goste! Zbogom, Melkiore. Žuri mi se, vrlo sam gladan!"

"Velemožni gospodine bane!", pokloni se Klara uz laki posmijeh, "vidim da niste opsjeli grad ovaj ljuto svoje koristi radi, već samo da svoje banstvo započnete sjajnim izgledom junačkoga veledušja. I zato slava vam i hvala od jadne, osa-mljene udove. Uniđi velemožnosti u svoj grad, u svoje vladanje. Da sam mu ja gospodarica, primila bih slavnoga gosta u te dvore kao što se prima dragi rod; nu vaša milost gospodar je tude, a ja ću vaše gospodstvo dvoriti kao pokorna služ0benica."

Ban skoči s konja, podade lijepoj udovi ruku i oboje pođoše u grad.

U trijemu sastade ih Čokolin.

"Gospojo!" prišapnu brijač Klari, "zaboravih ti jednu reći. Pavao nije Dore poljubio jedanput, tri puta ju pritisnu srcu. Osveta! A osveti hoće se moć."

Pala bje tamna noć. Po gori, po dolu bura i snijeg. Kmetovi pobacaše mrtve drugove sa gradskoga bedema u ponor. Grakćući obletavahu crni gavrani grad. Davor slavio je gozbu.

U gradu vladao je mir. U maloj sobi treptjela je uljenica od ružičnoga stakla viseći sa tavanice. Od sumraka jedva je bilo razabirati lica. U kaminu od bijela mramora praskao je crven plamen. Na mekoj sjedeljci zibao se ban. Kraj kamina sjedila je poniknute glave Klara. Crveno svjetlilo vatre titralo je čarobno na blijedom joj licu, u sjajnim joj očima, poigravalo zlatnom joj kosom.

Gledao je i gledao surovi ratoborac i ne mogao se nagledati žene.

I opet pjenilo se zlatno hrvatsko vino, i življe buktio je pla-
men, i ljuće hujila je bura, i strasnije nadimahu se grudi, i - - - - -
na Samoboru slavila Lada slavu.

Za dvije nedjelje pako blagoslovio je samoborski gvardijan
savez gospodina bana i baruna Kristofa Ungnada od Sonneka i
gospoje Klare Grubarove.

Po vjenčanju sretnu Klara u gradu brijača; ljuto se nasmija i
reče mu:

"Na tvoje je izišlo. Osveta! U mene je moć. Ja sam banica!"

XVIII

"Čuješ li, dušo; moja ćeš biti, da, moja", progovori Pavao nježnim glasom sjedeći u Krupićevu vrtu kraj Dore jednoga ljetnoga dana godine 1578.

"Neće minuti godina dana, a ti ćeš biti gospodaricom moje kuće, moga imanja, moga srca."

"Da bi to bilo, Pavle, da bi to bilo", šapnu stidno Dora, "oh, ni da pomislim. Kako bih sretna bila. Ali otac, tvoj otac! Ta pamti kako je ljut na moga jadnoga ćaćka, na mene! Ah, Pavle! Bojim se zla, bojim se - -"

"Šuti, šuti, dušo! Ne govori mi o tom! Hoćeš li da mi vedro nebo potamni, da u slatku čašu ljubavi naspeš gorka pelina? Moj otac! - Bože! - Znam što je tvojoj kući kriv, znam."

"Ali tvoj otac je!", odvrati Dora. "Evo ja nesretnica zavadih te s tvojim roditeljima, ja nesretnica vrgoh svoga oca u jade."

"Šuti, zlato, šuti!", zakrči joj živahno mladac riječ, "ja sam muška glava, meni je misliti i, vjere mi, često za besna mišljah o tom. Ne domislih se ničemu van da te ljubim dušom, srcem, životom. Moj otac! Da! Nadah se da će mu bijes popustiti, ali vidim žalibože da neće. Zaklinjah ga, badava. Padoh pred njega, odbio me. Ne otkinuh se ja od oca - majčina smrt goni me od njega. Oj, Doro, šuti, jer tužne u mojoj duši evo budiš slike. Ja ne smijem, ne mogu da te ne ljubim. Ne razmišljaj o tom, jer hladna pamet je ljubavi što je mraz ruži. Pa šta ćeš i više. Nije li tvoj otac gore uvrijeđen nego moj? Ali nisam li ja Gregorijančev sin? Pa gle, dobri starac zaboravio ljute jade, pa kad je vidio da se nas dvoje ljubi od srca, da bi jednomu i drugomu srce puklo ako nas zla sreća rastavi, tad reče i on, neka bude po vašem! Nije li tako: nu reci sama, nije li?"

"Jest! Hvala bogu!", dahnu djevojka i spusti glavu na Pavlove grudi.

"I reci ne moram li?", nastavi Pavao. "Plemić sam, a poštenje diči svakoga čovjeka nekmoli plemića. Bi l' ja smio iznijeti pred svijet svoj starinski grb, ne bi l' ja crna kukavica bio da te napustim tužnu kad si zbog mene pretrpjela toliko jada, kad su lajavi jezici hudobno klevetali na te? Bome kukavica bih bio i crna kukavica. Eto vidiš, dužnik sam ti. A i ti jesi meni dužnica!"

"Ja?"

"I jesi. Ta ne spasih li ti život? Gle, djevojko, tu valja se namiriti. A takav dug vraća se samo - srcem, dušom. Zato ne mudruj! Božja je volja!"

"Božja volja!", opetova Dora i žarke joj se oči uprješe u mladića. "Neću mudrovati, Pavle moj, neću. A kakva i od toga pomoć? Kad sam onako sama za poslom, čudno mi je pri srcu. Je l' pravo što radiš, pitam se često. Pa onda u mojoj glavi čudne smutnje. Nije pravo, rekoh si često, evo koliko od toga jada i nemira. Pa bi trebalo odreći se Pavla! Njega? Nikad, oh nikad, veli mi srce. Ta prije bih umrla. Ali vidiš, Doro, velim opet, po tebi je Pavao nesretan!" - -

"Nesretan ja. Po tebi? Luda glavice!", ukori ju Pavao nježno.

"Nu ja samo tako napamet mislim. Nesretan je, velim. On je gospodin, on je bogat, ti si jadna sirotica, on bi dobio plemenitu gospoju - drugu! Oh, ne, ne drugu, toga ne bih prebo-ljela", kliknu djevojka i uhvati živo Pavlove ruke, "da drugu ljubiš. Pa onda kad se zamislim, eto vidim kako sjedim u tvojoj kući i vezem vezak, lijep pojas. I čekam hoće li skoro Pavle doći. A ti se kradeš lako lagacko do mene, ti misliš da ja toga ne znam. Ali da, šta ne bih znala. Ne treba mi očiju. Srce kuca življe, srce zna da si blizu. A ja ti skočim, ja ti se ovinem oko šije, ja te po - Ha, ha, ha!", udari djevojka u smijeh i u plač, "je l' da sam luda, vele luda! Ne, ne, ne, to ne može biti, to bi prelijepo, prelijepo bilo!", i tronuta pokri Dora lice rukama.

"Hoće, mora tako biti, djevojko moja!", zavapi blažen Pavao i privinu djevojku grudima.

Vrtom zaškripi iznenada pijesak. Dora skoči. Iza grmlja pojavi se mrkonja Radak.

"Gospodaru, hora je! Četa tvoja osedlala konje. Zapovijed je da kreneš preko Save u banov tabor na Odri."

"Dobro je, Radače! Hvala ti."

I ode Radak, a mladić poljubi vjerenicu živo i krenu k svojoj četi.

Djevojka pođe do drvene ograde da vidi dragoga gdje odlazi. Nasloni glavicu na stup, lice joj je gorjelo od ljubavi, a žarke oči otimale se za milim vojnom. Na zamaku ulice krene Pavao glavom i pozdravi mladu, ona mu kimnu dva-tri puta i vrati se na klupu pred kućom. Sjede na klupu i stade vezati vezak. Čudno joj je bilo pri duši. Časak je vezla, časak glavicu digla gledajući pred sebe. Je l' to moguće, je l' moguće: ona da bude Pavlova? Provuče ruku čelom da se uvjeri da to nije sanak, da je to zbilja. Zbilja! Oj, bože moj! Šta su sve pretrpljene muke, sve prolivene suze prema jedinoj pomisli biti Pavlovom ženom! Čudno svjetlo titralo joj je pred očima, na srce navali neka slatka tjeskoba, krv joj skoči u glavu, a vezak po zlu. Iz nestašnoga svjetlila razvijale se živahne slike pred očima djevojke. Vidjela se u vrtu kraj Pavlova dvora. Sunce je sjalo, cvijeće cvalo, a ptice pjevale su u sav glas. Po vrtu vijale se bijele stazice, obrubljene gustim busenom. Tu je šetala i cvijeće brala. Ah, gle, evo najljepše ruže! Da je ubere! I posegnu rukom. Jao! Iz busena skoči čovjek. Ta Pavao! Ali se preplašila! Ali ne bje kad plašiti se. Junak ju zagrli, poljubi u čelo, poljubi ju opet. Lijepa li sanka! Djevojka spusti vezak, sklopi oči i bilo joj je dobro. Snivala je, snivala, ali za kratko probudi ju živahan razgovor. Zapazi kako ide otac i s njime sudac, bilježnik i pop. Gospoda govorahu vrlo živahno. Za svakim korakom stali bi i mahali rukama i kimali glavom.

"To, to je bogu plakati!", zažesti se debeli sudac, "to je grijeh do boga šta se tu radi. Gospodar medvedgradski otkad je podbanom zlostavlja nas gore od kmetova."

"Per amorem dei, šta je opet?", zapita kapelan.

"Horribile dictu, užasno, časni gospodine!", zatrubi Kaptolović kroz nos.

"Nu zaboga govorite, gospodo, kakva je to nova sila?", zapita mirno Krupić.

"Tek je prošlo nekoliko mjeseci da je vas, majstore, zlostavio ovdje kod Kamenih vrata -"

"I nas, salva auctoritate magistratus, za pečenkom okrstio poganim imenom lopova", doda Kaptolović.

"Znam", odvrati Krupić, "nu mi smo zato protestirali svečano pred gospodinom banom i digli pravdu pred kraljevim sudom. Zato je bio g. Ivan Jakopović u Požunu."

"Sic est, tako je!", doda Šalković.

"I sve po redu i zakonu", završi Kaptolović.

"A jedva što vam je rana zacijelila", nastavi sudac, "eto nove opačine. Okolo Đurđeva prale su gračanske žene Bedekovićeva Jela i Haramijina Bara kod potoka Topličice rublje. Ali kad iz tiha mira, iz šume hrupi na njih Gregorijančev sluga Andrija Kolković i nekoliko tih hajduka, pa udri na ženske -"

"Satis, dosta! Sodoma, Gomora!", prekrsti se Šalković.

"Nije dosta", reći će sudac. "Kad su žene udarile vikati i naricati da će ih tužiti podbanu, nasmijali se ti antikrsti ljuto, veleći neka tuže slobodno, i da im je gospodar rekao, neka samo tuku taj zagrebački skot, neka i ne štede žena, on da će im dati zato nagradu."

"Skot, mi da smo skot!", uhvati Kaptolović kapelana za ruku, "izvoli vaša časnost pomisliti, mi da smo skot."

"Oslobodi nas, gospodine!", prekrsti se pop.

"Ali nije to sve", nastavi sudac, "ima te litanije i više. Miju Kramara, našega rođenoga građanina, svukoše Gregorijančeve sluge do gola kod Kraljeva broda, te je morao jadnik po kiši čekati u grmu da se može povratiti svojoj kući."

"Nu vidite, vidite!", razmahnu Kaptolović ruke.

"Oh proles diaboli!", uzdahnu kapelan.

"A sad ide najgore!" sudac.

"Čujmo!" Kaptolović.

"Da, čujte i krstite se. Sinoć kad sam kod večere sjedio, navali k meni u kuću žena majstora Kolomana, s njom naš vrijedni assessor Ivan Bigon. Žena je vikala i plakala, mislio sam da joj je vuk tele izjeo. Ali Bigon poče jasno kazivati i sto puta gore. Prije jedno četiri dana poslao je naš dobri Bigon četiri svoja konja u Primorje po ulje. Ja mu rekoh nemoj, jer je Gregorijanec svim slugama zapovijedio da plijene Zagrepčane gdje im se pridesi prilika. Ali šta ćete, Bigon, kako rekoh, poslao je konje. Kad konji do Kraljeva broda, nahrupiše Grego-rijančevci na njih, isprebiše sluge, pa potjeraše konje u Molvice."

"Čuste li, četiri konja, to nije groš", doda važno Kaptolović.

"Bigon nije imao kad poći za konjima; bilo je posla u štacunu, ta sajamski dan. Hodi, reče majstoru Kolomanu, kumu, hodi, kume, u Molvice Gregorijancu, nek mi vrati konje. I zbilja digao se Koloman. Kad on pred ljutoga Stjepka i rekne tko je i što će, i da je prava sramota što njegove sluge čine, a moj se Stjepko nasmija kao zmija pa će Kolomanu: Hajdmo, hajdmo, majstore, dolje u dvorište da vidimo kakav je to posao. Ali tek oni u dvorište, Stjepko migne slugama, a oni skoče na jadnoga Kolomana kao psi, povukli ga u kolibu, svukli do gola i kolcima ga isprebijali na mrtvo ime. Stjepko se tomu smijao i rekao Kolomanu: Sad smo te potkovali, zagrebačka psino, tornjaj se i pozdravi mi poštovani magistrat. Neka mi dođe u goste u Molvice, pa ću ga još masnije počastiti. A sada leži jadni Kolo-man u postelji kao Lazar."

"Nas tako počastiti, slavni magistrat počastiti ljeskovom masti, jeste li čuli, časni gospodine kapelane?", srdio se notar. "Nas koji imamo pravo dijeliti batine, a ne primati ih. Kažite mi, je l' to božji stvor, je li to krštena duša?".

"Et libera nos a malo", odvrati pobožno kapelan.

"A šta ćemo sad?", zapita sudac.

"Hm!", zakima mudro kapelan.

"Šta sad?", opetova Kaptolović.

"Šilo za ognjilo kad bude prilike!", prihvati Krupić, koji je sve to pričanje šuteći slušao bio. "Uzdaj se u se i u svoje kljuse."

"Ali zaboga, majstore!", zaskoči ga bojažljivo Kaptolović, "to su tanke stvari, to treba pismeno."

"Šta pismeno, gospodine notare!", odvrati zlatar. "Vi batine ćutili niste, vama je lako pismeno, ali ja sam ih ćutio, ja građanin. Čemu prolijevati crnilo kad krv teče. Nisam ja zano-vjetač ili svadljivac, ali kad do živa ide, onda se piše, na, ovako -", zlatar podignu šaku.

"Bene, bene, ali -", primijeti Kaptolović.

"Ništa ali", odvrati zlatar. "Gospodo, pođimo gospodinu Jakopoviću. To se prešutjeti ne smije. On neka nas vodi k banu u Samobor, idem i ja, i gospodin će Kaptolović s nama da mu od srca kažemo sve, da nam bude pomoći, jer je obećao da će biti strog i pravedan."

"Optime! Ta to je", uzdahnu slobodnije Kaptolović, "samo sve po zakonu. Ban je zbilja strog i pravedan i ne pazi na ničije prijateljstvo. Ali da! Nečemu se dosjetih. Praznoruk ne smije čovjek pred bana. Ban rado jede i pije, a gospa banica ljubit će valjda kao svaka ženska slatkiša. Ja dakle mislim da ponesemo ad captandam benevolentiam velemožnomu gospodinu banu soma i pet polića staroga vina, a gospi banici dva klobuka bijeloga cukora. Soma imam ja kod kuće, vino će dati poglaviti gospodin sudac, a cukor kupit ćemo na gradski račun kod Šafranića za forintu i devedeset dinara. Je l' pravo?"

"U ime božje!", reče Krupić, "ali sad hajdmo, gospodo!"

"Hajdmo", pristaše svi te pođoše prema kući Ivana Jakopovića.

Dva dana za ovim živahnim razgovorom zagrebačke gospode u dvije ure po podne šetala gospa banica po gradskom vrtu samoborskom. Gospodin ban, čovjek ponešto lijen, otkako ga zapade prevažna čast banska, drijemao u svojoj sobi da se odmori od teške muke što mu ju je jelenja pečenka i okićka zelenika zadala bila. K tomu je trebalo kupiti nove snage, jer je sutradan valjalo ići u tabor, a zatim na Turke. Gospi Klari nije se srce otimalo nimalo za drijemnim gospodarem, ta on joj ostavi valjana zamjenika, mila gosta, gospodina pukovnika Bernarda de Lernon, rodom Francuza, koji je praškomu dvoru osobito omilio bio, koji i gospi Klari nije nemio bio. Gospodin Lernon ne bijaše bogzna kakva ljepota od čovjeka kao ni barun Ungnad. Bio je čovjek suh, blijed, zarana prezreo; nu gospodin de Lernon bio čovjek visok, gibak, crnih očiju, crnih brkova, fina, oštra nosa, od glave do pete kavalir. Izim toga nije govorio de Lernon krupnim, već finim glatkim jezikom, dočim je Ungnadov jezik znao zasjeći kao sablja.

"Pardieu! Čudim vam se, lijepa gospo!", zabrblja pukovnik nemarno koracajući uz Klaru, "da se je vaša ljepota zaklonila u ovu šumsku pustinju. Venera stanuje u Olimpu, u rajskim dvorovima, a ne u medvjeđoj spilji."

"Čudno vam se to čini, gospodine de Lernon", nasmiješi se pod silu Klara, "nu recite kad mi radi krasote laskate, recite mi šta bi pustinja bila da ne ima u njoj ljepote?"

"Da, da, dražesna gospo, ali što pripada nebu, treba da i na nebu sjaje. Zvijezdi ne ima mjesta nego na nebeskoj vedrini."

"Manite se, dragi pukovniče. Znam da vam nisam druga zvijezda nego ursa major, medvjedica. Da osvanem u kolu vaših markezica, zaista bih vam se činila prosta."

"Vi griješite proti sebi, lijepa gospo!"

"Pa da je istina što vaše gospodstvo veli, ne ima li neznan svijet i neznanih zvijezda? Mislite da ste ronac koji roni za biserom, ili rudar koji je pod zemljom naišao na zlato."

Lernon htjede odvratiti gospođi laskavu riječ, ali se pomoli pred njom mali Čokolin te prihvati hrvatskim, Francuzu nepoznatim jezikom:

"Milostiva gospo! Dobit ćeš goste. U mjestu Samoboru dese se Zagrepčani, i Dorin otac; doći će da tuže staroga Gregorijanca radi sile. A Gregorijanec zazire od Zagrepčana, jer se ljuti na Doru. Zagrepčani dakle ne mogu pravo imati. Evo ti prve prilike!"

I nesta brijača.

Klarino oko sijevnu neobično.

"Oprosti mi, gospodstvo vaše", reče pukovniku, "u važnu poslu moram potražiti muža."

I brzim korakom pohiti probuditi bana.

"Zagrebačka gospoda dođoše", zajavi sluga.

"Bene! Nek uđu!", odreza ban, koga je Klara opet ostavila bila.

U sobu stupiše Jakopović, Teletić, Kaptolović i Krupić.

"Oj, gospodo Zagrepčani", rastegnu se ban, "šta vi opet dobra nosite?"

"Soma, vina i dva klobuka cukora, velemožnosti vaša!", probrblja Kaptolović teško se klanjajući.

"Bene! Hvala!", nasmija se Ungnad, "ali tomu ne treba deputacije."

"Ništa dobra ne nosimo", prozbori ozbiljno Jakopović, "jer je, da oprostite, gospodine bane, kod nas sve zlo."

"Zlo! Pa kako?"

"Gospodin podban drži nas za kmete, da, za živinu, a mi smo slobodni ljudi. Čuj, velemožnost vaša, pa sudi."

"Govorite!", odvrati ban. Živim jezikom, oštrom riječi ispriča Jakopović sve nepravde što je Zagreb od Gregorijanca doživio i završi:

"To ste čuli, gospodine bane, što nas tišti. A mi tražimo pravde proti toj sili. Kad je vaša velemožnost zabanovala, reče da će svakomu strogo suditi. Evo mi, građani prijestolnice cijele Slavonije, mi građani staroga Zagreba tražimo od tebe pomoći, lijeka. Pokaži da si pravedan. Vrati nam mir i slobodu, da budemo što smo bili. Pokaži da pod tvojim žezlom zakon više valja nego gospodstvo."

"Bene", odgovori Ungnad porugljivo. "Ne vjerujem da je gospodin Stjepko takav antikrst, ta podban je. Možebit su vaši ljudi štogod prišili. Pa ne znam", nastavi pogladiv crvenu bradu, "zašto ste k meni došli? Zašto? Ja sam istinabog ban, ali vi nećete da znate za banov sud. Niste li proti Gregorijancu podigli pravdu pred kraljem, a ne pred banskim sudom? Šta ću vam ja."

"Zagrepčaninu samo sudi kralj, a Zagrepčanin može drugoga tužiti samo pred kraljevskom svjetlosti, to je zakon od starine", progovori muževno Jakopović. "Naši građani ne spadaju pod banov sud."

"A da! To je vrlo lud zakon, dragi moji, to su stare škarteke", odgovori ban, "radi vas bogaca putovat će gospoda u Požun. Idite, idite, to su vaše sanjarije. Da vam je gospodin Stjepko kmeta isprebio, ženske et caetera, pa šta je to? Idite i sad u Požun. Tražite ondje lijeka, šta ću vam ja. Rogobornici, buntovnici, nemirnjaci ste."

"Ali naše pravo!", progovori živo Jakopović, "zar smo zvijeri?"

"Pravo! Ha, ha! Imate li veće pravo negoli ja. Idite s milim bogom, meni je na drijem."

"Dakle vaša milost neće nas štititi?"

"Uzdaj se u se i svoje kljuse. Drijemno mi je, jeste li čuli, a sutra moramo u vojsku."

"Dobro", završi odrješito Jakopović, "ban ne zna što je pravo, ali će znati kralj, saznat će i kakav mu je ban. Zbogom, velemožni gospodine, sad znamo da se od bana nemamo ničemu nadati, i evo vam se kunem da ćete pamtiti čas kada ste Zagrepčane dirnuli u srce!"

Ljutiti odoše Zagrepčani od Ungnada, a najviše uzdisao je Kaptolović:

"Dakle ni som, ni vino, ni cukor nije ništa pomogao! Sve ništa. Eto ti pravice!"

IXX

Barun Ungnad podigao se svojom vojskom po zapovijedi nadvojvode Karla da otme Turcima stare hrvatske tvrđave Bužim, Zrinj, Čazmu, što ih je bosanski paša Ferhat osvojio bio, i htio je otisnuti nevjernu silu od Une. U nekoliko manjih okršaja razbi doduše Turke, nu nije se umio poslužiti svojom srećom. Premda junak sabljom, bijaše Ungnad slaba uma i, četujući sad ovdje sad ondje, trošio je bez razbora silu junačke krvi. Izim toga nisu hrvatska gospoda prianjala uz njega kao nekad uz Franju Slunjskoga i u vojsci nije bilo sloge. Stari Gregorijanec i neki njegovi pristaše prigrlili doduše štajerskoga baruna svom silom, iznevjeriv se svojim prijašnjim saveznicima koji su zazirali od Nijemaca. Ali zato je znatan dio plemstva, a na čelu mu mali razban Alapić, počeo nemilo gledati bahatoga baruna. Ungnad vodio je vojsku amo-tamo, čas ne mareći za dobru zgodu da navali na Turke, čas malom četom udarajući na silni čopor Turaka, a izim toga često bi ostavio vojsku i pošao u Zagreb da se tajno dogovara sa Hallekom, Draškovićem i drugim mezimcima nadvojvode Ernesta. Da, govorilo se o njem da njegova prisega u hrvatskom saboru nije bila nego pusta komedija, jer da se je prije u Pragu zakleo bio cesaru Rudolfu, da će samo ono činiti što mu nadvojvoda Ernest zapovjedi. Dok su gospoda ovako po kutovima mrmorila, radili su Zagrepčani na sve ruke da operu sramotnu ranu što im je Stjepko Gregorijanec zadao bio. Ivana Jakopovića izabraše gradskim sucem, a Matu Vernića notarom, znajući da su to ljudi smjeli i bistri, a uvidiv da je gospodin Teletić dobričina, ali nebrigeša i g. Kaptolović da puno govori, a malo radi. Jakopović podnese tužbu glavom kraljevoj svjetlosti. Jakopović pođe i nadvojvodi Ernestu da mu dokaže sve jade i nevolje tužne općine zagre-bačke, a na požunskom saboru zagrmi glasom gromovitim i slovom munjevitim, da je velikaše hrvatske sve davilo pod grlom:

"Dolazim pred vas, oj slavni stališi i redovi", zagrmi, "ne kao poslanik slobodnoga grada komu ime slovi u davnoj davnini, već kao vapijući odaslanik rascviljene općine koja sa krutoga nasilja stenje i uzdiše, te već zaboravlja što je pravo i zakon, koja se očajavajući laća oštre posjeklice. A kako i ne bi? Bije nas jad, mori nas glad, gori nam kuća, pusto nam je polje, starci strepe od silovite ruke, žene nam dršću od bezbožna bijesa, a zakon naš davni, ta neokaljana svetinja naših otaca, u prahu leži i zloradim bijesom gazi ga nemila noga. Pa pitate li, oj slavni stališi i redovi, nije li taj naš krvnik Turčin, kleti neprijatelj krsta? Ja vam velim, oj gospodo, nije Turčin. Domaći velikaš, kršćanski gospodin ušao je pod slobodnim provodom u naš mirni grad i hara gore od Turčina, i u čas kad bi nam trebalo složno dizati oružje proti zatoru naše svete kršćanske vjere, valja nam vaditi sablju proti domaćoj sili. Pomozite, oj gospodo, jer inače pogibosmo, a poginut ćemo samo sabljom u desnici ruci."

Kao ljuti mraz ofuri taj govor i bana i hrvatsku gospodu, navlaš kad se pročulo da je kralj zapovjedio neka se povede istraga pred kraljevim sudom proti gospodinu Stjepku Gregorijancu. Još jednom pokusila gospoda, ne bi li mogla tu nemilu pravdu izvinuti kraljevskomu sudu i prenijeti pred svoje vlastito sudište. Zaključiše naime u svome zboru početkom godine 1579. neka gospoda, da Petar Herešinec, kanonik zagrebački i Gašpar Druškoci, bilježnik županije varaždinske, pođu u crkvu Sv. Kralja, gdje se u škrinji čuvaju povelje i sloboštine kraljevine Slavonije, i neka pomno razvide, ne spada li tužba pred banov sud, nije li zlatna bula zagrebačka izgubila valjanost, jer da gospodu silu novaca stoji putovati pred kraljevski sud u Požun. Badava. Zlatna bula bijaše tvrdim zakonom. Već treći dan poslije Duhova godine 1579. započe gospodin Imbrić Jamnički, plemeniti sudac županije zagrebačke i "kraljev čovjek" zajedno sa g. Blažom Šiprakom, kanonikom zagrebačkim u samostanu sv. Franje u Zagrebu, istragu proti Stjepku Gregorijancu radi sile i povrede mira i slobodnoga prohoda, i pošto je g. Imbrić ispitao bio sto trideset i osam svjedoka, od kojih mnogi potvrdiše nasilje podbana, otpremi sudac protokol kraljevskomu sudištu.

"Nu, reverende frater", zapita Vramec svoga druga Šipraka pred fratarskim samostanom, "kako je po gospodara medvedgradskoga?"

"Zlo", odvrati Šiprak, "očiti i vjerovani svjedoci, navlaš carski oficiri, ivanićki bombardiri, a i plemenita gospoda potvrđuju pod prisegom, da je sve istina što Zagrepčani kažu."

"Sto puta rekoh Stjepku nek bude kršćanin, a on uvijek poganin, ja ne volim tim tvrdoglavim građanima, ali nisu ni oni živina. Neka mu je."

Došav u svoj dvor, nađe Vramec začudo kumče svoje - Pavla. Zamišljen sjeđaše mladi junak do prozora.

"Ele, ele!", začudi se debeli kanonik. "Snivam li? Uistinu! Gospodičić Pavao. Lijep si mi svat. Tvoga kuma kanda i ne ima u svijetu, neharni sine. Već je pola vijeka da te ne vidjeh. Čudo te si i danas došao. Pa odakle, pa šta?"

"Oprostite, časni gospodine kume!", progovori Pavao poljubiv kuma u ruku, "da vam se češće ne javih, ali -"

"Ali" - zaskoči ga kanonik, "da ali, to ti je ta ciganska riječ. Znam ja kakav je taj tvoj 'ali' - femini generis, u suknji, je l'? Pavle, Pavle, ja ne znam šta će to biti. Svatko sam sebi kuje sreću po svojoj pameti, ali sto oči više vidi, i red se ne vrijeđa bez kazne. Čuvaj se. Nu kakav si mi, zamrljan. Odakle ideš?"

"Od Une, gospodine kume, od Une. Bio sam u banovoj vojsci. Pobismo se sa Turcima."

"Zar sretno?"

"Sretno i nesretno. Potukosmo četu tursku, ali od mojih sto lijepih katana ne ostade van deset živih."

"Kako to?"

"Jer nas štajerski ban nije vodio kao junake na bojište, već kao stado ovaca u mesnicu. Pa navlaš nas Hrvate. Mušketire je čuvao, da, ali mi sabljom proti lumbardi. Nu, časni gospodine kume, bit će kad o tom pričati, ali prije svega dođoh da vas molim za jednu milost."

"Govori, sinko!"

"Hoću da se oženim!", progovori Pavao odrješito.

"Ti? -", začudi se u prvi mah kanonik. "E pa hvala bogu, samo ako je pametno", popravi se starac.

"Jest pametno, jer je pošteno", odvrati Pavao, "pitao sam svoje srce sto puta i srce mi reče da."

"Srce i pamet! - Nije to jedno, sinko moj", pogleda ga kanonik zabrinutim okom. "A kakvu si mladu izabrao? Ta valjda plemkinju?"

"Plemenitu po srcu, po rodu građanku."

"Zar -?"

"Doru Krupićevu, gospodine kume!"

"Pavle! Nečista te je pohota zamamila."

"Obujmilo me srce čisto kao što je božje nebo."

"Ali tvoj otac?"

"Moj otac - a ne pitate li 'tvoja majka'? Vi znadete i onako sve, gospodine kume. Srce mi je živo kao što plamen, ali sjetim li se one grozne noći, stvori mi se srce ledom i više ne pamtim da mi je ime Gregorijanec. Ali pamtim. Kažite mi, časni gospodine kume, smije li plemić poreći što je rekao, smije li se kršiti zakletva kojom se čovjek zakleo na živoga boga?"

"Ne smije!", odvrati na muku kanonik.

"Ne smije, velite, časni oče. A vi čujete. Prije no pođoh u boj, primio sam od ruke sluge božjega presveto tijelo spasitelja da se okrijepim. U Mokricama je bilo. I tu klečeći pred božjim licem i nad grobom majčinom zakleh se na svetu hostiju da ću Doru Krupićevu uzeti za svoju pravu zakonitu drugaricu."

"Pavle, Pavle! Što si učinio? Bog se smiluj duši tvojoj, jadni sinko!"

"Bog mi je svjedok, dobro sam učinio!", kliknu mladić kleknuv pred kanonika, "a tebe duhovni oče moj, zaklinjem bogom, ti blagoslovi ovaj savez pobožnom rukom i bit ću sretan. Ti ga blagoslovi, jer - sve ostalo otkinulo se od mojega srca."

"Ja -", prenu se starac.

"Zar ti brani zakon božji?"

"Ne brani."

"Punoljetan sam, svoj sam gospodar."

"Ali građanska djevojka!"

"Da, građanska djevojka, kume! Pamtiš li me kakav bijah prije? Divljak, silovit besposlica. Šta je meni bio zakon, šta vjera? Trice. Landah po svijetu kao izgubljena ovca. Ali netom spazih Doru! Kao da je sunce sinulo u mojoj duši! Vidio sam jasno kakav moram biti, a kakav ne biti. Nestade bijesa i grijeha, a u mome srcu pojavi se sveti, blagi mir i vjera u boga, u ljubav. Kao da me je nadahnuo sveti duh, skočih na noge junačke i podignuh sablju da lijevam krvcu za dom, za svetu vjeru kršćansku. Sad sam bolji, sad sam kroći, sad sam čovjek, a sve - sve to učini blaga, skromna građanska djevojka. Njoj da se ne odužim? Oj, sveti oče, usliši me!"

Kanonik zamisli se. Napokon dignu ruku i staviv ju na glavu mladića, reče:

"Nek je božja volja - i tvoja! Hoću, sinko!"

"Oj hvala, sto puta hvala ti, sveti oče!", poljubi veselo mladić kanonika u ruku.

"A kada?", zapita kanonik.

"Poslije Tri kralja!", odvrati Pavao.

"Tekar?"

"Valja da prije u Mokricama kuću uredim."

"Dobro. Ali danas ostat ćeš kod mene?"

"Do podne, časni gospodine kume."

"Zašto?"

"Još večeras moram da budem u Mokricama, a za dva dana opet kod vojske."

Popodne istoga dana sjeđaše gospa banica u kuli u Samoboru gradu. Ban kod vojske, gospodin de Lernon u Zagrebu, a vrijeme ide lagano. Banica čitaše knjigu po imenu "Amadis de Gaule", to jest "zanimive ljuvene zgode viteza Amadisa iz Galije". Časak čitala, za časak bacila knjigu u kut. Kako i ne bi?

Kako da banici ne dosadi fantastička ova priča? Njoj se htjelo života, prava, živa života. Njoj se htjelo svladati jednim hipom. A šta će joj jadni junak Amadis koji je dijelio boj sa mrkim divovima, sa zlobnim patuljcima, sa užasnim strašilima da izvojšti svoje zlato. Sve je to dosadno bilo. Spustiv glavu, skrstiv na krilu ruke zamisli se lijepa Klara. Šta si bila? Bogata gospa Grubarova. Šta si sada? Slavljena banica hrvatska. Ne, ne! Laž je - pusta laž! Šta si bila, šta si sada? Roba - pusta roba. Gdje ti je ljubav, gdje ti je srce? Je l' ti je cvijet mlađanih dana orosila suza ljubavi? Nije. Je l' ti je cjelov od srca ugrijao bujne usne? Nije. Krv je bila - pusta, bijesna krv, ništa drugo. Plaho dignu banica oči i pogled joj zape na slici. Evo ti života - ti si zlatna zmija - ti si Dalila. Klara skoči, u očima sinu joj suza. Zar nije mi poskočilo srce kad ga opazih? Ne htjedoh li ga ljubiti od srca - Pavla? Ta pala bih pred njega kao pred boga. A on me odrinu kao smet. Ali osvetiti se moram. Tu u mom srcu gori paklena iskra - njegovo ime. Osvetiti se moram. Osvetiti se? Je li ta paklena iskra mržnja, je l' ljubav. Ah, ljubav je, žarka, bijesna ljubav! Jer Ungnad, Ungnad je luda, Ungnad je medvjed, a žena mu je samo mila jer je žena.

Banica pristupi k prozoru. Pritisnu vruće čelo na staklo. Evo zalazi sunce! Nestalni traci titraju na baničinom čelu. Zalazi sunce - zalazi nada!

U taj par stupi u sobu sluga.

"Šta je?", zapita Klara krenuv glavom.

"Prije časka, milosti vaša!", odvrati sluga, "najavi se kod vratara plemeniti gospodin kapetan Pavao Gregorijanec -"

"Šta reče?", stade banica drhtati.

"Da, gospodin Pavao Gregorijanec, i predade idući iz tabora ovo pismo za milostivu gospu od velemožnoga gospodina bana. On bi ga sam predao, ali vaša milost da ga ispriča jer da je već kasno i njemu da je preša u Mokrice."

"Daj!", istrgnu banica slugi pismo blijeda na smrt, "tko je to bio, tko?", i baci pismo na stol.

"Gospodin Pavao Gregorijanec", odvrati sluga.

"Idi!", mahnu Klara i sluga ode.

Nemirna šetala banica po sobi.

"On! - Blizu mene! A neće pred mene, pred banicu! Jesam li zvijer? Jesam li zmija? O da mi ga je raznijeti", nastavi porumeniv od jarosti. "Vratit ću mu tu sramotu! Čokolin bi znao kako. Da ga pozovem? Ne. Preša je Pavlu u Mokrice. I meni je preša - i ja ću u Mokrice!"

Klara pozvoni.

"Sedlaj mi konja", reče slugi.

"Dobro, milosti!"

"Ali brzo mi ga sedlaj! Moram - moram još večeras u Mo - ne, na Susjedgrad!"

"Hoću l' ja vašu milost pratiti?"

"Ne, sama ću!"

"Sami, u noć?"

"Konja sedlaj, ne pitaj! Vidiš li o zidu onu malu pušku? Probit ću ti zrnom lubanju ako ti noge ne budu brže od pameti."

Bila je lijepa ljetna noć. Zlatni mjesec stajao nad tamnom gorom, zvijezde treptjele kao krijesnice o busenu. Drveće steralo sjenu preko druma, u tamnoj matici potoka prelijevala se mjesečina kao alem - a svuda tiho, a svuda mir, ni šturka nije bilo čuti. Iz grada samoborskoga poleti viloviti vranac, a na njem crna gospa, pod crnom koprenom. Letio konjic, jedva se doticao zemlje, letjela za gospom crna koprena kao da prši obnoć anđeo smrti mrkih krila; letjela kraj nje na zemlji njezina sjena kao zla savjest grešne duše. I sama se prepa od svoje sjene. Sada potjera konja put kranjske međe. Eno u mjesečini bijeli se grad. Mokrice! I življe potjera žena konja. Sad je pred gradom, sad skoči s konja. Hvala bogu, još su vrata otvorena. Uniđe.

"Tko ste?", zapita vratar u čudu.

"Domaća! Gospodarica tvoga gospodara, pa šuti", zapovjedi gospoja, "evo ti zlatnoga zapora za tvoja usta. Povedi me k njemu."

"Gospodar spava!"

"Povedi me k njemu", lupnu crna žena nogom, i ispod crne koprene pojavi se bijela ruka, a u ruci srebrom okovana mala puška.

Vratar se prepa. Šuteći povede gospoju pred ložnicu svoga gospodara.

"Idi", reče slugi, "ne boj se za njega; evo, drž, čuvaj nu tu pušku." I ode vratar.

Lagano otvori žena vrata ložnice i uđe, i stade kao kamen.

Ložnica bijaše malena. Kroz visoki prozor lijevala se zlatna mjesečina i padala na počivaljku na kojoj je odjeven ležao Pavao. Titrala mjesečina na svijetlom oružju vrh njegove glave, titrala i na lijepom licu usnulog mladića. Prvosan ga svladao bio. Lijep bijaše, prelijep. Na sklopljene oči spuštale se duge tamne trepavice, oko bijelog čela padala vrankosa, a usne mu se smiješile, divno smiješile. Valjda je u snu gledao milu sliku. Žena razgrnu koprenu, mjesec izdade joj blijedo lice - Klara! Nijema stajaše, nijema gledaše mladića, kao što stojiš gledajući kristalno jezero u kome se zrcale mjesec i zvijezde. Prekrstila ruke na grudima, jedva da je disala. Uzdahnu! I nadnese se nad mladićevu glavu i poljubi ga lako u čelo.

"Doro!", šapnu Pavao iz sna smiješeći se milo.

"Jao!", vrisnu Klara i kao zmija skoči na noge.

"Tko je?", kliknu Pavao prenuv se od sna.

"Ja - -"

"Tko?"

"Klara", i kao bez sebe spusti Klara lijepu glavu na svoje grudi.

"Vi - vi, uzvišena gospo? A što vas vodi amo, sred mrkle noći, pod tuđi krov, u ovu ložnicu?"

"Što me vodi amo, Pavle? Kao munja sred noći padoh pod ovaj krov. Što me vodi amo? Pitaj bijesnu krv koja mi gamzi žilama kao otrovna zmija. Pitaj ovo mjesto gdje drugim ljudima srce kuca, a meni gdje bura bjesni. Pitaj pamet ovu koja ne misli, ne razabire, već samo tvoj trag ulazi - tvoj trag!", glas drhtao banici i sjajne suzo treptjele u njezinu oku.

"Zaboraviste li da ste žena drugoga?"

"Ne zaboravih."

"Znate li da ste hrvatska banica?"

"Znam."

"A ipak -"

"A ipak vrgla sam sve pod noge i dođoh amo. Da, dođoh ne svoje volje, ne po svojoj namisli, nešto me gonilo, gonilo, i da je pred ovim gradom pukao bio pakleni jaz, mene ustavio ne bi. Pavle, Pavle", zajeca žena kleknuv pred mladića. "Slušaj me! Jedanput sam ljubila za svoga vijeka - ljubila tebe. Znaš li kako se sipa bujica kad u proljeće pukne gorskomu potoku ledena kora? Tko će je ustaviti? Rugaj mi se, ljubit ću te; prokuni me, ljubit ću te; pogazi me, i opet ću te ljubiti. Žena sam drugoga, da. A pop veže samo ruke, ne veže srca, srca vežu se sama. Pavle, dvorit ću te kao sluškinja gospodara, klanjat ću ti se kao bogu, ali bjež' sa mnom otale, iz zemlje, preko mora. Molim, molim!"

"Dosta, gospojo!", skoči mladić na noge i od gnjeva mu planuše lica, "vidim bolježljivi ste, hvata vas vrućica. Da vas izliječim, kazat ću vam troje: Pavao Gregorijanec jest plemić, vojnik i zaručnik!"

"Za - ručnik!", skoči Klara i rastvori od užasa oči, "dakle zbilja -"

"Troje me poštenje veže, časna gospo, da se ne podadem vašemu bludnomu bijesu. Jedanput za moga vijeka ovijala se zlatna zmija oko srca, a ja je uhvatih i bacih od sebe. To vam budi dosta, ostavite ovaj dvor smjesta - jer ja sam zaručnik!"

"A ti - ti uzimlješ Doru?", zapita Klara uzdišući.

"Da, Doru, gospojo, kojoj vi niste vrijedni poljubiti skutove!"

"Ha, ha, ha!", nasmije se Klara, "tako mi raja i pakla, nećeš je uzeti", i kao mahnita odleti banica.

Za granje se sakrio mjesec, a tmina stere se dalje i dalje. Tiho je kao u grobu. Na Mokricama sniva Pavao o Dori - gle kako je goni crna krilata zmija - sad je dostignu - sad će je - ne, nije to zmija - ti si to, Klaro!

Na Samoboru gradu, u svojoj kuli sjedi Klara na zemlji. Prsa joj razgaljena, kosa rastrešena, podbočiv lakte koljenom bulji u sliku i šapće: "Dalila, Dalila, Dalila!"

XX

Na Tominje 1579. sazva ban gospodu hrvatsku u Zagreb u državni zbor. Sazva i vojsku svoju da je pregleda, pa da će krenuti na Turke da popravi što je ludo pokvario bio. Zagrepčane to dakako nije nimalo veselilo, jer su znali da su gospoda na njih kivna i da može stoga zla biti, osobito otkad je Ivan Jakopović smjelom riječi na požunskom saboru otkrio bio nečuveno nasilje neke gospode. Zato su gledali svom silom da kraljevski sud rekne svoju proti Stjepku Gregorijancu, i tu im bijaše od velike pomoći knez Đuro Zrinjski, kraljevski tavernik, koji se inače slabo miješao u raspre hrvatske gospode i koji je sa svoga velikoga junaštva više pažen nego ljubljen bio kod kraljevskoga dvora. Đuro znao je parnicu potjerati te je gledao oštro da sud ne pođe s pravoga puta. I bilo je vrijeme. Gospodin Stjepko junakovao je proti Turcima kao lav, te je htio tim junaštvom pokriti sve grijehe što je kod kuće počinio bio. Sin mu Niko oženio se i živio je van očeva doma sa svojom mladom ženom. Budući tako stari Stjepko sam i kivan na svoga sina Pavla, zadubio se je u svoju mrku neveselu dušu, te se je rado latio svake zgode da mu na krvavu bojištu odlane, da svoj tajni bijes utopi u turskoj krvi. Ungnadu bijaše to junakovanje vrlo drago, jer mu je Stjepko bio - desna ruka. Stoga je slabo mario za tužbe građana zagrebačkih te je svakom zgodom i pred kraljem i pred saborom branio podbana svoga. A Stjepko, ne mareći za vratolomnu parnicu u Požunu, griješio je na taj račun što je mogao. Zagrepčani nisu već smjeli k savskomu brodu, jer bi ih ondje Gregorijančevi sluge nemilo dočekali i oplijenili. I na zagorskoj cesti vrebahu podbanovi ljudi na zagrebačke trgovce te bi im oteli svu robu. Gradski kmetovi u Gračanima naricali su i uzdisali, jer im je podban dao oteti u gradskoj šumi volove, krave, krmke i koze. Da, i časni kaptol zagrebački, taj ljuti neprijatelj slobodnih građana, mirno je gledao kako Gregorijančevi sluge na kaptolskom zemljištu zlostavljaju gradske službenike, kako je podban nemilo harao vinograde građana u Bukovcu.

"Mirujte, braćo", znao bi tješiti mudri Jakopović uzbuđene građane, "mirujte, ide vrijeme, nosi breme. Kad bude mjera puna, ljuto ćemo mi silniku nazdraviti gorku zdravicu!"

Nedjelju dana prije Tominja podvečer dojuriše u grad velika kola sa četom konjanika. Na trgu Sv. Marka stadoše kola.

"Gdje je sudac?", otresnu se mrk konjanik na jadnoga Garuca, koji je mirno stajao pred varoškom kućom kao da broji pahuljice snijega štono se lagano spuštahu s mutnoga neba. Jadnik prepa se nemilo.

"Su-u-u-dac? To jest gospodin varoški sudac?", zapenta Garuc.

"Ta da, luda glavo!", odvrati mu mrkonja oštro. "Šta gutaš riječi, beno? Je l' ti se zadjeo žganac u grlu?"

"Ni - nije, milosti vaša!", zadrhta Garuc. "Sudac, to jest gospodin varoški sudac jest tu - tu - gore u varoškoj kući - i slaže račune."

"A ti, drveni sveče, poteci što ti noge dadu, pa reci tvome sucu nek pusti račune, jer da su došle u Zagreb njihove milosti gospodin ban i gospa banica. Pa nek se sudac brzo poskrbi za stan, za peć, jesi li čuo, mutljače?", završi desetaš banskih konjanika.

"Je-sam! Bit ćete služeni!", odvrati Garuc pokloniv se duboko i poleti uz stube u sučevu sobu da sve kako valja dojavi. Dok se sve to zbivalo, gledao povorku banovaca kukavac momak, kutreći pod svodom varoške kuće. Bijaše to Jerko. Ludo je buljio u konjike i kola, te bi kadšto kroz lud smijeh kimnuo gradskim stražarima kojima je njemak vrlo poznat bio.

Zamalo izađe pred vrata Jakopović. Pristupi kolima i skinuv kapu reče:

"Da ste dobro došli, velemožni gospodine bane, da ste nam zdravo, uzvišena banice, u ovom gradu. Eto već zapovijedih notaru Verniću, da vaše gospodstvo povede u stan općinski i da sve pripravi na službu vaših velemožnosti."

"Bene, bene", odvrati mrko Ungnad iz kola, "dajte brzo, gospodine suče! Dobro je! Ali samo da bude brzo, jer vidite gospoja banica sva dršće od te proklete zime. Nota bene! Ne zaboravite peći i večere!"

"Za sve se pobrinuh, gospodine bane!", odvrati sudac. "Garuče, poteci pa da naložiš peći. A sada klanjam se vašoj velemožnosti i želim gospodstvu vašemu i uzvišenoj gospi banici laku noć!"

"Laku noć, dragi suče! Laku noć", odvrati ban, "odnio ga đavo!", zamrmlja potiho.

Kako nisu banovi u ono doba imali svoj stalni dvor u Zagrebu, već su prebivali van varoša u svojim tvrdim grado-vima morali su Zagrepčani pošto-poto pribaviti banu stan kad bi došao u Zagreb. Gospodin notar Vernić povede dakle bana u zidanu kuću koja je za banovo noćište određena bila nedaleko od varoške kuće. Ungnad i Klara nastaniše se tu, i notar se pobrinu da i gospodin Melkior Tompa ima gdje prenoćiti. Da se pako gospa banica sred te ljute zime malo ugrije, natovari Garuc breme drva na jadna svoja leđa da ih iz varoške kuće ponese u banov stan. Videći Jerko kako se jadni bubnjar savija pod teškim bremenom, skoči, uhvati Garuca za rukav i nakrca polovicu drva na svoja leđa da bude jadniku lakše. I pođoše obojica da ugriju noćište baničino.

Zlovoljno šetala banica amo tamo po prostranoj sobi, obijeljenoj vapnom. Kad je ogromna ilova peć stala živo grijati, baci sa sebe suknenu kabanicu i šetala je dalje brzim korakom. Lijepo joj čelo bijaše mrko, grudi joj se nemirno nadimahu. Ban sjeđaše za stolom te je premetao razne listine. Ujedanput dignu Ungnad oko i stade motriti zlovoljnu ženu.

"A šta je tebi, gospo moja?", zapita Klaru, "šta si tako nevesela?"

"Ništa", odvrati banica.

"Ta reci šta te boli?"

"Šta me boli? A hoće li moj Kristofor za to imati lijeka?"

"Kako ne bih. Nisam li ban?"

"Hvala na takvoj baniji. Tu ćemo dakle božićevati, u toj pustoj spilji. Hvala lijepa na toj ljepoti i udobnosti što vam Zagrepčani pripraviše. Je li to stan za bana? Ta fratri imaju ljepše dvorove."

"To je doduše istina."

"Lijepi ljudi, ti Zagrepčani."

"Crne kukavice, gospo moja."

"Da, crne kukavice i više. Zar se tako dočekuje ban i banica?"

"Istina, to je kukavština."

"I taj oholi sudac! Jeste l' ga vidjeli? Mjesto da nas on glavom dvori, eto šalje svoje ljude. Ja - ja mrzim toga Jakopovića."

"Mrzim ga i ja."

"A znaš li da je sve to prkos upravo proti meni? Znaš li?"

"Kako to?"

"Bane - gospodine - Krsto, ljubiš li me? Reci pravo, ljubiš li me?", produlji Klara blagim glasom i ovinu bijelu ruku oko banove šije.

"Ti pitaš da l' te ljubim?", odvrati ban napol u čudu, napol razigran.

"I rad mene ćeš sve učiniti što god poželim?"

"Sve!"

"I nećeš ispitivati, nego po mojoj volji raditi?"

"Hoću."

"Dobro. Osveti me!"

"Tebe? A komu? A zašto?"

"Zagrepčanima." Završi Klara i zamamljivo gledajući bana spusti se na stolicu kraj njega. "Odavna kipi u mome srcu gnjev proti tim kukavicama. Imala sam pravdu sa samoborskim mještanima. Uskraćivali mi daću. Ja da na njih udarim silom, ali se oni opriješe i bijesni ubiše moga kastelana. Htjedoh da zlotvore kaznim, a dva najljuća Samoborca uskočiše u Zagreb. Poručih magistratu da mi izdadu samoborske zločince; ali oni da ne, jer građanin da mora braniti građanina. Osobito se je tomu opirao stari zlatar Krupić. 'Ne dajmo jadne svoje braće', reče 'gospa Grubarova je ljuta vučica. Ona bi ih zaklala u svom vražjem gnijezdu. Ne dajmo ih.' I još mi poručiše da ne trošim toliko nevine krvi, jer prala se krvlju kako mu drago, okupala se ja u krvi, da ipak kao čista djevica iz te kupelji izaći neću - da ću ostati Grubareva."

"To ti poručiše ti skotovi? To?", skoči ban gnjevan. "Nu čekaj, Klaro moja, ja ću tu kramarski gamad poštenja naučiti. Sablje mi, hoću."

"Oj, gospodaru moj!", nastavi banica kroz plač, "to me je dirnulo u srce kao da me je ujela ljutica. A što više! Od onoga dana digoše Samoborci na mene svoj zlopaki jezik. Složili meni na ruglo popijevke i rime i pjevali ih zajedno sa Zagrepčanima po sajmovima. - Čuješ li, meni na ruglo."

"Bene, bene!", odvrati Ungnad, "ja ću tim huljama pjevati kao što mačak pjeva miševima! - Miruj, draga Klaro, miruj! Znat će Zagrepčani što je Ungnad ban!"

"A nemaš li pravo da ih kazniš, te zlopake kukavice, ne imaš li povoda da ti i nisu ženu uvrijedili", nastavi življe banica. "Ta oni neće priznati tvoga suda, neće priznati tebe, glavu zemlje, već se nadimlju i boljima cijene nego ostali plemići kraljevine."

"Da, da!", potvrdi Ungnad sučući riđe brkove, "pravo govoriš, banice!"

"Kristofore!", zamoli Klara, "ako je istina da me ljubiš od zbilje, Kristofore, pokaži to sada, osveti me sada, šibaj tu gamad otrovnim zmijama tvoje jarosti, jer tako mi Isusa i Marije, dok ne ovršiš što rekoh, neću dati da me se dodirneš!"

"Ho, ho! Ne žesti se, moja Klarice, ne žesti se", nasmija se gospodin Kristofor, "ta bog te vidio, hoću sve što poželiš, i više ću učiniti. Baš je dobro da će mi doći vojska, ja ću svoje momke pod silu nastaniti kod Zagrepčana, neka moji dobri ljudi jedu i piju kao skakavci na punom klasu dok ne očiste sve zagrebačke kuhinje i pivnice; sve, sve im budi na čast mojim momcima i zagrebačke staje, i sijeno, i blago - i žene!"

"Ha! tako valja!", osovi se Klara, i okom joj munu plamen, "sada vidim da me ljubiš, gospodine moj!", i zagrli žena bana strastveno, bijesno.

Drugi dan počela dolaziti banova vojska u Zagreb. Od bubnjeva i trubalja orio se grad. Najprije hrvatski plavetni konjanici sa dugim kopljem; zatim konjanički banderij druge hrvatske gospode; nadalje žuti kranjski pješaci najmljenici, dvije jake čete vlaških haramija, krajiški bombardiri, štajerski oklopnici i jedna zastava španjolskih draguna sa dugim mače-vima. Vojska nije išla po običaju u kakvo taborište blizu grada, već četa za četom uđe u grad te se nastani pod silu kod građana. Blijed od ljutine dođe gradski sudac u banov dvor.

"Šta je, moj dobri suče?", nasmija se ban porugljivo sjedeći za vrčem vina.

"Šta, velemožni gospodine, pitate?", odvrati sudac teškom mukom sprežući svoj gnjev. "Oprostite mi, vaše gospodstvo, ali čudim se tomu pitanju. Dosada bio je vazda običaj da banska vojska stanuje pod šatorima, ali evo ide četa za četom u grad, vojnici silom provale u kuće, razlupaju vrata, nastane se proti zakonu kod mirnih građana i zahtijevaju da im se dade jelo i pilo. A otkud? Ne znade li vaše gospodstvo da je bila zla godina, da ne ima u gradu žitka, da se je bojati gladi."

"Gladi? Ha! Ha! Ha!", odvrati ban, "vi mi tu pričate strašne stvari kojih bome vjerovati ne mogu. Glad - a vaša debela gospoda magistratska. Idite, vi zbijate šalu."

"Govorim istinu, gospodine bane, tako mi živoga boga, mi smo ubogi, a vaši vojnici gladni su vuci. Ja ne znam čija je to zapovijed da se kukavnom gradu nameće taj teret, ali to znam da je to očita sila proti pravu i pravici."

"Moja zapovijed je bila, suče", udri ban šakom u stol, "moja zapovijed, čuste li?"

"Ali ta zapovijed ne valja, velemožni gospodine!"

"Ja sam vaš gost, moji vojnici su mi djeca, ergo morate i njih hraniti. Punctum. Ako li vaša gospoda građani samo pisnu, pokazat ću im tko je Ungnad, pa ako vam nije pravo, a vi idite u Požun tužiti me. Zbogom!"

"I hoću, bog mi je svjedok", odvrati sudac i ode.

Dok se ban i sudac tako živo prepirahu, čevrljala u drugom kraju kuće Klara sa gospodinom de Lernon.

"Žene da su sebične", nasmija se banica izvinuv ruku iz desnice udvornoga markeza. "Ne, ne, markeže! Upravo žene žrtvuju muževima najviše."

"Radi sebičnosti, uzvišena gospo!", odvrati markez.

"Govorimo iskreno. Vi hoćete da kažete da ste Klaru Ungnadovu predobili, jer je Klara htjela vas predobiti, je l' te? To je donekle istina, jer gospodin Kristofor Ungnad - - ima mnogo državnih poslova. Je l' tako? Ali gospodin markez de Lernon ne

213

obožava u toj pustinji jedine samo zvijezde. Klara Ungnadova mu je ljubovca, ali jesu i druge."

"Uzvišena gospo!", porumeni markez.

"Šutite, šutite," odvrati banica, "ja znadem sve, gospodine Bernarde, sve. Imam i ja ljudi pouzdanih. Ali se ja ne ljutim. Ja sam žena samo napolak vaša; mogu li tražiti da vi budete samo moj? Vidite da nisam sebična. Prosto vam bilo tražiti meda po drugom cvijeću, Bernarde, znam da muška krv nije stalna."

"Klaro!"

"Šutite! Slušajte me! Ima u tom gradu prelijepa djevojka, Dora, kći zlatara Krupića. Ja mrzim tu djevojku, ja joj želim zlo. Ne pitajte zašto. I kako rekoh nisam sebična. Moj sluga Čokolin može vam kazati da je Dora prelijepa, a ja ću vas ljubiti većma ako vi budete ljubili Doru."

"Klaro!"

"Ništa više. Ja ću vas mrziti, Bernarde, ako je ne budete ljubili. Zbogom!"

I rasta se markez s banicom.

Silazeći sa stuba promišljao je pukovnik o smislu Klarinih riječi. Pod vratima desilo se više banovih slugu zbijajući puste šale sa gluhonijemim jadnikom - Jerkom.

"Oj! Ču li me!", okrenu se pukovnik jednomu od sluga, "znaš li gdje je kuća zlatara Krupića?"

"Kraj Kamenih vrata, milosti vaša!"

"A znaš li gdje bih naći mogao baničinog slugu Čokolina?"

Njemak se prenu kao da ga je zmija ujela.

"Čokolina je teško po danu naći, milosti vaša", odvrati sluga, "taj vam je kao sova, ne pokazuje se svijetu, već samo noću obilazi. Ali da, on prebiva u kući g. pjeneznika Konjskoga, ondje spava po danu."

"Dobro!", odvrati pukovnik i krenu prema Kamenim vratima. Za njim otisnu se Jerko.

Pukovnik stupi u štacun zlatarov.

"Dobar dan, milostivi gospodine!", pozdravi ga Krupić za nakovalom.

"Dobar dan, majstore!", natucao pukovnik. "Eto majstore, treba mi srebrnih mamuza, ded načinite mi ih."

"Na službu, milosti vaša!", odvrati zlatar, "imam ih gotovih. Doro, Doro!"

Zamalo pojavi se Dora.

"Što zapovijedate, mili oče!", zapita djevojka.

"Krasna je!", mišljaše pukovnik, "pravo reče Klara."

"Donesi iz komore srebrnih ostruga za milostivoga gospodina."

"Hoću, dragi oče!"

U ovaj par otvoriše se vrata, i jadni njemak Jerko pruži svoj šešir moleći bez riječi za milostinju, ali potajno motreći pukovnika. Dora se povrati, a pukovnik stade prebirati robu i gledati zlatarovicu.

"Daj, Doro, dinar jadnomu Jerku!", reče starac djevojci.

I mlada posegnu u svoju torbicu i baci njemaku smiješeći se novčić u šešir, a njemak zahvali se klimajući glavom i gledajući Doru sjajnim okom svojim kao sveticu kakvu.

"Pravo reče Klara," šapnu pukovnik, "neka bude njezina volja. Sada k Čokolinu."

XXI

"Dakle ništa?", skoči banica razjarena i mal da ne sruši od ljutine svjetiljku koja je stajala kraj nje.

"Žalibože ništa, uzvišena gospo", odvrati Čokolin legnuv ramenima. "Jadni gospodin markez de Lernon malo će hvaliti gospi banici za taj ljubavni savjet, jer su mu leđa usred ljute zime rodila šljivama."

"Reci, Čokoline, kako je bilo, reci?", zapita banica ukloniv bujne uvojke s čela.

"To je vrlo tužna pripovijest, uzvišena gospo! Gospodin de Lernon dođe neki dan k meni u kuću gospodina Konjskoga, i to po vašem nauku, te me stade ispitivati za Krupićevu Doru. Znao sam ja odmah kamo to šiba. Izvedem ga u vrt da nas živ ne opazi, i tu mu rekoh kako bi se to najlakše obaviti moglo. Vjeruj mi, vaša milosti, i ja sam se toj vragoliji kruto veselio i smijao se u duši, kako će gospodičić Pavao naći prazan golubinjak, a neće znati za torca. Ele, rekoh: Grgo, skupi pamet da se opošteniš! Jer da znade vaša milost, i ja sam suparnik mladoga Gregorijanca!"

"Ti?", zapita u čudu banica.

"Da, ja. Vi se smijete, ali je ipak istina. Dok sam bio čovjek, prosio sam za njezinu ruku, a stari mi se zlatar nasmija u brk. Od onoga doba otrcao sam se dakako malko, nit mi je nakraj pameti ljubav - sad je ostala samo žuč, sve to kipi u meni - kipi kao pakleni plamen. Nu šta ćemo o tom? Ja dakle rekoh gospodinu markezu tako. Među vrtom Konjskoga i Krupića ima ovisok zid. To da nam bude put. Pričekati valja da Krupića ne bude kod kuće. Stara Magda hrče ko jazavac, ni puška je ne bi probudila. A na stanu kod Krupića dva su španjolska draguna, ljute pijanice. Tim junacima privezat ću se na dušu rakijom, a gospodin markez je oficir, pred tim bi radi subordinacije zatajili boga, nekmoli oteli djevojku. Draguni nek budu na straži da djevojka ne digne graje, a gospodin de Lernon može po svoj plijen po ljestvama preko plota, prebaci joj vreću preko glave i odnese djevojku u sušu Konjskoga, pa gotov posao i vašoj milosti srce veselo. Tako rekoh, skoro je tako i bilo. Ja pripravio ljestve, došla noć, Krupić van kuće, Magda hrče, Španjolci naši. Ja sam sve to gledao iz suše. Bilo je tiho. Dora sjedila u komori i radila. Graknem tri puta u znak Španjolcima. I tri puta graknulo meni na odgovor. Dobro je, mišljah. 'Sad valja na put, gospodine markeže, i dobra vam sreća!' Popeo se markez na plot i spustio se lagacko po ljestvama u Krupićev vrt. 'Jao!', zavrisnu najedanput iz Krupićeva vrta. Markežev glas! Bijesa! Šta je to? Španjolca ni blizu. 'U pomoć! U pomoć', jadikovao s druge strane markez. Povirim preko plota. Kuku lele! Neki vrag bio markezu stavio gvožđa za vuka pa se bolan u njih uhvatio. Već sam htio skočiti da ga oslobodim, ali nahrupi iznenada iza kuće čovjek, koga ne mogoh raspoznati, te stade nemilo lemati ubogoga gospodina, a on jao te jao, da ga je milo bilo slušati. Doletješe s bakljama i građani, a neki kovač Blaž Štakor stao je kovati šakama po leđima markeževim sve urličući: 'Drž'te tata, drž'te razbojnika!' Tu mi je dakako bilo čuvati moja leđa, plemenita gospojo; mrtvi se ne dižu iz groba, a Zagrepčani misle da sam mrtav. Ja se zavukoh pod sušu u sijeno i rekoh pobožno: 'Smiluj se nebeski dvor leđima gospodina markeza!'"

"Proklete nevolje!", kriknu banica, "a šta zatim?"

"Zatim? Ne znam pravo. Samo to sam dočuo da građani viču strašno, da gospodin markez leži u postelji kao ranjeni Isus, i da je španjolske vojnike neki bijes nakitio vinom, da su ležali kao snopovi."

"A tko, tko nam je račun pokvario, Čokoline, tko?", ražesti se banica.

"Tko?", legnu brijač ramenima, "to, to pitanje grize i mene. Ta dao bih desno oko, da mi je iznjušiti tu tajnu ruku koja je moju paučinu pomrsila. Sjedio sam čitav dan na jednom mjestu te sam razbijao glavu, ali ništa i ništa. Britve mi, da je u mene za lijek bablje vjere, posumnjao bih da je sam gospodin bog. Ali morao je biti čovjek, jer ni bog ni duh ne nastavlja vučjih gvožđa. Da vam pravo kažem, milosti vaša, meni se je dijeliti od vas, meni je ostaviti taj nesretni Zagreb."

"Ti da ideš?"

"Moram."

"A zašto?"

"Bojim se da mi je netko ušao u trag, a to bi zlo bilo po mene."

"Ti ne smiješ od mene", zapovijedi banica.

"A tko da mi brani?"

"Ja."

"Kako? Čim?"

"Odat ću te."

"A ja vas."

"Sjećaj se, kukavice, da sam banica, tko će takvoj propalici vjerovati?"

"Istina je", doda zlovoljno brijač. "K vragu, zaboravio sam suce i zakon. Nu, a šta ćete od mene?"

"Pavao hoće da uzme Doru!"

"Dakako. Prvi dan poslije Tri kralja vjenčat će ih kanonik Vramec."

"To ne smije biti."

"E neka ne bude. Meni je pravo."

"Ne zbijaj šale. Ti to moraš zapriječiti."

"A kako?"

"Tvoja je briga."

"Dat ću ubiti gospodičića na cesti iza grma. Je l' tako dobro?"

"Đavle!"

"Ili - -"

Brijač prišapnu nešto banici u uho, a ona kimnu glavom.

"Evo ti zlata!", prihvati banica glasno pruživ brijaču kesu.

"Hvala bogu, te sam vaše misli pogodio. Ali kad se sve ovr-ši, mogu iz Zagreba?"

"Možeš."

"Ali prije ću doći po svoj putni trošak."

"Dođi!"

U taj par prhnu sjena ispred baničinih vrata na hodniku i minu iz kuće. Pjevuckajući i zvoneći punom kesom pođe brijač put svojega noćišta ni ne opaziv sjene.

Uto zaori kroz noćnu tišinu Garucov hrapavi glas:

"Gospodari i gospodarice, dvanaesta ura odbila! -"

"Ha, ha!", šapnu za sebe brijač, "moj prijan Garuc kukuriječe ponoć. To je nečije opijelo!"

Sjena kao da je s daleka slijedila Čokolinove stope. Vidjev da je brijač zašao u kuću, zakrenu put gradskih zidina i spusti se lagano dolje na brijeg potoka Medvednice. Zvižnu tri puta pred malom kolibom.

"Tko je!", ozva se krupan glas, a iz kućare izađe haramija Radak. "Ti li si, Jerko? Dosta te se načekah. Kakve nosiš glase?"

"Zlo je - vrlo zlo!", odvrati potiho Jerko, "idi Miloše, idi, leti u Mokrice. Dokaži Pavlu kako je franceski obrštar htio utamaniti Doru, a ja kako sam mu pokvario račune. Ali da još nije spašena. Ti znaš da zalazim često u bansku kuću. Tko za mene mari? Ta nijem sam i gluh. Dotisnuh se do baničinih vrata. Kod banice bio onaj zlotvor brijač."

"Brijač?", odvrati zamišljen haramija, "dao bih pušku da mi ga je vidjeti."

"Prisluškivao sam. Govorili o Dori zlo - i šaptali. Bit će zla. Oj Miloše, tako ti Marinoga groba, leti, kaži Pavlu neka dođe, neka brzo dođe, ja ću ovdje pripaziti."

"Časnoga mi krsta, sve bih podavio, ali sada idem. Jerko! Laka ti noć."

Žurno nestade haramije, nesta i Jerka, i samo je bilo čuti kako potok noćnom tišinom žubori.

Ujutro dana prije Tominja sjedio je sudac Jakopović u svojoj sobi na varoškoj kući. Sutra ima biti sabor kraljevine, a danas pregledat će ban ono nekoliko četa što je preostalo bilo u Zagrebu, pa da ih pošlje na Turke. Nemirno gladio Jakopović čelo te razmišljao kako će sutra u saboru otkriti nasilje podbana, kako će svečano prosvjedovati proti samovolji bana, koji je pod silu nastanio gladnu i žednu vojsku u kućama građanskim proti pravu i običaju.

Najednoč prenu se sudac od svojih misli, pred vratima zazveknuše ostruge i pred sucem pojavi se Melkior Tompa od Horšove, pobočnik banov.

"Gospodine suče!", odreza mrki vojnik, "dobar dan. Šalje me velemožni gospodin ban."

"A šta želi njegova velemožnost, plemeniti gospodine?", zapita sudac mirno.

219

"Velemožni gospodar moj vrlo se ljuti na grad. A kako i ne bi? Gladan je, vi ga ne hranite, žedan je, vi ga ne pojite, hladno mu je, vi ga ne grijete, po noći je mrak, a vi mu ne dajete svjetla, i vojska gladna i žedna."

"Plemeniti gospodine!", odvrati sudac, "ja ne znam vjere toga zakona po kojem ovaj plemeniti varoš hraniti, pojiti i grijati mora gospodina bana. On nam je gost, a što se može, to se i onako čini, premda je grad siromašan, jer nam je tuča sav prihod potukla. Zlatna bula naša veli samo, da grad ima dati banu vola i sto krušaca kad prvi put dođe u Zagreb, ali to ne ide bez kraja i konca, a još manje smo dužni hraniti silnu njegovu družinu. Da je vojska gladna i žedna? Što ću joj ja? Kad je sve izjela i ispila što je u gradu bilo, da se već kod sirotinje pojavlja glad, kad kukavni narod mora da jede suh kupus mjesto mesa. To recite gospodinu banu."

"Ja mu toga reći neću, mene se to i ne tiče", odgovori vojnik. "Ja vam, suče, samo kažem banovu zapovijed, to jest da ima grad dati svaki dan gospodinu banu, dok bude u Zagrebu, deset vrča stara vina, deset kruha, deset funti dobre govedine i deset lojanih svijeća, a izim toga zobi i sijena."

"A ja velim u ime grada, komu sam glava i sudac, da mi toga dati nećemo!", odvrati sudac odrješito.

"E dobro, suče, vi ne dajte, a mi ćemo uzeti!", zaviknu pobočnik.

"A ja prosvjedujem svečano u ime cijele općine građana i stanovnika plemenitoga varoša."

"Protestirajte makar do sudnjega dana. Sad znate što vas čeka. Zbogom!", završi Tompa i ode.

Za malo vremena zazveknu na pazitornju zvonce "Habernik."

"Gori, gori!", čulo se ulicama. Žene, djeca, građani letjeli blijedi gradom.

I jače zveknulo zvono.

"Gori, gori!"

"Gdje, gdje?"

"Smiluj nam se Bog i sveti Florijan!"

Sada zazvoni i zvono Sv. Marka. Užas popade građanstvo. Uzrujan poleti sudac pred "Dverce" na gradski zid. Kraj crkve

Sv. Markete vinuo se bijeli dim nad krovom jedne kuće, a iz dima planu plamen. Čija je to kuća?

"To je kuća Marka Tutkovića, gospodine suče!", viknu jedan gradski stražar doletjev bez kacige uzbrdo.

"Tko ju je zapalio?"

"Gregorijančevi konjanici. Jedno pedeset pijanih konjanika doleti do Sv. Markete i stalo iz malih pušaka pucati na krov. Sama je slama. Sve je propalo. Siromašni Tutković!"

"Pa zašto nisi branio?", zapita oštro sudac.

"Ta htio sam, ali oni ostali pucati na mene. A sada krenut će na Harmicu, pa će ondje paliti kuće."

"Poteci brže na varošku kuću! Pedeset građana nek uzme puške pa nek krene kroz Kamena vrata na Harmicu, nek ide s njima Krupić i Blaž Štakor!"

"Oh, spectabilis, spectabilis!", doleti vas usopljen i plačući kapelan Šalković; "Oh, bestiae infernales! Vi znate kako sam lijepe kruške imao u vrtu, i jabuke i šljive i breskve, same plemenite voćke. Pa sve - sve posjekoše mi ti antikrsti - sve; i naložili vatru da peku ukradena odojka. Sve! Ja molim da se solemniter protestira."

"Tu ne ima protestacije van ovakove!", odvrati bijesan Jakopović dignuv šaku i pohiti natrag prema varoškoj kući. Ali za dva koraka ustavi ga jadikujući debeli kramarčić Šafranić.

"Gospodine suče, moju ženu, moju dragu ženicu popali grčevi. Šta će joj kravice, lijepe kravice preko zime, a? Šta će? Poginut će. Joj! A odakle mi mlijeka? Ti antikrsti, ti španjolski draguni raznijeli nam dva plasta sijena. A šta će moja ženica piti? Ti antikrsti odnijeli mi rakiju."

"Pustite me, kume Andrija! Imam prečega posla; treba braniti grad", odvrati sudac i poleti dalje.

Ali kad dođe na Markov trg, ljuta li prizora! Pijani vojnici razvalili Magdinu daščaru i naložili velik oganj. Jadna starica ležaše bez svijesti na stubah Sv. Marka. Oko vatre igrali bješnjaci kolo, mašući kopljima na kojima bijahu nabodeni pilići, guske i kruh. Kraj kola stajala velika bačva vina, a na bačvi jahao pijan vojnik stiščući živa praščića umjesto gajda. A podalje povlačili su španjolski draguni sumrtva gradskoga notara Vernića za kosu.

"Dosta!", zagrmi Jakopović, "mjera je puna. Stražari, latite se koplja pa udri na te pijanice. Bubnjaru, bubnjaj! Neka se zvoni u stran da se građani skupe pod oružje. Zatvorite gradska vrata! Izvedite lumbarde na bašče. Konja mi dajte!"

Za tili čas navali gradska straža naperenom helebardom na pijanu četu i oslobodi Vernića. Draguni i pješaci nagnuše bjegati prema Kamenim vratima, jer je vojska stajala poredana u donjem gradu. Zvono se orilo, bubanj tunjio, građani uhvatili puške i koplje. Kao munja letio sudac na konju da vidi jesu li svuda vrata zatvorena. Na brijegu Medvešćaka pucale puške, tu odbijahu građani Gregorijančeve banderijalce.

"Sad nek mi dođe Ungnad!", zaškrinu Jakopović, "da vidimo, hoće li nam uzeti što ne dajemo!"

"Da, da, gospodine suče", zakriješti mali Šafranić mašući ratoborno ogromnim kopljem, "mi im ništa ne dajemo, ništa, niti za dinar papra tom štajerskomu banu. Nek tko dođe od tih španjolskih žabara - ja ću ga kao miša na moje koplje - na, ovako!", i silovito bodnu kramarčić kopljem u zrak.

Uto zagrmnu grom. Šafranić problijedi i prišapnu drhćući Garucu koji je sa bubnjem uz njega stajao:

"Isuse, Marijo! Dragi kume Garuc, ta to je puška bila!"

"I velika puška, kume Šafraniću", odvrati bubnjar.

"Ta bi mogla čovjeku i glavu otpiriti?", zapita dršćući kramar.

"Bi, ako ju čovjek ima", opet će Garuc.

Građanstvo stajalo spremno pod oružjem, a na čelu mu sudac Jakopović sa plavetnom gradskom zastavom na konju.

Uto doleti od Kamenih vrata kovač Štakor zasukanih rukava, pod širokom kacigom, crna lica, noseći tešku gluntu na ramenima.

"Šta je, zaboga, majstore?", zapita ga sudac.

"Zlo, gospodine suče!"

"Govorite, zaboga, majstore!"

"Nas pedesetorica prašili smo hajd dosta dobro, i pijani Gregorijančevi banderijalci podbrusili pete od naših glunta. Mi na brijegu, a oni pod brijegom, mi na njih, a oni bjež. Ali sada nadođe drugi bijes. Ban pregleda na Harmici svoju vojsku, a ta vam je urlikala i vikala da se je nebo potreslo. 'Junaci', reče smijući se bijesnoj četi, 'uzdajte se u mene, pa ako vam te zagrebačke hulje ne čine po volji, a vi po njima. Vele da će vas tužiti kraljevskoj svjetlosti. Neka! Tu sam ja vaš kralj i nitko drugi. Čujte zvono zvoni u gradu proti vama, gledajte, lumbarde naperili proti banovoj vojsci pa se zatvorili u svoje zidine. Ali ima ih izvan zidina, držmo se tih, ajd na njih!', zaviknuše svi i bojim se, gospodine suče, da ti vragovi neće zapaliti naše jadne sugrađane. Oj, pomozite, gospodine suče!"

"Ha! Eto naše sreće", zaviknu sudac i skoči s konja, "ajte sa mnom, majstore Blažu!"

Sudac i kovač upute se k banovu stanu. Vrata bješe zatvorena. Sudac lupi tri puta na vrata i dršćući otvoriše ih banovi sluge.

"Je l' gospa banica u kući?", zapita sudac oštrim glasom.

"Jest", odgovori oklijevajući sluga.

Sudac pohiti u baničinu sobu. Klara sjeđaše blijeda i nijema za stolom upirući glavu u ruke. Kad opazi suca, prepa se i posegnu za malom puškom što je stajala na stolu.

"Uzvišena gospo!", prihvati sudac, "vaš velemožni gospodar i ban zbija s nama za naše gostoljublje puste šale. Izjede nas on i njegova vojska, a sad mu bijesne čete hoće da zapale podgrađe."

"A šta ću vam ja?", zapita banica.

"Toga ne smje biti. Znajte da ban s vojskom stoji van grada. Građani skočili na oružje, zatvorili vrata, a vi ste naša sužnjica; i jedna kuća neka plane pod gradom, pa će planuti i ova kuća nad vašom glavom."

"Jeste li pobjesnili?", zadrhta Klara.

"Nismo, uzvišena gospo! Zdrave smo pameti. Sjednite, pišite svomu gospodaru neka se okani bjesnila, neka otpusti vojsku, jer - jer inače vas više vidjeti neće."

"Gospodine suče!"

"Tu ne ima šale. Sjednite pa pišite!! Ili pismo, ili - glava!" Bez duše sjede Klara pisati i preda sucu ispisani list papira.

"Evo!", reče.

"Zbogom, gospo! Čuvajte glavu, ne iziđite iz kuće."

I ode sudac s kovačem.

Zamalo poleti gradski konjanik iz Kamenih vrata na Harmicu, preda banu Klarinu zapovijed i poruku Jakopovićevu, da će se građani vratiti u mir, ako se ban pod pečatom zavjeri da će otpremiti vojsku.

Od jada igralo Ungnadu lice, kad je čitao pismo sjedeći na konju sred svojih časnika.

"Čitajte sramotu, čitajte!", okrenu se svojim drugovima, "jeste li ikad vidjeli takva smeta bez lica i obraza? Proklete hulje, ta sablje mi, htio bi ih zgnječiti gvozdenom šakom, ali - oj luda - luda - da ostavih banicu u tom gujskom leglu. Zaglavit će mi - moja Klara! Šta - šta gospodo, da uradim?"

"Psine!", zaškrinu Gregorijanec, "to je veleizdaja, imat će krvnik posla."

"Da, da!", primijeti prabilježnik Mirko Peteo, "to je dobro, to će biti kasnije, ali sada nije hasne, sada valja spasiti gospu banicu. Zato neka vaša velemožnost izdade Zagrepčanima pismo i neka pošalje vojsku u Ivanić. A poslije - nu imat ćemo prilike u saboru!"

"Tako je", potvrdi Melkior Tompa.

Ban od ljutine čupkao crvenu bradu. Napisa pismo, natisnu pečat i predade ga gradskomu ulaku. Zatim jahao sa časnicima od čete do čete, prišapnu svakomu četovođi nekoliko zlovoljnih riječi i poleti snužden sa nekoliko velikaša natrag u grad. Vojska pako u čudu krenu šuteći put Save i ostavi Zagreb.

Dok su bijesni vojnici harali po plemenitom varošu, stajaše Jerko kraj Draškovićeva vrta naproti kući Krupićevoj. Blijed i zabrinut gledaše čas prema Kamenim vratima, čas na Krupićevu kuću, čas prema Markovu trgu odakle se bijesno urlikanje čulo. Bože! Još nema Pavla, Krupić ode sa četom po zapovijedi. Dora sama u kući, prokletnik Čokolin u Zagrebu, a bijesni - vojnici. Oj, da je bar stari zlatar ostao kod kuće, ali se nije dao zaustaviti od djevojke, ta valjalo je braniti grad. Bože! Bože! Samo da ne bude zla! Sad je čuo od stražara što su prolazili da će se zatvoriti gradska vrata. Pavao neće moći u grad. Banski pješaci, španjolski draguni bjegali kraj njega u donji grad, tjerani od oružanih građana. Bože! Kolika meteža! Ne bi li djevojci zlo biti moglo? Sam će u kuću da je čuva. Ali u taj par poletješe dva konjanika prema njemu. Jednomu zaklanjao zaklon od kacige lice. Jerko zadrhta i stavi se pred Krupićeva vrata i dignu batine. Ali tajni konjanik namignu drugu, a ovaj zamahnu, ošinu Jerka, i vrisnuv pade jadni mladić krvav bez svijesti o tle. -

"Idi", reče konjik pod zaklonom drugu, "ne treba mi te, ti si vojnik. Spasi se. Evo ti i moga konja." Neznanik skoči s konja i pobrza u zlatarovu kuću.

Dora bijaše sama. Blijeda od straha molila boga za svoga oca da ga mine smrtna pogibelj. Kad opazi stranca skoči kao uplašena srna. "Sveti bože!", zavapi mladica.

"Oj, miruj djevojko!", prihvati došljak muklim glasom, "miruj ako boga znadeš. Siromah sam vojnik. Tvoji nas potukoše hametom, a mene zapade ljuta rana. Ne odaj me! Ubili bi me tvoji. Sustao sam, ne mogu dalje! Rana me peče, grlo mi gori. Daj mi vode, daj mi vode!"

"Neću te odati", odvrati bojažljivo djevojka, "jer ne želim nikomu smrti, pa ako ste nam i neprijatelj, bog veli da i neprijatelju dobro činiti treba. Ali zašto ne dižeš zaklona?"

"Hoću, hoću!", odvrati konjanik, "ali daj mi vode!"

"Na, evo ti je!", ponudi Dora vrčić vode. "Bila ti u zdravlje!" Konjanik uhvati vrč obim rukama.

"Gledaj, djevojko! Ne ide li tkogod prema kući?"

Dora pođe k prozoru da pogleda, ali u taj par nasu neznanik prašak u vodu.

"Ne ima nikoga blizu", reče djevojka.

"Ne imaš li vina, djevojko?"

"Imam, ali zlo je za rane."

"Voda ti ne valja, mutna je, mlaka. Kušaj sama!"

"Da ne valja? Začudo! Malo prije je donijeh."

"Nu, kušaj sama!"

"De, da vidim!"

Dora uhvati vrč, primaknu ga ustima i posrknu.

"Pravo veliš, gorka je. Čudno!"

"Molim, donesi mi kapljicu vina."

"Hoću. Počekaj tude. Sad ću se vratiti." Djevojka ode, a neznanik ispade iz kuće, zavuče se u vrt i začas prevali zid kuće blagajnika Konjskoga.

Zakratko evo zlatarovice natrag, ponijela i vrč vina. Kuća prazna. Šta je to? Kud li se djeo neznani gost? Je l' to san? Nije. Evo na zemlji leži vezena kesica sa grbom. Valjda je konjik izgubio.

Od straha prekrsti se Dora. Da nije opsjena nečastivoga? Oslobodi nas bože! Neki je nemir uhvati. Stala hodati po sobi. Ruke joj se stvorile ledom, a glava gorjela kao žeženo gvožđe.

"Bože moj! Šta je to?", uhvati se djevojka za čelo.

Pred očima joj sijevalo, na prsa kao da se je svalila gora, a grlo kao da je stezala zmija. Djevojka stala teturati, glavinjati, hvatati rukama zrakom.

"Oče! Pavle! Zraka!", vrisnu, padnu, dahnu i izdahnu. "Doro! Doro moja!", zavapi svana glasno grlo i u kuću pade usopljen, zamrljan kapetan Pavao. "Evo me zla - Isuse Kriste!", viknu kao da mu se je nož zarinuo u srce, "je l' to paklena varka? Doro! Dorice!", uhvati mrtvu djevojku za ruku, "mrtva, mrtva! Oh, proklet ja!"

I kao mahnit pade mladac kraj djevojke.

XXII

"Kumo! Draga kumo!", prišapnu Freyovka došav u Šafra-nićkin stacun. "Znate li šta je sa Krupićevom Dorom?"

"Nešta sam onako načula, ali ne znam pravo, draga kumo!", odgovori neveselo Šafranićka. Pamet mi nije za ništa otkad su mi te španjolske ništarije raznijele sijeno i odnijele rakije."

"Jadna moja susjedo! Da, da! Bič božji došao je na nas jad-ne. Ali da vam kažem za Doru. Na Tri kralja imala je zbilja poći za mladoga gospodina, a jučer su je našli u štacunu mrtvu - mrt-vu. Po licu je sva crna bila, vele ljudi, da je od crne kuge pogi-nula."

"Pomozi nam, sveti Blaž! Moram odmah nakaditi štacun borovicom i ne treba vode piti kada je kuga, da, vode nikako!"

"Dapače, vina i rakije, draga kumo. Da, od crne kuge dje-vojka poginula. Zato neće ležati kod kuće na odru, već u kapeli-ci sv. Ivana pred Mesničkim vratima, pak će ju sutra u noći po-nijeti na groblje."

"To je žalosno."

"I vrlo žalosno. Ali vidite, to vam je prst božji! Oholost, gi-zdost je opsjela djevojku pak na, na što je sve izašlo. Dvije-tri lopate joj je sad cijelo gospodstvo. Sad znate i sad zbogom, dra-ga kumo, moram kući da mi se mlijeko ne svari."

"Smiluj se bog svakomu grešniku! Zbogom, kumo Freyovka!"

Po gradu bilo buke i graje. Sa Dorine nagle smrti uzruja se cijelo građanstvo. Prostiji svijet i zbilja vjerovao da je kuga ubi-la zlatarovu jedinicu, ali pametniji ljudi slutili su da to nije kuga, već nečija grešna ruka, što je i apotekar Globicer potvrdio. Ali većma jošte uzrujani bijahu građani plemenitoga varoša s dru-goga razloga.

Bijesni na Zagrepčane sastaše se hrvatski stališi u svom sa-boru, i tu na prijedlog Ungnada bana uglaviše proti Zagrebu ovo: "Pošto građani varoša grčke gorice zagrebačke hoće starim svojim poveljama uništiti slobodu kraljevine Slavonije, pošto su načinom himbenim podigli tužbu kod jasnoga nadvojvode Er-nesta proti gospodinu banu i podbanu, pošto su velemožnoga g.

Stjepana Gregorijanca priječili da vrši svoju podbansku vlast, vrijeđali gospodu stališe i redove te se javno opirali banu, to neka se oni u međama svojega grada slobodno sami vladaju, ali da su isključeni iz općine ovih kraljevina i od sviju vladanja ostale gospode i da im nije slobodno trgovati i robom hodati po kraljevini, a sabor i banski sud da se po volji i domisli gospo-dina bana unaprijed drži u drugom, zgodnijem gradu."

"Nek sada laju kukavice!", nasmija se ljuto Gregorijanec, "neka pojedu kašu što je skuhaše."

"Tako li, gospodo?", reče sudac Jakopović. "Neka! Kocka je pala, šilo za ognjilo. Bojte se naših oštrih zubi; s nama ne ima šale, ali bit će toga i više."

I sazva sudac skupštinu. Sila građana vrvjela na varoškoj kući. Ljutost je kipjela u srcima građana; gospoda hoće da utamane Zagreb. U vijećnicu uđe Jakopović blijed i mrk, u ruci mu pergamena.

"Sam ću poći pred kralja, braćo, da mu kažem što se s nama radi, i na vaše ime predat ću mu ovo pismo!"

Svi zašutješe, a sudac stade čitati tužbu na kralja.

"Grad ovaj od starine slobodan pod kraljevima blage pameti da je pao u skrajni jad. Nevolja ga tišti, prijeti mu glad jer je nestalo žita, a najviše da ga satire sila susjedne gospode. Zagreb da je vazda vjeran bio kruni i da se nije dao zamamiti po Ivanu vojvodi erdeljskom, a sada je pao ni kriv ni dužan u jad i sramotu. U saboru naime na Tominje da su ban, prabilježnik i druga gospoda urotu skovali proti Zagrebu i utakmili zaključak nečuven i zloban, koji vrijeđa ne samo boga i njegovu pravicu, već po kojem su građani kao prokleti i izopćeni iz općine kršćanske i kao da nisu članovi kraljevine. Zato neka se kraljeva svjetlost blagim okom osvrne na Zagreb, neka bude štitom grada i nek milostivo zaključak uništi." I ispričav natanko kakvu je silu činio ban i podban gradu, moli tužba da kralj pošlje od dvora dva svoja čovjeka, da se na oči uvjere kako je bilo, i da se Zagrebu povrati stara sloboština.

Gromom pozdraviše građani junačkoga suca i na ramenima ga ponesoše kraj banova stana u njegovu kuću.

Bučno je bilo u Zagrebu, ali tiho u Krupićevu domu. U komori ležala mrtva djevica, u rukama joj bilo srebrno raspelo, a oko čela vinuo se vijenac. U kutu sjedila skutrena starica Magda prebirući svetu krunicu. Molila je - ne, nije; bila luda, tupa, Dora, kumče, da je mrtva! Ludorija! To ne može biti - ne može. To su valjda zli ljudi smislili, Dora valjda spava. Joj, da je umrla, da se više ne probudi, u jamu da je bace; te lijepe oči, te sitne ručice, ta lijepa kosa, sve da je prah? Bože! srce bi sta-rici puklo, davi je, davi i suze joj kapaju kišicom na uvele ruke.

Za stolom sred sobe sjedi Pavao. Blijed je kao snijeg, kosa mu pada niz čelo, oči mu gore. Ništa ne čuje. Na ruke se podbo-čio, ukočenim očima pilji u mrtvu mladicu. Sto i sto puta pitao se, je li to Dora, je li mrtva, nije li to san, nije li to šala? Neću li ju živu, zdravu ponesti na svoj grad i s njome sretno živjeti? Pa kad plamečak svjetiljke padne na Dorino lice, plane mladčevo oko, jer misli - živa je. A pred mladcem na stolu stoji vezena kesica, a na njoj plemićki grb. Večeras će Doru ponijeti u kape-licu sv. Ivana, a sutra - sutra u grob.

A starac Krupić sjedi kao kamen u svome štacunu. Ne pla-če, ne jadikuje, ne misli, ne ćuti. Oko njega kao da se vije mag-la, da tko navali u štacun, da mu odnese sve srebro i zlato - ne bi se maknuo - ostao bi kamenom. A srce? Nijemo je, ali u srcu gori pakao. Polagano otvoriše se vrata Dorine sobe. Lagacko uđe Jerko zavezane glave. Dođe do Pavla i stavi mu ruku na rame.

"Pavle", šapnu.

Ali ne bje odgovora.

"Pavle! Čuj!"

"Pavle! Brate! Ubij me!"

U čudu ga pogleda Pavao.

"Ja sam kriv!", nastavi dršćućim glasom, "gle ja je nisam dosta čuvao pa ju je zmija ujela. Ubij me!"

"Ne, ne Jerko!", provali Pavao, "kriv sam ja, brate. Ja - ja je pustih predugo u tom paklenom ždrijelu. Oh, bože, bože! Šta ću? Šta ću? Poludio sam!", i baci glavu na stol.

"Ubij me! Ja sam je ljubio, ljubio kao i ti. Šta je meni život? Ali ne - ne! Još moram živjeti - jošte. Zna Radak zašto. Zbo-gom, Pavle, zbogom, Dorice!", i odjuri mladić.

Tik pred Mesničkim vratima stajaše crkvica sv. Ivana. Samo jedan oltar resio gole zidine, samo mala srebrna svjetiljka treptjela u tom mraku. Bilo je preko deset ura večernjih. Sred crkvice stajahu crna drvena nosila, i na njima snivala vječni sanak zlatarova kći. Mrtvo joj tijelo bijaše pokrito bijelom koprenom, samo glavu bilo je vidjeti. Lijepo, mirno bijaše joj lice, samo gdjegdje vidjele se crne pjege. A u crkvici mirno, mirno, i gledali drveni sveci mladu pokojnicu. Zamalo za-škrinuše vrata. U crkvicu stupi Pavao. Bio je vrlo miran. Lagano koracao prema djevojci, kanda se boji da je ne probudi. I nadnese se nad nju.

"Ti si to? Moja ljubav, moja sreća, moj život. A sada mrtva, sada prah, sada ništa. U ovim ostancima obumriješe sve moje želje, moje nade. U grob ćeš, Doro, ponijeti moj život, a ja ću ostati - živ mrtvac!" I spusti usne na hladno čelo i poljubi djevicu zadnji put.

Ali najedanput zaruži nešta za oltarom. Mladić se prenu. Kao da se u bravi okrenu ključ, kao da se otvaraju tajna vrata. Pavao zakloni se u mrak za stup. I zbilja. Nad oltarom rastvoriše se vrata tajnoga hodnika što je išao iz gornjega grada pod brdom u crkvicu. Plamen baklje sinu iznenada i u crkvu spusti se niz stube visoka žena u crno zavita noseći zublju.

"Idi! Ostavi me, Čokoline!", okrenu se prema hodniku, "tvoja služba je svršena, plaću si dobio, sad možeš otići iz Zagreba!"

I opet se zatvoriše vrata. Žena dođe do mrtve djevojke. Razgrnu koprenu i baklja rasvijetli Klarino lice. Nagnu glavu nad lešinu.

"Moram da te vidim, suparnice moja", šapnu zloradim posmijehom i dignu baklju. "Ti, ti si mi dakle otrovala život, uništila sreću? Luđakinjo, evo sad ležiš ovdje preda mnom pobijeđena. Vrijeme će zacijeliti ranu, a ja ću ipak dobiti Pavla."

"Nećeš!", zagrmi Pavao skočiv iza stupa. "Nikada nećeš, rugobo ženskoga roda! Evo Pavla Gregorijanca po treći put da se kune milim ovim ostancima da nikad više ženske glave zavoljeti neće, da dođe i anđeo s neba, ma se raspao u prah njegov stari i slavni grb. Evo Gregorijanca po treći put da ti kaže, oj paklena hudobo, da te mrzi, da te prezire, da bjega od tebe kao što se bjega od kuge. Ne diraj u svete ove ostanke, izrode pakla, ne muti kužnim dahom tomu anđelu rajskoga sna. Gledaj, oj, gledaj ovo nevino lice, pa se kameni kao zlotvor pred likom Gorgone. Gle, tu počiva moja sreća, moja nada, moj život, a sve to - sve satrlo je đavolskom himbom tvoje opako gujsko srce."

"Pavle, za ime boga!", zavrisnu od užasa Klara dršćući kao od groznice.

"Ne dozivaj boga, grešnice ljuta, jer će dočuti bogohulni tvoj vapaj, jer će gnjevan strijelom razvaliti ovaj posvećeni krov. Da, ti si to učinila - ti."

"Ja?"

"Poznaješ li to?", odvrati Pavao izvadiv iz njedra vezenu kesicu. "Nije li to grb Ungnada i Tahija, nije li to grb Klare Ungnadove, preljubnice, bludnice i trovnice? A ta kesica našla se kraj mrtve Dore, čuješ li, kraj mrtve Dore, oj, nemani ženska!"

Klara poniknu, ali se brzo osovi.

"Da", reče, "istina je, Pavle! Ja sam dala otrovati Doru otrovom kojemu lijeka ne ima. Ali znadeš li zašto? Jer sam poludjela, pobjesnila za tobom. Ako se griješi namjerom, ja grešnica nisam. Nije mi pamet počinila taj grijeh, srce moje je griješilo. Da mi nije pošlo za rukom uništiti ovu djevojku, da si je grlio kao ženu, ja bih se sama bila otrovala, jer dok sam ja živa, ne bih trpjela da te druga ljubi, i svaku bih otrovala koja te ljubi, ma je ti i ne ljubio. Ljubim te, Pavle, kao boga komu se grešna iznevjerih, a da s tobom mogu dijeliti jedan dan, jednu uru, jedan časak ljubavi, ispila bih čašu otrova do dna. Ako me mrziš, ako me prezireš, Pavle, osveti se!"

"Neću, bludna ženo! Evo sami smo tu; ne vidi nas nitko. Tu mi je oštra sablja, tu leži zlato moje što si ga ubila. Da mi se hoće, zarinuo bih ti gvožđe u zmijsko srce tvoje, oprostio bih svijet živoga smrtnoga grijeha. Ali neću. Ovaj mač proslavih u slavu svoje vjerenice, ovaj mač podigoh za spas kršćanskoga svijeta, i prije bih sebi odsjekao desnu ruku, prije bih ga razlomio na dvoje nego da ga okaljam gadnom tvojom krvi; ja sam junak, ja nisam krvnik komu je zvanje pogubiti trovnicu. Ne, drugu ti namjenjujem osvetu. Idi, nosi sobom kroz vas vijek bludnu svoju

231

strast kao vjekovitu neizlječivu ranu, neka te pali paklenim plamom, neka te mori vječnom žeđom, i kad ti lica uvenu, i kad ti se tijelo isuši, neka bukti još u tvome srcu bijes kao vatrena gora. A kad tihom noći ustražiš u snu počinka, neka stane preda te ovo nevino dijete blijedo i suznim očima, a ove oči neka naperi na tvoje vrelo srce kao leden nož. Gini i živi, živi i gini. Prokleta bila do groba i preko groba!"

"Joj!", jecala Klara klečeći poniknute glave pred mrtvom lešinom.

"Idi, grešna ženo, pusti me da se zadnji put pomolim bogu kraj svoje Dore", i lagano poljubi mladić mrtvu djevicu.

Kao bijesna skoči banica i očajna odleti tajnim hodnikom.

Drugoga dana pohodi kapetan grob svoje ljubovce. Ali začudo opazi gdje na grobu žena sjedi. Pođe bliže. Magda je bila držeći sveto čislo.

"Magdo!", zovnu kapetan, ali starica ništa.

"Magdo!", ponovi kapetan i stavi joj ruku na rame. Bila je mrtva. Kao posljednji spomen života treptjela suza na licu dobre starice. Bila je moleći zaspala na grobu svoga kumčeta.

XXIII

Bio je Božić. Krasna noć. Nebo vedro, osuto zlatnim zvije-zdama. Zima ljuta, a po gori zagrebačkoj, po prodolima snijeg do pasa. Na suhim granama blistalo inje poput alema, a mjese-čina titrala snijegom kao da je zemlja posuta biserom. Tiho je bilo, mirno je bilo po gori; niti je vjetar tresao grane, niti je gor-ski potok grmio dubokim jarkom, počivao je vjetar hudi, a gor-ska voda drijemala pod krutim ledom. Bio je Božić, sveti dan. Iz gomile snijega provirivale crne seoske kućice, a iz kućica trep-tjela u zimsku noć vesela luč. Svijet se veselio spo-menu kralja nebeskoga, kojino u Betlehemu ugleda svijet. Blagi se mir spuš-tao na dušu čovječju i u sav glas kliktalo grlo "Narodi se kralj nebeski!" Ali jedna duša u gori ne ćutjela mira nebeskoga, u toj duši nije plamtio božićni krijes, u njoj plamtio pakleni plamen; ta duša nije dozivala boga već đavla. Pomaman letio gorom i dolom čovuljak, satrven, odrpan, izmučen. Do koljena grezao u snijegu, do pojasa propadao, lice mu gorjelo od zime, s ruku mu tekla krv, čovjek jedva je disao. Kao ranjen vuk letio uzbrdo hvatajući se za bodljivo granje, kao jež savio se i spustio nizbr-do, ne mareći kad je lupio glavom o panj sakriven pod snije-gom, ili o kamen kraj puta. Bježeći bje izgubio plašt, izgubio i kapu, ali bježao je bez obzira kao da ga zli dusi tjeraju zmijskim bičem. Taj je čovjek letio od Zagreba dalje - dalje u goru - vid-jelo se da radi prevaliti goru. Sad je došao u prodol do kamena pod strmom pećinom. Sjede na kamen. Uzdahnu dva-tri puta kao da želi poimati sapu koje mu je putem nestalo bilo. Skinu s vrata šarenu maramu i omota glavu, huknu dva-tri puta u ozeble ruke, izvadi iz njedra staklenicu, nagnu, gucnu malko i uzdahnu. Bilo mu lakše, grijalo ga. Oglednu se naokolo, bijaše u zaklonu, mjesečina ne mogaše ga odati. I opet nagnu piti. A! To je dobro! Prokleta zima! Kako to ciči. Sve mu zemlja puca pod nogama. Ta živa krv bi se oledila. Samo da je prevalio goru - lako onda. Ali čuj! Čuj! Usplaši se čovjek. Na vrhu što ga je prevalio bio krši se granje, puca snijeg. To su oni! Da! Jesu. Bjež' jadniče, bjež'! Zadrhta čovuljak! nagnu glavu da sluša. Da, da, to su oni!

Bjež! I kao zmija kad je se dotakneš, baci se čovuljak uvis, zakrenu za pećinu i udari u goru. Oh, da je ljeto, krasno ljeto, kako bi bilo lako odmicati, ali zima je, snijeg je! Prokleti snijeg! Kao zmija vuče se za tobom u snijegu trag, a stopu ti izdaje u snijegu to prokleto oko vedroga neba - taj zlokobni mjesec. Da je bar bure, mećave, oblaka, ali nebo čisto kao staklo. Prokletstvo! Poodmakao čovuljak u goru. Zamalo pojaviše se kod kamena pod pećinom dva čovjeka. Jedan gorostas sa diljkom, pod visokim klobukom. Na razgaljenim prsima hvatalo mu se inje, a brci bijahu mu bijeli od leda, ali oko mu je gorjelo kao pastirski oganj sred tamne šume. Taj čovjek bijaše stari haramija Miloš Radak. Drugi čovjek bijaše mlađi, ogrnut gunjem, pokriven kučmom. I njegovo je oko plamtjelo i njegove grudi se nadimale. Taj mladić bijaše Jerko.

"Dovle mu dopire trag", prihvati Jerko nagnuv se malko.

"Treba tražiti dalje!", odvrati Radak.

"A da!"

"Hajdmo!"

"Da malko počinemo!"

"Ni za carevu krunu."

"Nije mogao daleko poodmaknuti. Časak."

"Ni časka. Ja neću prije sjesti ni leći, ni jesti ni piti dok mu je živa na ramenima glava."

"Sustao sam."

"A ti ostaj! Ali pamti, ima tude kurjaka, Jerko."

"Ne bojim ih se."

"Pa tražimo dalje!"

"Gle, kraj kamena u snijegu svježe krvi, gle i boce! Prazna je."

"Zbilja svježa krv. Ranjen je. Ne može biti deset časaka odavle."

"Vidi! Za pećinu je zakrenuo! Vidiš li njegove stope, jedva utisnute. Još je mekan snijeg!"

"A ide uzbrdo!"

"Hajde!"

Haramija i Jerko zađoše uzbrdo za pećinu. Snijeg je škripio, granje se kršilo, noga klizala po ledu, ali oni naprijed - naprijed

234

po stopi. I dođu na brijeg. Sjajan je lebdio mjesec nad gorom - pred njima pustinja od snijega.

"Gle!", viknu Radak. "Gledaj ovamo na vrh drugoga vrška. Baš nam služi mjesečina. Vidiš, eno se nešta crna pomiče uzbrdo. To je čovjek."

"Jest. Vidim sad. Čovjek je."

"Po vraški leti hulja."

"Kao da ga nečastivi goni."

"Baš tako."

"Put pod noge, Jerko!"

"Stani, starče! Sad je dobro, sad je naš. Sa onoga vrha može se u jarak, ali dalje se ne može. Na drugoj strani strma je stijena. Hulja mora jarkom, ili naprijed ili natrag. A brijeg se može obići. Ti idi nizbrdo pa zakreni na sjever u jarak, ja ću s juga, pa eno miša među dva mačka. Daj mi malu pušku, Miloše!"

"Evo ti je! Svetoga mi Nikole, valja ti pamet, mladče. Dobro si mislio. Ja nizbrdo desno, a ti lijevo. Zbogom i dobra sreća!"

"Ali živ da nam dođe u šake, starče!"

"Živ ili mrtav, kako je božja volja", odvrati haramija i udari nadesno nizbrdo, dok je mladić krenuo nalijevo.

Čovuljak dođe sretno u drugi jarak. Hvala bogu! Daleko su bješnjaci za njim, neće ga dostići. Do vraga! Eto pred njim skočila visoka strma pećina. Ne može dalje. Valja brdo obići, valja na sjever dalje jarkom. Naprijed - naprijed. Ruke mu pucaju, krv probija kožu. Naprijed! Kosa mu se stvorila ledom. Naprijed! Noga mu propada sve dublje. Naprijed! Naprijed! Ne miruju pakleni dusi. Sad se zavija među gorom jarak. Pred bjeguncem puče mala čistina. Mjesec svijetli poput dara. Sred čistine opazi čovuljak gorostasa gdje žurno brza prema jarku. Čovuljak stade drhtati ne od zime, od užasa. "To je on!", šapnu polumrtav. Natrag! Natrag! Ali i gorostas opazi bjegunca. I leti, leti! Čuješ kako škripi snijeg sve jače i jače, sve bliže i bliže! Natrag! Natrag u jarak! I spade mu s glave marama. Lice mu problijedilo kao snijeg, samo na čelu brazgotina crveni se kao živ ugljen. Gorostas zaostaje. Čovuljak krenuo glavom. Uzdahnu. Hvala bogu. Noga se haramiji okliznula. Pao je, propao u snijeg. Spašen si! Natrag, natrag! Sad ide jarak više u goru. Tu je gusta šuma.

Hvala bogu! Ali šta je to? Je l' paklena utvara? Šta li? Na ušću jarka stoji čovjek, ogrnut gunjem, u ruci mu mala puška. Da, da, puška! Mjesec ne laže. Tko je to, tko? Ta zbilja. To je njemak Jerko! Ta kukavica! Naprijed!

"Ha! ha! ha!", zaori Jerkov grohotan smijeh pustim pro- dolom, "izrode pakla, evo te u mojim šakama!"

"Ta je li sam vrag -", zakidisa čovuljak i srce kao da su mu uhvatili gvozdeni nokti. Bjež'! Bjež'! Nesretniče! Kuda? Ovdje Jerko, ondje haramija, ovdje smrt, ondje propast! Kuda? Kao li- ja baci se čovjek u grm. Tu je granat hrast. Brzo popni se uz hrast, još su ti vrazi dosta daleko. Pope se na hrast i legnu na granu. Tu je ležao nijem - jedva disao.

U jarku sretoše se Jerko i Radak.

"Gdje je", zapita Radak.

"Ta na tvoju stranu bježao od mene?"

"Ma nije, na tvoju je, čovječe božji!", odvrati haramija. "Letio je preda mnom. Da ne padoh, bio bih ga uhvatio."

"Nije, velim ti."

"Ta jest, zvijezde mi!"

"No valjda ga nije živi đavo prenio preko ove pećine. Strma je, glatka je kao da si je sjekirom odrezao."

"Možda onuda!", krenu haramija glavom na drugu stranu jarka gdje je visoko drveće stajalo. Mjesec dizao se lagano i svjetlo mu padalo na hrašće kraj puta.

"Ha! Sotono paklena!", ruknu haramija opaziv blijedo čov- ječje lice na hrastu, "ti si to, ti? Zar te je zemlja izbacila da tvo- jom krvi ohladim gorke rane. Jerko, Jerko! Gle onamo, vidiš li, vidiš. Eto ti našega plijena! A znaš li tko je ta neman, tko je ta zvijer?"

"Tko?"

"To je onaj prokletnik koji mi ubi ženu, koji mi ote sina, koji mi pogazi život i sreću!"

"Grga Čokolin - poturica, onaj vidar?", zapita Jerko.

"Da, on! Pusti me, pusti me da ga uhvatim, da mu kus po kus trgnem od tijela, da mu izvadim srce!"

"Ne kaljaj ruku gadnom ovom krvlju. Ubij ga."

"A gdje mi je sin, sotono!", ruknu kroz plač haramija, "gdje mi jedini sin? Govori, vraže?"

"Ne znam", ozva se glas sa hrasta, "prodah ga kao roba u Carigradu!"

"Isuse Hriste!", klonu stari vojnik, ali skoro opet se dignu. "Čuj, nakazo, čuj me dobro! Ubio si mi ženu, oteo sina, sažgao kuću. I kad sam stajao do svoje mrtve Mare, kad sam gledao kako joj iz srca rumena probija krvca, zakleh se bogu ovako: 'Kunem se na mrtvu ovu ženu, tako mi pravi bog pomozi i moja vjera hrišćanska i vas dvor nebeski, da neću mirovati i počivati, da neću okusiti što mi grlu godi i tijelu prija dok ne osvetim žene, dok bude ubojici njenomu živa na ramenima glava, tako mi se ne satrlo sjeme od srca, od blaga i kruha, kruha kojim se čovjek hrani, i ne ovršim li što sam se zakleo, ne imao u kumu kuma, u prijatelju prijatelja, i što god se mučio, zaludu se mučio, nego mi se sve rđom stvorilo, i vodili me bijesna od manastira do manastira i ne mogli mi lijeka naći, i na koncu lajao kao pašče, tresnula me nebeska visina i proždrla me paklena dubina gdjeno će vrazi mučiti dušu moju po vijeke. Amin.' - Čuješ li, zlotvore, tako se zakleh. Od onoga dana obijao sam svijet tražeći toga đavola i tražeći ga posijedih. Ne imah duše do svoga gospodara, a taj gospodar ljubio je djevojku, a tu djevojku ubio si ti. I opet se zakleh da ću ga osvetiti. Eto sreće! Nađoh te, otrove svjetski, nađoh sve što sam tražio, sad mi je dobro - sad -"

Čovjek na hrastu stade silno se tresti, lice mu kao da mu je osuto bilo pepelom, modre mu usnice drhtale. Očajno stisnu granu, pritisnu glavu na drvo i skutri se kao divlji mačak.

- "sad -", viknu haramija, - "sada je hora!" Puška puče, grane krcnule, čovjek na hrastu ruknu, prope se i kao kamen pade u snijeg. Zrno mu probilo lubanju.

"Hajdmo!", šapnu haramija, odrubiv brijaču glavu, "sada mi je dosta života. Osvetio sam Maru i gospodara."

"Hajdmo, Miloše! Bog se smiluj grešnoj duši", doda užasom Jerko i oba pođoše put Zagreba.

Bio je Božić. Noćnom tišinom zvonilo šestinsko zvono i zvalo vjerne u polnoćku. I zagrmjele orgulje i zapjevao narod: "Narodi nam se kralj nebeski!"

A dalje - u gorskome jarku urlikalo jato gladnih vukova oko trupine mrtvoga brijača.

XXIV

Premda su gospoda hrvatska na zagrebačke građane i smionoga im vođu Jakopovića razjarena bila zbog očita otpora u varošu na "gričkih goricah", to su ipak stala razmišljati da banova sila i podbanova nedjela premašuju daleko zakonsku vlast, i kao što je ban svojom vojskom htio spregnuti Zagrepčane, da je to isto mogao učiniti stališima ne budu li u svemu pokorni volji njegovoj ili bolje reći nadvojvode Ernesta. Od Grego-rijanca pako stali svi zazirati, jer je sa svoga kućnoga razdora pomahnitao bio, te ne samo proti građanima, već i plemstvu razbojnom rukom mnogo počinio kvara te sramotio hrvatsku gospodu. Stoga pojavilo se glasova među velikašima i proti banu, a najviše proti podbanu, a među njima najpače mali Gašo Alapić. S prvine bijaše taj otpor dakako slab. Godine 1580. nije sabor vijećao u Zagrebu, već u Varaždinu, i poslani bjehu pred kraljevu svjetlost u Prag prepošt čazmanski Mikač i gospodin Ivan Zabok da potiču gnjev kralja proti Zagrepčanima i da operu svoga podbana. Nu kad je iste godine nadvojvoda Ernest silom rastjerao bio požunski sabor, ne hoteći Ugarskoj vratiti potpunu slobodu, navlastito da se stranci maknu sa velikih dostojanstva, kad je zemlja planula gnjevom te Ernesto krado-mice bježati morao u Beč, tu se prenuše i hrvatska gospoda, i moć Ungnadova počela se drmati. Jakopović bijaše glavom pred kraljem, dan na dan dolazila pisma o sili Gregorijančevoj, i premda je gospodin Kristofor hvalio Stjepka kao ponajjači stup dvora i vjernoga slugu spletkara biskupa Draškovića, premda je Kristofor opisao Zagrepčane kao laže i zlotvornike, to je mjera ipak puna bila i da ne bude veće sablazni pred zakonom i svijetom, zapovijedi kralj da se razvide povlasti grada Zagreba, prepuštajući neka sud svoju rekne o pri među podbanom i Zagrepčanima.

Nijem i zamišljen sjeđaše Stjepko na Medvedgradu. Gledao preda se, gledao preda se dugo i dugo. U njegovoj duši vrele silne strasti, u njegovoj glavi vrvjele čudne misli. Neki nemir vidio mu se na licu, neka tajna slutnja morila mu dušu. Svi nje-

govi sanci se rasplinuli. Sin mu Niko nije imao muškoga poro-
da, za Pavla je samo čuo bio da je poslije Dorine smrti ostavio
Zagreb, da se bije proti Turčinu i tako propast će mu staro ko-
ljeno. To je rana - ljuta rana koja neće nikad zacijeliti. A da ga
bar tko tješi u toj pustinji - ali nitko, baš nitko. Svi se prijatelji
od njega odbili, svi ga ostavili jer je krenuo vjerom.

Iz tih misli probudi ga trubljaj vratara. U sobu stupi sluga.

"Tko je?", zapita zlovoljno Stjepko.

"Njegova milost - ban!", odgovori sluga.

"Ban!", začudi se Stjepko.

Zamalo stupi u sobu barun Kristofor Ungnad. Na glavi mu
stajala siva puhova kapa, a zobun i hlače bile mu od debele jele-
nje kože.

"Dobar dan, brate Stjepko!", pozdravi ban podbana ponešto
ljutit.

"Da bog da, brate i gospodine bane!"

"A znaš li ti, Stjepko, da je sramota što biva", nastavi srdito
Ungnad baciv puhovu kapu na stol. "Sramota, velim ti."

"Šta je?"

"Ne pitaj me radije. Izjeo bih se od gnjeva. Ionako kao da
mi vrag klipove pod noge baca. Ne znam šta je s mojom Kla-
rom. Od zadnjega Božića sve se prevrnula. Nešta joj je ušlo u
glavu. Noću skoči iz postelje pa viče: 'Vidiš li te suzne oči? To
ti je taj ledeni nož. To boli, veoma boli.' I jedva da ju umirim. A
danju sjedi, sjedi poniknute glave i moli naglas. 'Očenaš za oče-
našem!' bez kraja i konca. Do bijesa! Lijepe li zabave. Je l'? Pa
sad još i to!"

"A što!"

"Stjepko, podaj mi ruku! Je l' da si mi prijatelj?"

"To, mislim, znadeš i sam."

"I da ćeš mi udilj biti?"

"Grba mi, hoću."

"I da se nećeš ljutiti, ako - radije bih žvakao ovu puhovu
kapu."

"Ma šta je?"

"Ti si doduše malo oštar - ali jesam bome i ja, jesam, sveca
mi. Ja bih te hulje, te Zagrepčane, htio zadaviti."

"Govorite jasnije, gospodine bane."

"Jasnije? Dobro. Dolazim u ime kraljevo."

"Kraljevo?", problijednu podban.

"Da. Zlo si prošao, brate. I meni će valjda skoro odzvoniti. Kralj je zapovjedio da se ispitaju pisma Zagrepčana."

"Znam."

"A kakav odgovor. Komisija reče da Zagrepčani imaju pravo, da spadaju samo pred kraljev, a ne pred banov sud. To da stoji crno na bijelom u zakonu. Ja toga ne razumijem. A nato pisa mi kralj."

"Šta?"

"Da si ti mene zlo uputio i sabor zlo uputio. Da si Zagrepčanima silu činio, kraljevinu pobunio, da nisi došao pred kraljev sud kad su te zvali, da gaziš pravo ti koji bi pravo čuvati morao."

"Dalje! Dalje!"

"Da se gradu mora zadovoljština dati."

"Kakva?"

"Parnicu proti tebi neka izvede sud, a ti - ti se moraš odreći podbanske časti po artikulu kralja Alberta."

"Odreći časti!" Okameni se Stjepko blijed kao mramor, "to mi je dakle hvala?"

"To, jadni brate! Htjedoše da to bude javno u saboru, da budeš svrgnut na oči tih kramara, ali ja pisah Rudolfu. Prevelika bi to sramota bila. Dakle piši kralju, piši saboru da nećeš više podbanom biti, da si boležljiv, šta li."

"Ja, ja?", zajeca Stjepko grizući usne.

"Piši, molim te! Moram abdikaciju poslati kralju, jer -"

"Jer?"

"Jer će biti javne sramote!"

"Pisat ću", šapnu Gregorijanec; uhvati pero i napisa ostavku.

"Bene! Toga ne zna nitko do mene. A sada budimo veseli! Daj vina, vina daj!"

Srvan od ljutine klonu Gregorijanec na stolac.

"Sve, sve je propalo! Sve moje nade uništene, a osveta, ah osveta moja!"

"Mani se toga! Ta hvala bogu, imaš dosta!"

"Dosta? Šta je dosta? Misliš li srebro i zlato? Marim ja za to. Moja čast, moja nada - sve na ruglu!"

"A da! Daj vina da se malko razveselim, kraj Klarinoga Očenaša ionako mi se zijeva."

U saboru držanom godišta 1581. u Varaždinu odreče se podban Stjepko Gregorijanec pismom podbanske časti. Sam nije došao, zašto, nije rekao. I Ungnad reče da ne zna zašto se je zahvalio, ali i ban i sabor znao je radi čega, nu mukom mučahu te izabraše Gašpara Druškocija za podbana. Ujedno opozvaše stališi zaključak po kojem je Zagreb izopćen bio i unaprijed da će banski sud i sabor opet vijećati u Zagrebu.

"Dobro je", reče Jakopović, "ali jošte nije mjera puna. Da čujemo kraljevski sud!"

XXV

Sam samcat boravio Stjepko Gregorijanec na svom gradu, ljut na svijet, na ljude, sam boravio kao medvjed u svom duplju. Stališi mu doduše izdali bili pod pečatom svjedodžbu da je revno vršio svoju podbansku čast, pače dali mu i naslov kapetana kraljevine, ali Stjepko se tomu gorko smijao, znajući da to gospoda nisu učinila radi njega, već radi ugleda velikaša. Išla godina za godinom, kosa stala Stjepku sijedjeti, ponosna glava se sagibati, srce mu jeo tajan, neizlječiv crv. U svojim mislima viđao je Pavla, lijepoga junaka kojega istom počeo ljubiti kad ga je silom od srca odbio bio. Često bi mu skočila na oko tajna suza, često bi izdahnuo: "Gdje si, gdje si mi, Pavle!" Ali Pavla ne bje. Čuo je starac često za njega po vojnicima kako se bio kao lav na turskoj međi, kako svakim časom glavu meće na kocku. Ali u Zagreb, na Medvedgrad ne bje Pavla. Mlađega sina nije ljubio, to je bio ženskar, to kanda nije stara Gregori-jančeva krv. Tekle godine i godine, Stjepko ostavi se i zema-ljske kapetanije. Po gustim šumama lovio lov za jelenom, za medvjedom, za vukom. Tu se je jošte javljala u njem negdanja bjesnoća, tu bi mu jošte planulo oko kao munja na zimskome nebu. Ali nije samo onda, već i kad bi smotrio Zagreb - zlosretni Zagreb - taj grob njegove sreće. Ni sada nisu Zagrepčani mirovali, i sad su mu parnicom radili o glavi. Ali gdje je Stjepko mogao uštinuti grad, učinio je to. Sam kralj Rudolf pokara ga pismom iz Beča 6. svibnja 1583. neka se ostavi svojih bezakonja, ali zaludu - Stjepko je harao kao i prije. Na nesreću njegovu umre Stjepan Drašković, koji je znao držati kraljevske suce na uzdi da zavlače parnicu. Gospoda hrvatska osovila se jače na svoje noge i odbijala sve zamamljive ponude nadvo-jvode, pa prezirala Stjepka koji se je dvorskim čovjekom premetnuo bio, a proti banu Ungnadu vikalo se na sva usta što se je prije potajno govorilo bilo. "Ne, mi nećemo Štajerca za bana", viknuo bi u plemićkim sastancima Gašo Alapić, "mi nećemo čovjeka koji se i ne zna hrvatski prekrstiti; koji ne dolazi na sabor, koji ne ima za sebe prave vojske, već mu vojsci zapovijeda nadvojvoda Ernest. Kako je on mogao pristati uz 15. članak požunskoga sabora koji nas baca pod nje-mačku komandu? Kako je mogao pustiti da se Hrvatsko primor-je otcijepi od banske vlasti? Zašto se ne piše i banom Dalmaci-je? Zar nije to odvajkada hrvatska zemlja? Zašto pušta u hrvat-sku krajinu njemačke generale. Piše se grof od Celja, od Sonne-ka? A šta će nam to? Taj ban ne čuva naše sloboštine, taj ban hoće da nas sveže sa Štajerskom. Toga mi nećemo i nećemo." I ne banovao gospodin Kristofor dugo. Nemilo razljuti se kralj, čuvši što je Ungnad učinio Zagrepčanima; doskora bude ban pozvan u Beč, a godine 1584. na nedjelju Quasimodo, javi kra-ljevsko pismo gospodi stališima i redovima u saboru zagrebač-kom, da je g. Krsto Ungnad od Sonneka "zbog bolesti" dignut s banske časti. Na istom saboru bude proglašen plemićem Ivan Jako-pović, sudac zagrebački.

Kadno se gospoda razilazila iz sabora, stade mali Alapić pred gradskoga suca.

"Vivas Jakopović", reče od srca: "vi ste toga Nijemca srušili, suče, nitko drugi. Bijah na vas kivan, ali sada vidim da ste imali pravo. Dajte mi desnicu. Vi ste pravi čovjek."

I živo stisnu Gašo Jakopoviću ruku.

Stjepku dolazili sve crnji glasi pod stare dane da će ga osu-diti radi povrede javnoga mira. Te sramote! Suđen biti! Niko Želnički, jedini čovjek koji se nije posvema od njega odbio bio, pisa mu: "Ne časite časa. Periculum in mora. O glavi se radi. Zagrepčani će dobiti, nagodi se vaša velemožnost sa Zagrepča-nima jer, kako rekoh, zlo je."

Od ljutine razdera Stjepko pismo. "Ja da se nagodim s tim cincarima, ja Gregorijanec, prije će grom - oh bože, ljuto si me ošinuo!"

I sve opasniji dolazili glasi.

"Podat ću se!", zaškrinu Gregorijanec, "moram. Ne popustim li, zaplijenit će mi sve imanje, djeca moja će propasti. Moram. Oj, radije pio bih otrova."

I napisa Zagrepčanima ponudu za mir. Ali grički građani odbiše Stjepkovu ponudu, jer da im uvjeti nisu dovoljni.

Od bijesa planuo Stjepko. Tomu se nije nadao bio.

"Dobro! Kad neće oni, neću ni ja!"

Ali jednoga dana dođe na Medvedgrad Mihajlo Konjski, svak mu.

"Stjepane!", reče: "Bijah u Požunu. Ja i Želnički zavlačismo sud koliko je moguće bilo. Više se ne da. Moljakao sam ja i druga gospoda. Badava. Bio sam kod tavernika. On neće ni da čuje. Pošao sam samoj kraljevoj svjetlosti, a Rudolf mi nemilo odreza: 'Za gospodina Gregorijanca mi govorite? Želite li zlorabiti moju kraljevsku milost? Jesam li po bogu vladar da zaštićujem razbojstvo? Poznam ja vašega svaka u dušu! Valga me dios! On je velik grešnik i težak mu budi sud. Kraljevska kurija je bila spora, vrlo spora, ali mi ćemo se pobrinuti da taj crimen laesi salvi conductus nostrae mejestatis brže na kraj istjera. Nu', nastavi razmisliv se, 'Gregorijanec bio je istina valjan junak i branitelj krsta. Recite mu zato, gospodine Ko-njski, neka se u svem pokori mojim vjernim Zagrepčanima, inače jao po njega!' To, Stjepko, to je rekao sam kralj. Zaklinjem te, ne ogluši se toj opomeni. Sjećaj se svoga roda, svoje djece. Popuštaj!"

"Jao meni, reče sam kralj!", odvrati satrven Gregorijanec. "Moja djeca. Da! Moje pleme, ha, ha, ha! Hoću, Mihajlo, hoću. Moje pleme? Vidiš li onaj oblak što gine na zapadu: to je moje pleme. Hoću! Piši Zagrepčanima. Učinit ću kako veliš."

Malo dana zatim, tj. god. 1590. ležaše Stjepko na svojoj ložnici. Zagrepčani još ne bjehu odgovorili. Teška briga, ljuta bol prostirahu se na starčevu čelu. On, taj ponositi velikaš, lišen časti, lišen potomstva, na milosti kukavnih građana! Sjećao se prošlih vremena - sjećao se sina Pavla - sjećao, jao, Marte! I zadubi čelo u uzglavlje. Ali najednoč, kao da je grom prodro u utrobu zemlje! Zidine stale se njihati, oružje nad glavom mu zvektalo. Grom za gromom, strijela za strijelom. Stjepko skoči blijed od strave. U sobu pade sluga.

"Šta je", zapita Stjepko dršćući.

"Za ime božje! Bjež'te, vaša milosti! Potres! Jedna je kula pukla od vrha do dna; istočni zid se razvalio, a crkvica sv. Filipa i Jakova nije nego ruševina."

"Oj, i ti me izdaješ, stari grade!", zajeca Stjepko bolno: "Hajdmo, hajdmo, hajdmo u Šestine! Tu ne ima više života!"

Na Markovo 1591. stadoše u 10 ura jutarnjih pred vijećnicom zagrebačkoga Kaptola kola. Iz njih izađe slab i snužden, vođen od dvaju sluga, gospodar medvedgradski. Lagano popeo se uz stube i stupi u dvoranu. Tu sjeđahu za zelenim stolom zagrebački kanonici, kao članovi vjerovanoga sudbenoga mjesta, a sa strane stajahu zagrebački građani Grga Dombrin, Jakob Čerski, Mate Vernić, Ivan Pluščec i Andrija Čičković.

"Servus humillimus, prečasna gospodo!", pozdravi oborene glave Stjepko kanonike, "dobar dan, gospodo Zagrepčani", okrenu se građanima. "Dođoh da s vama utanačim vječni mir", i umoran spusti se Stjepko na stolicu.

"Želi li vaša velemožnost kazati plemenitomu gradu svoje uvjete?", zapita Dombrin.

"Ne, ne, dajte samo vi!", odvrati Stjepko poniknute glave.

"Kad je tako", prihvati Blaž Šiprak, kanonik zagrebački, "to ću čitati listinu: "Mi, kaptol crkve zagrebačke, dajemo ovim svim i svakomu na znanje da je pred naše lice glavom došao velemožni i poglaviti gospodin Stjepan Gregorijanec s jedne strane, a obzirni i poglaviti ljudi Grga Dombrin, Jakob literat Čerski i Ivan Pluščec, rotni građanin, na ime plemenitoga, slobodnoga varoša i sve općine Grčke Gorice zagrebačke s druge strane, te su svoje slobodne volje i živom riječi svojih usta pred nama uglavili vječnu slogu i mir. Prošlih naime godina da su nastale među plemenitim varošem i velemožnim gospodinom Gregorijancem dvije raspre i pravde. Prva radi zlostave i sile učinjene plemenitomu građaninu Petru Krupiću, zlataru kod Kamenih vrata, na deseti dan mjeseca veljače 1578. prilikom uvoda gospodina Kristofora Ungnada od Sonneka u banstvo kraljevina Dalmacije, Hrvatske i Slavonije; druga pravda pako za vrijeme istoga sabora kraljevine Slavonije radi grdnja i psovaka nanešenih u dvoru prečasnoga gospodina Nikole Želničkoga, prepošta zagrebačkoga, građanima Ivanu Teletiću i Mati Verniću od istoga gospodina Stjepana Gregorijanca, koje su obje pravde, podignute pred samom kraljevskom svjetlosti od plemenitoga varoša kao tužitelja proti gospodinu Stjepku Gregorijancu kao tuženiku, i za koje pravde je bio već urečen zadnji rok pred kraljevskim stolom požunskim, te sada jošte nesuđene stoje. Nu pošto su neka gospoda prijatelji, ljubeći mir obiju stranaka i želeći njihovu slogu i spas revno uradili da ne bude pre i pravde, to su obje rečene stranke utakmile pred nama u vječni mir pod ovim uvjetima: za prvo daje gospodin Stjepan Gregorijanec svoje zemlje i brijeg spadajući Medvedgradu, počamši od vrela Topličice, idući uz brdo Medvednicu, sa Medvednice pako do potoka Bližneca i dalje do crkve svetoga Šimuna pod gorom rečenomu varošu i njegovim kmetovima za slobodno i mirno uživanje, tj. za drvariju, pašu, žganje vapna i lomljenje kamena, budi za građu kuća, budi za utvrđenje zidina rečenoga varoša. Nadalje neka bude za skupnu pašu kmetovima gospodina Gregorijanca i plemenitoga varoša ona oranica od četiri rali što spada dvoru šestinskomu, što je sada drži Lovro Puntihar, kmet g. Gregorijanca. Vrh toga platit će gospodin Stjepan Gregorijanec svotu od tisuću ugarskih forinti - forintu po sto dinara - sucu, porotnicima i svim građanima varoša zagrebačkoga, i to u tri slijedeća roka: najprije na buduću Cvjetnicu, drugi rok na dan sv. Trojice i treći rok na Miholje. Napokon ima se gospodin Gregorijanec pobrinuti da i njegovi sinovi gospoda Pavao i Nikola Gregorijanec izdadu slično pismo mira pred kojim mjestom vjerovanim. Nasuprot izjavlja sudac i sva općina Grčke Gorice zagrebačke da odustaju na svoje i svoje djece ime od rečenih dviju pravda i da su sve tužbe, pisma i isprave povedene i izdane u tom poslu od budi kojega suda kraljevine bez sile i snage proti gospodinu Stjepanu Gregorijancu."

Kanonik stade. Mirno je slušao bio Gregorijanec što Zagrepčani traže, samo katkad nasmjehnuo bi se gorko.

"Gospoda Zagrepčani traže mnogo", zakima glavom, "vrlo mnogo. E, oni su gospodari. Čudo da nisu tražili Medvedgrada. Ali neka bi i taj. Ta hrpa je kamenja."

"Zar velemožnost vaša ne pristaje slobodne volje na taj mir?", zapita kanonik.

"Da! da! Pristajem - slobodne volje - sve je dobro - sve!", odvrati Stjepko i krenuv prema vratima reče: "Bog s vama, gospodo! Poći mi je!"

Lagano krenula Stjepkova kola prema gori.

XXVI

Bilo popodne pramaljetnog dana godine 1592. Gora bijaše mirna, zrak čist, šuma svijetla i zelena, a po šumi sila šarena cvijeća. Gorskom stazom čulo se tanko zvonce. Iz gustine iziđe seljače noseći svjetiljku i zvoneći zvoncem, a za njim pojavi se bijeli remetski fratar držeći svetotajstvo u vezenoj kesici. Taj fratar išao k Stjepku Gregorijancu da ga tijelom božjim okrijepi na zadnji put. Poniknute glave koracao, mlado mu lice nisi mogao razabrati pod kapucom, a da si mogao bio bi vidio da mu je lice mrko, oči suzne. Redovnik dođe do vanjskih vrata napol razvaljenoga Medvedgrada.

"Gdje je gospodar?", zapita vratara.

"Pred samim dvorom, oče Jerolime", odvrati vratar prekrstiv se pred svetotajstvom. "Pod zimzelenom sjedi. Zlo mu je, zlo, ali on je htio tako. Moradosmo ga dovesti iz Šestina."

Redovnik pođe prema dvoru. Srce mu kucaše silno. Podignu oči, stane, zadrhta.

Pod zimzelenom sjeđaše gospodar Stjepko. Kosa bijaše mu bijela, lice blijedo, uvelo, oči mu mutne. Glavu bje sagnuo natrag, prislonio na drvo. Gledao je, gledao u daljinu. Pred njim klečahu Niko i žena mu Anka, pred njim klečaše i snažan konjanički časnik - Pavao Gregorijanec.

"Ave coena domini!" pozdravi starac, nagnuv glavu, tijelo gospodnje. "Evo, djeco, hora je! Poći valja! Hvala, sveti oče! Teško li vas očekivah! Oj, dođi brzo da se iskajem pred tobom."

Svećenik pristupi poniknute glave bliže. Djeca pođoše nastran u dvor. Svećenik nagnu se nad starčevu glavu, a ovaj šaptaše slugi božjemu svoje grijehe. Da je u starcu bilo više života, bio bi ćutio kako vrele suze iz oka redovnika padaju na njegovo čelo.

- "ali jedan grijeh, oče duhovni!", završi Stjepko dršćući, "leži na duši mojoj kao tvrd kamen; bojim se da mu ne ima oproštaja. Ljubio sam djevojku, seljanku, a ona ima sina. A ja zapustih seljanku i dijete, ja htjedoh dijete ubiti, ali ga nestade po milosti božjoj. Možda je propalo, možda živi u bijedi, možda me proklinje -"

"Ne proklinje!", zavapi redovnik i odgrnu kapuc s glave padnuv na koljena, "ne proklinje, oče. To dijete, taj izgubljeni sin nosi ti zadnji blagoslov božji, taj sin, tvoj Jerko - oče, sam ja - ja!"

Starac se potrese.

"Ti - ti -", reče u čudu uhvativ rukama Jerkovu glavu "da, da! Ti ne lažeš! Lice ti odaje da si Gregorijanec! Da, da, moj! Moj sin!", zagrli starac sina. "Oj hvala ti, vječni bože! Nu, sinko, svrši. Smrt ne čeka."

Redovnik obavi sveti obred, a djeca povratiše se k starcu.

"Djeco", reče slabim glasom, "poći mi je. Bijah velik grešnik. Griješio sam proti bogu, protiv naravi, proti srcu. Bijah ponosit, ohol. Vječna me ruka slomila. Ali sada sam čist. Razgriješio me moj izgubljeni sin - ovaj vaš brat."

"Jerko!", kliknu Pavao.

"Pusti, Pavle, pusti", nastavi starac, "vrijeme leti, ide smrt. Poslije ga grli, poslije! Sinci, vidim staro nam koljeno gine. Htjedoh ga razgraniti, proslaviti, ali bog osudi inače. Ti, Niko, ne imaš muškoga poroda. Ti, Pavle, nećeš nikad imati sina, jer to ti, kako mi reče, sveta zakletva brani, a Jerko je božji. Ne nosim nikakve nade u grob, nad mojom rakom uvenut će mi stablo. Budi božji volja. A tebi hvala, Pavle, da si i opet došao. Bilo mi teško za tebe. Nu ne krivi me preko mjere. Ja nisam kriv Dorinoj smrti, to bog zna. Klara je - bog joj se smiluj!" -

"I smilovao se; od mahnitosti poginu", primijeti Pavao.

"Nu oduži se u moje ime starcu Krupiću. Čuvaj ga, pomaži ga, pa nek mi oprosti. Zbogom, Niko i Anko, ljubite se! Zbogom Pavle, budi kršćanin i junak! Zbogom, moj Jerko, oj moli se za mene bogu! A i ti zbogom, gradino stara!", okrenu se Stjepko prema Medvedgradu, :"ti kolijevko mnogih plemena. Evo jednaku dijelimo sreću. Ponosito si se uspela, uspeo i ja. Tebi je puklo kameno srce, puca i meni, prah ti, prah ja. Evo noćnoga vjetrića. Zbogom, djeco - Marto - -", i bez duše klonu gospodar medvedgradski.

Još jednom virnulo sunce iza Okićke gore i vidje tri brata gdje se pred mrtvim ocem grle.

Što starac reče, to i budne. Pavao pade kraj vjernoga Miloša godine 1604. kao konjanički pukovnik proti Turcima. Niko preminu bez muškoga ploda 1610. i nesta imena Gregorijančeva sa svijeta.

Divna si, bujna si zelen-goro rodnoga mi kraja, ti prvi vidiku moga djetinjstva. I dignem li oči prema tebi kada večernje sunce poigrava vrhom i dolom, kad svoje zlato prosiplje tvojim zelenilom, tu bude se u mojoj duši slike iz davne davnine, vrli junaci, uznosite gospe, ljuti silnici, bijedni kmetovi, a stari Medvedgrad, plamteći živim rumenilom, kao da je opet oživio! Ali nije! Ruši se stara gradina, ruši, nu dalje, dolje pod gorom, uspinje se sjajan, snažan kao mlađahan junak - naš Zagreb grad.

AUGUST ŠENOA

Hrvatski književnik August Ivan Napomuk Eduard Šenoa rođen je 14. studenog 1838. u Zagrebu. Obitelj Šenoa bila je germanizirana obitelj češko-slovačkog podrijetla. Otac mladog Augusta bio je Čeh, a majka Slovakinja. U roditeljskom je domu stekoa prvu ljubav prema umjetnosti jer otac je rado posjećivao koncerte i kazalište, a majka je voljela književnost. Otac Vjekoslav (pravim imenom Alois Schönoa) bio je bio je slastičar zagrebačkih biskupa Alagovića i Haulika, koji nikada nije dobro naučio govoriti hrvatski, a i sam Šenoa kao dječak svoje je prve pjesme pisao na njemačkom jeziku.

Mladi će Šenoa maturirati (1857.) na zagrebačkoj gornjogradskoj gimnaziji i upisati se na Pravoslovnu akadmeiju. Od listopada 1859. studij će nastaviti u Pragu gdje će ostati sve do 1865. Iz Praga odlazi u Beč gdje radi u redkacijama listova Glasonoša i Slawische Bläter. U Zagreb se vraća 1866. i radi u redakciji lista Prozor. Dvije godine kasnije (28. ožujka 1868.) postaje gradski bilježnik, a 20. lipnja iste godine vjenačo se sa Slavom Ištavnić. Otprilike mjesec dana kasnije (24. kolovoza 1868.) imenovan je umjetničkim ravnateljem Hrvatskog zemajskog kazališta, a 1870. postati će dramaturg u istom kazalištu.

Njegov prvi roman Zlatarovo zlato objavljen je 1871. Dvije godine kasnije (1873.) postao je gradski senator te stoga napušta kazalište. Godinu dana kasnije (1874.) započinje uređivati vodeći hrvatski književni časopis Vijenac što će raditi sve do svoje smrti. U braku sa Slavom Ištavnić imati će dva sina (Branimir i Milan). Branimir će (1879.-1939.) postati slikar, gravar i dugogodišnji nastavnik Umjetničke škole u Zagrebu. Dok će Milan (1869.-1961.) krenuti očevim stopama pišući drame, pripovijetke i romane, no, prvenstveno će biti geograf i profesor zagrebačkog Sveučilišta.

Franjo Marković navodi u svojoj studiji iz 1892. da je Šenoa ležeći bolestan i diktirajući Kletvu maštao o idućem proljeću što ga je namjeravao provesti u Italiji. Vjerovao je u život i radovao mu se još nekoliko dana prije smrti, a onda je najednom predosjećajući kraj, zavapio: "Ne dajte mi umrijeti, imam još toliko toga za napisati!" Ostavio je u rukopisima natuknice za 40-ak nenapisanih pripovijesti i romana, a posljednja riječ koju je izgovorio diktirajući Kletvu, dan prije smrti, bila je: "Hrvat".O Augustu Šenoi Matoš je imao izrazito visoko mišljenje: "Šenoa je najzagrebačkiji sin, Orfej koji je dao glas i riječ tome kamenju da progovara narodnom dušom." Literarni povjesničar Slavko Ježić o Šenoi je rekao: "S njime počinje moderna hrvatska književnost." August Šenoa preminuo je 13. prosinca 1881. u Zagrebu.

Made in the USA
Columbia, SC
29 February 2020